悬疑重重、曲折离奇

护宝情仇

——牵扯圆明园惊天秘宝

吴 桐 著

文匯出版社

图书在版编目(CIP)数据

护宝情仇 / 吴桐著. — 上海：文汇出版社，2019.11
 ISBN 978-7-5496-3079-0

Ⅰ.①护… Ⅱ.①吴… Ⅲ.①长篇小说-中国-当代 Ⅳ.①I247.5

中国版本图书馆CIP数据核字(2019)第261518号

护宝情仇

著　者 / 吴　桐

插　图 / 白素娴
责任编辑 / 甘　棠
封面装帧 / 薛　冰

出版发行　文匯出版社
　　　　　上海市威海路755号
　　　　　（邮政编码200041）
经　销 / 全国新华书店
排　版 / 南京展望文化发展有限公司
印刷装订 / 上海新文印刷厂
版　次 / 2019年12月第1版
印　次 / 2019年12月第1次印刷
开　本 / 710×1000　1/16
字　数 / 350千字
印　张 / 22

ISBN 978-7-5496-3079-0
定　价 / 48.00元

目 录

一、青年愤怒挥斧大破坏 / 001

二、小小年纪面对裸体模特 / 004

三、大个子遇上精灵小偷 / 011

四、惊心动魄生死斗 / 024

五、巨蟒缠身险被吞 / 041

六、力举巨熊有如天神 / 065

七、石山爆炸·飞石埋身 / 070

八、红粉佳人·追逐玩乐 / 073

九、外国女子体态丰盈 / 082

十、湖边树下·初试云雨情 / 093

十一、佳人失踪·伤心欲绝 / 105

十二、再遇小偷·拌嘴抬杠 / 112

十三、山洞内忘我缠绵 / 125

十四、壮汉与老头的秘密 / 144

十五、圆明园的天大秘密 / 147

十六、勾心斗角·你死我活 / 154

十七、以其人之"刀",还"刺"其人之身 / 158

十八、美女急流冒险救人 / 176

十九、田野上恶斗怪汉 / 192

二十、运动会上创惊人纪录 / 211
二十一、蒙面人深夜斗双雄 / 226
二十二、外国人又来寻宝 / 232
二十三、美艳洋妞·色诱两男 / 240
二十四、中美人计·贪汉丢命 / 265
二十五、怪汉绝招·飞石救人 / 272
二十六、郊外惊现"穿衣的狮子" / 284
二十七、美女野外遇二色狼 / 292
二十八、洋妞又施美人计 / 300
二十九、洋妞狠招擒青年雕塑家 / 307
三十、死人的杀伐 / 316

一、青年愤怒挥斧大破坏

这是一间展示厅，里面展示着十几尊石雕。所有的塑像都是欧式的裸女像，石材好，雕工精美，神态各异：有全身直立的、有半身的，有躺卧式的、有俯身半蹲式的，全都精美绝伦，显示出雕者的高超精巧的技艺，可谓一流之作。

在塑像群中，站立着一位年轻人。他身材高大，不下1米90的身高，肩宽臂粗，看得出是一名身强力壮的年轻人。

年轻人神情沮丧，两眼无神，充满忧伤的样子，一言不发，他手持一把利斧，呆滞的目光扫过室内的各尊塑像……

突然间，年轻人目露凶光，举起利斧，口发怒吼，手起斧落，用力地劈向一尊直立的塑像。"乓乓"一声巨响，火星四射，裸女塑像的一条臂膀应声而断，飞出两米开外，重重摔在地上，再断裂为二。

年轻人并不停手，再向塑像连劈数斧。随即，他又转身挥斧向其他的塑像猛力乱劈。利斧撞击石雕的声响，年轻人的吼叫声，夹着四射的火星和四处飞溅的石块和石粉，充斥着一个不是很大的展示厅。

"呀！……你……发生什么事啦？……"一名四十多岁的妇女惊慌地从展示厅旁的一条通道急奔过来。当她看到年轻人疯狂地乱劈塑像时，急忙冲向前大声叫喊：

"呀！来和，你发神经啦，怎么……怎么……无端端地劈坏了这些塑像！快……快住手啦……"

她是年轻人的母亲。她当时在展示厅后面不远的屋内,听到展示厅里一片吵杂声,赶紧从通道跑过来看个究竟。眼前的一幕,不禁让她大惊失措。

年轻人见母亲慌张地跑来,于是停下了手。母亲立即过来拦住他,夺下他手中的斧头。

"来和,你……你发神经啦,怎么……怎么把塑像都劈坏了……"母亲张大口气喘吁吁地责问孩子。

"我……我……"年轻人名叫来和,他垂下双手,头也低垂着,口中含糊地不知要说什么。

"来和……你……你……太可惜啦,花了这么多的心血,雕出这些塑像……很不容易呀!都砸烂了。唉!你……你到底发生什么事情了?"母亲

大理石雕像

一脸难过的样子，捉住他的手说。

年轻人依旧低着头，还是没说什么。

"孩子，你快说，快告诉妈，到底发生了什么？"

年轻人慢慢抬起头，呆滞的眼光望着远处，低沉的嗓音从喉中发出："都是……都是些没生命的东西……"

"什么？"母亲不解地问道："你说什么？什么东西……没有什么？"

来和没有回答，眼光慢慢地移向了被砍得七零八落的塑像。

母亲的眼光也跟随望向几个倒地的塑像，一脸的狐疑："什么？……你说……你说这些塑像没有生命！？"说着，手指塑像，同时弯身扶起两个破坏得不怎么严重的作品，并用手抹去塑像身上的石粉。

来和没有说话。

母亲过来握着他的手："哎呀！孩子，你……你发什么傻呀！……石雕的塑像，当然……当然没有……没有生命啦！你……你这话……别……别把人吓坏呀！"

"没有……没有生命……"来和喃喃地。

……

二、小小年纪面对裸体模特

　　来和姓杜，生长在一个从事雕塑的家庭。父亲杜辉明，年轻时到意大利和法国学习雕塑，专攻雕塑人像，尤其是古代的裸女塑像，后来又在英国留学了一段时间。在欧洲学习期间顺便游历了多个欧洲国家，包括德国、荷兰、西班牙等。

　　回国后结了婚，杜辉明便专注雕塑工作。由于雕艺精湛，选材优良，特别是古欧洲式的裸女，人物形像优美，栩栩如生，所以很快便建立了良好的名声，作品大受人们赞赏。尤其是一些富有的人，房屋较大，很多都乐意向他买些石雕塑像回家摆放。

　　有了较好的收入，杜辉明便买下靠街的一个近四分地的店面，用以展示雕塑作品，供人观赏和选购，店旁一条通道通向自己的住家，内有一间工作坊，是从事雕塑的所在。

　　他工作和收入都很稳定，生活过得很是美满。婚后三年多，杜辉明夫妇俩有了一个男孩，给他取名来和，用意是一切来得和睦、和谐、和好。

　　这孩子长得聪明伶俐，健康活泼，而且长得很快，三四岁时比同龄的孩子都高出几公分。更特别的是，他似乎对雕塑也很感兴趣，时常喜欢到父亲的工作室看父亲雕塑，对着塑像又看又摸，有时还拿父亲的一些雕塑工具玩。他也很喜欢搬动父亲雕塑时凿下的石块，搬来搬去，乐在其中。

　　杜辉明发现这孩子似乎力气颇大，有些七八公斤的石块，这四岁不到的孩子竟然能搬得动，有时还能高高举起，看来他的膂力是挺不错的。

二、小小年纪面对裸体模特 / 005

父雕子捡碎石

到来和约六岁时，杜辉明看他对雕塑愈来愈感兴趣，于是便拿一些不大不小的碎石块教他雕塑。来和真的表现得兴致无穷，小小的年纪，学起来却十分认真，非常投入，一锤一凿，毫不马虎。很快的，没一年时间，来和已经掌握了基本的雕塑技巧，能雕出颇像样的塑像。功夫当然还没到家，但已经是挺不错的作品了。试想看，一个仅约七岁的孩子，能操作锤子凿子，还有别的一些雕塑工具，有板有眼地挥动，俨然一个雕塑大师的样子，可真叫人啧啧称奇。

杜辉明从事人像雕塑，是要雇用一些年轻女子在工作室裸露身体做模特的，这在民国初年的广东可不那么容易。好在，杜辉明十分了解警界的黑暗，便时常打点，与警方还算融洽，警方也十分了解杜辉明的工作需要，所以免掉了很多麻烦。况且这本就是他在欧洲学习雕塑时的必须做法，在一名雕塑艺术家来说，这是极平常的事，也是他工作的一部份。在这种情况，他也让来和处身其中，大人小孩没感觉什么，模特也不觉怎样，大家都习以为常，连来和的母亲也不觉得有什么不妥之处。而凡是受雇来的模特见来和这样讨人喜爱，尤其是看到他对雕塑的热爱和所表现出来的雕塑天赋，更是疼爱他，也喜欢逗他玩。

这样天天沉浸在雕塑室，来和由于天生的聪慧加上对雕塑的兴趣，技艺更进步神速。杜辉明自己动手的雕塑作品也不时让孩子加上一手，不少作品是父子联手完成的。当然主要的设计和主体的工作是杜辉明负责的，但是来和也作出不少的贡献，尤其是一些细微的部分，由来和精巧的小手来雕磨更是合适。有时候来和还会拿一些较小块的石块自行设计形象，也作出相当有水准的作品。杜辉明看在眼里，乐在心头。果然虎父无犬子，儿子将来也肯定是一位出色的雕塑家。

一家日子是过得十分幸福愉快的。可是有一天，杜辉明突然消失了，他在早一天前出门后便再也没回家。少年来和和母亲一直在家盼望，几天后仍不见他的踪影。母子俩非常焦急和悲伤，四出寻找和报警，一个月后还是没有他的音讯。

杜辉明平常是会偶尔出门去的，可是从来没有不回家过。这次突然这么久没回家，似乎从人间蒸发了，来得这么突然，事前一点征兆都没有，也没半点交待，失踪得既唐突，又神秘。他到底发生了什么事呢？去了哪里呢？什么时候会回来？又到底回不回来？他会有什么不测吗？谁也不知道。来和和母亲天天盼望，天天流泪，杜辉明就是不见踪影。

日子一天天过去，一个月，两个月……一年，两年……杜辉明全无消息，来和母子俩彻底绝望了。他们知道杜辉明再不会回来了，生活完全停顿了下来。幸好平日还有可观的积蓄，一日三餐还不成问题。

少年来和虽然陷入失父的悲痛中，但是他却不会失去对雕塑的兴趣，经常在工作室中观看父亲留下来的作品。这些作品总是勾起他对父亲思念情怀。慢慢地，他从悲痛中恢复过来，拿起锤子和凿子，想起过去父亲的教导，一锤一凿地把石块按照自己的想象雕起塑像。

母亲也鼓励他应该像父亲一样成为一个杰出的雕塑家，以后继承父业，也是对父亲的一种怀念。受到母亲的鼓励，来和更专心致志地练习雕塑。

到十五岁时，来和思想日益成熟，他已下定决心要继承父亲遗业，将来做一名出色的雕塑家，更希望成就能超越父亲。

立意已定，来和便把工作室收拾整理一番，对自己的雕塑技艺已有相当的信心。于是他正式雇用模特，开始迈入专业的雕塑生涯。幸赖父亲的恩义，总算平安无事。他技艺精湛，工作认真，选择优良石材，展现高超雕塑艺术，天天埋头创作，力求作品精美出众。

经几年的专心苦干，来和完成了不少杰出作品，举行过几次作品展，大受赞赏。到他二十岁时，已被称为杰出青年雕塑家，每次作品展都观众踊跃，佳评如潮，选购作品的人也不少。杜来和果然实现了继承父业的愿望。

这一次杜来和又举行一次作品展，参观者依然热烈，同样的大获好评，来和自是满怀欣喜。

第三天，观者仍络绎不绝。观众中有一位白发老者，他很细心地观看展出的每件作品，看完一遍又重复再看，从不同的各个角度仔细端详，迟迟没有离去之意。

到下午五点展出结束，观众都离去了，老人还不离开。来和觉得这老者挺特别的，便过去和他打招呼。

"老先生，看您对雕塑很有兴趣，请给小辈一些指点。"

老人回头看来和一眼，没答话，又转头去看作品。

"老先生，"来和继续说，"看来您应该是一位行家，我真诚地希望您给晚辈指点迷津，有何缺点，请直言指明，让晚辈受益，力求改进。"

老人回过头来抬头望着来和，因为来和有整一米九的身高，老人只是普通一般人的身高，所以必须抬起头看来和。他终于开口了：

"年轻人，小小的年纪有这样出色的作品可说很难得。我看你具有极好的雕塑天赋，应该从小就经过刻苦的勤练，基本功很扎实，创意很好，的确是杰出青年雕塑家。难得，难得。"说着，竖起了大拇指。

"前辈过奖了，"来和微微地向老人欠身鞠躬："晚辈年轻缺乏经验，雕虫小技不值前辈夸奖。作品中定有瑕疵之处，请前辈不吝指正。"

老人看来和言词和态度诚恳，于是伸手握着他的手：

"年轻人，请原谅我老头直言。你作品的唯一缺点，就是缺乏生命力，认真说，就是美丽的石头美人，可是都没有生命。"

来和听了大吃一惊，退后一步，张大眼睛看着老人：

"什么？前辈您是说这些雕像……没有……没有生命？！"

老人看来和惊奇的样子，不慌不忙地说：

"是呀，你这些雕像，美是很美的，可是都没有生命。"

"这些……"来和眨着眼睛不解地说："这些本来都是石头嘛，当然是没有生命啦……"

"哈哈，"老人慈祥地望着来和，不慌不忙地说："年轻人，你自己说得不错，你的确是年轻没经验，特别是欠缺真实生活的历练，还没体验到真实生活的方方面面。"

稍停一下，他接着说："你年纪虽轻，从事雕塑却应该很久……"

"六岁起父亲就教我雕塑，至今已有十四年之久。"来和没等老人说完插口说，但是很留意老人讲话。

"很好，"老人脸带笑容，仍是一脸慈祥："这么小就学雕塑，很难得。可是，我看你大概都只在家中做雕塑工作，没怎么到外面去接触其他人，尤其是广大的各阶层人民的生活，看来你是和他们脱节了……我说得对吗？"

"前辈你……"来和抓抓头皮，略有所思地说："你说得不错，我除了上学，很少出门。我大部份时间都学习雕塑，没和什么人来往。但是……"他略停一下又说："我很仔细观察模特，更细心观赏我父亲的精美作品，父亲也给我一些有关雕塑的专门书籍参考学习。我自认是很勤奋用心雕塑的，还得到不少人的赞赏。"

"哈哈……"老人轻轻地拍了下手："很好，很好。我也很赞赏你的作品。不过……"他变得略为严肃："还是那句话，石头美人没有生命。"

对此，来和十分不解，有点急躁："前辈尊姓大名？看您是雕塑的老行家，我很想知道前辈的来历，大胆请教。"说着，深深向老人行一鞠躬礼。

"哈哈……很好，很好，"老人再轻拍一下手掌："很有教养的年轻人，很好。"稍停一下，接着说："我姓江，你就叫我江老伯好了，我今年已八十了。"

老人转眼看着来和的展品，再回头来对他说："我原本也是学雕塑的，去过欧洲好多趟。学雕塑不去欧洲是不行的，那里是雕塑天堂，尤其是精美的人物雕塑到处都是。我开始时去欧洲学雕塑十多年，接着跟随大师创作好几年。回国后我在大学艺术系教人物雕塑，几年前因年老退休了。但是雕塑已深藏在我全身的细胞，我无时无刻不停地关心雕塑。我现在没力动手雕塑，但是经常到处观赏雕塑作品。我因路过此地，看到有你的雕塑，所以便进来参观。"老人一口气讲了这么许多话。

来和一直专注地听着，接口说："但是前辈……"

"叫我江老伯好了。"老人打断他的话。

"那……江老伯，您说雕塑没有……没有生命，是什么意思呢？"

"哦……"老人略停一下说："杜来和——我以你的展览横幅知道你名叫杜来和——首先，我们必须知道，一切的艺术创作，包括雕塑、写作、绘画、音乐、电影、戏剧……等等，创作者都必须深入到人群中去，了解人们的生活情况，社会各方面的面貌。这样从现实社会活动中吸取到广泛的知识和智慧，才会有活生生的创作作品……"

"你……"江老伯双眼注视着来和："你不了解雕塑要有生命，是因为你误以为雕塑会和我们一样活起来，并不是这样的。我们一流的杰出雕塑者，是要通过我们对人民生活的认识和了解，并通过我们高超的艺术手法，给塑像赋予生命，让塑像富有生命的力量，让观者能感受到塑像具有生命的流露，而不单纯是冰冷的石头。"

"我……"来和眨着眼说："我第一次听到这个说法，还是……不大了解。"

"好，没关系，"江老伯说："我们简单一点说，你想看，我们从事雕塑，是不是应该注意塑像的表情、神态？塑像所表露的喜、怒、哀、乐，是不是都要我们通过创作的手法让塑像真实地流露出来？"

"但是……"来和迟疑地说："您讲的道理是不错的，我也认为杰出的作品应该是这样的。不过……对着模特做雕塑，她们都没有什么表情的，我根本也看不出她们有什么喜、怒、哀、乐的不同之处，怎么能表现呢？……"

"对了！"江老伯拍一下手说："关键就在这里。你不能老是关在工作室对着模特从事创作。我相信你的模特都是很美的，但是她们不认真，也对艺术一窍不通，只呆坐在那里，木无表情，你当然也就不能捕捉到真正的人的感情所在。所以，你的作品是很美的，但全是没有生命的，只给人一种冰冷的感觉。"

来和很留意地在听，略有所思："您……是否能给我举一些实际例子？"

"那简单。你知道意大利文艺复兴的雕塑大师米开朗基罗吗？"

"知道。"

"你知道他最有代表的作品吗？"

"知道。那就是大卫的塑像。"

"那么你看过大卫塑像吗？"

"没……没有。"来和有点不好意思地说："我是从一些图片上看过的。"

"哦，那很可惜，"江老伯说："不过没关系，好的图片也会表现出来的。米开朗基罗的大卫像之所以被誉为最好的雕塑，是因为他给大卫像赋予充沛的生命力。这尊大卫像不但体态健美，全身线条流畅，肌肉筋脉活灵活现，而且表现得手扣石块坚实。最主要的是大卫的神态逼真，他对他所要以石块攻打的眼前巨人的仇视、愤怒，让观者都能真实地感受到。这就是这尊雕塑的伟大之处。这就是我所说的要给塑像赋予生命力的意思。"

来和听得很入神，不住地点头。

"年轻人，来和，"江老伯微笑说："你细细地体会吧。你还年轻，缺乏人生经历。要实现作为杰出雕塑家的理想，你就不能和生活脱节，不能关在象牙塔里，必须投入到广大的群众中去，经受生活的历练。关在象牙塔里就是固步自封。"

"我……我理解了。"来和仰头望着远方说。

就是因为和江老伯的这一席话，杜来和便在隔天毅然把斧劈坏了他的作品……

三、大个子遇上精灵小偷

一大早,来和背着一个背包,一手还提一个大包,准备出门去。

"孩子,你真的决定出远门去吗?"母亲亲切地问。

"是的,妈妈,我不能老关在家里,我一定要到外面看看世界。"

"你主意已定,妈不会反对,你已长大,也是应该出外闯闯的。不过,你自己单身一人在外,妈总是不放心。"母亲忧心地说。

"妈,您放心好了,我会照顾自己的……妈,您也要照顾好自己。"说着,来和抱着母亲,然后退后一步:"妈,我走了……"

母亲双眼含泪,交给来和一包东西。来和打开一看,原来是一叠钞票。

"孩子,钱不多,约一万块省行钞,你一路上要小心花用。"母亲用手擦擦眼泪。来和把钱放进手提包内。

"谢谢妈。再见,我走了。"来和说完,转身离开母亲和他度过二十年光阴的房子,投身到他陌生的外面世界去。

来和出了家门,跨步向前。他并没有什么目的地,反正到处都有人,到哪里都能碰到人,都能投入人们的生活中去,只要有人的地方便可以了。不过他一直朝南走,他听人说过,南方的地方有许多山,从这些山或许能找到很好的石材。

主意已定,他就往前走,很随意,不匆忙,边走边看。市里车水马龙,行人有些地方多,有些地方少,车辆吵杂,一切繁盛的景象。他平时也偶尔到街上走走,所见也无所差别,因此没什么吸引人之处。

这样走走停停,东瞧西望,不觉已是下午时分,逐渐到了市郊地方。来和已觉累了,也肚饿,便找一间小餐馆进去找点吃喝,也好歇歇脚。

他叫了碗面条,一杯豆浆,大口地吃起来。不一会,吃饱喝饱,反正没事,再坐着休息。虽然店里人多嘈杂,也不管许多,自管休息好了。

"喂,高个的,不好意思,把包挪一挪好吗?让个位给我,店里人太多,没座位了。"

来和转过头来一看,原来是个身体瘦小的青年对他微笑说话。这青年约莫二十岁,皮肤很白,头发挺长。最特别的是,眼睛很明亮。

"哦,好的。"来和伸手把包拉到靠自己身边。

低头吃面

"来，我帮你一下。"青年也伸手帮忙移动手提包："喔，蛮重的……"

"不必了，你坐吧。"来和也稍为移动身体，以便多腾出点位置，也不再看他，看着外面的街景。

不一会，年轻人突然说："哎呀！差点忘了，我还有点事。高个的，对不起，我不坐了，你坐回原位吧。"说着，便起身急忙跑出店外。

来和也觉得好笑。那年轻人看来挺调皮的，不知道他的名字，看他长得高大，就随口叫他"高个的"，挺好笑的。

再坐不久，来和也离开小餐馆，到处无目的地走着。没多久，天也逐渐暗下来了，来和找了间颇简陋的旅店住宿，在柜台处登记交钱。

"哎呀！"来和突然大声叫起来，拼命地在手提包内翻找，满头大汗："咳！怎么不见了！去了哪里呢？！"把包翻个底朝天，满脸涨红。

"先生，你找什么？什么东西不见了？"服务员问他。

"我的……我的钱全不见了！怎么会呢……"来和从来没有过地惊慌和紧张。

"真的找不到吗？"服务员说："没有钱交，你是不能住下来的，知道吗？"

来和慌张中突有所悟，急忙用手摸摸裤袋，然后掏进去，抽出来一看，是一小叠钞票。还好自己原先放进裤袋的两千元还在。他拿一些交了房钱，便进客房去。

进了房，来和再仔细地翻找手提包，什么都在，就是钱全不翼而飞了。他相当气馁，一万元不算小的数目，该是母亲平日节俭才存下来的，现在转眼便全丢了，好痛心呀！

来和详细地查看手提包，完好无损，全没破洞，钱怎么会丢失呢？他尽量地设想，自己有什么粗心大意之处。突然，他想起来了！是不是那个男孩？那个瘦小、白皙、长发和眼睛明亮的男孩？

是了，没错，准是他，古里古怪，突然说要我移包让他坐，又帮我移动手提包，突然又说有事急忙跑了。肯定是他趁我没留意把钱给偷了。这可恶的小偷，可把我害惨了，身上只留下这么点钱，接下去怎么过日子呢？

来和第一次受到打击，挺重的打击。怎么办呢？从来不出远门，第一次出来的第一天便被人偷钱，母亲辛苦存下来的钱，这个现实世界好残酷呀！江老伯怎么不告诉我呢？他走遍世界，老于世故，历尽人生，他不知道世界残酷吗？他为什么不告诉我？怕说了我不敢出来吗？……啊！好惨！我该怎么办？

来和忧伤地躺下床，迷迷糊糊地睡去。隔天醒来已九点多。他没精打采地洗了脸，整理好行李，到柜台结了账，便离开客栈找地方吃东西，再到路上任意地走。

累了，他又找旅店休息。天亮了又再出来，这里已没有市区的热闹，人和房屋，商店都少了，他也没什么心情浏览。他盘算着，以后必须相当的谨慎，对人要留意提防，特别要照顾好自己的东西。

同时，他也决定，必须先找份工作，挣些钱供生活所需。于是，他到处留意有什么地方聘人工作。他进多个商店去问，也不管是做什么行业的，随便问，碰运气。但是，有什么工作适合他呢？他会做什么呢？什么也不会。他只会雕塑，可是哪有雕塑的工作呢？找了一两天，没找上一份工作。

这天，他来到一个建筑工地，一个很大的工地，看来要建很多的房子。工地前有一块用红字写着的牌子，原来是要招聘劳工。他便进工地去应聘，找到了工头，说明来意。

工头看他身体健壮，马上聘用，说明工资按时算，一小时五元。工作是搬运工地里的砖块、水泥、木料、铁条，以及各种杂物。工资每星期结算一次，多做多得，工地里有工人宿舍，另提供餐食。只要勤劳，钱是不会少的。

来和接受了，谈定后便随一名工人到宿舍去分配了一个床位，一个储存随身物的小寄放处，便出来按分配干起粗活来。

来和自小经常搬动石头，大的小的都搬，雕塑时挥动锤子，所以已锻炼出很大的气力，搬运起重物毫不费力，工作得愉快利落。天天劳作，和工人们相处融洽，有说有笑，无所不谈，工人们生活上的酸甜苦辣，都日益有所了解。他已经投入了人群的生活中了。

每天体力劳作，来和相当愉快。十多天下来，丢钱的事便逐渐淡忘了。由于他和工人们相处很好，他为人又爽直开朗，乐于助人，工人们都很乐意和他在一起，工余后大家愉快地喝茶，聊天和从事其他的活动。大家对于他手力之大都很觉惊奇，没想到一个年轻小伙子的手劲比他们长期劳作的人都来得大。有人问他怎样练出这强大的手劲，来和也不愿说明，只含糊地说应该是天生如此。众人也不再多问什么，只是不住啧啧称奇。

一天天气不错，和来和很亲近的二八个工人认为，一直工作了很久，人也挺累的，不如趁天气好休息一下，到外面去轻松活动一下。反正工资是按时算的，少做一天便少赚一点工资算了。工作过度疲劳反而不好。

大家同意了，便向工头请假一天。正好这几天并不赶工，工头也答应了。大伙欢天喜地地出发了。

离工地一公里多处有一条小河，河水清澈，能看到水中一些游鱼。河边又有两排挺高的树木，枝繁叶茂，微风中绿叶摇曳，树下乘凉，清凉舒爽，确是一个休息游玩的好所在。

大伙有人垂钓，有人游泳，有人草地上追逐奔跑，各得其乐。来和不会游泳，因为从来没学过，可是禁不住清凉河水的诱惑，也下去河边水浅处泡水洗身，一股凉意透入心肺，无比畅快清爽，人生中还是第一次享受到大自然的美意，精神为之一振。

正在大家乐在其中时，突然一个在垂钓的人发出大声的尖叫声："哎呀！好痛呀……"

大家往叫声处看去，只见出事的那名工友被什么东西夹住了，身体头下脚上的倒挂在那里，头部离水面仅约几公分。他在死命地挣扎，设法抬头不让水淹到脸部，并不断地喊叫。

"啊！小张出事了，快过去帮他。"出事的工友姓张，大家叫他小张。另一个在不远处也是在钓鱼的工友大声叫人帮忙，他自己也立即放下钓竿跑向小张所在之处。

大伙全跑过来，只见小张被河边的一片大石板夹住双腿，人倒吊在那。原来那片石板是供人站在河边用的，可能支撑石板的木柱松动了，也可能小张站得不平衡，石板倾斜，小张滑倒，正巧双腿被石板倾下时夹在木柱之间，脱身不得。

大家设法搬开石板救小张，可是石板非常厚重，起码有好几百公斤，两三个人是无法搬动的，但是又没地方让一大班人一起合手搬动。人群中三个较健壮的合力尝试搬动石板，石板却无法搬起。小张仍半吊着喊痛。

工友中另一人说："这条河是通向海去的，海水涨潮时倒灌入河，河水也会跟着高涨，那就会把小张淹没了，很危险的……"

大家更焦急，有人就大声向来和说："来和，你力气大，快来试看搬得动石板吗？"

其他人想起，也都叫来和快来搬石板。

在众人的催促下，来和走向石板，双手用力搬动，石板略为动了一下，大家鼓掌欢呼，可是石板只略动一点，并没被搬起，而来和已感吃力不已，大口地呼吸。来和觉得自己力所不及，打算放弃。

"来和，别放弃，"一个年约四十岁的工友，人叫他老李，身材虽不高大，却很精壮。他鼓励来和说："我看你是一定行的，别放弃。集中精神，双脚叉开站稳，深吸口气，再快速用力一提，石板会被你搬动的。如果还是不行，我才和你一起合力搬动。你再尝试一下吧。你行的。"

来和照老李的话去做，深吸一口气，出尽平生之力快速猛然一提，石板果然大大移动了一下。就在这一瞬间，小张趁着石板的移动有了空间，双腿立即向外一抽，终于脱困，人掉水里。大伙即刻把他拉上岸来，同时大力鼓掌欢呼，齐声赞扬来和神力惊人，单独一人就能搬动大石板。老李并没有欢呼，只是对着来和竖起大拇指，口露微笑。

小张获救，连声感谢众人，特别是向来和不停地道谢。

来和心知，如果以他过去的力气，肯定是不足以搬动石板。因为在工地每天不停搬运重物，经过多天的锻炼，才练出今天更大的力气，特别是手力，他更是感觉到极强的劲，内心极为快慰。

经这一折腾，大家也累了，时间也不早了，便回工地宿舍去，各自吃饭休息。

过了几天，工头突然召集大家听他说话，他宣布说：

"大家听我说，发展商昨天对我说，工程要赶工，越快完成越好。所以他要你们加快工作，从今天起不再按时算工资，而是按每人一天能搬运多少公斤计算。每十公斤五角钱，多搬多得，一百公斤就是五元，一千公斤就是五十元。以你们的能力,只要加把劲,每天至少能挣五十元,越勤劳赚得越多,对大家都好,你们快努力赚钱吧!"工头说完便叫大家开工。

工人们心知肚明,以他们的力气,每天每人搬运一千公斤以上肯定是不成问题的,所以都乐意这新的工作方式,于是便勤快地动手干活。

这新的计算工资方法,正合来和之意。他力气过人,比以前加重了两三倍,健步如飞,大汗淋漓也不当一回事,尽力赚钱便是。

以前搬砖块是一手两块地提,现在他索性拿两个竹篮,每个竹篮放进十个砖块搬运,一次就二十块,效率是其他人的五倍。而搬水泥方面,以前是每次一包,现在则是每次四包,甚至五包,也不感怎么吃力。他这种神力的表现,真叫人人吃惊不已,工头看到也大感难以置信。他做工头这么多年,也从来没见过一个力气这么大的人。

来和的大力气,没多久便差不多传遍了整个工地,人们还给他一个绰号——大力小子。来和叫他们不要这么称呼他,但是大家都知道他谦虚,事实是他的确力大无比,所以就一直叫他"大力小子"。来和也没办法,便任由人们这么叫。

工地里原本也有一名挺健壮的工人,也是因力气大而出了名,人称他"牛阿强"。因为他名叫阿强,力大如牛,所以大家便叫他"牛阿强"。

"牛阿强"本来是不和来和这一组工作的,原本就不知道来和这么一个神力过人的小伙子。如今来和"大力小子"的名声太响了,传到牛阿强的耳里,他很不服气。心想究竟是哪个人竟然也力气这么大,还绰号"大力小子",比他"牛阿强"的名号可好听多了。于是他决定去找来和一看究竟,心里还想要跟来和比拼一下,以便把来和压下去,更显自己的威风。

很容易便找到了来和工作的所在,随便一问,人们就指给他看谁是"大力小子"。

牛阿强望着来和,见他果然身强体健,特别是两条臂膀,粗壮到有如两根柱子,而且来和身高也过人一等。牛阿强年约三十出头,强壮的身躯自不必说,但是他也明显看出,自己的体高至少比来和少了五六公分。虽然在体高上有所吃亏,但是牛阿强还是自信自己的力气必会胜过对方,所以他还是决定要把来和比下去。

于是牛阿强走近来和的身旁，以挑战的眼光瞪视着来和。来和还在工作，突见一精壮汉子在瞪视自己，不知发生了什么事，停下工作，以疑惑的眼光望着对方，一时间也不知要说什么。两人于是静默地对峙了一瞬。

牛阿强出声了，指着来和："你就是大力小子？"

这突如其来的一幕，来和一下子不知如何应付，迟疑了一下，低声地答道：

"这……这是他们胡乱这样叫我的……"

"好呀，"牛阿强双手叉腰说："大力小子，好响亮的名堂，必定是力大无比啦。"说着便过来一提来和装着十个砖块的竹篮："唔！果然是挺重的，确是力气不小。"

"没什么，"来和依然低声说："是硬着来的。为了能多挣几个钱……就……硬来了……自不量力，很……辛苦的……"

"你别装蒜了！"牛阿强放大声音说："这么重的砖没力气怎么提得起……"稍停一下，他还是大声说："来，来，你这大力小子和我比试一下！看你我谁更胜一筹！"

"不，不……"来和双手推却："我不敢，我……我一定输给你的……"说着一步步后退。

牛阿强却不管许多，抢前一步出手力推来和一把。来和没想到对方真的动手，毫无防备，而对方手的力也确是极强大的，一个脚立不稳，便倒在地上。旁人见此剧变，都惊呼起来。牛阿强仍不满意，收手再叉腰：

"大力小子，别装死了，快起来跟老子真正比划一下！"

来和慢慢站起，并无意接受对方的挑战。但是对方不管三七二十一，又再抢前一步，这次不只出力更猛地推，而且伸脚在来和脚后一钩。这样猛力地一推一钩，来和根本无法站住，更是重重地摔到地上。这一下摔得够厉害，来和不仅感到臀部剧痛，而且头有些昏眩，眼前金星四冒。旁观者又是一片惊呼。

人群中老李在注视着，见来和摔得不轻，忙过来扶他起来，在他身边说："来和，不要退让了，你再不反抗，他再出重手，你肯定还要吃更多苦头的！快点出力反抗！"

来和立定，眼直望着牛阿强。牛阿强也不再答话，又再出前面的一招来攻击来和。来和双脚尽力站稳，这次没有倒下，可还是被推得退后几步，立刻收脚站稳。

牛阿强见这一招击不倒来和，改出一招更猛的，直接出拳朝来和面孔击来，发力也非常猛。来和不再相让，看准对方拳头来势，右手快速抓住来拳，紧抓不放。牛阿强没想到这年轻人手力果然强大，用力挣扎，但无法挣脱。情急之下，牛阿强发起腿功，右脚伸前再一钩，来和差点跌倒，急忙稳步站住，虽然人在摇晃，但是紧抓对方的手依然不放，还加劲猛捏，有如一把铁钳！

这下子牛阿强可吃不消了，忍痛咬紧牙根，头筋凸露，可并不示弱喊痛。他是有点功夫底的，见一时挣不脱被抓的右手，便再发左拳，来和没提防他还有这一招，前胸挨了一拳，剧痛传来，不免发出一声叫喊。这时他不顾一切，出尽平生之力，把右手猛力一拉一推，把个粗壮的牛阿强抛出五六米之外，一个"狗吃屎"趴在地上。

来和这一下非同小可，尽管牛阿强也力大过人，可是完全抵挡不住，重重地摔倒，头撞地上，刚巧撞在一块木板上面，发出一声巨响。牛阿强再也强撑不下去，一声未吭，昏死过去，再也爬不起，嘴角却流出血来。

见此巨变，众人无不惊恐万状，不知牛阿强是死是活，都冲上前去。老李扶起他，探一下鼻息，还有呼吸，只是昏迷罢了。老李颇懂救人之术，只见他在牛阿强人中处按揉几下，牛阿强便逐渐苏醒。老李叫人拿些热水喂下，牛阿强终于醒来。他慢慢站起，缓步走向来和，伸手向前。

人们都不知道他想干什么，难道他还要进攻来和？来和也不知他来意，谨慎地提防着。只见牛阿强伸出的手轻拍来和的肩膀，大笑一声："哈哈……果然天生神力，'大力小子'的称号真的不是浪得虚名。佩服、佩服……"

"我……"来和有点不知所措，有点口吃地说："我不是故意的，我一时心慌乱推乱摔，得罪了您，真对不起。我看您也是一不留神才被我摔倒的。您……您其实强过我……"

"哈哈……"牛阿强笑得更大声:"好小子,别客气了,你的手力我从来没遇到过。劲力这么大,我看,到哪里都找不到第二人了。真好,我算领教了。你也别怪我,我并无恶意,只是想亲身试试罢了。好……好,再见……"说完便回自己的小组继续工作。

众人见牛阿强走了,马上围过来大赞来和了得。"大力小子"的名声更响了。更钦佩来和的是,他为人谦和,打赢了对方,却还向对方赔礼,这为人的态度太好了。大家又夸奖了一番,而老李,则依然没说什么,只是又微笑地向来和竖起大拇指。

此事过后便恢复了平静,大家依旧勤奋工作。来和自不在话下,干得更起劲,天天锻炼,力气又明显增强了,他自己也感觉得到。同样搬一样多的砖块,却比以前轻松了许多。

这样过了两个月,每个人的月工资确是增多了。而来和,工资增加更是惊人,才两个月,便领到约八千元,是其他人的好几倍,他满心欢喜,那被偷的一万元,很快便能赚回来了。

再过几天,天气又特别好,小张又向大家提议拿假去河边游玩。大家卖命工作了这么久,也真是够累的,便都同意了。到河边地方,又再各自从事自己喜欢的活动。不过大家特别提醒小张,别再像上次一样出事。

来和正想下河泡水,老李走过来,轻声叫他同到别处去。来和不知道他要去哪里,不过老李一副大哥的样子,众人中最有威望,来和便不加反对跟随他走。

走了十多分钟,弯过几条小路,穿过一片树林,来到一处约有几十平方米的草地。老李突然一个转身,出手猛力一推,把来和推个手脚朝天,躺在草地上。事发唐突,来和根本不知道老李所做何为,爬起来呆望着他。

老李看来和站稳了,又急速出手,手法和牛阿强攻击他的招式一模一样。来和本能的和上次一样出手抓老李攻来的手,但是老李手法奇快,不知怎样一晃,避过了来和的抓手,跟着随之一推一钩,来和立即倒地。他这时也没时间想什么,又猜不透老李攻击他的用意,为了自保,便使尽全身之力抵抗,要和老李对打。

但是总难抓到老李的手,即使抓到了,也不知怎的给他晃两下又松脱了。这样子，来和只有挨打的份，全无还手之力，徒有一身好力气，全都徒劳白费。经约二十分钟，来和倒地再起不来。老李立于眼前双眼直望着他，看他神定气闲，全无喘息的样子。来和心想这次可完了，如果老李对他有什么不利之处，他也只得束手待毙，也根本无人可帮他。

来和倒在草地上，眼睁睁看着老李向他缓步走来，他别无选择，只能闭眼等待强者对他的处置……

老李走到他身边，伸出双手，来和毫无反抗之力。老李却将他扶起来坐下，自己也坐在来和身边，开口对他说：

"老弟，你力气这么大，真的斗不过我吗？"

"……"来和不知说什么才好。

"老弟，"老李说，"你号称'大力小子'，其实是没用的，只是一股蛮牛之力，不懂善用，全白费的。"

"我只有力气，从没练过功夫……"来和怯怯地说。

"这就说对了，"老李手指他肩膀说，"你有一身大力气，全不懂武功，是一大浪费。真正碰到有武功的恶人，你便只有吃亏的份。我不想你浪费一身好气力，决定要教你武功。"

"哦！"来和想都没想过要练武功，老李的话来得很突然，一时不知如何回答，稍停一下，他睁大眼睛说："大哥……我……我从来没这样想过。我想……我又不要和人打架，不必学什么武功……"

"老弟，你错了。你想看，牛阿强你有得罪他吗？你有去找他打架吗？他却无端端来找你生事，而且出手这么重。幸亏他并没什么好武功，才被你抓住手，败在你的手力之下。如果他武功好，你可要大吃苦头了。"

来和又不知说什么好。

"所以，老弟，"老李继续说，"我说的是没错的，为了防身自保，学会武功总对自己是有好处的。老实说，我并不随便教人武功，带你来这里是为了不想让其他人看到。"

不等来和答话，老李接下去说："我看你的一身好力气，就好比是一块美好的玉石，可是不经雕琢，成不了真正美好的玉器，暴殄天物，太可惜了。"

一听到老李讲到玉石的雕琢，正好对上自己的雕塑工作，来和不禁心弦为之一动。心想正好和自己的雕塑工作一样，一块好石材不经过精雕细琢，是不会有杰出的塑像出来的。

老李见来和不出声在沉思，知道已打动了他的心，便语气坚定地说："好了，别再犹豫了，决心跟我学武功吧。"

"好，好……"来和站了起来，"我决定跟你学。可是……我……我是很笨的，恐怕……学不好……"

"那没问题。"老李满脸欣喜："不会很难的，我不会教你太多和太难的，基本的一些好招式学会了也不错了。好，"老李再用力拍一下来和肩膀："就这样说定了。现在已不早了，我们先回去，改天我找个合适时间和地方，我正式教你武功。"

……

一天，工作完毕，晚饭过后，老李见没什么其他人，过来向来和招手，也不说话，径往前走。来和会意，便跟随其后。不一会，老李领来和到一间放杂物的储藏间，推门进去。里面只一些杂物，别无他人。老李也不开灯，凭借外面透进来的灯光，开始向来和传授武功。

"老弟，"老李说，"开始学之前，我要告诉你武功的要诀。听好了，武功的要旨是第一要练好站马，这是很简单的，不过得勤练，越多练越好。然后你要记好，武功要胜对手，就得出手快速敏捷，先发制人。只要抢先出手，即使只快一秒半秒钟，就能先下手为强，取得先机。再有就是下手要狠，一两招，或几招就制服对手，不可手软，不让对方有喘息的机会，拖长下去，你的胜算就少了。还有很重要的便是懂得闪避，尽量躲过对手的攻击，而自己又有还手的余地。"

稍顿，老李继续说："道理就这么简单，最主要的是要勤练、苦练，练得纯熟，反应快、应变快，就很不错了。我前面的话听懂了吗？"

来和点头，老李要他重复要点，确定他都记得牢实了，便开始一步一步教他各个招式。

以后几晚，都不停地教，由浅入深，由易入难，基本好用的招式都教了。随后的日子，来和平时用脑复习各招式，方便时找没人的地方勤练，一天比一天进步纯熟。老李不时从旁观察指点，约四个月过去，老李对来和的成绩大表满意,认为他对付一般武功不是十分强的人已是绰绰有余,加上他过人的手力,胜面更是加大。

随后的日子,来和越练越熟,工作也照做,算一下在这工地也约有十个月的时间了,工资也赚了整四万多元。想想也够花上一两年了,便决定离开这里,继续他原本要到处闯的念头。于是他找老李辞行。经老李询问,他把自己原本是雕塑师的情况告诉他,并很诚挚地向老李道谢,说老李向他传授功夫,已是他的师父,他会永记心中。

听完来和的一番话,老李对他说:"老弟,很好,我很喜欢你的为人。我再次提醒你,学到的武功是作自我防卫用的,保护自己不受恶人欺负。切不可凭武功去欺压弱小的人,更不可以此从事不良的勾当。能够的话,伸张正义,锄强扶弱是最好的。希望你能记住我的话。"

"师父,我一定牢记您的教导。"再和老李说了一阵话,来和便告辞,他并向一班常在一起的工友告别。由于他事先已向工头辞职了,手续也已办好,所以告别了众人便离开了工地……

四、惊心动魄生死斗

　　已远离城市，在郊野外，来和信步而走，不急不缓。山峦树林，小桥流水，稻田农舍，大有别于城市的景象，特别是到处一片苍葱翠绿，鸟语花香，城市里是难得一见的。再有是清新的空气，特别令人精神舒爽，走多远也不觉怎么疲惫。来和经过工地上的多月劳作，又学了挺好的一身基本武功，体格更为健壮，长途步行起来，就有如平常人在散步，无比轻快。

　　在路途中，也没什么目的地，就是随意往前走，饿了就找东西吃，晚上住宿旅店，身上的钱是挺够用的。有时见农人耕作，很感兴趣，常主动过去帮忙，锄地浇水，除草施肥，很容易上手。特别是锄地犁田，以他的力气，轻而易举，速度又快，农夫们可高兴极了，无不称赞他的力气管用，反而农夫们还不如他。而这些工作，对来和来说，都是兴趣所致，全不收钱，农夫们更感激不尽。

　　在和农夫们接触中，对农人们的生活情况大有了解。农人一般生活都很清苦，有些还挺困苦的，尤其是遭遇到洪水或天旱的自然灾害，更是损失惨重，辛苦耕作的成果都付诸流水，苦不堪言。而农人们是很广大的群体，他们的生活真是值得大家关注。

　　来和没想到，这样的随意行走，倒让他接触到不少的人物，增进许多见闻，人生经历在不断地充实，深感出门远行实是不虚此行。

　　这样的一村过一村，一镇过一镇，走走停停，看尽不少东西。当然他心目中最在意的是希望找到优良石材，并有一个合适的地方就地取材雕塑，才是最合心意的。只可惜行走了这么久，也到过一些山地，却找不到什么好石料，一时间心愿尚不能实现。但他也不焦急，走到哪里算到哪里，可谓随遇而安，悠游自在。

也不知走了多少天，遇到多少人，日子一天天过去，没什么特别事故。这天，来到了一个人比较多的地方，前面不远处该是一个挺热闹的地方，他便朝前走去，望到一个市集的地方，一个约几百平方米的小广场，四周是店铺和小摊贩。

突然间，人声沸腾，喊叫声四起，又见人群惊慌地四散而逃，场面大乱……发生了什么事呢？来和本能地过去看。还没走进广场里，已见好几个人倒在地上，身染鲜血，挣扎呻吟。有两个倒地不起，没有动静，都是男的，一老一少。另三个，两女一男，都是中年样子，伤得不轻，尽力移动身子要爬向广场外面，可是似乎全没力气，爬得很吃力也没能移动多少。

在广场中央，站着一头牛，喘着气，头朝前方。就在它前面约十多米处，一个三四岁的小女孩坐在地上，不停地双手擦眼哭泣，满身泥灰。其他很多人四散躲在木栏外或有东西防护的地方。

人声非常嘈杂，指手画脚，吵声中只听到：

"牛发狂了……惨啦……死啦……"

"那两个倒地不动的……可能已死啦……"

"吓！……那三个……爬不出来……狂牛转过头去，一定会把他们顶死的……"

"小女孩太……太危险了，只会哭……不会跑，那牛……那牛一往前冲，她……她准没命啦……"

"谁……谁去救救小……小女孩吧！"

人群喊叫声不断，可是谁敢出去救小女孩呢？一个也不敢。

很显然，这头牛发狂了，闯到市场来乱撞乱顶，好多人受伤了，空地上五个人因受伤太重而无法逃出，两个不能动的也生死不明。市场也给狂牛搞得凌乱不堪，许多摊位东倒西歪，满地是瓜果蔬菜，还有鱼虾和肉类。

狂牛或许是闯了一段时间，在作片刻的休息，有如西班牙斗牛的情况一样，也或许是小女孩个子太小，又坐在地上，牛没看得清楚，所以暂时停在那儿。

女孩与疯牛

"呀!……孩子呀!……"

只见一对中年夫妇跌跌撞撞地跑来,哭喊着要到广场去救小孩。

"哎呀……不行呀!牛很凶呀……你们千万别过去呀……会给……会给牛顶死的……"

人们叫喊着,大伙死命拉着那对夫妇,阻止他们进广场。

"你们……别拦我们……我要救孩子……"两人挣扎着要冲出去,可是众人绝不让他们去冒险。

在这紧张时刻,牛抬头望望人群,又转回头对着小女孩,两只前脚轮流擦着地面,看似马上有所行动!人人都替小女孩捏把冷汗。

这一切来和都看在眼里,也明白是什么一回事,眼看小女孩大难临头。在此千钧一发时刻,来和不作他想,冲入场中直奔狂牛,众人见此,哄动起来，许多人大喊：

"小伙子，不行呀！……牛又凶又力气大，你一人去准是送死的……快……快退回来呀！……"

在一片乱声中，狂牛已开始行动，低着头朝小女孩奔去，的达的达，脚下尘土飞扬，其势猛烈……人群的叫喊更大声了……

牛跑得快，来和跑得更快，一眨眼间，牛已奔到小女孩跟前，低头作势要攻击。说时迟、那时快，来和一个箭步冲到牛前面，闪电出手，两手各紧抓一个牛角，硬生生地把牛头抬起，不让它撞到小女孩。

狂牛经此一变，益形疯狂，双眼直瞪来犯者，狂性大发，头使劲摇动，四腿乱踢，力图挣脱……人和牛抗争中，稍离开了小女孩，但斗争更剧烈，牛反过来要撞来和，而来和强有力的双手则有如铁钳一样紧抓牛角不放，双方坚持着。看的人紧张无比，叫声不绝。

其实牛力量非常大的，尤其是在发狂的时候，更是力大无比，以区区一个人力，哪能制服得了它！来和尽管力大过人，但是时间久了，力气逐渐耗尽，便显出不敌的颓势。眼看坚持不下去了，来和急闪过一个念头，见势变招，松开抓牛角的双手，快如闪电般就地一个打滚窜到牛肚下面，随即快速出手，双手各抓一只牛的后腿，再猛力站起，硬生生地把牛的后半身举起来！

这牛后腿一离地，便失去着力点，无从发力，只有挣扎的份儿，来和马上脱离险境。但是牛是挺重的，老是托着它也不是办法，时间一久，也是托不住的，更何况牛一直在不停地挣扎，抓紧它尤其耗力。

危急时刻，来和恍然想到要人帮助，便大声叫道："你们快拿棍打牛头和前脚呀！……我抓住它，它跑不动了，你们……别怕，快……快来打它呀……"

人群这才从紧张中醒悟过来，几个年轻力壮的，各手持棍棒，直奔牛前举棍猛打。一阵乱打中，牛张口吽叫，满头流血，前腿重伤，站立不住，瘫倒下来。年轻人仍不停猛打，直到牛一动不动才停手，而来和也放开牛腿，瘫软坐在地上，不住地喘气。同一时间，那对夫妇立即奔前抱起女儿，不停地为她擦脸，又紧抱她亲个不停。

四周群众欢声雷动，猛拍手掌围过来，对来和赞声不绝。过一会看来和稍恢复过来了，人们便扶他到旁边的一间小茶馆坐下休息，店主人立即提壶茶来，倒了一碗给他喝。围观者越来越多，许多竖起大拇指大赞来和英勇，都说能一个人斗住狂牛，力气惊人，难以置信。

这时，那对夫妇抱着小女孩过来，涕泪齐下：

"小伙子，真多亏你了，这么勇敢救了我们的小女儿，我们太感激了……"说着便跪拜下去。

吓得来和马上站起，扶他们起来："两位切不可如此，我受不了。救人是应该的，你们别太客气。"

"小伙子，太危险了，你是冒着大危险救我们女儿的，大恩大德，我们难报，我维良夫妇俩今生永不忘记。"那男子名叫许维良，拉着妻子的手又再鞠躬，并叫小女孩双手合十，教她说"谢谢叔叔"。

小女孩这时已不怕了，果真很伶俐地说："谢谢叔叔。"

来和很高兴，摸摸女孩的小脸："好乖，现在没事了，不必怕了，回家去休息吧。这一天可太累人了！"

……

先前当牛被打倒，一班人过去扶起来和的时候，另一部份人也赶紧过去救助被牛撞伤在地的人。一老一少，两个完全没动静的男子，其实伤得并不重，他们是因惊吓过度而昏倒不省人事，并没给狂牛撞得很重。那两女一男，才真正伤得厉害，还好也没性命危险。人们把他们扶起检视一番后，立即送他们去医院治疗。

……

在小茶馆，来和叫许维良带女儿回家去。许维良很诚恳地邀请来和一同到他家去，来和客气地婉拒，但是许维良说怎样都要他去，硬拉着他走出小茶馆。其他人见已没什么事了，便各自去重整被牛撞翻的摊位，以便重新营业。

大家又重新忙碌着，另有几个人在商量如何处理倒在地上的死牛。许氏一家拉着来和出了茶馆，正准备回家。

突然间，几个男人从一条小路急匆匆地跑到市场来，领头的是一个四十来岁的大胖子，腩大大地凸着，走起路来显得挺不容易。这班人直来到市场中死牛躺着的地方。大胖子站在牛尸前，指着死牛大声呼喝：

"喂！是谁打死了我的牛！"他伸直手用手指指向人群转一圈："说呀！你们说呀……是谁……到底是谁打死我的牛啊！"接着弯下身检视一下牛的眼睛，确认牛已经死了，又环顾众人。

见没人回答，他想抓个人来问，便叫一个手下去抓一个卖菜的男子，把他拉过来，大声责问：

"你快告诉我，是谁把牛打死的！是你吗？"

卖菜的猛摇头。

"不是你，"大胖子怒目瞪着他："那是谁？只要你说出来，我就不会难为你，快说！"

许维良低声对来和说，这胖子姓刘，人们都管他叫做刘胖子，没人理会到底他叫什么名字。有的索性念歪一点，叫他做牛胖子。他在离市场一公里外有个大农场，雇了不少人耕作，另外还养了几十头牛。在本乡镇，他可算得上富豪之一。

刘胖子拉着卖菜的问不出一个所以然来，作势要打他。旁地里闪出一个中年男人，胆子较大，走到刘胖子面前，说明牛发狂撞伤多人，并闹翻了整个市场，所以大伙才把牛打死，否则恐怕真会闹出人命。

"哈……"刘胖子大笑几声后，眯起眼睛说："那很好，你们合力打死我的牛，那你们就凑钱来赔偿我！"

"那……"中年男子问道："你的牛值多少钱？"

"五万！我这头是最好的牛，最少得赔五万块钱！"刘胖子伸出右手张大一个手掌。

此言一出，立即引起一片骚动：

"哇！什么牛呀！值这么多钱！"

"摆明要吃人嘛，怎样的牛也值不上五万块钱嘛！"

"你不如去抢劫！"

一片骚乱中，突然有人喊出很大的一声：

"是你的牛发狂撞伤了许多人，又掀翻弄坏了大家的摊位，要你赔偿我们才对！"

"是啊！要你赔偿才对！"

"要你赔偿我们！"

"我们都损失了，快赔偿！"

四周一片响应之声。

刘胖子却毫不退让，抓紧中年男子的手，向众人大喊："我不管！总之你们打死我的牛就要赔钱给我……你们说我的牛发狂了，有什么证明？照我看，是你们捉弄我的牛，才弄到它惊慌撞到人的！"

"是我打死的！"一声大喊，一个男子快步走向前，站在刘胖子面前。众人一看，却原来是刚才出力抓牛的高大年轻男子。现场立即又一阵骚动起来，大家担心接下去不知会发生什么事，也担心刘胖子会对来和有不利的行动。

"是你打死的？"大胖子打量着来和："那好，你就赔钱。"

"好，我赔给你，你答应我不要再为难大家，我就赔给你。"来和出乎人之料地回答："不过，我只赔给你五千块钱。"

"哈……"大胖子说："先别说赔钱的事。你说牛是你打死的？"

"是啊，是我打死的！"来和指自己一下。

"你……你自己一个人打死的？"刘胖子以轻蔑的眼光看着来和。

"是，是我自己一个人！"

"哈哈……哈哈哈……"刘胖子笑到弯下腰，手按着大肚腩："哈哈……你别笑死我了，你能自己一个人打死一头大蛮牛？哈哈……别吹牛了……"

"很好，哈……打牛英雄，哈……你好大的本事。"说着，刘胖子转身向其一个手下说："阿虎，你来，你来试试他的身手！"

这个叫阿虎的人，体型也是相当健壮的，还披了一头长头发。他听刘胖子的指示，便走向来和，也不打话，出手一拳便向来和面孔打去，用力挺猛，下手毫不留情。

来和见来势凶猛，如被打中，肯定会昏倒过去，便立即侧头闪过，跟着快速伸手抓住阿虎的来拳，顺势一拖，也只出了六成力。阿虎没料到这年轻人手力如此强劲，一个立足不稳，向前扑倒。所幸他功夫还挺了得，在地上就势一个打滚，马上站立起来，已涨得满脸通红。旁观者则鼓掌大声叫好，刘胖子也大吃一惊。

吃此一亏，阿虎不敢大意，双拳紧握，快速左右来回摆动，虎虎生威，扰乱来和的注意力，然后再猛然出击，攻向来和胸前。来和眼明手快，左手一挡，右手再一招擒拿手，抓住阿虎的右手。这次手下不留情，左手托住对方被抓右手的手肘，向上一托，只听卡嚓一声，阿虎关节立断，痛得杀猪般惨叫，双腿瘫软跪了下去，还在惨叫不已。来和这一两招，就是老李教他快速制敌的手法，不给对手有多余的机会。见阿虎已无还手的能力，便放手让他坐在地上，阿虎还托住受伤的手呻吟不已。

刘胖子见阿虎没两下便败下阵来，便向其余四名手下使个眼色。四人已怒火中烧，立即包围来和，手脚齐出，猛踢猛打，其中有一两拳打中来和。但来和肢体强壮，中一两拳并无大碍，使出所学武功，闪躲对方攻势，再以速猛拳法和腿功如闪电般出击，拳风腿影变幻无穷，没几下功夫，四条大汉都各中猛招，来和的力劲他们根本无法顶住，纷纷倒地哀叫，爬不起来。

刘胖子见势头不对，转身就跑，但他哪里快得过来和！还没跑动几步便被来和一手抓住。来和略一使力，便把他推倒在几个倒地大汉的身上。

"算了，算了，我……我不要钱了……让我……让我走吧……"刘胖子哭丧着脸说。

"没这么便宜，你欺人太甚了……"有人大声说。

"是呀！你的牛撞伤人，你还要我们赔偿，太蛮横了。"另一个说。

"我……我"，刘胖子还要争辩。

这时，突有人说："警察来了。"

话声中，三名穿着制服的警察走过来问发生什么事。

许维良这时过来对警察说："那头牛发狂撞伤很多人，我们打电话报了警。为什么你们这么迟才来？"

警察解释说镇外发生了一起重大的交通事故，他们要去维持秩序，所以来迟了。接着他们询问了牛撞人的事，了解了情况做了笔录，让来和签字后，为首的警察对刘胖子说：

"你养的牛发狂跑出来伤人，是你管理不好，一切都要你负责，受伤和损失的人你必须赔偿他们。快跟我们回局里去,我们要秉公办理。"

刘胖子和五个受伤的手下垂头丧气地跟随警察去了。

许维良便领着来和去他的家。原来他是一名小贸易商,生意还做得挺不错,也算是家境中上,薄有财产,所住的房子也比普通一般人的好许多。

到了家中,他便吩咐工人马上做一顿丰盛的晚餐,并交待收拾一间干净的房间给来和住。一切打点妥当,大家先各自洗了澡,整理一点东西,也到晚餐时间了。许维良自是非常热情地招待来和。自离家以来,来和这一顿晚餐可说是吃得最丰盛的了。

席间,许维良再次感谢来和冒生命之险救了他女儿,同时也邀请来和就在他家住下,有兴趣的话可以帮他打理一些生意上的事,并可随时回家去探视亲人。

来和很感激他的盛情,不过他说他的兴趣是到各地走走,并说明他的志向是雕塑,要去寻找优良的石料,同时找个地方从事雕塑工作。他告诉许维良,明天他就要动身出发了。但是许维良无论如何都要他多住几天才走。

于是,来和在许维良处多住了三天,第四天早上他便向许维良夫妇辞行。临走前,他向许维良借个电话打回去给母亲,向她告知自己平安,也同时问候母亲,叫她要多照顾好自己。其实在工地的时候他已和母亲通过几次电话,这次也没什么特别事情,通话也就很简短。

在他要走之前,许维良拿出一个纸袋,里面包有三万块钱,说供他旅途上使用。来和急忙推却不收,说自己不缺钱用。但许维良坚决不答应,硬要来和收下,说旅途上随时会有什么急事,带多些钱总能做应急之用。他便把钱硬塞进来和的背包里,来和连声谢谢,就此告别了许家。

离开了这个市镇,来和依然毫无目的地往前走,反正到哪里都一样。一路上天气晴朗,风和日暖,精神很是畅快。一路悠闲地走,心无旁骛,便回想起过去的各项遭遇。他觉得在工地的工作和生活最有意义,不但锻炼了自己,而且真正体会工人的辛苦生活,一天到晚卖命劳动,便是为了挣点钱养家活口,富有和养尊处优的人是不会知道他们的辛苦的。

他也很庆幸能结识老李这个很特殊的人。他虽没有什么学识和才能,但是为人倒是挺正直的，尤其是他沉默不多言，而一讲话却是很有威严。最难得的是他教了自己一身武功，并阐明学武的真谛，确是使自己获益匪浅。来和想，要不是老李教他功夫，他绝不可能对付凶恶的狂牛，以及刘胖子的几个手下。没有这一身功夫，肯定已给狂牛撞死，要不然也会给刘胖子的手下打个半死，哪还会有今天这么潇洒自在，也根本救不了在狂牛面前的可怜小女孩。

想到那狂牛，来和突然战抖一下。当时他紧抓牛角时，那牛突起的眼睛如在冒火，充满杀机，他可从未试过这么近距离对着一双像要吃人的眼睛。

由此，他隐约中似乎发现自己的眼睛别具敏感，很能直觉地透过他人的眼神看透对方的内心世界。面对刘胖子时，立即感觉到他邪恶阴险的眼神，这种人奸诈无比，吃人是会连骨头都吞下去的。

回想在工地时，牛阿强无故找他生事。阿强虽然一副凶恶的样子，向他挑战，但是他当时看牛阿强的眼神，并没看到他要置自己于死地的意思，可见他并不是一个残酷的人。至于老李，则是眼神稳定，绝无邪意，他可说是一个坚定正直的人……

来和不知道别人是否和他一样，总之，他觉得自己的眼睛可以让他看透别人的心思，自己的双眼应该是挺特别的。

边走边想，眼前是什么所在也并不怎么留意，到他停下来看时，才注意到是野外无人的地方。脚下所站的是一条小路，四周是树林，他怕到天黑时找不到吃饭和住宿地方，便加快向前走。

没走多远，听到后面轻轻的有人的脚步声，回头一看，是一名男子。他想起了，先前一路走时，便隐约觉得有人在不远处跟随着他，只是他不当一回事罢了。他现在故意放慢脚步，后面的人却加快脚步走过来。

那人走到他面前，不由分说便以尖刀向他刺来。事发突然，他也完全没料到那人会用刀刺他。幸好他身手敏捷，眼明手快，一侧身闪过刺来的尖刀，再闪电般伸右手抓住那人握刀的手，用力一推一扭，那人马上手腕剧痛，尖刀落地，失声大叫。他想挣脱，但他哪里想到来和手力的强劲，极力挣扎也动弹不得。他知道眼前此人太强大，反抗只是徒劳，便只好跪下求饶：

"好汉，求你饶我一命，我……我再不敢惹你了……"

来和松开手，那人也不敢逃跑，只一直以求饶的眼光望着来和。来和生气地说："无缘无故你为什么要用刀刺我？"

"我……我……"

"你说！你说是为什么？"来和紧逼地问。

"我……"那人吞吞吐吐地说："我想……我想……抢一些钱……"

"什么！你……你要抢钱？！"对方的话确是叫来和大出意料之外，竟然有人要抢钱，而且是要向他抢钱！

"是的，我……我要抢……抢钱……"那人还是重复这句话。

"你……你……"来和一时不知说什么，双眼瞪着他，无限惊讶。停了一会再说："你……你要抢……抢我的钱？"

"我……我没钱……"

"你……没钱？那……不会去……去工作？"

"我要……要很多……很多钱……"

"我也是做工才有钱的呀。"对来和来说，他真不明白为什么竟有不工作而抢别人钱的人。

"我有工作，我是养鸡的……"那人逐渐敢抬起头看来和，而且说话也没先前那么慌张。

"养鸡？"

"是的，我本来养了几千只鸡……"那人显出伤心的样子："但是……这些鸡都长大……可以卖钱了，却一下子闹鸡瘟……全死了……"

"全死了！几千只鸡全死了？"对来和来说，这是很惊奇的事，他可从来没听过鸡瘟的事。

"死了……全死了……我……损失了几万元……"那人更伤心了。

"那么……那么……"来和一下不知怎么说，搔搔头皮："那……你不会再养过？"

"不……不行了……我没钱了，家里没饭吃了，孩子……也没钱上学了……"说着竟流下了泪来。

"好，好……你……你先站起来。"那人一直跪着，听来和这么说才慢慢站起来。

"你为什么不能再养鸡？"来和还是不明白。

"我得再买小鸡……又得买饲料……还要再养几个月……不行了……"他垂下头："几千只小鸡，还有饲料……哪来的钱？饭都没得吃了……"

突然间，那人弯下身捡起尖刀，对着来和。

"啊……你……你要干什么？"来和本能地退后几步。

"好汉！你……你索性把我杀死算了……"伸手要把刀交给来和。

"你……你疯啦？别……别乱来……"来和一下子被吓得不知所措。

"我不要活了，家人没饭吃，孩子……不能上学，我……不要活了。你杀掉我吧！"那人拿着刀再向来和走去。

"不要！不要！你……快放下刀！"来和只能向后退。

"好……好，你不杀我……那我就……自己……"那人反转刀，闭起眼，举刀便向自己胸前刺去！

这下可真太突然，来和可真没想到那人会出此下策，真的不要活了。还好他眼明手快，一个箭步冲前快手抓住那人拿刀的手。即便来和手快，尖刀却已刺伤了那人的胸膛，鲜血立即染红了衣服。

来和力大无穷，一下子便夺去尖刀，扔在地上，拨开那人衣服查看，血还在流，所幸只是皮肉之伤，刀并没刺得很深。来和赶紧从自己随身的包里取出一些药粉替他涂上。这是来和平时做雕塑时预防锤子打伤手时而备的止血药，很灵效，不一会，那人的血便逐渐停下了。

可是，他还在大叫："你别管我啦！你……救我也没用的，反正……我也活不成啦……"说着又要去捡起尖刀。

来和出力拦着他："你别做傻事！听着，我可以帮助你。"

那人很感意外："什么？你……你能帮我？"

"是的。"来和简单地说。

"你……你怎样帮我？"

"你别动。"来和转身从包里拿出一些钱：

"这里有五千元，你拿去，给家人买东西吃，给孩子上学。你再……买些小鸡来养。"

"我……"那人一下子不知所措。本来是要抢钱的，而人家不打他，倒还拿钱给他，他不敢收下钱。

"别傻啦，"来和说，"快拿去，五千块钱先帮你解决眼前困难，以后再把鸡养起来。"

那人看着来和，还是不敢拿钱。来和硬塞进他手里："快拿去吧，没钱你不是要死吗？你死了家里人怎么办？"

那人接过钱，突然跪下倒头便拜，来和赶紧把他扶起："好了，好了，别这样了。"

"恩公，恩公，感谢你救命之恩。"那人流下了眼泪。"我不会忘记你的大恩大德。你……你叫什么名？我以后有机会要报答你。"

"别这么说啦，快回去吧。几千块钱也没什么，别说什么大恩大德啦，回去吧。"

"哦，哦，"那人转身慢慢离去。可是没几步又倒回来，捡起地上的刀，对来和说："恩人，这是一把很好的刀，我送给你。"

来和双手推却："我不要，我不会用到，你拿回去吧。"

"不是的，恩人，你听我说，你一个人在野外走，随时会遇到强盗，还有一些凶恶的野兽，没有一把武器防身是不行的。反正我也不需要用到了，你拿去吧，对你是很有用的。"说着，他把尖刀塞进来和手里。接着又将绑在小腿上的刀鞘解下对来和说：

"这刀鞘很合这把刀的，你把它绑在小腿上，刀插进去就不会掉出来，要用时随手一抽就行了，很方便的。"

来和见他很诚恳，便收下刀和刀鞘，向那人道谢。

那人立即说："你可别谢我，应该我谢你才对。"他向来和深鞠一躬便转身离去。

等那人离去后，来和拿刀来看，确是一把好刀，寒光闪闪。他随手向一棵小树砍去，树马上断去，可见此刀锋利无比。他照那人所说，把刀鞘绑在小腿上，再把尖刀插进去，果然很稳妥，刀不会掉出来。

来和呼口气，找一块大石上坐下来。回想起刚才这一幕，他觉得有时事情巧得难以解释。他原本五千元真的要给那个刘胖子以消解麻烦的，谁知大胖子不要，还恶心肠地叫手下打他，结果大胖子给警察带走。而这五千元却正好给了刚才这个人，看来自己是用这五千块钱帮了人，做了一件好事。

那么，那人真的几千只鸡死了，走投无路才要向自己抢钱吗？他真的家人没饭吃，孩子没钱上学吗？他当时真的无意杀我吗？这些问题是没人回答的。不过，来和想，从他的直觉，当时他从那人的眼神中，的确没感觉到他有杀人的意思。而且后来那人想自杀时真的很出力把刀刺向他自己胸膛，要不是我手快抓住他，这把这么锋利的刀早就刺进他的心脏了，他是必死无疑的，这个人肯定是没有做假的。

至于他所遭遇的困难是不是鸡死，还是其他什么困难那就不重要了，反正这五千元也是要给人的，给了一个真是急需钱应急的人，这五千元也就很值得了。想到这里，来和不由微笑了。

他站起来舒动一下筋骨，作几下深呼吸，又坐下来沉思。他觉得这个世界很复杂，并不如他以前只是一味在家从事雕塑那么简单。他出来走了这一段时间也并不是很长，可却碰了不少的人和事，这些是以前从来想都不曾想过的。经历了这些人和事，使他学到不少东西，见闻大为增广，这样的经历挺有意思，也可说十分有趣。

他想，当时在他雕塑展览上的那位老者劝他出外走动，见识世界并和广大人群接触确是很对的，否则自己老是待在家里脱离大众，到头来不变成一只井底蛙才怪。想着想着，他放眼看看远方，白云青山，绿树繁茂，世界真的很美，生活应该更充实才对。

他休息了一段时间，看看也已经黄昏了，便决定走出树林，到外面找旅店投宿。

但是，突然间大石后面的矮树丛摇动起来，并听到狗叫的声音，来和定睛一看，果然跳出两只大狗来。他想既是狗，便不去理睬它们。可是这两只大狗却吼叫着向他猛扑过来，张大口露出阴森森的牙齿便来咬他。

这哪里是狗，分明是山野里的野狼，它们很饿了，在不远处闻到人味，看到来和，冲前便要咬人。

来和根本没想到狗会这么凶，这么凶猛地扑来咬他。幸好他身手敏捷，就地一个打滚躲过了二狼的袭击。可是狼的动作也是很敏捷的，一扑不成，立即又再扑过来咬人。来和的手力是很大的，他原可两手各抓一只狼，可是看到狼牙的尖利，一不小心准给它们咬伤。如果被它们紧咬不放就更惨，到时手必重伤，所以他不敢出手抓狼。情急之下，他一个弯身，右腿飞出猛踢，踢中一狼腹部，狼哼叫一声倒地。

虽然踢中一狼，但另一只仍向他咬来，这时再踢已来不及，他只得又滚地躲开。然而狼的动作是十分迅猛的，再滚几滚最后也难以躲得过的，更何况倒地的那只狼又爬起来再向他冲来，来和知道情况非常紧迫，再下去真可能给两只狼咬死。

情急之下，来和突然想起自己小腿上有把尖刀，马上右手抽出，对准冲过来的恶狼猛力刺去，正中狼胸。尖刀十分锋利，一刺全刀没入，直中狼心，它狂叫一声，倒地挣扎几下便不能起来。

另一只狼也不管同伴中刀倒地，依然冲过来咬人。这时来和更镇定，对准此狼又是一刀，同样刺中其胸，此狼同样倒地不起。

来和过去踢踢二狼，都一动不动，胸口直流血，已经死了。来和看看尖刀，惊讶此刀果真如此锋利，不禁伸伸舌头，把刀上的血擦掉，再插回刀鞘。

刚才确是十分凶险，来和也不免吓出一身冷汗。和二狼格斗了一番，来和也疲倦了，靠在大石下休息。看着两只死狼，却一下子还不知它们是狼，只当是狗。他心想，奇怪，怎么狗会凶到这样，简直要把人吃掉。他再查看它们的嘴，牙齿非常锐利，而且很大。猛然，他领悟过来了，这两只应该是狼。他小时候曾听过人们说起狼，很像狗，但是非常凶，会吃人。

想到这里，他心里不禁猛跳一下，怪不得它们这么凶。如果没有这把尖刀，他就是多么力大，也学过武功，也绝不可能空手斗得过两只野狼，不给它们吃掉才怪。越想越有点怕，便立即起身要离开这个地方。

天已经逐渐黑下来了，他得赶紧离开树林，于是加快脚步走。走着走着，天相当黑了，却还没走出树林。再走一段，发现挺熟悉，前面一块大石头。定睛一看，却是原本杀狼的地方，两只死狼仍躺在那里。

来和不禁心里暗叫苦，他在树林迷路了。以前曾听人说过，晚上在树林迷路，常会兜圈子，走回原来的地方，就是无法走出。他想，再走下去也是白走，心里有些害怕，于是决定停下来，等天亮再想办法。

决定在野外露宿可就不是一件简单的事了，更何况来和从来就不曾有这样的经历。晚上在树林里单独一人，夜里会有什么野兽来袭呢？会很冷吗？万一下雨怎么办？这些都是不得不考虑的问题。

他选在大石下面一个可容得一人躺着的地方，并在地上铺了些干树叶，这才躺下。为防猛兽来袭，他在大石前烧了一堆火，树枝很干，火烧得很旺，发出"哔啪、哔啪"的轻微声，空气马上暖和起来。来和躺在大石下的干树叶上，感觉相当舒服。

躺了一会儿，他担心睡着了真的野兽来了该怎么办。想了一下，便起来再找些干树枝在大石前面周围随便堆放。这样万一真有野兽来，踩到树干时发出声响，便会把自己吵醒，可以对付来袭的野兽。此外，他又把两只死狼分左右边各约十多米远的地方抛去。这样做的目的是，如有野兽来，它们会先吃死狼，吃饱了便不会袭击自己。

做好这些布置后，来和便比较放心地躺下睡觉，手中握着那把利刀。折腾了一天，已是相当疲倦，躺下没多久便呼呼入睡。但是无论如何心里总担心着有危险，并不能真正的熟睡，总是迷迷糊糊地又醒又睡。半夜时，他似乎听到一些什么动物的叫声，并不是很响，但总断断续续地传入耳里，使他更不放心熟睡下去。

应该是凌晨三四点左右的时候，他清楚地听到有野兽在咬吃东西的声音。不错的话，很可能是什么野兽在吃两只死狼的尸体，在啃咬骨头时还发出"格格"的声响。在深夜中，火堆火势已减弱了许多，剩下点点星火在微风中摇曳。不远处传来野兽吃东西的声音，还有它们从鼻中发出低沉的呼吸声和"呜呜"声，更增几分恐怖气氛，来和再也睡不下去了，坐了起来，握刀更紧，双眼朝发出声响的地方望去。可是远处的树林很密，黑暗中是看不到什么的，只不时看到有些树叶在晃动，气氛仍然很诡异。

来和靠在大石头坐着，双眼不停向四周扫望，小心地提防着，时间过得非常慢。他心想，出生后二十多年来，这是第一次有这样的经历，真会永生难忘，希望能顺利平安地度过今晚，以后再也不要处身这么危险的境地。

时间一分一秒过去，也不知过了多久，四周似乎逐渐平静下来，再听不到有什么野兽的声音了。微风吹着，虽有几分凉意，但是来和已放下心来，眼皮也疲倦到不听使唤地垂下来，他渐渐睡着了……

渐渐地，树林里慢慢地泛出晨光，几缕金黄色的阳光透过浓密的树叶和树枝射了进来，照在来和脸上。他醒了，双手揉揉眼睛，伸个懒腰，打个哈欠，站了起来，手仍握着尖刀，到周围地方查看一下，发现有只死狼大部分肉体已消失，只留下根根骨骸和张口露牙的头部，显然昨夜是有猛兽来咬吃它的。

来和再到他抛狼尸的另一处去查看，却怎样也找不到狼尸，却看到地上的野草和掉下的干树叶中有什么动物走过的痕迹，这也显示狼尸已被野兽拖走。这该是体型挺大的野兽，说不定是老虎或是斑豹，或野熊之类的，才有力把颇大的狼尸拖走。

想到这里，来和不禁颤抖一下，心想幸好有两只狼尸给猛兽吃，它们才不来袭击他。否则深夜里他怎能斗得过这些凶残力大的猛兽，尽管手中有利刀，相信也绝非它们的敌手，早就成了它们口中的美食了！

他再也不管许多，收拾好包裹，把尖刀插回刀鞘，便匆匆离开，找寻走出树林的路途。

老实说，他来时只不经心地随意走，根本不记得来时路。没办法之下，只得试探着往向下斜的斜坡走，希望到斜坡的尽头，便是走出树林到外面有路和有人的地方。

五、巨蟒缠身险被吞

走着，寻着，约莫过了两个小时的时间，他感到肚饿了，也相当口渴。他随身并没带吃和喝的，只能忍受着。向前一看，经过一片草丛，有一条小溪，他便决定到小溪处洗个脸、喝点水，于是便踏上草丛，向小溪走去。只走了十多二十步左右，突然脚下好像踢到什么粗物，他还没来得及弯身朝下看……

猛然间，一条粗长之物以迅雷不及掩耳之势卷住了他的双腿。他本能地要拔腿跑开，却怎能跑得动，非但跑不动，整个人还站立不稳倒了下去。他也还看不清楚那是什么东西，而那东西又很快地把他全身都卷住了！

那东西随着抬起头来，对着他张大了口。来和定睛一看，却原来是一条大蟒蛇。这蛇可真大，张大的蛇口似乎有一个人头那么大，吐出的蛇信一伸一缩，蛇口的长牙又弯又尖，直叫人毛骨悚然。

说时迟，那时快，来和立即伸出左手紧抓蛇头下六七寸之处，尽力推开蛇头不让它咬到自己。右手便去小腿处要抽出尖刀。可是蛇身很粗大，卷几圈缠住来和的身体，使他的手无法伸到小腿插尖刀的地方。

蛇头尽力要伸向前来咬来和，但来和手力极大，出尽力紧捏蛇颈推开它，巨蟒一时间也咬不到他。可是蟒蛇不仅要咬人，它缠住猎物的蛇身猛力收紧，也是要置猎物于死地的一个杀招。

要知道，蟒蛇真正能杀死猎物的方式，便是以强有力的蛇身紧缠，其力之大，足能把猎物的骨头缠断，然后它便直接把猎物慢慢吞入腹中。一般

被蟒蛇缠身

六七米长以上，重50公斤以上的巨蟒，足能把一头小牛，或是一只大猪，或羊之类的肋骨缠断，并把它们吞掉。事实上，也出现过人被蛇吞吃的真实事件，这一点也不稀奇。

这时巨蟒咬不到来和，却加紧缠身的力量，即便来和身体强健，也感到被它缠到很吃不消。加上他肚饿力气减少，更是难以抵抗。很快的，来和感到胸闷，呼吸困难起来，再这样下去，肯定过不了多久便无法支持下去。他于是使尽力，深吸口气，绷紧全身肌肉抵抗蟒蛇的缠绕，并以右拳又快又狠地猛打蛇头。拳势快如雨下，一连几十拳，来和的拳劲极为强劲，这样猛击之下，蛇眼也流出血来。

巨蟒剧痛，缠着来和的蛇身稍软下来松动了一下。趁此松动的一瞬间，来和立即弯身伸手到右小腿，摸到了小尖刀，马上抽出猛力向蛇颈挥去，一个庞大的蛇头就此飞出一米以外掉到草地上，而来和手握的蛇颈处随之鲜血直喷出来，喷得来和一头一身都是蛇血。

巨蟒被砍了头，命也完了，缠住来和的蛇身便瘫软，如泄气的气球一大团掉在地上，虽然蛇身还短暂地抽动，但是已是全没力气的死蛇了。

而来和，也同样地瘫软倒在地上，他可是全身筋疲力尽了。被巨蟒缠了一段时间，再经自己尽力的最后一搏，哪里还有什么力气，连站也站不起来，只能倒在地上直喘气。

过了约半个多小时，终于稍为恢复过来，来和挣扎着慢慢站起来。一看那无头的蛇身，吓得来和不由自主地"啊"声惊叫起来。这巨蟒可真巨大无比，蛇身比自己的大腿还略粗，长至少七米以上，他此生可未见过如此巨大的蟒蛇。他也奇怪自己哪来的力气，竟能出拳打到蛇头流血。不过，不管怎样，没有了那把利刀，也完全不可能杀死这样大一条巨蟒的。想起来，才觉得当时要抢他钱的那个人说得不错，在外行走，特别是在野外地方，没一件武器是不行的。

来和内心立即感到多亏那人硬把刀送给了他，才能杀野狼和巨蟒而保住了自己的性命，他打从内心感激那个人，同时觉得当时只给了他五千元实在是太少了。如果他不给我这把刀，那么自己命都没了，有再多的钱又有什么用！

他同时又想到，自己人生经历的确太肤浅，怎么出门到处走动，连一样用以防身的武器都不带上呢？真是太傻而又太大意了。一想到这，又不禁哑然失笑。

这样约一个小时过去，越感饥渴难耐，休息得双腿颇有力可以走了，他便站起，狠瞪了死蛇一眼，再狠狠踢它一脚，转身便要到小溪处洗脸喝水。尤其是一头一身的蛇血，不洗掉是不行的。

但是，在他一转身朝小溪才走几步，却看到两个人在溪边走着，东张西望，仿佛在寻找什么。差不多同样时间，那两人也看到了他，停下了脚，随后便朝他这边走来……

突然间，来和内心一声叫苦："完了，完了……此命还是不保……"原来他看到向他走来的两人手中各拿一支长枪。在这野外地方，拿枪的这两人肯定不是好人，看来该是强盗了。他们都有枪，自己怎能斗得过他们呢？要跑也完全不可能，现在双腿能走快一点已是万幸了，哪里还跑得动？

什么办法都没有，他唯有傻乎乎地愣在那里。没一会，两人来到了他的身边。一看来和，两人都惊讶到张大了口，却讲不出话来。面对这两人的表情，来和也感到莫名其妙，他们为什么这样惊慌呢？而且还用手指指着他。

这两人年纪一大一小，年长的头发略白，另一个则很年轻，与来和应是不相上下。略过一会，年长的才开口：

"小……小伙子，你……怎么搞的？……"

"我？……我……怎么了？"来和更是不解，如掉入五里雾中。

"你……你身体，为……什么……满身是血？"那人的表情还是非常惊讶。

来和看一下自己，才知道那两人由于自己满身是血而吃惊，便简单地说："我杀死了一条蟒蛇。"

"蟒蛇？你……杀了蟒蛇？"那年长的说。

"在哪里？"那两人不约而同地一起问。

来和回头走回几步，指着死蛇："就是这条。"

那两人随着过来。

"啊！……"两人同时大叫，惊讶之色更甚于前，眼凸如珠。

"哇！"年轻的大声叫："好大，好大的蛇呀！"

那两人再看，蛇没了头："蛇头呢？"

"被我砍掉了，一刀砍掉了。"来和还是简单地说。

两人听后在草地上找，一会儿便在离蛇身一米开外处找到了蛇头。年轻的弯身拾起蛇头，捧在手里，又是惊讶地张大口没说话，年长的看到也同样惊讶无比。

"哇！……这么大……的蛇头，一个人……都可以被它吞掉，真……真吓死人……"年轻的说。

"是的，我活这几十年，也从没见过这么大的蛇。"停了一会，他接着说："怪不得这几个月来，这里的野鸡和野兔越来越少了，都……都被这家伙给吃光了。"

"是呀，是呀，"年轻的说，"你看，吃得它这么肥壮。"

这时候，来和才问他们："你们两位是做什么的？为什么都拿着枪？"来和手指着他们的枪。

"哦，我们是打猎的，这是猎枪。"年长的把枪伸前给来和看。

"前两三年，"年轻的接口说，"这里很多野鸡和野兔在草丛里，我们每次来都有收获，打到不少。但是，这几个月来就很少了，有时连一只也打不到。原来……都被这大蛇吃光了。"

看到来和显得有气没力的样子，年长的问："小伙子，你怎么了？"

"我很累，又很饿，从昨天到现在没吃没喝，饿得很。"来和真的有气没力地说。

"哦？我们有吃的和水呀。"年长的说着对年轻的说，"小明，给他饭包和水。"

年轻的从背包里拿出饭包和水给来和。来和真的饿极了，毫不客气，只道声谢谢便接过来大口吃，大口喝。没几下工夫，饭包和水都进到肚里了。吃完后，他大呼口气："好多了，我要去把蛇血洗掉。"

两个人一起陪来和走到小溪，来和先洗掉头上和脸上的血，再脱去上衣清洗。另两人也随之以清水洗脸，年轻的也洗去手上沾到的一些蛇血。之后三人走回死蛇处。

来和从包中取出干净的衣穿上，湿衣拿在手上。从来和脱衣洗身到现在穿衣，年轻的都表现得极感兴趣，一直打量着来和。看来和穿好了衣，他仰望着来和："大哥，你好强壮，怎样练出来的？你……真的一个人杀死这……这条大蟒呀？"

来和看着他，微微笑没说什么。

年轻的拉着来和的手："哇，真粗壮，拳头就好像一个铁锤子，真不得了。"说时露出羡慕的神色。

来和也不答他的话，问年长的："叔叔，我迷路了，怎样能回到村镇去？"

"那很容易，"年长的说："我们带你去。但是……你……你怎样处置这条蛇？"

"这条死蛇？"

"是呀，这么大一条蛇。"

"死蛇有什么用？就让它烂掉算了。"来和再踢蛇尸一脚。

"那么，你……你卖给我们吧。"年长的说。

"什么？死蛇卖给你？"来和不解地问。

"是呀，我们给你两千元。"

来和有点惊奇，没答话。

"那么，三……三千元吧。"年长的拉着来和手。

"哎呀，我并不是做生意的，什么两千、三千的。你喜欢就把蛇拿去吧，我不要你们的钱。"来和说着就要走了。

"喂……，慢点，我们带你呀。"

"大哥，你真的要把蛇给我们呀？"年轻的非常高兴。

"当然啦，"来和说，"我没骗你呀。"

"那谢谢，"年长的说，"真感谢你。"转身对年轻的说："小明，让我们合力把蛇拖到路上去。"

"是，叔叔。"原来这两人是叔侄关系。他们合力拉着蛇尾，使劲地拉到小溪边的小径上，再往前向大路走去。来和跟在他们后面。

由于蛇太重，他们叔侄俩拖得很吃力，走约一半路还要休息一下。

老实说，这条整六十公斤的巨蟒，价值可不只两三千元。一般市场上，一条约一米长，一公斤左右的蛇，依种类的不同，都可卖到一两百元。一些罕见的毒蛇，还可卖到四五百元。这条大蟒蛇，照这样算，起码值八九千元，甚至万元以上。所以，当来和说这条蛇送给他们时，他们真高兴到无法形容。

尤其是小明，他知道和叔叔打猎，收入是很不固定的，而且收入也少。过去一般一天能赚到三几十块钱，好运的话，可有整百元入息，但这是很少有的。大多数都二三十元左右，有时运气不好的话，一天也打不到一只猎物。过去这几个月，猎物更是少得可怜，许多日子都是白走，分文没得。

现在整几十公斤的巨蟒可卖到许多钱，怎不叫人喜出望外！所以小明很喜欢来和，他看来和这么健壮高大，能独自一人杀死大蟒蛇，对他很佩服，可说是敬佩到五体投地。而来和眼皮眨都不眨一下就把这么大的巨蟒送给他们，对来和的大方和豪爽气概，更是打从心底地佩服和尊敬，所以一路上他都不停地以羡慕的眼光在看来和。

走了大半个小时，终于到了大路。路旁停着一辆小货车，就是小明的叔叔的。他们打开车门，三人合力把大蛇抬进车内，然后都进了车。年长者开车，可是这是一辆挺旧的车，他一直打不着火。他对来和说："这车太旧了，最近野鸡野兔打得少，没钱维修。"

来和看看车内，的确十分陈旧。幸好多试几次之后，终于打着火了，车子便如老牛般行驶在公路上。一路上，他们两人很兴奋地询问来和杀蛇的事，来和便把与蛇搏斗的经过告诉他们。小明听得非常入神，大部分时间是张着口合不起来的。

行驶约一个钟头后，车子来到一个镇上，弯过几条路，车停在一间不大的旧屋前。小明对来和说："这就是我们的家。"下车后，两人很恭敬地请来和进去喝茶，三人于是合力把蛇抬进屋。屋内年长者的妻子和约十岁的儿子看到大蛇都吓得哇哇大叫，叫声马上惊动四周的邻居，六家都好奇地来看蛇。

小明两人还没来得及给来和倒茶，屋内已挤满了一大堆人，大家指手画脚，议论纷纷，啧啧称奇。小明两人还得忙着招待他们。因为大家都是好邻居，也都很随便，屋内吵成一个闹市，赞叹声不绝。

小明家姓陈，人家都叫他叔叔老陈。他老婆给来和倒了杯茶。没喝两口，人们便都好奇地问起他杀蛇的事，来和只微笑不答，还是小明兴致勃勃地告诉了众人。他虽没亲眼看到来和杀蛇的情景，却有如身历其境，绘声绘影地讲得口沫横飞，听得众人好不兴奋，连连称赞来和神力过人。来和只是客气地点头微笑，说大家过奖，此外没说什么。

老陈知道来和确是很疲惫了，家又很陈旧简陋，便带来和到不远处的一间旅店歇息。他对来和说："小兄弟，你看我多糊涂，这么久还没请教你贵姓大名。"来和说："我姓杜。"

"很好，小兄弟，"老陈说，"我家不方便，你就住在这旅店，好好休息。我等下安排服务员送些吃的给你，我家现在人多，我先回去安顿一下，傍晚我再来见你。"说完他便告别来和，向旅店服务员交代好后便回家去了。

来和确是很疲倦，倒下床便睡了，这是两天来最好睡的一次。傍晚六时许，老陈和小明来了。老陈说："小兄弟，旅店楼下有一餐馆很不错，我已安排一桌，请你一尝本地菜肴。"

进了餐馆一间包房，里面已有老陈的一些邻居和朋友在座，大家一见来和三人进来，都很客气地站起打招呼。席间主要话题还是问来和杀蛇的事。这一顿饭挺丰盛，而且很多是当地的特色菜，别有一番风味，来和吃得津津有味。来和发现在座者都很随意，无所不谈，无拘无束，而且诚挚爽朗，毫无造作，和他们相处极感融洽。

到晚上八点多，席散后各人都走了，老陈陪来和回旅店。进房两人坐下不久，老陈突然从裤袋掏出一叠钞票，共三千元，对来和说：

"小兄弟，我今天把蛇卖了，共八千元。你把蛇送给我，我收下了，我答应给你三千元，你也收下吧。"

来和立即双手推却："你别这样，我说过了，钱我是不要的，你快收回去。"

老陈说好说歹，一直要来和收钱，来和总是不要。他说："大叔，你千万别再逼我。我早说过这条蛇是送给你们的，你一定要逼我收钱，不是要我成为一个不讲信用的人吗？我再说一声，我是坚决不收半分钱的。"

老陈见来和意志坚决，便收回钱，连声道谢。

来和转口气问："大叔，我有点不明白，怎么一条死蛇也这么值钱？"

"哦，"老陈答道，"蛇是很值钱的，蛇肉人当进补吃，蛇胆更好，敢吃的人生吞下肚，可消炎解毒，并且滋阴活血。蛇皮也非常有用，做成皮包和皮带都很受人欢迎。"停一下他接着说："你那条大蛇，单蛇肉已几十公斤，蛇胆又大，这已经很值钱了。那蛇皮可更不得了，花纹很美，而你只砍掉它的头，一整张大蛇皮没半点割破，完完整整，是非常难得的。按理说，这条蛇起码可卖万元以上，因为买蛇的也是我的一个朋友，所以只收他八千元。"说着掏出一大叠钞票放在桌上："你看，这就是卖蛇的钱。"

来和很高兴："大叔，你把钱收好。我建议你把车子修一修，别有一天车子走到半路死火你就麻烦了。"说着把钱放回老陈的裤袋去。

老陈又连声道谢："小兄弟，你真帮了我们一个大忙，我们永记不忘。"

他站起来："好了，时候也不早了，你好好休息，我告辞回去了。"

送老陈出门后，来和想老陈确也是一个忠直老实的人。他大可不必告诉我卖蛇的事，就是卖了也不必说卖了多少钱。他心想，乡镇里的人，总会比城市里的人纯朴。和他们相处是很愉快的。

隔天一早，老陈便和小明一起来看来和，带他去吃了早餐，又用那辆小货车带他到各处走走，领略乡间的风土人情。

到第四天，老陈和小明又来了。上车一看，全车焕然一新，车内干净了，铺上了新的地毯，而且车行走起来既宁静又和顺，再不是有如那天的老牛破车了。

小明很高兴地告诉来和："叔叔只花了大约一千元就修好这车子，现在坐起来可舒服得多了。"

来和也很高兴，心想那条倒霉的蛇吃他不到，反倒成了他送给人的礼物，想起来心里也不禁觉得好笑。

老陈说："小兄弟，你看里面。"

来和看车后放脚的地方（他坐车前座）有三把长枪："你们要去……"

"对，我们今天去打野鸡野兔，带你一起去。"老陈很高兴地说。

"还有，"小明立即接口："也要你一起打！"

"啊！……要我打？"来和很惊奇。

"当然啦，很好玩的。"小明非常兴奋。

"可是，我……不会开枪呀，我……从来没拿过枪的……"

"没关系，"老陈说："很容易的，一学就会。"

"是的，是的，"小明依然很兴奋："我本来也不会的，叔叔教我几次便会了。"

"是的，"老陈说："小明学得很快，现在枪法还挺准的。"

经叔叔这么一称赞，小明更是高兴，心想起码自己有点本事给人看看。

一路上有说有笑，来和心里却又期盼又紧张。期盼的是自己竟有机会开枪；而紧张的是到底能否打到什么猎物。想起来手心不免有点冒汗。

很快，车到了上回打蛇的地方。老陈和小明各拿一把枪，另把一枪交给来和。来和首次拿枪。虽然他手力大，拿起枪来却颇感沉重，心也怦怦直跳。真的要开枪吗？来和可从来连想都不曾想过。

　　沿小溪走到草丛处，老陈先教来和开枪的方法，怎样拿枪，托枪，瞄准，扣动发射，都清楚讲解。接着则说明把野鸡从草丛中赶出来飞起的方法，野鸡一飞起便瞄准开枪。为了要把野鸡惊吓飞起，老陈先教来和朝天开一枪。"嘭"的一声巨响，来和立即感到肩膀被撞击一下，耳朵也略嗡嗡作响。与此同时，两只野鸡振翅飞起，紧接着又是"嘭"的一声，其中一只野鸡应声坠地。那是老陈所开的枪把野鸡打下。来和和小明都拍手叫好，来和说："大叔枪法真好。"老陈也高兴地微笑。

　　接着小明叫来和拿好枪指向天空，一见野鸡飞起便开枪射击。然后他捡起几块颇大的石头，朝几个不同的地方扔去，马上又一只野鸡发出一声鸣叫飞起。小明立即说："快开枪！快开枪！"

　　来和对着飞起的野鸡开枪，可是打偏了，没打中。野鸡受惊吓拍翅要飞去。可是紧接着又是一声枪响，野鸡拍着翅膀坠下地。这是小明眼明手快地补上一枪，直接命中。小明放下枪，走向两鸡坠下的位置，不多久便两手各提一只野鸡回来，很高兴地给来和看。

　　小明说："很好，这两只野鸡都很肥，每只都两斤以上，太好了。"

　　来和拍手称赞小明，可是随之却有点垂头丧气："你们枪法都这么好，我却打不中，真对不起。"

　　老陈立即拍拍他的肩膀："小兄弟，没关系的，你才第一次开枪，打不中是很自然的，没什么啦，而且，野鸡是飞着的，普通猎人一般也是不容易打中的。"

　　"再说，"老陈继续安慰来和："我们叫你来是让你玩玩的，你别太认真，别太在意。"

　　说话间，只见小明一声不响地注视着约十米外的草丛，并用右手食指放在嘴上，嘴作尖凸状，示意大家别出声。然后他示意来和，指示他向前方草丛看去，果见一只野兔在吃着东西，不知道不远处有人。小明示意来和用枪打它。来和会意，轻手轻脚地举枪瞄准野兔，手扳枪响，野兔立即倒地。

　　"好呀！打中了！打中了！"来和和小明同时拍手欢呼，高兴得跳蹦起来。老陈也不住拍手叫好。

来和高兴极了,想不到第一次打猎便打中猎物。心想,或许是碰巧打中的吧。不过无论如何,内心兴奋之情是难以掩盖的。他马上过去拾起野兔,很高兴给小明看。

小明拿起野兔掂一掂:"哇!真不错,这野兔也挺肥的。今天的收获可真不错。"

"今天的收获能卖到多少钱?"来和好奇地问。

"应该有三四十元吧。"小明说

"不,"老陈说,"今天的收获是不卖的。"

"不卖?"小明有点不解。

"是的,不卖。"

"那么,这两只野鸡和野兔要来做什么?"

"很简单,"老陈微笑说,"就是……请……来和吃一餐野味。"老陈前面的话故意拉得长长,最后才加快说一句。

"哎呀,好呀!好呀!"小明拍手欢呼。

"啊!吃什么野味?"来和还不大明白。

"就是,"小明提起野鸡和野兔摇几摇:"就是这些。"

"啊?吃野鸡和野兔?"来和难以置信。

"是的,"老陈说,"味道挺好的,又很香,肯定你会喜欢。"他接着说:"好了,今天的打猎到此为止。"

小明却意犹未尽。他说:"看来这里的野鸡和野兔增多了。前几个月突然少了,一定是一些给那条蛇吃去之外,另一些因为怕蛇而跑去别的地方。现在蛇不在,它们又跑回来了。"

"小明说得不错,这片草地有很多东西给它们吃,它们很快又回来了。"老陈说:"好了,我们去河边洗洗,然后回镇上吃野味。小明,今天不再打了,以后大把机会让你打,好吗?"

小明点头同意,三人同到河边,洗清洁后便回镇上去。在镇上老陈找了一间餐馆,店主他是认识的,便把野鸡野兔交给他烹煮,同时另点了一些菜。

店主煮那些野味是要一段时间的,他们三人便在店里先喝茶聊天。小明突然问来和："大哥，你结婚了没有？"

来和感到突然，略停一下答道："没有。"

小明有点神秘地凑过头来，低声说："大哥，你身体别动，只抬眼望店外。"他用眼睛向来和示意。

来和照他所说抬眼向店外望。小明说："看到了吗？"

"看到什么？"来和轻声问。

"三个年轻的姑娘。"

来和点点头："看到了，有什么事吗？"

小明眨眨眼，以调笑的语气说："她们是在看你呢。"

来和再注意看，果然那三个年轻女子是在看向他们这边，并见她们似乎是在窃窃私语，还不时手指向他们。小明又笑说："她们是在讲你呢。"

"别胡说！"来和显得有点不自然："你都没听见，怎么知道她们是在讲我！我有什么好讲的？"

"啊，大哥，我没胡说，我肯定她们是在讲你的。"小明认真起来，"老实告诉你，自那天镇上人知道你杀蛇的事之后，大家都常谈起你。我知道，不少姑娘也在谈你呢。"

小明完全没说错，镇上的许多年轻女子听到来了个"杀蛇英雄"，都争相要一睹这外来年轻人的风采。当她们看到来和高大挺拔的形象，一股俊男人的英气，她们内心都十分钦羡。说真的，许多待字的女子内心想嫁这么一位如意郎君也是很自然的事。

"我说，大哥，"小明笑得很乐，"让我给你介绍一位年轻貌美，而你又满意的姑娘，尽早成婚吧。"小明说着拍打着来和的肩膀，来和则回打他一下："看你，满口胡言，看我不揍你。"

"这倒是说真的，"老陈突然插口进来，"我想小明是说对了。小兄弟，我说，你别再到处跑了，就在这里找个合心意的姑娘成婚，然后住在这里算了。反正我们家有地方，只要你不嫌弃，就住在我们家好了。"

"大叔，我……我从来没想过这问题。"来和有点腼腆。

"那现在可以想想呀，"老陈说。

"想什么？"小明抢着说，"我说干脆就不用想，就这样决定好了。"

"小明，不行的，不行的。"来和给小明这么一说，有点急起来。

"什么不行，肯定行的，很多姑娘都对你有意，你中意哪个，叔叔跟你做个媒就行了。"

"不是的，不是的，太突然了，还是……让我再考虑一下吧。"来和阻止小明再说下去。

"好了，小明，"老陈说，"别再逼大哥了，过一些时候再说吧。"

说到此，正好店主来说野味都准备好了，可以上桌了。随即，两个服务员把野味和其他各种菜肴端上来，一阵香味立即扑面而来，大家都不约而同地大赞"好香"。

小明等不及了，急忙夹了野鸡和野兔肉给来和："大哥，快尝看，很香的，快尝。"

来和闻到香味，激起了食欲，也不多说便品尝起来，大家注意着看他的反应。

野鸡其实和家鸡是同种的，正如人们养的草鸡差不多，都到处走动，肉质挺鲜美。由于野鸡在野外自己觅食，又跑又飞，肉更结实，再加大厨师拿手烹调，自然美味无比。而野兔则是另一种风味，它主要是吃草的动物，具有牛和羊的一股膻味，但是肉质也很不错。厨师加上姜、葱和各种配料，以他特有的烹调技艺，便能烧出令人垂涎欲滴的美味佳肴。

野味本就是这餐馆的招牌菜，大厨经验丰富，厨艺独到，所以这两道野味就格外香、格外好吃。来和从未尝过这样的美食，禁不住大口大口吃起来。来和一边吃一边叫："好吃，好吃!"看的人都很高兴，知道有美食招待客人，而客人又吃得可口，这是作为主人最欣慰的事了。

这样，大家便一起热闹地吃起来。店中正巧有三人是老陈的好朋友，他盛情地邀他们一起上座，他们也不客气加入了进来，餐桌上更增添了不少热烈的气氛。小明吃得兴起，叫店主拿两瓶酒来。野味加美酒，相得益彰，可谓人生一大享受。

来和很少喝酒，在众人的热情劝请下也喝了两小杯。他不习惯白酒的味道，幸而野味和各种菜肴的美味把酒味给遮盖了，还大体可以接受。这一餐真可说吃得有点饱过头了。

酒足饭饱，大家尽兴而归，来和也略带酒意的在老陈和小明陪同下回旅店休息。

隔天起得较迟，小明在十点多来旅店找来和，谈了一回话，小明便带来和到镇上的市场逛。这镇虽不算很大，但市场却相当繁华热闹，商店很多，行人和买东西的人也不少。

边走边看，小明不时以眼色向来和示意，轻声跟他说："不少姑娘在看你呢。"

来和向他瞪一眼："她们看过来，怎么知道是看我还是看你。其实她们是在看你。"

"哈，你可别说了，我这个猫样，她们怎可能看我。和你走在一起你是玉树临风，我是粗人一个，你说姑娘们是在看谁？"小明还调皮地在眨眼睛。

来和无语以对。

"当然是在看你啦！哈哈……"小明越讲越兴奋。

来和给他讲得有点不好意思，两颊略为泛红，也不知道如何应对小明，显得有点拘谨不自然。

事实上，小明并没说错，市场上的确有些年轻女子看到了来和，都驻足看他，许多姑娘确实很仰慕他的。

来和不大习惯这种情景，要赶紧离开这里，便对小明说："小明，这里人太多，我们还是走吧，去看看你叔叔。"

来到老陈家，家人正好在吃午饭，老陈马上叫来和一起吃。来和知道这里的人都随意，于是入乡随俗，道声谢不客气地坐下来一起吃。这一餐是以蔬菜为主，都是直接从菜田里采摘来的，非常幼嫩新鲜，又是另一番风味，很合来和的胃口，吃了也不少。

饭后老陈再泡壶茶一起喝茶聊天。

"小兄弟，你就住下来吧，别到处跑了。"

"是呀，"小明接口说："这里生活很悠闲的，你可以和我们一起去打猎，还可以在河里捉鱼，很有趣的。"

来和静静地听着。

小明继续说："我肯定你以后会成为一名很出色的猎手，"然后若有所思地说:"我真想亲眼看你捉条大蛇,还有以你强大的力气杀一只狗熊,或大狼什么的,那才够刺激呢。"

"喂!小明,"老陈认真地说:"狗熊力大无穷,那大狼的牙齿锐利如刀,人和它们斗太危险了,你可别叫大哥去冒这个险。"

其实来和是曾经凭自己的力量一口气杀过两只大狼的,但是他为人一向谦虚不爱张扬,所以没告诉他们。说起打猎他倒是挺感兴趣的,因此他便说:"好呀,我跟你们去打猎。可是我打得不好你们可不能怪我。"

小明听了拍手叫好。老陈说:"那非常好,这就说定了,以后我们打猎,你便一起去。"

接下去的几天,他们差不多每天都去打猎。在老陈的指点下,他的枪法也大有长进。

这天,他们又来到打猎的地方。果如小明所料,由于大蟒蛇不在了,野鸡和野兔增加了不少。没多久,老陈打到两只野鸡,而小明则打到野鸡和野兔各一只。来和试了两枪却没能打中,其中一枪似乎打到一只野鸡的尾部,掉下一些羽毛,但并没伤到它,它惊慌地飞走了。来和有点气馁,老陈和小明都安慰他,说他的枪法已进步了许多。老陈鼓励他集中精神再试一次。

突然间,一只颇大的野鸡由别处飞了回来,并从他们的头顶天空飞过。小明叫来和快点举枪,来和手脚也极灵敏,很快地举枪瞄准,指扣枪机,嘭的一声巨响,果然命中,野鸡几根羽毛飞脱,整只鸡随之掉落在离他们仅几米之处。

来和和小明兴高采烈地过去把落下的野鸡拾起,拍手叫好。老陈说:
"是吗?小兄弟,我说你枪法已进步了,你肯定行的。"

来和大声向老陈道谢。第一次能打中空中飞着的野鸡,内心的欣喜无法以言语形容。

这天的收获十分丰富,三人都心满意足地回家。第二天,小明告诉来和,昨天的收获共卖到六十元,这可说是相当可观的收入,来和也非常高兴。

接着几天都去打猎,有时打中几只,有时只有一两只。老陈于是对小明和来和说,不能在草丛处打得太频密,否则野鸡和野兔惊吓过度,它们便会跑去别处不再来，况且也要有些安静的时间让它们繁殖，以后才会有猎物可打。他告诉两人，随后几天应该到别的树林里，看看那里可有什么别的猎物可以猎取。两人都表示很同意。

休息两天之后，三人各持一枪，到树林里去。这里人迹稀少，各种飞禽走兽是挺多的，如野鹿、野猪、黄鼠狼，还有穿山甲也能看到。此外是一些鸟类，不过鸟儿都比较小，没有野鸡那么大。但是一些蝙蝠倒是蛮大的，它们头如老鼠，牙齿锋利，满身长毛，是会飞翔的哺乳类动物，白天它们一般倒挂在很高的树上，晚上才出来觅食。据人们说，蝙蝠肉是很补的，有滋阴补肾的功效。还有人说，吃蝙蝠肉也有利于哮喘病的治疗。

他们在树林寻找猎物，不时惊动一些动物逃跑。在树林打猎难度更大，一方面各种野兽都很警惕，奔跑又快，远远见到人便一溜烟跑得无影无踪；另一方面树林茂密，一根根的树干都成了猎物的"挡箭牌"，射出的子弹往往会被树干挡掉。

他们这样在树林里打猎很不习惯，往往举枪射击，野兽奔逃，树干东挡西挡，几下野兽便跑得不知去向。所以，这一天出猎，几乎空手而归，只有老陈打到一只蝙蝠，聊胜于无，三人颇为颓丧。不过老陈还是安慰大家必须要有耐心。

第二天再出发，这次三人更为小心，尽可能不惊动猎物，同时还得让自己躲藏好，不让猎物看到，才能瞄准射击。用此方法果然有效，打到了一只不大不小的野猪。

他们在树下休息一会，吃些带来的东西、喝点水。

突然间小明眼尖看到前面的树林下有条蟒蛇在缓缓蠕动爬行，他马上指给两人看。这蛇颇大，虽然没有上回来和所杀的那条那么大，可是也并不很小，看来足有四五米长，重有四十公斤左右，也可算得上是一条大蛇了。

老陈对小明说："你有胆过去抓它吗？"

小明立即摇手说："叔叔，你可别吓我，这么一条大蛇，我怎么可能去抓它，不给它吞掉才怪。"他转身对来和说："大哥，我看你准能抓住这条大蛇，显示一下让我们开开眼界，一睹你的身手。"

来和看蛇不久便会爬走,也就不再迟疑,一个箭步冲到蛇前,双手便抓。蛇可是不好惹的,蛇身一滚便紧紧地缠住来和。

来和上次杀巨蟒已有经验,深知蟒蛇的"缠功",心里早有准备,加以眼前此蟒比上回的小了许多,所以镇定自若,既被蛇身缠住,便深吸口气,憋住呼吸,全身筋肉绷紧,有如铜墙铁壁,那蛇使劲紧缠,却奈何来和不得,蛇身猛转,其力惊人,来和一个立足不稳,倒了下去。

老陈和小明一直在旁注视着,准备万一来和有何不测便立即施以援手。来和却大声叫他们别过去,说自己能应付得了。缠斗中,蟒蛇张大口要咬来和头部,来和立即双手一上一下抓住蛇颈,大喊一声,尽力左右一扭,咔嚓一声,蛇颈骨立断,蛇身抖动一下,随即瘫软下来,缠住来和的蛇身立刻松开,跌落地上。很显然,它颈骨一被扭断便一命呜呼了。

老陈和小明见此情景,无不骇然。来和这次毫发未损,虽有点气喘,却完全不像上回那样被巨蟒缠到全身虚脱,他还微笑着对老陈和小明:"这蛇力气小,比较容易对付。"

但是小明还是张大眼惊叹道:"真是不得了,赤手空拳把一条大蛇勒死,太厉害了!我总算亲眼目睹你的本领了。"

老陈也竖起大拇指夸奖来和。

有这条蟒蛇,今天的出猎可说是收获丰厚,三人便决定回去。老陈把车直接开到专收买野味的店铺,一到店前停下车,他便把死蛇搭在肩,两手分别托着蛇头和蛇尾走入店中,小明和来和则跟随其后。来和提着野猪。

进到店内,老陈便把蛇扔在地上。店主是和老陈很相熟的,因为老陈每次打到的猎物都卖给他,这次他见到老陈把蛇拿来,比上次卖的要小许多,不过以他收买野味的经验,此蛇也不算很小了。

老陈放下了蛇,便对店主说:"老徐,你看这蛇能值多少钱?"

店主把蛇从头到尾检视一遍,有点惊奇地说:"奇怪,怎么这蛇一点伤痕都没有,没有枪伤,也没有刀伤,整条蛇从头到尾全无损伤,你们是怎么把它打死的?"

"哈哈,"老陈有点得意地说:"这就要考考你啦。"

老徐再仔细检视一番,真猜不透大蛇是怎样被打死的。他搔搔头皮,又再看蛇，百思不得其解："难道你们是把它毒死的吗？"

老陈还是在微笑："老徐，你在这行业这么久，蛇是不是被毒死你不知道吗？应该一看便知道了，你别让人笑话啦。"

店主其实一早便知道蛇不是被毒死的，他只这么随便说说罢了。他说："是的，是的，不是被毒死的，我只是说说罢了。"

"好了，好了，"小明也微笑对店主说："徐叔叔，我给你一个提示，你摸摸蛇颈看。"

老徐伸手摸摸蛇颈，更感惊讶："怎么……颈骨完全断了？没有外伤，应该不是用重物打断的吧？"

"对了，"小明显得颇得意："不是用棍打断的，是用手扭断的！"

"什么？用手扭断？是人用手扭断？几……几个人合力扭断的？"

"只有一个人。"小明伸出一只手指。

"可能吗？"老徐显得很怀疑："我不相信一个人能把这么大的一条蛇的颈扭断。他不给大蛇缠死才怪。"

"骗你才怪。"小明接老徐的话说。

"那么……这人……是谁？真这么厉害吗？"

"就是他！"小明指着站在他身旁的来和："就是他双手用力扭断蛇颈。"他做了双手扭动的动作。

老徐原本已留意到来和体格的魁梧，可是一个人无论多么健壮，也是不可能赤手空拳把蛇颈扭断来把蛇杀死的，他以疑惑的眼光望着老陈。他知道老陈一向是不会说谎的。

老陈向他走近一步："老徐，实话跟你说，千真万确是这小兄弟一人用手扭死蟒蛇的。再说清楚恐怕会把你吓坏，上回那条巨大无比的断头蛇也是他一个人杀死的，不过上回他是用一把刀。"

老徐倒退一步，惊讶到睁大眼，张大口望着来和。这人竟然只凭个人之力杀死两条大蛇，真是叫人难以置信。可是他知道老陈是不会说谎骗他的，眼前这高大英伟的年轻人定是神力过人，世上罕见。而看他粗壮如柱的手臂，老陈所言定然不错。

他走向来和："小兄弟，我相信，老陈从来不说谎，我相信蛇确实是你扭

死的。你的神力真叫人佩服,世上少有。"他再打量来和一番,竖起大拇指。过一会他转对老陈说:

"老陈,这蛇身上完好无损,蛇反一点破损都没有,皮的花纹更美,这是很难得的,也更值钱,我给你六千元怎样?接受吗?"

老陈拍拍他的肩膀:"那还用说?一向是你说了算,我相信你做买卖一向是很公正的,六千就六千。"

老徐接口说:"老实对你说,这坨不是非常大,要是蛇皮有损坏,我只能给五千元。现在此蛇的皮完好无损,我才给你多加一千,共是六千元,满意吧?"

"那当然,你是识货的,我们怎会不满意。谢谢老哥您了。"老陈很高兴地说。然后野猪也以五百元卖给店主。

老徐随即从抽屉里拿出钞票,数了六千五百元交给老陈。收了钱,三人再向老徐道谢便告辞回家。一路上,小明都难掩兴奋之情,不停地说来和是最好的猎手,连一颗子弹都不必花就赚到六千五百元。这笔钱他和叔叔用几个月都不会赚到。

来和听他这样说,马上打断他的话:"喂,小明,可要讲清楚呀,这笔钱不是我的,全是你们的。"

"啊,小兄弟,"老陈说:"这你就不对了,蛇明明是你杀的,我们全没动手,钱自然是你的啦。"

来和马上应道:"大叔,我跟你们出去只是玩玩罢了,我从没想过用打猎赚钱的。"

小明接口说:"不管你怎样想,蛇是你杀的就是你杀的,钱自然归你啦。"

"是啊,"老陈说:"当时你杀蛇也是挺危险的,随时可能给蛇咬伤。别再说了,把钱收下吧。"他把钱塞给来和。

来和可无论如何都不肯拿钱。双方推来推去。到最后来和说:"那好吧,我拿一千元。"

老陈很认真地说:"来和,"他直呼来和的名字:"我是长辈,你必须听我的。我很钦佩你为人大方不求利,我们再不必争执,我以长辈的身份作决定,你们必须遵从我,"他也望小明一眼:"来和亲手杀蛇得一半三千元,我和小明是旁观者沾你的光,其余一半的三千元我们两人平分。就此决定,谁都不可有异议!"说着,数了三千元给来和,一千五百元给小明,另一千五百元自己收下。还有卖野猪的五百元,以后吃饭用。

老陈这一席话极有威严,来和和小明都不再多说,照老陈之意把钱收下。这一来,可说是皆大欢喜,尤其是小明,他可从未一次拿到过这么多钱,兴奋到无以言表,他很感激地轻声对来和说:"谢谢大哥。"

回到旅店休息,来和在想,他先前的观察没错,这里乡镇的人确实很朴实忠厚,哪里有买东西的人会夸奖所要买的东西质量好的,一般都会嫌东嫌西,这里不好那里不好,以期尽量压低价钱,这是城市里最普通的现象。可是刚才买蛇的店主,却一直称赞蛇好,还自动多加一千元,这可说是他第一次见到这种情况。这虽然还不至于有如《镜花缘》所写君子国那么令人难以置信,可是人们的诚实不贪,却是不争的事实,这也使他更喜欢这里的人,所以他打算在此多逗留一些日子,以感受不一般的生活。

第二天,来和起身梳洗后不久,小明便到旅店来看他,陪同他来的还有一个年轻姑娘。来和见此女子相当端庄,虽然皮肤略黑,却挺清秀,看来她和小明是相当熟悉的。

彼此打了招呼之后,小明向来和介绍:"大哥,这位是莲欣,姓赵,你叫她小赵好了,她也是我们镇上的人。"

来和和莲欣互相致意后,小明接着说:"她知道你杀蛇的事之后,很想一见你的英姿,一直央求我带她来看你,现在来打扰,真不好意思。"

来和客气地说:"没事,没事,你随时都可以来。"

"大哥,"莲欣跟着小明一样称来和大哥,"你英勇杀蛇的事全镇上的人都知道了,大哥真本事。"

"没什么,没什么,"来和赶紧说,"我哪有什么本事,只是比较幸运罢了。"

"哦,这可真了不起呀,"莲欣以羡慕的眼光说,"你叫小明去杀看,别说杀两条大蛇,只一条小蛇来他就没命地跑了。"说着一阵咯咯笑声,以手掩嘴。

来和见此女子十分爽朗、随意,毫不造作,便接口说:"莲欣姑娘,可别小看小明，他打猎可挺行的，**枪法奇准**。"

"大哥，你可别什么姑娘姑娘的，怪别扭的，就叫我小赵好了，简单直接，"她转头看了小明一眼，"你说他打猎好，尽是打些野鸡野兔，不叫他去打只大狼、狗熊？如果也能杀条大蛇，我才佩服他。"又白了小明一眼。

"莲欣，"小明有点不服气："你别老是数落我，大哥和叔叔真的是夸我枪法好的。不信你去问问叔叔。"

"莲……哦，小赵，"来和设法帮小明一下："小明也很勇敢的，他确是一个好猎手。"

"唔，大哥！"莲欣仍不放过小明，"你不用替他说好话。我跟他一起这么久我不知道吗？他枪法是不错，可是勇气就别提了。除非能多和大哥在一起学习，否则他还是很胆小的。"

听她这么说，他们俩在一起定是很久的。来和于是换个话题："你们两人应该是相识很久了吧？"

"我们从小一起长大的。"小明怕莲欣继续奚落他，马上接口回答。

"那么，就是……青梅竹马啦。"来和看他们俩是挺亲密的，又觉得莲欣很爱说笑，于是便大胆地取笑他们。

尽管莲欣个性爽朗、直率，一听来和这么说，马上害羞地低下了头，双颊飞红，眼角偷看小明一眼。

小明也略感腼腆，有点口吃地说："大哥，可别……取笑我们……"也同样偷看莲欣一眼。

"哈哈……"来和十分高兴："很好，很好，很相配的一对，见到你们我很高兴。"他转个话题："小赵，你也打猎吗？"

莲欣本来很感羞怯，听来和这么问，便自然起来："我不会开枪，没打猎，我是在菜田工作的。"

"是呀，"小明说，"那天你在我们家吃饭，一些蔬菜便是从她家的田地里采摘来的。"

"哦，很不错，"来和说，"蔬菜又嫩又新鲜，我很爱吃，吃了不少，原来是小赵种的，我可得感谢你才对。"

"大哥可别这么说，你对小明和他叔叔太好了，应该是我们感谢你才对。"

听莲欣的口气，她和小明必定是很亲密的恋人，因此便又大胆地问："小明，你老实告诉我，你们两位什么时候请吃喜酒？"

这一问，莲欣更是羞涩到全脸泛红，一下子头低得更下，还很难为情地咬着手指。

小明一下子也不知道如何回答："我……我们……"

"别不好意思啊，"来和拍着小明的肩膀："男大当婚、女大当嫁，是天经地义的事呀！你们相好这么久，总该请人喝喜酒啦。"

莲欣依然低头不语，小明则说："我……还没存够办喜酒的钱……还要等一段时间。"

"哦，是这样吗？"来和又问："这里办喜酒需要很多钱吗？"

小明略想一下："简单一点也总该要万把元吧。那些讲究铺张的人，就要好多万块钱了。"

"你存了多少钱？"来和和小明很熟稔了，便不客气地问他。

"我……还存得不多，还……还差好几千块钱。"稍停一下又说："近几个月来打猎收获很少，入息便很少。你……昨天真帮了我一个大忙，我很感激不尽。"他是指昨天卖蛇他分到钱的事。

"哦，"来和说，"那没什么，你别老挂在心上。"

这时，莲欣已回复了常态，她对来和说："大哥，小明这个人是很不会收钱的，如果不是我在帮着他，他肯定到现在也存不到几个钱。他说大哥帮了他一个大忙，他永远也不会忘记。"很显然，小明已把昨天的事告诉了她。从她的眼神中，来和感到她流露出感激之情。来和没想到，那千多块钱对小明和莲欣原来是那么重要。

再谈了一会话，莲欣说她要回菜田去工作了，问来和是否有兴趣一起去看看，来和自然很乐意去。出了旅店，他们先找一间小餐馆吃些东西，然后步行到莲欣的菜田，走约半小时便到了。

这是一个不是很大的菜田，不过五亩地，种着各种蔬菜。由于土地肥沃，而莲欣和她父亲又很勤劳耕作，蔬菜都长得很好，放眼去，田地里一片绿油油,这是田地主人每天辛勤工作的成果。

莲欣的父亲正好去了市场,不在田地里。来和对菜农的生活很感兴趣,莲欣便把栽种蔬菜的一般工作告诉他。她说最辛苦的工作是收成后要把田地锄松来再种上新的蔬菜,因为她力气不是很大,而父亲的身体也不是很好,所以每当要锄地时,便找小明来帮忙。

农田上这时正好有两片菜地需要锄松,来和马上自告奋勇要锄地。莲欣说不敢劳驾他,可是来和坚持要,说是自己觉得好玩才要锄地的,立即拿起锄头便动手锄起来。以他的力气,这真是易如反掌之事。只见他挥动起锄头毫不费劲,就有如挥动一根竹竿般轻而易举,没多久工夫两片菜地便锄松了。小明和莲欣一直拍掌叫好。

而这时莲欣的父亲正好回来,看到来和高大魁梧的体格,以及他锄地的轻松样子,惊讶得嘴都合不拢。

莲欣立即向他父亲介绍:"爸,这位大哥就是杀蛇的英雄。"

"哦,怪不得,"莲欣父亲过来,和来和热烈握手。"我早已听说你的大名,我们镇上人都称赞不已。莲欣这孩子也太不识大体了,怎么叫你来锄地。"他微笑着瞪了莲欣一下。

"赵大叔,不是的,"来和赶紧解释,"是我自己好玩,拿锄头胡乱锄一通的,锄得不好,请大叔别见怪。"

"哦,太好了,太好了,我们自己还没力气锄得这么松呢,太好了。"赵大叔竖起大拇指。

"爸,"莲欣很高兴地说:"两片菜地我们要整个钟头才能锄完,杜大哥十几分钟便锄好了,他力气真是大呀!"

"是呀,"小明说:"我起码已得四十多分钟,我们差杜大哥太多了。"

"没什么,"来和说,"我这是一身牛力,没什么值得你们称赞的。"

说了一回话,赵大叔便邀请来和进屋里喝茶。屋子很简陋,而热水壶中泡有现成的茶,大家便坐下喝茶谈话。正喝着,赵大叔便叫莲欣煮饭招待客人。小明却说时间不早,煮来太迟,不如到镇上找间餐馆更好。但是赵大叔不同意,说这是不成敬意。来和知道这一顿饭煮起来是挺费时费事的,并表示赞同小明的意见,然而老人家还是不赞同。

莲欣拉着他的手说:"爸,我们笨手笨脚的,怎煮得什么好东西招待贵客?别再说了,走吧,走吧。"拉着她父亲便往外走。赵大叔没法子,只得跟随出去。

在餐馆,小明点了相当丰富的菜肴,大家边谈边吃,赵大叔饶有兴趣地问来和有关杀蛇的事,而来和也多番询问他有关种菜的事和生活,话题都很新鲜有趣。吃完后小明抢着结账,来和有意给他面子,并不跟他争。这一来,小明在莲欣和未来岳丈面前是挺体面的。

回旅店后,来和觉得这一天更进一步又认识和了解了菜农的工作和生活,感到是挺有意义的。

六、力举巨熊有如天神

　　过了几天，小明和莲欣又找来和去镇上喝茶吃点心，进到茶馆，正好老陈和他的一般朋友也在喝茶聊天。打了招呼之后，小明三人便找靠外的一张桌子坐下。不久茶和点心都来了，三人就边吃边谈话。

　　不多久，只见茶馆前马路驶来一辆小卡车，就停在茶馆前。车上走下一名中年男子，他是开车到各处收购野味的，时不时到镇上来。他名叫周祥，人们都叫他野味祥。他车上的几个笼子装着各种飞禽走兽，有野鸽、野鸡、野兔、水鸭，还有穿山甲、蝙蝠，以及两只野猪和一只颇大的狗熊。

　　他停下车来，是要到店里拿水给这些动物喝的。他给各个笼子里的水盘都倒了水，最后是要倒给狗熊。可是不知怎的，狗熊却大叫一声冲开了笼子跑了出来。

　　这熊全身黑毛，体型不小，看来起码有两百公斤重。它的吼叫声惊动了茶馆里外及四周的人，都不约而同地惊叫起来。

　　这狗熊其凶无比，一出笼便扑向野味祥，只一扑便把野味祥扑倒在地，压住就咬。野味祥惊叫着伸手挡它，熊便咬他的手，鲜血立即流出，野味祥痛得更是如杀猪般惨叫，人们惊叫四起，可是没人敢出来救野味祥。

　　来和见此情景，本能地奔出茶馆，一个箭步冲向狗熊，一记猛拳打在狗熊后脑部位。来和此拳出力极大，狗熊吃痛，松口放开野味祥，怒吼着转身扑向来和，伸掌猛劈。来和知道熊力惊人，尤其它的掌力无比。人们常说，给熊掌猛劈马头一下，马都会立即晕倒。来和不敢正面和它对抗，立刻一个翻身滚地躲过。熊又冲前攻击，来和又再闪过，并起脚踢熊，可是伤不了它。

这样人熊大战，惊险无比。有人拿棍要去帮来和，但是老陈叫他们暂时不必出手，说来和一人一定可以对付得了这恶熊。大家也都知道这与大熊恶斗的年轻人便是杀蛇英雄，也都要亲眼目睹，看他能如何制服大熊。

来和上两次杀狼，杀蛇已很凶险，这次遭遇此大熊其险更有过之而无不及。面对强敌，他抖擞精神，不敢大意，施展平生所学，拳风腿影，虎虎生威，翻腾滚跳，灵巧无比；而那大熊已被激起兽性，穷凶极恶，双掌猛劈，前冲直扑，来势汹汹，猛冲直撞，要不是来和身手敏捷，早已被它扑倒咬伤。熊兽性大发，越斗越凶，人们无不替来和捏把冷汗，不时发生惊叫声。而场上的恶斗，更是惊心动魄。

来和见久斗不下，来个险招。当熊又扑过来时，他并不躲闪，反而快速地出脚奋力猛踢熊的胸膛。熊吃痛狂吼一声。来和偷袭成功，立即翻滚躲开，尽管闪得很快，肩膀还是被熊掌扫到，衣服破了一个缺口，鲜血流出染红了衣服。拿棍的几个年青人冲入圈内要帮他，来和大喊一声"别过来！"，趁熊稍一迟疑，马上一个转身，窜到熊的背后，两手齐出，左手抓住熊后脑，右手抓住熊背，两手紧如钢钳，大喝一声，猛力一举，硬生生把只两百公斤的大熊举过头顶。来和这一连串动作，快如闪电，一气呵成，熊完全来不及防备。

来和举起大熊立在那里，有如天神一般，全场欢声雷动，赞声不绝。来和只略停一下，双脚稍向下弯曲，运劲双臂，大喝一声，把熊向外使劲一抛，足抛到约三米开外，可怜大熊重重摔在地上。这一摔，这熊大哥可够呛的，晕头转向，全身劲力尽失，只撑动四脚无力地挣扎。它还要爬起来，可是来和再不给它机会，大踏步向前，再次使出刚才一招，又把大熊举起。这次他并没摔它跌地，而是高举着径往卡车走去，把熊一推，关进铁笼里。

熊进了笼，张口直喘气，看看约略恢复气力了，挣扎着站起。张口结舌、目瞪口呆的野味祥，一下子猛醒过来，马上奔去把笼子关上，稳妥地锁好，这才松了口气。

众人见熊已锁回笼内，都冲到场上拍手大赞来和。老陈和老徐（开店买

笼子里的动物

野味的那名店主）赶紧查看来和被熊抓伤的肩膀。老徐说不碍事，只是皮肉外伤。他叫他的一个帮手赶快回店去拿药来。而那个野味祥见来和只是轻伤，也放下心来，不停向来和道谢救命之恩。

来和经此恶战，也十分疲惫，还在不停喘气。大家把他扶进茶馆，不久，药拿来了，老徐替他敷上药。而四周的人还在大谈刚才人熊大战的事，都说非常惊险，有的则大呼精彩过瘾。活泼的莲欣竖起大拇指对来和说："大哥真英勇，看得真过瘾。"她这话引来一阵笑声。

野味祥也涂过药，见来和缓过劲来，过来向他道谢：

"小哥这身力气和功夫真叫人大开眼界，没有你勇敢相救，我早就给那恶熊咬死了，很感谢你的救命大恩。"

来和说："没什么，不用太客气，你没事就好了。'

谁知野味祥伸手从裤袋里掏出一叠钱来："小哥，这一点小钱是答谢你的。我做小生意，也没什么钱，这一点小钱你别见怪。"他拿出的钱有两千元。

来和立即站起，双手推却："啊，大叔，使不得，千万使不得，快把钱收回，我不要。"

野味祥还一直把钱塞给来和。来和说："大叔，你赚钱辛苦。我又没事，绝不要你的钱。"他把塞过来的钱放回野味祥的裤袋。野味祥感动得眼角泛出泪光，连声谢个不停。来和叫他也坐下一起喝茶，并问他一些买卖野味的事。

旁边仍有些人在议论刚才来和斗熊的事，都说他天生神力，两百公斤的熊都能举起。另有人说以前听说来和杀蛇他们都不大相信，现在亲眼目睹来和空手制服恶熊，他们再也不怀疑了。

其实以来和目前的力气，举起三百公斤也不是什么难事，举起两百公斤是轻而易举的。只不过斗熊过程中熊猛扑乱冲，要抓到它举起倒并非易事。

大家看够谈够，时间也过去挺久了，各有其事便陆续散去。老陈、小明和莲欣也陪来和回旅店去，野味祥则开车走，去做他的营生。

来和觉得在此地也住得挺久了，决定离开要到别处去。他告诉了老陈和小明等人，说两天后便要走。老陈和小明一直挽留他，来和说他的兴趣是要到四处走走看看，不打算在此久留。

两天后，老陈、小明和莲欣来旅店向来和送行。来和收拾好行李下楼来，见到三人先打个招呼，便去柜台结账。服务员说老陈已结好账了。他共住了一个月，房费每天八十元，共两千四百元。

来和怎样都要把钱还给老陈，老陈怎肯收？两人相争了一会儿，老陈说：

"小兄弟，你听我说，付旅店的钱其实是你的钱，你还跟我争什么？"

来和说："是你付给了他们，怎么还说是我的钱？"

"哎呀，小兄弟，"老陈说，"还不是吗？你冒险杀蛇，我们却无功受禄，平白得了钱，这钱还不是你的吗？你别再争了，给我们一点面子吧。"

听老陈这么说，来和也就不坚持了，便和三人道别，三人都舍不得，叫来和以后有机会一定要再来看他们。

临走时，来和从包里拿出一个纸袋，里面装有五千元，交给小明。小明知道给他的是钱，连声拒绝，怎样也不肯收下。来和很诚恳地对他说：

"小明，你听我说，我们已是好兄弟，彼此帮助是理所当然的。你还客气什么。"

小明还是拒绝。来和再说："小明，我们好兄弟应有互相通财之义，现在我有能力帮你，以后说不定要你帮我。何况这是我诚挚的一番心意，请你不要对我这番心意泼冷水。"说着把钱硬塞进小明手里。

小明怎样挣扎也挣不脱手。老陈说："小兄弟，你对我们陈家真的太好了。小明你要记牢，绝不可忘了大哥的恩德，以后有机会必定要报答，知道吗？"

小明不停地点头。莲欣说："大哥，你对我们真太好了，我们非常感激。"

来和说："小妹子，你别客气。可是，"他突然变成严肃的样子，"我要提醒你……"

莲欣等三人一下子静下来望着来和，来和却有板有眼地说："你——可——别——欺负我的小兄弟呀！"前面三字故意拉长，后面才急速一口气说完，手指着小明。

来和这样突然幽默说笑，惹得三人大笑起来，气氛也随之轻松欢快。莲欣更是笑得气透不过来，停了一会儿才笑说："大哥，可不许你取笑我。"他知道来和给钱帮小明，很显然是要帮小明快点完婚，不禁双颊一阵泛红，内心却是甜滋滋的。

说完话，来和真的要告辞了。老陈说要用车送他一程，来和说不必，反正他是没什么目的地，只随意而走。老陈三人于是陪他一程，走到镇外才依依不舍地分手。

七、石山爆炸·飞石埋身

这是一座山，不太高，也不算矮，该有五百多米高，它是一座石山，极少树，草也不多，基本上是光秃秃的。

山腰上有一个人在颇为陡峭的山壁上缓慢移动，不时地抉着石块小心攀爬。很多时候，他对着一块块大小不一的石头细心观察，手摸摸这，摸摸那，在端详、研究。

这人体型高大，二十多岁，对这里的石头极感兴趣，看来他很喜欢这些石头，看看这，又看看那，一脸欣喜的样子。

这人，便是青年雕塑家杜来和。他自离开杀蛇和斗熊的镇上后，独自走了好多天，来到这座石山。看山脚下的石头，以他的经验，他很肯定这座山必产有质量上好的石料。于是他沿着斜斜的山壁小心攀爬。一路上行时，他发现山石果然不错，而且此山的石头是以大理石为主。越往上爬，石料越好，不知不觉中他已爬到半山腰处。

在半山腰，许多大理石块是一块块独成一体的，大小不一。也就是说，这些石头是散落在山腰上的。山腰不是很斜，这些石块并没有滚下山去。来和估计一下，石块大的有两三吨重，小的两三百公斤，中型的则约一吨左右。表面很脏，长年累月经受风吹雨打，表面也都很粗糙。但是来和刮去其表层，立即看到预期的非常细腻的石质，有些更是精美无比，是雕塑人像的绝好石材。来和欣喜之情真无法以言语形容。东看西看，摸这摸那，爱不释手，喜不自胜。心想出门走了好几年，总算找到心爱的石头。

　　石头是找到了，可怎么搬下山呢？自己一人是绝对不可能搬动下山去的。于是他向远处望去，看四周是怎样的地方，是否有人。

　　他看了一会儿，只见很远的山脚下有两个人一直向他招手。这两人是两个女子，虽然很远，但可以看出是女子。她们不停地向来和招手，还不时双手放在嘴上做成喇叭状，显然是在大声向他喊话。

　　但是离得太远，加上山上风声，来和根本听不到她们在说什么。来和想，反正是不认识的，她们向他招手，他也向她们招手，以示善意。

　　但是过不多久，那两个女子转身飞快跑开，头也不回地急跑，没多久便不见身影。来和很觉奇怪，怎么向他招手呼喊后便匆忙跑掉呢？真搞不懂是怎么回事。他原本还以为看到了人，便可以询问怎样找人来搬石头。可是她们跑了，便决定下山去另做打算。

　　但是才一提脚要走，突然轰隆一声巨响，震耳欲聋，紧接着又是几声巨响，山动地摇，令人胆寒。来和还不知发生什么事，便见不远的山腰处浓烟滚起，还有大大小小的石头向四周飞散。

　　来和猛然一想，啊！一定是火山爆发，那可不得了，必须设法逃跑！但是要跑完全是不可能的，爆炸声不断，轰轰作响，随着巨响，山体震动。最要命的是，飞溅的石块越来越多，并且很多飞向他所在的地方。石块不停，密如雨下，跌下打在地上，啪啪作响，跌下后又弹起，到处飞滚，有两块小石还溅到来和的脚，皮破血流，痛入心肺，情势十分危险。他想，如不找个地方躲避，肯定会给飞石打死。

　　他四处一看，就在背后近旁有一块凸起的巨石，从山腰凸出来至少有两米，靠近地面处还有一个凹入的地方，正可以藏身。他马上一个翻滚，便躲入巨石的凹处。幸好他滚得快，他刚一滚开，一个西瓜大小的石块就飞打他原在的地方。来和吓得心惊胆跳，跑慢一点，已被巨石打成肉饼了，好险呀！

　　人是躲在巨石下了，可是飞来的石块更多，就如有个什么巨人拿了一大箩的石头尽向他的地方倾倒，到底石块有多少，他也不知道，总觉得石块不停飞来，有些还滚来压到他的脚和身体，立感全身疼痛。即便

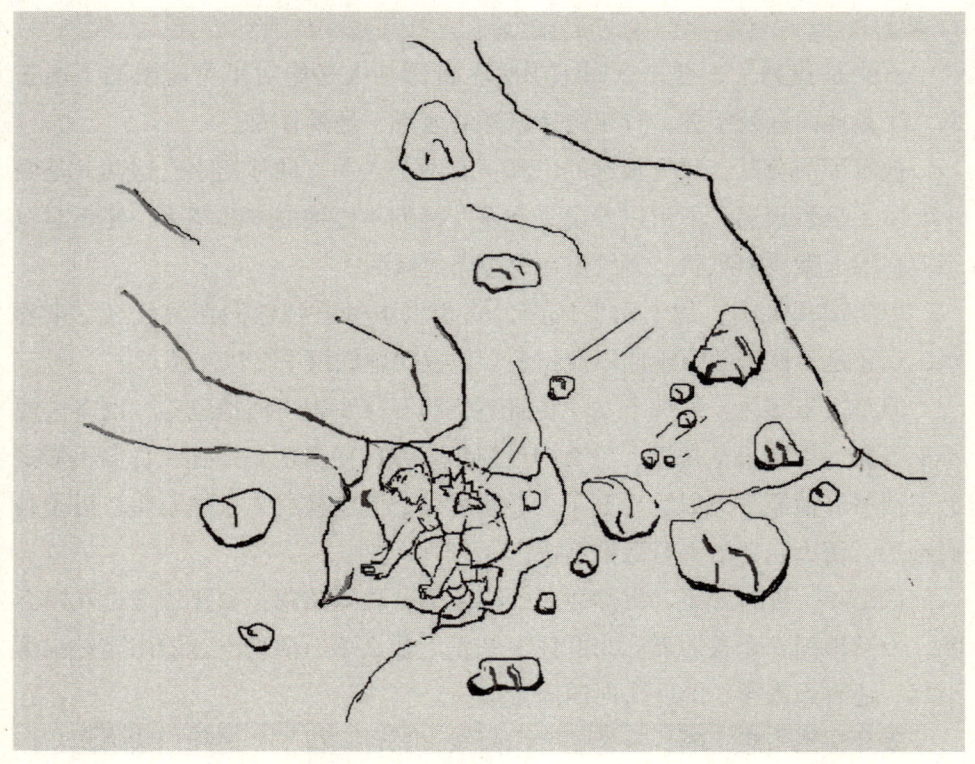

躲在石头下

来和身体强壮,这样惊天动地的巨响和震动的声浪,还有不停的"石雨"密集而下,任凭一个铁人都难以抵挡,他终于失去了知觉,晕倒在石堆中……

八、红粉佳人·追逐玩乐

木屋里，客厅的地板上放着一张垫子，上面躺着一个人，满身是伤，包着很多绷带，昏迷不醒。

这个人便是杜来和。他迷迷糊糊，似乎眼前有两个人影，但是一直看不清楚。他又想挣扎着起来，但是稍动一下，便感到浑身疼痛，毫无力气。

他又迷糊地似乎听到有人说话："别动，别动……"他尝试着睁开眼，可是眼前只有迷蒙的一片。再过一会，他又昏迷过去了……

过了两天，他又醒过来。这次好许多了，他睁开眼，看到了屋顶。他的头缓慢地转向两侧，想看看这到底是个什么地方，但是只眸动一下，马上感到颈项其痛无比，不敢转头了。试一下想动一下手脚，也是痛得不得了，全身骨头仿佛散开一样。再有便是，他发现身体多处都被绷带包住。

"啊，你别动，还不能动。"这次，他听得很清楚了，这是有人在向他说话，是个女人的声音。

接着，有人给他水喝，他感到好多了，便开口说话："这是……什么地方……"声音很虚弱："我……在哪里？"他还想坐起来。

"喂，叫你别动你就别动，你这人怎么不听话！"说话的女子似乎在责怪他，可是她又给他吃一些柔软的东西，一入口便知道是粥水什么的。他是真的饿了，却无力多吃几口。

不过，精神已恢复了不少。他看清楚了，喂他吃粥的是一名女子，很年轻，非常清秀漂亮，他禁不住贪婪地多看几眼。

"看什么看啊你！炸不死算你命大，还看、看、看，真不知死的人。"看来是在骂他了，一脸的娇嗔，可是的确是很美，来和并不觉得她是在骂自己，一点也不生气。

"哈……哈……"是另一个女子的声音。

来和不顾颈项痛，侧头往向发声的位置，看到另一名女子，也是很年轻。令他大喊惊奇的是，她是一名外国女子，金发碧眼，高鼻深眼，有另一种美态。

"哈……"这样女子还在笑："哎呀，我的好妹妹，这大个子这么麻烦，早知你就别救他了。人家看你就挨你骂，那又何苦？哈……"这次来和更是吃惊，这洋女子竟会说得一口流利的中国话，非常标准。她还叫他"大个子"。

"你别取笑人，那天你还不是一起救他的吗？还要笑人！"前一个女子对洋女子说，还撇了撇嘴。

"我救人，对，我和你一起救人，可是我没你卖力呀。哈……"洋女子又是一阵巧笑。

"你力气比我大，你……你才卖力，哼！"

"但是，我没你那么热心呀，好一个热心肠的妹妹，哈……"

"你……你不热心？哼！那天我看你紧张的样子。你不热心，那又何必那么紧张？哼！"

"好了，好了，好妹妹，别跟我顶嘴了，还不喂粥？别饿死大个子了。"她也过来看看粥有多少。

来和看着两个女子为了自己而抬杠，心里不禁觉得好笑。想着，想着，禁不住扑哧地笑出口。

两个女子知道"大个子"在笑她们拌嘴，马上觉得不好意思，停嘴不再抬杠了。来和还看到那洋女子做了个鬼脸，伸了伸舌头。接着，她们两人都走开了。

回想刚才的情景，来和很肯定，救了自己的便是这两名女子。同时这两名女子也一定感情很深厚，才会互相取笑对方，可是他就是不知道自己身处何方。过一会，他又迷糊地昏睡去了。

第二天早上，阳光斜照过来，来和醒了。一晚睡得很好，精神好了许多，他尝试活动一下手脚，觉得已没那么痛了，可是要起来还是不行的。

这时，两名女子又来了，给来和喂粥。来和吃得很快，不多久便吃完了。

"看来这大个子恢复得挺快的。慧娴，我看明天我们可以给他吃些饭了。"洋女子说。原来她的同伴名叫慧娴。

"是呀，玛格烈，"慧娴说，"真想不到这家伙能这么快恢复起来，看来你煮的粥是很不错的。"

"哎呀，你这丫头，又来取笑我！"这叫玛格烈的洋女子作状要打慧娴。

"不是的，不是的，玛格烈，这次并没说笑。看来，你们洋人的方法煮的粥更有营养。"慧娴诚恳地说。

"哦，那也没什么，只是加了些豆泥和一些奶酪罢了。这些东西又简单，又有营养。"玛格烈说。

"怪不得……怪不得这么好吃。"来和突然开口。

来和这么一出声，两个女子都吓得一跳。

"哼！你这大个子，"慧娴对着来和，"炸你不死还来讨便宜！玛格烈，明天加泥土进去，看他还好吃吗！"说着瞪了他一眼。

"哈哈……你舍得吗？"玛格烈又来取笑慧娴。

"哼！什么舍不得？他又不是我什么人，饿死他算了。"

"那可不好，救人救到底，送佛送到西，你菩萨心肠，怎会把落难的人饿死呢。"玛格烈笑笑。来和心想，怎么这洋女子这么厉害，连中国的这些言语都会说，真是奇妙。

"两位姑娘，"来和说，"真感谢你们救了我，我很感激。"

"别什么姑娘，姑娘的，怪别扭的。叫我慧娴，她是玛格烈。"慧娴性子直率，不喜文绉绉。

"对了，"玛格烈说，"我们说话直直的，你可别像个古代秀才。"来和又惊讶她懂这么多中国的东西。

"那……两位，"来和还是很客气，"这里……到底是什么地方？"

"你别管什么地方，等你好了能起来走，你就会知道是什么地方了。"慧娴说。

"那天,"来和又说,"我在山上遇到了大爆炸,给震个半死。到底发生了什么?是火山爆发吗?"

"哈哈……哈哈……"两个女子同时大笑,一直笑个不停,还弯腰按着肚子。

"哈哈……"慧娴说,"给你笑死了,火山爆发?哈……"

"是炸山!知道吗?是炸山!哈哈……"玛格烈也停不住笑,擦擦眼睛,连眼泪也笑出来了。

"啊?是炸山?炸什么山?"来和一脸的狐疑,瞪大眼,张大口。

"是的,是炸山,炸山你不懂吗?"慧娴说。

来和摇摇头,眼睛还是大大的。

"哎呀!大个子,"玛格烈说:"炸山就是用火药炸开山石,取石头用,懂吗?"稍停一下,她说:"大个子,你叫什么名字?上山去干嘛?"

来和说:"我叫杜来和。我上山去找石材,我看山上的石材不错,便四处寻找。我根本不知道炸山,也不知道炸得这么厉害。"

"哎哟,太危险了,"慧娴说,"当时我们在山下看到你在山上,我们向你猛招手,还大声喊,叫你快跑,你却还留在山上不跑,真急死人。"

"我完全没听到你们在说什么,太远了,风又大。"来和说。

"哇,炸山是很厉害的,用很多火药。你没被炸死真是你命大。"慧娴说。

"是呀,"玛格烈说,"当时我们以为你必被炸死无疑,想不到你还活着,真出乎我们意料。看来你是挺强壮的。"

"你怎么会走到靠近炸石的地方呢?怎么事先我们都看不到你呢?"慧娴问。

"我是从另一边上山的,因为找寻石头,便走到了那里,我也根本不知道要炸山。"来和说。

"那么,"慧娴又问,"你……找石头干什么用?要找到那么高。"

来和便把他找石材的原因告诉她们。

"哦,"玛格烈说,"想不到你还是一位雕塑家呢,真幸好你没被炸死,要不然就损失了一位艺术家，那就太可惜了。"

慧娴也以惊讶的眼光望着来和，想不到眼前之人竟是一位雕塑家。想到先前对他说话挺不客气的，不免觉得不好意思。来和也正好看着她，四眼交接，两人都有一种奇妙的特殊感觉，难以形容，心跳突然加快一点，只相看一下，两人都立即把目光移开。

来和很敏感，从慧娴的眼神来看，他直觉地感到她是一个挺聪慧、善良，爽直又调皮的女子。他也打从心底里感激她和玛格烈救了他。

玛格烈也在沉思。她是英国人，出生在英国，从小随父亲在中国长大生活，在中国读书，中西文化都懂。她知道雕塑是一门很高雅的艺术。她经常跟父亲回欧洲，欧洲各地的许多雕塑是她时常看到的，这些都是欧洲各国引以为豪的文化产物，人们对雕塑都很尊敬。

她想眼前此人竟是一个雕塑家，应该是一位很出色的人物，就是不知道他雕塑的艺术水平如何，必定要有一天亲眼看看他雕塑的水准，是否能达到欧洲的境界。

这一下子，三人都突然间静默下来，气氛有点怪怪的，有点不自然。来和于是马上找个话题：

"我躺太久了，很想起来。"

"好呀，试试看。"玛格烈说。她和慧娴合力小心地扶他坐起。

"可以吗？"慧娴问，"不行就别起来。"

"是呀，不要勉强，可以吗？"玛格烈说。

"唔……没问题，可以的。"来和虽然还感到有点痛，但并无大碍，在两人扶助下坐了起来，略伸一下腰："唔，好多了，躺太久腰都酸了，坐一下舒服多了。谢谢你们。"

"别客气了，"玛格烈说，"你还要多休养，等完全康复了须得露两手雕塑功夫让我们开开眼界。"

"我功夫很差，你们会失望的。"来和笑笑说。

"这不管，"慧娴说，"总之到时必须动手，别以为可以一直在这里白住白吃。"

"那……我可以为你们干粗活呀。"来和说。

"你别找借口呀，"玛格烈说，"一个雕塑家干粗活，不浪费吗？"说了哈哈一笑。

三人说笑了一会，慧娴说："大个的，不，雕塑家，坐够了，别太费神，还是躺下休息吧。快点休养好便可以早日起来活动了。"

两个女子出去了，来和便躺下。

来和体质好，恢复得很快，两天后便能起来了。在两名女子的搀扶下走出屋外。阳光灿烂，空气清新，他不禁深吸口气，感到无比舒爽，心旷神怡，精神一振。大难不死，全亏两位年轻姑娘救助和细心照顾，才能捡回一命，否则早已尸埋乱石堆中了。想到此，他以感激的眼光望了两人一下，虽没说出来，但更胜言表。

来和四周看看，原来两位女子所住的是间木屋，不是很大，约百多平方米，屋子建在一个小山坡上的一片小平地，地面绿草如茵，屋前和屋旁种了各类鲜花，在阳光下鲜花怒放，五彩斑斓。蝴蝶蜜蜂穿梭其间，翩翩起舞。草地外，四周树林，近前的是不很密的矮树，越向外树林越密，有些参天，真是一片苍翠，枝叶茂盛。天空蔚蓝，白云朵朵，鸟群不时飞过，树林里鸟声啁啾，虫声和鸣，合奏起大自然的乐章。

来和伸个腰，吸口气："啊！世外桃源，真美呀！在此住下，再不想其他地方了。"他贪婪地踏着青绿柔软的草地，举步前行，要感觉这恍如地毯一般的绿草。

二女小心搀扶着他。玛格烈又开玩笑说："看你这雕塑家，长得这么雄壮高大，好像是古代的大将军，真叫人怀疑是做雕塑的。所幸那天有三名工人在，这才把你抬回来。"

慧娴更进一步取笑："什么大将军？我说像一头水牛才对，那么重，不知道是吃什么的。"

"我想是吃石头的，他雕刻下来的碎石一定是给他吃光了。"玛格烈说着又哈哈大笑起来。

"吃石头人就会长得高大吗？谁告诉你的？"来和知道她们爱说话，便故意这样胡乱问她。

"是呀，"玛格烈一本正经地说，"你没听说吗？古代一个叫蚩尤的，据说是吃沙石的，体格魁梧无比，和黄帝打仗，虽然输了，可是他却是神力无比，黄帝好不容易才战胜他。"

"哇！你这个洋妞，连中国历史也懂，好厉害，真佩服。"来和故意夸张地张大口。一玩开了，他竟大胆地叫玛格烈"洋妞"。

"喂！你可好坏呀！叫我洋妞！看我不打你！"

"对呀！臭水牛！打他，打他！"慧娴也一起闹哄。

两个女子便动手打起来和。其实来和的伤口仍没完全好，被打一阵剧痛，缩起身体："啊哟！好痛呀！好痛！"

二女子这才醒悟来和身上仍有伤，马上住手，连声说对不起。以来和强壮的体格这一点痛其实并不当什么，不过是为了玩才故意大声喊痛。他心想，以前和模特在一起，她们都很普通，极少跟他玩闹，相处平淡无奇。眼

两女追打一男

前这两位年轻女子，年纪应比他略小，可是活泼纯真，好不拘谨，和她们相处，有玩有笑，真是其乐融融，生活得特别有情趣，这是他以前从未经历过的。

走走说说，笑笑玩玩，边走边玩。来和并未完全痊愈，感到有点疲惫，于是大家便返屋休息。

来和为了早日康复，很注意饮食，而玛格烈对食物的营养有不错的认识，给了他不少帮助。此外，他更注意体力的锻炼，早晚不懈，逐步加强。两名年轻女子见他这么认真勤勉，都暗自佩服。她们了解，来和这副强壮雄伟的体格，是他勤练而来的。当然，人体本来的天赋很重要，本质如果太差，怎么练也成绩有限；天生的本质好，加上后天的勤练，就能达到极完美的境界。玛格烈对慧娴说，欧洲著名的雕塑，都是有了质地非常好的石材，加上技艺高超的雕塑家的精心雕琢，才能完成为人赞赏的传世佳作。

来和觉得体力恢复得有七八成了，便以较慢的速度练习老李教他的武功。这一方面是作为恢复体力的方法，另一方面则使武功不至于荒废，因为已停了颇长的一段时间手脚都没动了，必须多练才能纯熟，这是懂武功的人的必修功课，是绝对不能偷懒的。

来和练武，打拳踢腿，一招一式，极为认真，两位女子都看得津津有味，并且有点惊奇来和竟然也懂武功，看来这个大个子是大有来头的。

再过几天，来和基本上已完全复原了，他想试看自己的力气是否有减退，便要找一些重物来试一下。在屋外草地靠近树林的地方散落着大小不一的几块石头，大的有几百公斤，小的几十公斤或百多公斤。来和不敢一开始就太用力，恐怕还没真正回复到受伤前的水平，一下子太出力必会伤到身体。他开始先去尝试移动一块约有百公斤多一点的石块，手稍用力一推，感到并不怎么吃力，便双手一抓一抬，轻而易举地把它举过头顶，随之略出力一扔，把石头抛出两米以外。

在旁看着他的两个女子，马上拍手叫好。来和心里更是喜不自胜，毕竟自己力气还在，伤势已基本没问题了。当然现在大伤初愈，体力尚不能立即完全和伤前一样。要完全回复以前的水平，还必须多些时日的锻炼。接着，他又去尝试更重一点的石块，大概有接近两百公斤的，也还能举起，不过是略感吃力罢了。

　　两名女子看着，看出来和果然力气不小，显出佩服的样子。玛格烈是西方女子，个性自由开放，她一时兴起，拍掌叫好向来和跑去。一跑到来和背后，突然出其不意地跳起趴在来和的背部，双手抱着来和的肩膀，而双腿则夹着他的腰部，大笑着说："好一匹有力的马儿，快背我跑呀！"说着还用手拍他的肩膀。来和没料到她有此一着，毫无准备下站立不稳差点跌倒。谁知慧娴看了也觉得好玩，同样也跳上他的背后。两个女子突然这么玩闹，来和不禁大笑起来。这么一笑，力气全失，身体软下来，再也站立不稳向后倒了下去。三个年轻人便毫无拘束地玩闹起来，在地上滚来滚去。玛格烈更玩得兴起，以手指搔来和的痒，慧娴也加入，来和不甘示弱，一一回敬。彼此来往，身体闪缩，笑着一团。玩闹了约半个钟头，都玩得累了，便躺在草地上直喘气。

　　玛格烈说："慧娴，你说得不错，来和真是和一头水牛一样，重得要命，我几次给他压得差点透不过气来。"说着还在喘气，胸脯猛烈起伏。

　　"可不是吗，"慧娴说，"他的身体也和牛一样硬，手指插他，就好像碰在墙壁一样，哪有人的身体这么硬的！"也还是在喘气。

　　"你们可别怪我，"来和还在笑，"是你们先来捣蛋的。你们不去逗牛，牛会惹你们吗？你们这叫自讨苦吃。"来和见她们把自己比作牛，也就顺着自比为牛。

　　"其实，"玛格烈说，"我要的是骑马，怎么都骑到一头牛身上来了？"

　　"马竟然变成牛，真奇哉怪也，"慧娴说。

　　"那是你们倒霉啰，怪不得我呀。"来和说。

　　三个都是年轻人，个性也挺接近，相处一起熟了，自不免喜爱玩闹，尤其是玛格烈更爱玩，常由她挑起，来和觉得日子过得其乐无穷。

九、外国女子体态丰盈

　　这样又锻炼几天，来和觉得已完全康复了，便去提起那块足有三百公斤的石头，运劲双手，呐喊一声，猛力一提，便把大石举起，再用力一抛，也能抛出一米有余，足见体力已全然恢复，内心欣喜无比。两女看了更是鼓掌不停，叫好声不绝，眼前有这样一位高大威猛的朋友，自是喜出望外。

　　那天吃晚饭时，慧娴对来和说："来和，你已完全痊愈了，我们都很高兴。"

　　"我很感激你们，"来和说，"真的，我非常感激你们救我一命，又帮助我调好身体，我永记不忘。"他向她们点了几下头。

　　"你别客气，"慧娴说，"帮人是应该的。我们已看到了你的神力，现在是你要展示拿手好戏的时候了。"

　　"什么拿手好戏？"来和有点不明白。

　　慧娴和玛格烈互望一眼，同声说道："雕——刻！"语音故意拉长，又说得大声。

　　"可……可是，"来和有点沮丧地说："我……我的工具……都不见了。"

　　"那你可放心。"慧娴说完，走去房间，提了一个挺大的包出来。来和一看，正是自己放工具和衣物的手提包。

　　慧娴把包放在桌上："那天我们和工人把你接回来时，已把你的包一起拿回来了，你检查看一下有什么东西不见吗？"

　　来和打开一看，果然工具物什都在，又向她们道谢。

"但是,"玛格烈双眼瞪着来和,来和一下子有点愣住。玛格烈说:"你——你包里为什么——有那么多钱?是不是偷来的?还是抢来的?快说!"

来和知道她是在捉弄自己,便也调皮地说:"是——抢来的!是抢一个女孩子的!怎样!"

"啊——?"两女睁大眼同时说,"你抢——女孩子的钱!"

"你们要说笑,我也和你们说笑啦,"来和说。

接着,他便把来此之前所经历的事情告诉她们。如小青年偷钱,去工地做工挣钱,恶斗狂牛救了小女孩,她父亲送给他一笔钱等事告诉她们。却没讲起遇人要抢他的钱,以及杀蛇和斗熊的事。

两女听他说空手斗疯牛的事,只听得目瞪口呆,连声说太神奇,不可思议。她们知道,拉车耕田,牛力惊人,尤其是牛疯狂了,还有谁敢碰它。但她们已亲眼目睹来和的神力,也觉得他根本没必要骗她们,所以对来和所说深信不疑。

"哇!"玛格烈说,"一个人斗一头牛,而且是一头疯牛,真太棒了。"

"喂,玛格烈,"慧娴说,"那是牛斗牛,你知道吗?是这头更强的牛胜了。"说完笑弯了腰,玛格烈也大笑起来。

"喂,你们又来取笑我,该打!"来和作势要打她们。

三人玩闹了一阵,慧娴说:"好了,言归正传,你到底什么时候动手雕塑?"

"是呀,"玛格烈说,"我等着看你雕塑都等不及了。"

因为刚才述说以前的事讲了很久,已经相当晚了,来和于是说:"现在很晚了,明天再说吧,好吗?"

两女看的确是很晚了,便同意了。

隔天一早,两女迫不及待,都催着来和快动手雕塑。

来和说:"我必须先有质地好的石材才可以,外面草地上的石头是不可以的。"

"哦,那容易得很,你跟我们来。"慧娴和玛格烈领着来和向树林走去。

树林挺密,看似没有路,只略有一条像是有人走过的模糊痕迹,两女便领着来和随此痕迹弯曲地走着。约莫盛荣时分,眼前豁然开朗,阳光普照。

　　眼前是一片广阔草地，绿草野花，争相怒长。大草地长着几棵大树，树影婆娑，树下荫凉。大树过去几十步之遥则是一个大湖，湖水清澈，微风吹拂，涟漪泛起。湖边不远处，有另一间木屋，二人便领着来和走向木屋。

　　这木屋和外面的那间大小相似，但有一小后院，而向湖边。后院还向前伸展一葡萄架，葡萄藤爬得颇茂盛。

　　进屋后坐下，来和把手提包放在地上。慧娴说这木屋是没有外人来的，她们自己也不是常来，只是她父亲回来的时候就喜欢住在这里。由于他父亲喜爱大理石，所以屋里的桌椅都是用大理石做的，其他一些家具也是。除此之外，她父亲从外面的石场（就是炸石之处）收集了不少大理石块回来。来和依着慧娴的介绍观看各件大理石家具，以他的眼光和经验，他看出这些都是质地上乘的石料。再到她父亲收集大理石的一间房，堆满着大小不一的大理石，虽然没经人工雕琢和打磨，但是可以看出也都是非常好的大理石。来和又看又摸，口中不停地赞美，并说她父亲眼光不错。

　　三人先把屋子打扫一番，抹去尘埃，慧娴和玛格烈一起烧水泡茶，然后三人坐下喝茶。茶喝过后，玛格烈便催来和可以动手雕塑了。

　　来和到房里挑选了一片重约两百公斤的大理石，长一米多。可是他迟疑没动："没有模特很难雕出来的。"

　　"我们可以做模特呀，"玛格烈说，"我们不够美吗？"

　　"不是的，"来和说，"要脱掉衣服裸体的。"

　　两名女子一下子愣住了，互相望着，过一会儿，玛格烈说："脱就脱啦，没什么嘛，这是艺术呀，在欧洲是稀松平常事，没什么大不了的，慧娴，你说是吗？"

　　"……"慧娴无言以对，显得很不自然。

　　看慧娴没有反应，玛格烈不管她，自己开始脱衣裳。玛格烈毕竟是西方女子，观念开放。她经常回欧洲去，看了不少博物馆和美术馆，所见的人体雕塑，不论男女，都是以裸体为主，要不然也是半裸的。参观的人都以艺术的眼光去欣赏，而且都很认真。欧洲各国，尤以希腊、意大利、法国等为最，另有一些东欧国家也是如此，从古至今，裸体雕塑多到难以胜数，就连古代埃及,也有不少裸体雕像。而欧洲的绘画,裸体人物画也是一个重要主流。在欧美人的心目中,这些都是艺术的主要一环。他们认为,人体就是一种美,雕塑和绘画,就是把这种美表现出来,杰出的艺术家们以精湛的技艺淋漓尽致地表现出来以供人欣赏,以之传世,成了人类的艺术瑰宝。

玛格烈脱了衣服,态度自然,对慧娴说:"你也脱呀!"这可把慧娴吓呆了,她本能地以双手按住胸部,直嚷着:"不行,我不脱!"

玛格烈知道慧娴肯定不敢脱的,也就不管她,转身对来和说:"来和,我就作为你的模特,你可以动手雕塑了。"

来和自小就看过不少裸体模特,本来没什么稀奇,可这是他第一次看到一个西方人的裸体模特,也是挺感特别的。一丝不挂的玛格烈体态非常优美,以他的眼光看,她的确是一名难得一见的上好佳人,肌肤洁白,白里透红,身材匀称,线条优美,略为丰满,尤其是饱满而坚挺的胸部,是一般东方人所比不上的。她想起以前的许多模特,和眼前的这一位比起来可就逊色多了。他看得有点入神,不禁赞叹一声:"玛格烈,你真太美了!"一头金发配上一身白皙肌肤,特别引人。西方女子与东方女子相比,另有一番风韵。

玛格烈很大方,听到来和这么赞美自己,大感自豪:"怎么样?还可以吧?能当得上你的模特吗?"说着挺起胸来。

来和立即说:"哦,绰绰有余,你是我所见过的最美的模特。"说着竖起大拇指。

"真的吗?"玛格烈自豪之色显露无遗。

"真的,真的,我绝对不骗你。"来和说。

"那好了,动手吧。"玛格烈用手撩了一下头发。

来和端详了玛格烈一会,玛格烈有点不明白:"怎么啦?还看不够吗?"

来和立即解释:"不是的,我在思考怎样让你摆一个最好的姿势。"他想应该突出玛格烈身材的特点,那便是她优美身段的匀称线条和丰满的胸部。于是他指示玛格烈,双手放在背后紧握,挺直胸部,头微抬起,眼看远方,显出年轻女子的活泼朝气。玛格烈也认为这个姿势很不错,便照着做了。

来和马上选好那块大理石的合适位置,拿出工具,开始雕刻起来。只见他纯熟地挥动工具,快速雕琢。随着他铁锤和凿子的挥动,碎石和石粉纷飞，散落地上，有的还溅到他的头上和身上。来和不当一回事，只是偶尔擦下头和脸，专心致志地工作。现场叮当之声不绝于耳，玛格烈和慧娴目不转睛地瞧着他熟练的手法和一丝不苟的神态，内心暗暗赞叹眼前这位年轻的雕塑家。

约过两个小时，那块大理石约略出现了一个人形的轮廓。来和手有点酸了，汗珠从身上冒出，而玛格烈一直摆着那个姿势也相当累了，两人决定先休息一下，慧娴给玛格烈披上一件衣服，三人便坐下休息喝茶。慧娴给来和一条毛巾擦汗，另外为玛格烈按摩疲倦的手脚。

玛格烈说："当模特也挺不容易的，相当累。"

"那倒不一定的，"来和说，"有时只要模特坐着或躺着，那就不会累了"。

"哦，"慧娴说，"你却叫玛格烈摆那个姿势站着，不是存心损她吗？"她白了来和一眼。

"啊，不是的，"来和辩白说，"慧娴，我哪里会存心损玛格烈呢。我是想，那个姿势最适合表现玛格烈的身段。"他转向玛格烈："玛格烈，你同意吗？"

玛格烈点头："慧娴，没事的，你别为我担心。我如果累了，会自动休息的，你放心好了，来和肯定不会有意折磨我。来和，是吗？"

来和连连点头。

慧娴说："那就好，来和，你可别欺负玛格烈呀。到时你如果雕得不好，我们可不会放过你的呀！"说着，故意表现出严肃认真的样子。

来和虽然停一段颇长的时间没做雕塑工作，但是他的根底已很深厚，技艺熟练，雕琢起来纯熟顺畅。而这次他又特地要把自己最佳的水准展现给两位最好朋友，工作起来特别认真精细，一丝不苟。

近几天的辛勤工作，人像基本轮廓清晰出现了，两名女子越看越喜欢，而来和自己也觉得相当满意。

十多天过后，已清楚显现出玛格烈的样子了，特别是她的容貌，与真人非常相像，而玛格烈的精神更是活脱逼真，栩栩如生。两名女子开始发出赞叹之声，她们已完全体会到雕塑的乐趣和艺术的感染力，艺术确实是会美化人生，丰富人生。

对慧娴来说，她原本对雕塑是没什么认识的，兴致也不高。但是这些天来一直观察着来和雕塑的进程，看他灵巧地挥动工具，敲敲凿凿，一块完全不起眼的石头，竟然一天天地变成一个人形，在雕塑家精湛的手艺下，石头逐渐"演化"成一个美人的体态，确是一件很神奇的事。

一件杰出作品将会面世。最后的工作是要把雕像抛光。玛格烈已不须要继续摆姿势了，来和便教她和慧娴用抛光器细心地把凿得粗糙的表面抛光，两人都兴致勃勃地工作起来。来和还告诉她们，多用手擦拭，大理石越光滑亮丽，塑像便越光彩照人。同时，来和也很细心地把稍有的瑕疵改掉，以求尽善尽美。

这样约两个月过去，整件作品终于宣告完成。这是一件非常精美的裸体美女杰作，玛格烈的娇好容颜，爽朗的神态，丰满的身段和匀称的曲线，完完全全地展现无遗，就如活生生的一个玛格烈一模一样，太完美了！来和微笑地观赏自己数年来的第一件作品，极感满意，而两名女子看到这么逼真美好的塑像，更是欢喜雀跃，爱不释手，禁不住不停地触摸。玛格烈看到自己这么完美地被塑造出来，这是她以前做梦也不曾想过的，欣喜之情难以言表。

专心致志工作了约两个月，大家也相当疲倦，便决定休息一下。来和想起上回被炸伤的情况，便想去采石场看看是否能找到真正上乘的大理石。他把想法告诉两女，她们都表赞同。玛格烈还告诉他，这石场是他父亲开的。

第二天，他们一早便出发，两女带领来和向石场走去。走了一个多小时，远远看到石场了，来和顾心急，快步走去，两女也随之快走。

到了石场，满地都是大理石材，大小不一，工人们忙着整理，把石材按大小分好堆整齐，再装上卡车载去仓库。来和到处走走看看，觉得都是质地挺好的石材。但是他要找最好的，又适合自己用作雕塑的，所以很细心地辨别。玛格烈说这是她父亲的石场。他尽可慢慢挑选，认为合适的就可以取用。

经一番细心挑选，他选到了三块最好的大理石，大小和形状都正合他作雕塑之用。石块很重，玛格烈叫来几名工人搬运，来和便和工人一起把石块搬上一辆小卡车，以便载回他们的住处。

正当来和在搬石时,眼前来了两个人,一个是洋人,另一个则是身材非常高大魁梧的中国人,他比来和粗壮,满脸长须,一头松乱的长发,两眼大而有神,极为威猛,眼睁睁地注视着来和。

玛格烈过去抱着洋人,亲密的叫"爸爸"。那洋人也亲密地抱着她,并很亲热地吻了她一下。

玛格烈向来和介绍:"这是我爸爸,他名叫威廉,我们的姓是史密斯。"

玛格烈接着向他父亲介绍来和:"爸爸,这位是我们的朋友,他……"

不等玛格烈讲下去,慧娴便抢着说:"史密斯先生,我们这位朋友是洪……洪培生。"来和和玛格烈都现出惊愕的神色,为什么慧娴要给来和改名?慧娴忙给他们使眼色,他们便不出声,也不知道慧娴这是什么意思。慧娴接着对史密斯说:"他是做雕塑,要在这里找一些石材。"

"哈哈……,洪先生,这是我的石场,是私人地方,闲人是不可以进来的。"来和又很惊讶这洋人也说得一口纯正流利的国语。

"我……"来和一时不能回答。

"爸爸,是我和慧娴带他来的。"玛格烈说。

"玛格烈,"史密斯说:"难道你不知道吗?我们的石场定好规矩的,外人无论谁要来是要先通报申请的。你们事先没通报就带外人进来,触犯我们的规矩,是要受到处罚的。"

"爸爸,他不是外人,是我的朋友呀,是好朋友呀!"玛格烈辩白说。

"他是你朋友,可是,"史密斯半闭着眼睛说,"可是他并不是我的朋友呀,我事前根本不认识他,对我们石场来说,他就是一个外人。"

"爸爸——"玛格烈想不到父亲竟不给她一点情面,大声叫起来。

但是史密斯向那粗壮的胡须汉使个眼色:"狮头!"

此人满脸长须和一头蓬头乱发,加上体型壮硕无比,所以人们叫他做"狮头"。但是来和一时尚听不出来,以为史密斯叫他"石头",心里觉得奇怪,难得此人身体强壮到有如石头一样吗?

没等他想明白,狮头已向他一步步走来,也不打话,只是双眼如电灯泡一样发亮瞪着他。

玛格烈要上前拦阻,可是史密斯一手把她拉住,大声说:"玛格烈!你别管,快让开,这里由我和狮头处理。"

狮头一直不出声,快步来到来和面前,来和提防着。狮头突然一掌推向来和肩膀,他只出了七成力,可是力道奇猛。来和立稳马步顶他这一掌,还是站立不稳,向后退了两步。

这一招,双方都显出惊讶的神色。来和站马是苦练稳固的,可是仍给对方推到倒退了两步,可见此人力气惊人。而狮头则想,以自己这力道一推,谁也站不住必会跌倒的,然而眼前这年轻人却只退后两步罢了,可见他也是大有来头,并非泛泛之辈。

狮头依然闷声不出,又是一掌推来,这次出了九成力。来和领教过他的掌力,不敢硬碰硬,只虚晃一招,闪过来掌,只见掌影在耳边掠过,掌风呼呼,劲道猛烈。狮头见对方不接掌,改变招式,不再以掌出击,抡起铁锤一般的双拳快速攻来。来和身手敏捷,翻滚跳跃,躲过了对方拳势。他此时再不退让,见对方来拳密集,上下左右四面攻来,疾如狂风,于是抖擞精神,施展平生所学,见招拆招,顶住来势。

其实来和武功有限,当时那个老李只教他一些基本的拳法,招数不多,更没有什么奇招绝式,只靠力气和身手灵巧应对。斗了十多分钟,狮头已看出他打来打去都是那几招,并非什么武功高手,但是要打中他也不容易,每次都以为要打中了,又让他闪开。而来和的来掌也快如闪电,狮头除了没法打到来和,又要躲闪他快如流星的拳势。所以一时间双方相持不下,拳来脚往,激起尘沙飞扬,好一场龙争虎斗。

史密斯看得不住鼓掌叫好。而慧娴和玛格烈则一直担心来和有任何不测,她们看了狮头来势汹汹,拳脚迅猛,都替来和捏把冷汗,不时发出惊呼声。

再斗约十分钟,来和见对方攻势稍微缓慢一点,便记起老李教他以快取胜的要诀,一轮手脚快攻,竟打中狮头两拳,但是狮头壮如铁桶,虽感到一阵痛,却不当一回事,只一吸气,绷紧肌肉,又来进攻。来和见对方中了两拳都没事,心感惊讶,稍一迟疑,胸前中了对方一拳。幸好他闪避奇快,身体向后一缩,卸去了对方不少拳劲,才不至于重伤。尽管如此,还是感到一阵胸闷。

狮头得势不饶人，紧接又是一记猛拳击来。来和见已无法闪避，立即施展快速擒拿手法，硬生生抓住狮头的来拳。他的手力强劲无比，恍如铁钳，紧紧抓住来拳。狮头使劲猛抽，一时都抽不出手来，不由自主地叫出来："好小子，力气这么大！"

他这一出声，来和傻了眼，忍不住大笑，再看一眼，笑得更厉害，放开抓住狮头拳头的手，双手捧腹笑到弯下了腰。

此一突变，狮头也愣住了。紧张万分的史密斯、玛格烈和慧娴也一时不知道发生了什么事，来和竟然斗到难解难分时突然笑个不停。

来和为什么这样好笑呢？原来狮头讲话的声音细柔娇弱，比女子还要娇嫩。来和完全没想到这么一个高大粗壮的大汉，人还叫他"石头"（来和还没听出人叫的"狮头"），声音竟细如娇小女子，这一突如其来的怪事，他从未见过，所以，忍俊不禁。

狮头也搞不懂来和为什么这样笑，不知是否身上有什么东西，看了一遍，没发现什么不对之处。于是再不出声，作势又要打来和，来和站好准备接招。但是他看着狮头，还是无法忍住，笑得弯下身一手按着肚子，一手放在额前猛摇，表示再无法斗下去。狮头气极，出拳又要打他。

就在此时，史密斯领悟到，来和必定是因为狮头的娘娘腔而引发大笑的，他立即阻止狮头，叫他住手。两女也猛然领悟，都"扑哧"地笑起来。

史密斯走向狮头和来和，笑着说："好了，别打了。洪先生，狮头的声音天生是这样的，很多人也觉得奇怪，难怪你笑成这个样子。"他转身对玛格烈说：

"玛格烈，我是故意要狮头试他的，我见他身体这么强壮，便要狮头试一下他的身手，不是真要处罚他。"

"啊哟，爸爸你真坏！"玛格烈白了父亲一眼，并两手敲打父亲的胸膛。

"好了，玛格烈，爸爸对你说声对不起。"然后他对来和说："洪先生，你果然身手不凡，年轻人了不得，我很欣赏。我邀请你在我公司办事，你看如何？"

"哦，谢谢你，史密斯先生，我什么事都不会做，只懂得敲石头，不想给你添麻烦。"

"那好，没关系，"史密斯说，"只要你什么时候有兴趣，我随时都欢迎你。"

"谢谢，"来和说了过去握着狮头的手，"石头大哥……"，他才一说"石头大哥"，大家都笑起来，来和莫名其妙，一脸愕然。玛格烈笑着说："来……哦，培生，他不是石头，他是狮头，狮子的头。石头是死的，狮头是要吃人的，知道吗？"来和听了又是一笑："狮头大哥，你真是一身好本事，我很佩服。"

狮头说："没什么。"只这么三个字，没说别的，还是一样娘娘腔。来和本来想笑，却尽力忍着。

史密斯说："洪先生你选到的石头尽管拿去吧，就当是玛格烈的礼物，都送给你。"

玛格烈高兴地说："爸爸，谢谢你。"来和也向他道谢。

"好了，我们有事先走了。你们请便。"史密斯交代几个工人把来和选到的石头替他载去，然后和狮头离去。

这过程慧娴从头到尾没说一句话。她一直以来对狮头没好感，觉得他既古怪又神秘的，很令人怀疑。

等父亲离开后，玛格烈拉着慧娴的手："慧娴，你葫芦里卖什么药？为什么不告诉我爸来和的真名？"来和又佩服玛格烈很会用中国的成语。

慧娴说："玛格烈，你听我说，我一直都觉得那狮头古里古怪的，不知他心肠怎样，所以觉得还是暂时不让来和表露身份好一点。你认为怎样？"

"唔……"玛格烈沉思一会说："你说的也是，我……也略有同样的感觉。这也好，反正也不会多见他们，以后再看怎样吧。"略停一下，她说："还是你考虑得比较周到。"

说话间，工人已把三块大理石搬上卡车，一同载着三人回去。路很不好走，幸好工人们搬石经验好，又都很有力，加上来和力气过人，总算把石头搬过去了。玛格烈奖赏了工人们一些钱，把他们打发回去。

这一天，真搞到精疲力尽了，三人便提早睡觉，来和在床上回想起石场的一切，觉得那狮头虽然看起来凶神恶煞，可是从他的眼神来看，倒看不出他有什么凶残恶毒的样子，他当时完全没感到对方有把自己置于死地的意思。反倒是那个史密斯，令人有点胆寒。他的眼神闪烁不定，暗藏阴险，也

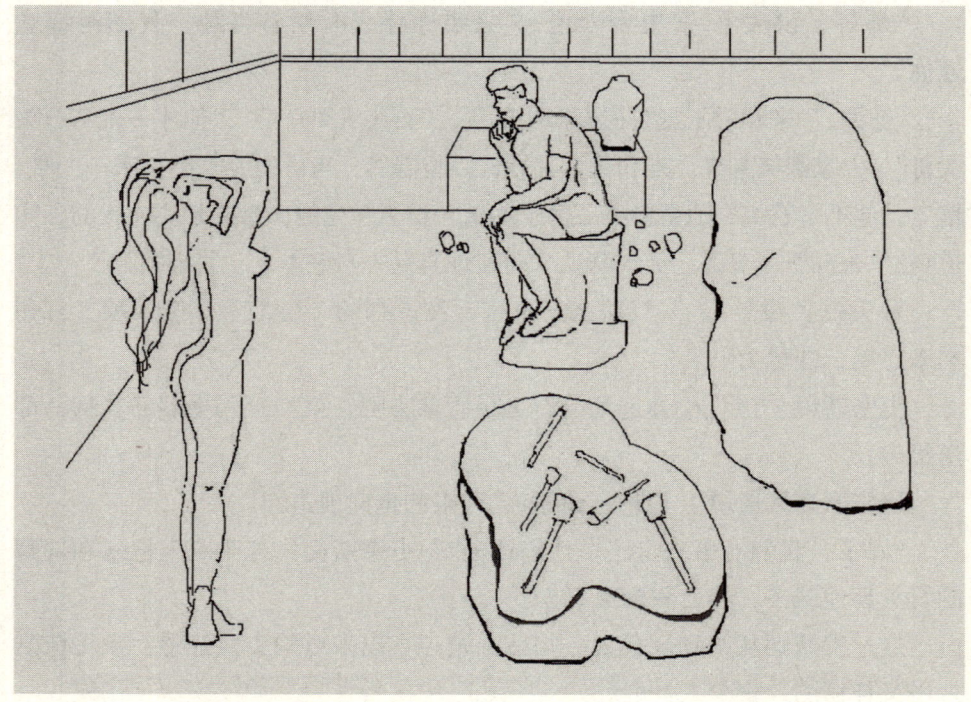

年轻雕刻家沉思

令人难以摸透他的心思,此人城府很深,绝不简单。

休息了两天,来和在构思接下去要雕塑怎样的塑像,他想这次应该为慧娴雕塑一个了。正想把这意思告诉两女,玛格烈却说她要去看看父亲,因为她没见父亲已有好几个月了。

玛格烈自己去石场,下午时分回来,她告诉慧娴和来和,父亲说明天有急事要赶回英国,并说一定要她一同回去。两人听了有点突然,不过慧娴知道玛格烈经常回英国和欧洲的,并不觉得怎么奇怪,只不过这次走得相当匆忙,明天就要走,不知有什么急事。她问玛格烈,玛格烈说她父亲并没告诉她,只是说明天就得动身。

于是玛格烈赶紧收拾行李,隔天一早便告别二人,随她父亲回英国去了。

十、湖边树下·初试云雨情

玛格烈走后,屋内一下子平静了下来,因为平时最活跃的是她,常由她先引起话题,有什么玩闹也多数由她先引起,她一走,慧娴和来和一下子觉得静了许多,缺少了她,更觉得挺不习惯的,两人都若有所失。但是这种情况很快就消失了。慧娴和来和毕竟已很熟悉了,性格相似,志趣相投,很多话题都谈得很投机,而且一样年轻,年轻人总爱玩闹,所以很快便回复和往常一样的生活。玛格烈不在,也并不怎么受影响了。

来和有意要为慧娴雕刻一座塑像,而且决意要雕一座最精美的,他把此意告诉慧娴。其实慧娴看了来和为玛格烈雕了一座如此漂亮的塑像,自己也心动起来,很想自己也能有一座。经来和这一提议,她马上答应了。现在她唯一的顾忌是这样在来和的面前赤身露体,她可从未在一个男子面前宽衣解带,所以还是觉得挺不好意思,不免有些犹豫。

来和并不知道慧娴有此顾虑,听她说同意之后,便挑选一块最精美的大理石,并叫慧娴一起合力搬到小后院。慧娴虽然有些迟疑,但已答应来和,觉得不好反悔,便帮助搬石头。

这间小后院还蛮宽敞,约有三十平方米,三面有墙,面向湖的一边则是开着的。向湖远望,湖光山色,风景秀丽,而草场上还有几棵大树,绿叶成荫,更增明媚风光,在此小后院雕塑,可说最理想不过。

放好了石头,来和准备着动手雕塑,他对慧娴说:"现在可以开始了。"

这时却是慧娴最紧张的时刻,自己就要宽衣解带了,真的要对一个男子一丝不挂地赤身露体？很难为情吧？她内心在挣扎着……脱吗？还是不脱？她仍在犹豫。

然而，来和却若无其事在等她，他一向就是面对裸体女子雕塑的，此时也是自然而然地等慧娴解去衣服，对他来说，这是理所当然的事。他见慧娴还没脱衣，便催促说："可以动手了，脱去衣服吧。"

"我……"慧娴不知如何开口。

"怎么啦？有什么不对吗？"来和问。

"我……从不曾在别人面前……脱衣服，怪……难为情的……"慧娴不自然地双手按紧身上的衣服。

"哦，没事的，我是雕塑师呀。你知道我是一向都这样工作的。"来和安慰她，又接着说："上回玛格烈都这样做，我们也为她雕刻了塑像，你也一直都在场，一直都没事呀。"

慧娴何尝不知道，只不过一下子轮到自己真要脱衣才感到不自在起来。听来和这么一说，的确也觉得没什么，玛格烈都大大方方地做了，自己还扭捏什么呢？岂不是显得很不大方吗？更何况心里已蛮喜欢这年轻人了，又和他熟稔，还顾虑什么呢？

想到这里，她终于慢慢地解开了衣服，总感到羞赧，轻轻声地对来和说："你可不能取笑我呀……"双手很本能地遮住胸前。

"哈……"来和轻笑一声，"我不会的，我怎么会呢，你放心吧，我要开始了。"

见来和就要开始雕塑了，慧娴才慢慢把手放下来。可是来和却傻看着她，暗自赞叹。这姑娘一头柔软浓密的黑发配上洁白的肌肤，身段太美了。肌肤嫩白，这对他来说见过许多，没什么稀奇。令他赞叹的是，这女子体态的优美是他从未见过的，腿长体高，全身线条匀称，肥瘦非常适中，完全符合完美的比例。而且胸脯最为美丽，虽然没有玛格烈的丰满，可是圆润而又坚挺，比起玛格烈可说更为完美诱人。这样一个美若天仙的裸体女子，本身便是一个十全十美的塑像，真美得令人难以置信，人世间真有这么美丽的女体吗？他见过不知多少裸体女子，但和眼前的这一位比起来，她们可就逊色多了。

来和看得陶醉，禁不住赞美到："慧娴，你……你真的太美了！太美了！"

慧娴有点不好意思："你……不是说过……不取笑我的吗。"

"哦，绝不，绝不，我绝不取笑你，"来和半闭着眼说，"我真正的是在赞美你。"说着，他还是在看着她。

慧娴说："怎么还在看我，还看不够吗？"

"哦，我现在是在设想要让你摆一个怎样的姿势才最好。'他其实真的想不出一个最理想的姿势。他决心要为慧娴完成一座自己最满意的塑像，可是以前都做了各种不同的造型，如果再重复肯定不好，自己也肯定不喜欢。那到底要一个怎样的造型才最理想呢？他一时也想不出来，慧娴也在耐心地等他。

正在这时，外面传来一阵清脆声音，慧娴突然兴奋起来，欢欣地喊道："啊，它们来了！它们来了！"说着披上衣服便飞奔到屋外，手舞足蹈，追逐着那清脆悦耳的声音奔跑、跳跃。

来和不知道那是什么声音，使得慧娴那么兴奋高兴，便马上跑出屋外。一看，原来一对鸟儿在空中飞翔，一忽儿高，一忽儿低，边飞边发出那嘹亮的声音，非常悦耳。这对鸟儿约有鸽子般大小，两只身体的颜色一模一样，遍体通黄，振翅飞翔时翅膀有一排黑纹，而喙和双脚则是艳丽的橙红色。整体上全鸟给人的感觉是无比的艳丽抢眼。对来和来说，他以前从未看过，当然他就不懂这是什么鸟。

他极感兴趣地看着慧娴奔跑追逐，而双鸟则似乎跟她很熟稔似的，飞高飞低绕着慧娴，翩翩起舞，不停唱着美妙的歌声。慧娴就如一只轻巧的小鹿，追着双鸟飞奔跳跃，双手高举摇动招着鸟儿，她兴高采烈地欢呼："可爱的鸟儿呀！欢迎你们回来！"

来和眼前是一片从未一见的美景：蓝天白云下，青草绿地上，几棵大树间，一名美若天仙的年轻姑娘，活泼、浪漫而又爽朗地配合着一对美丽鸟儿共舞，她青春完美的身段，修长流畅的体态，真美得人间难得一见。

来和看得陶醉了，有如品尝美酒甘露，为之一醉。他灵机一动，此情此景，岂非活灵活现的敦煌飞天吗？是的，一点不错，倘若慧娴也披上轻纱飞舞，那就是飞天了！真太美妙了。啊！灵感一来，他脑海中马上便有了为慧娴雕塑造型的构思了。太好了！太好了！

于是，来和欢呼着也和慧娴一起追逐双鸟。来和一加进来，慧娴更快乐了，嘻嘻哈哈欢声不绝。两人纵情地奔跑，跳跃，有如奔腾的野马，又如灵巧的小鹿，年轻人的欢乐尽在其中。

这样飞奔了约半个钟头，两人已感疲倦，便仰天一倒，躺在柔软的青草地上，而一对鸟儿也飞回它们树上的鸟窝。

慧娴跑得太激烈，气喘呼呼，仰躺在地上急促地呼吸；来和则以手肘撑地，侧卧着面向慧娴，看着她因气喘而不断起伏的胸口，满身香汗淋漓，而她泛红的脸颊，更增几分娇艳，惹人怜爱。

来和替她撩开额前沾上汗水的乱发，问她："真是一对非常美丽的鸟儿，是什么鸟来的？"

"哦，你不知道吗？"慧娴说："这是黄莺，也叫黄鹂，是非常漂亮而又少有的鸟儿。这对黄莺在前面那棵大树筑了窝，几年来每到天气暖和时便回来，我特别喜爱它们。它们也跟我很熟了，我们已成了非常要好的朋友。"

黄莺，的确是鸟中极品，纯黄的羽毛和橙红的嘴喙亮丽无比，鸣叫声更是清脆嘹亮，悦耳动听。唐代大诗人白居易便在他千古传诵的名篇《琵琶行》中有这么一句"间关莺语花底滑"，这就是以黄莺的美妙歌声来形容那名弹琵琶女子的琴声美妙动人。

黄莺是很稀有的鸣禽，平日难得一见。它们都是雌雄一对，出双入对，飞到哪里都形影不离，非常恩爱，可算得上是鸟类中的"模范夫妻"。

慧娴对来和说："黄莺是稀有品种，它们和喜鹊一样都是很少有的。人们相信，它们的出现会带来幸运和欢乐。"来和兴致浓厚地听着，慧娴又说："凡是稀有的品种，不论人还是鸟兽，稀有的便是珍贵的，高品质的，黄莺和喜鹊便是这种品种，就有如狮子、老虎、雪貂等，都是珍贵和高品质的。"

来和略有所思，微笑地说："慧娴，我问你，你有……兄弟姐妹吗？"

慧娴摇摇头。

来和立即即拍下手掌："那么，你便是品质好而又高贵了！"

慧娴娇嗔地打了来和一下："那你呢！你有兄弟姐妹吗？"

来和也是摇摇头。

"那好呀！"慧娴大笑说："你也是品质好和高贵的呀！"

两人说着都大笑起来，来和禁不住热情地抱着她。慧娴挣脱站起来："啊，满身大汗，湖水清澈，快去洗个澡吧。"说着急奔到湖边，纵身一跳跃入了湖中，并畅快地游起泳来。来和也跑到湖边，可是却没跳入湖。

慧娴向他招手："快跳下来呀，湖水很清凉的。"

"可是……我……不会游泳……"来和有点尴尬。

"哦，没关系的，湖边水很浅，你就下来湖边好了。"慧娴游回湖边："下来呀，快下来呀，没事的。"

来和指指身上的衣服。

慧娴说："脱掉它呀，这里不会有人的。"

来和原本怕脱了衣会冒犯到慧嫌，经她这么说，便毫不迟疑地脱掉了衣服。果然湖边水不深，只及他肚脐以上。

下了水，马上感受到湖水非常清凉，透入心脾，极其畅快。他不会游泳，只能玩水，用水泼自己的身体，又泼慧娴。慧娴也不示弱，用水泼回他，两人嘻哈闹作一团。

慧娴说："来和，你不会游泳啊？"

来和摇头。

慧娴说："很可惜。其实很容易的，来，我来教你。你放心，不会淹着的。"

她于是教他游泳的方法和姿势。来和照着学习，可是才第一次学，没那么容易学到，手脚乱划乱踢。一下子到了水较深的地方，慧娴设法托着他的身体。但是来和个子高大又重，慧娴托不稳，来和怕淹水，心慌下立即双手紧抱着慧娴的身体。慧娴也怕他真要溺水，便也紧抱他扶回岸边。

这两名年轻男女，都是第一次抱着异性的身体，都立即有一种极奇异的感觉。来和触摸到慧娴柔嫩的肌肤，感到滑如凝脂，微微的温暖，还有丝丝的少女体香，熏人欲醉，他贪婪地抱得更紧。慧娴更从没有过这样的感觉，怀中的男人体格强健，肌肉结实，庞大的身躯都把她团住了，她感到踏实又安全，有这样的男人在身边，可依靠而又有最大安全感。

两人互相依偎，都不想分开，互相抱得更紧。来和非常怜惜怀中的她，禁不住深深地吻着她湿滑的嘴唇。慧娴感到电触一样，颤动了一下，不但接受热情的深吻，也激动吻对方，四片嘴唇紧紧地吸吮，啧啧有声。

两人觉得一直在水中不便，就相拥到湖边草地上靠在大树上。来和从未如此感触过女子柔滑的肌体，手不自觉地抚摸起来，慧娴闭起双眼，静静地享受他怜香惜玉的爱抚，沉醉在这美好的时光。

两名青年男女第一次享受到异性亲密的怜爱、拥抱、亲吻和爱抚，激起了隐藏体内的情欲，心跳加速，面红耳赤，呼吸急促。年轻人的情欲，如洪水急涌，火山爆发，一发不可收拾。

两人紧拥，来和情不能禁在慧娴耳根低呼："慧娴，好妹妹，亲妹妹，我爱你，我爱你……"

她轻抚来和的脸："来和，你怎么啦？"

"没什么，没事的……"来和说。

裸抱湖边的男女

两人依然热烈拥抱和亲吻，慧娴感到很难控制自己了，低声说，哥，我要你。

来和感到舒畅无比，吻着慧娴轻声说："好妹妹，亲妹妹，我爱你，我好爱你……"

两人慢慢地试探着，慧娴紧张地抱得来和更紧，闭着双眼，那一阵充实感和难以形容的快感，冲击着慧娴的神经，不但痛楚消失了，而且还领略到那从未有过的舒畅。她仍闭着眼，享受这人生欢愉的时刻，口中喃喃地轻呼："好哥哥，好亲亲，我……我好欢喜。你……你抱紧我一点，啊……"

来和初尝交欢的畅快，配合着身体扭动起来，慧娴可不得了了，大声的啊叫起来。两人情欲高涨到极点，来和闷哼一声，身体抖动，一股浓烈的热流急喷她的体内，两人如登仙境，飘飘然如在云中，心满意足地软瘫在地。两人都是初试云雨，激情而欢畅，一场狂风骤雨后，都疲累不堪。

躺在草地上，两人恩爱入骨，如胶如漆。来和把慧娴一把抱起压在自己身上，怜爱有加，不时亲吻，抚摸她的头发。慧娴闭眼享受，不自觉渐渐入睡，来和也因疲累而迷迷睡去。直到两只黄莺再从窝中飞出，才把两人吵醒。黄莺又在他们头顶盘旋，但是此时的慧娴哪还有力气跟它们奔跑耍玩呢？她只有柔弱地向鸟儿招招手。

两只黄莺看地上的人没有动静，略环绕一会便唱着歌儿飞去了。这时两人也休息够了，便回屋去。

自此，两人便如恩爱夫妻一般生活在一起，同房而睡。

过了两天，来和真要动手为慧娴雕塑了，此时那对黄莺又飞了回来。来和立即叫慧娴拿条丝巾，如前一样奔跑与那对黄莺追逐耍乐。慧娴在奔跑腾跃时，举起手让丝巾飘荡。在微风吹拂下，丝巾轻飘，并随着慧娴的跳跃而上下起伏，真若飞天下凡，此情此景，美妙绝伦。这就是来和理想中一个最完美的造型。

于是，他立即在那块已准备的大理石上动手雕琢。只见他纯熟地挥动工具，碎石和石粉纷飞，叮当声不绝于耳。慧娴和黄莺玩乐了，奔跃得越起劲，还唱起歌来。那对黄莺也一样乐在其中，轻快地飞舞，清脆嘹亮的歌声

来和女友湖边裸跑

响彻云端。来和觉得,他从未如此欢乐和兴奋地雕刻,工作得非常起劲。

慧娴跑得累了要休息,便过来看来和到底雕得怎样。看他专注地工作,看到来和粗壮有力的手臂和健美的体格,内心倍感欣慰。

接下来的雕塑工作,由于来和已有完整清晰的造型构思,再不需要慧娴奔跃了,她便从旁做一些自己力所能及的协助工作,清除地上的碎石,给来和擦汗,端茶送水,来和满心欢喜,以前雕塑时哪里有人给自己这么无微不至的服侍呢。

来和为了能早日完成作品,毫不松懈地加紧工作,慧娴怕他劳累过度,不时叫他不要太卖命。工作是挺累的,但其中的乐趣可以补偿一切。这样的勤奋工作下,一个精美的塑像清晰成形了。那是一个奔跃欢腾的少女,青春靓丽，体态健美，曲线玲珑，线条流畅、神态自若。她在奔腾、跳跃，双手一前一后高举，丝带起伏在背后飘落，如迎风飘展，真如一个活灵活现的飞天。

慧娴看了非常欢喜，这是她美丽的化身。她爱不释手，一边帮着抛光，一边不停地抚摸它。在她细心抛光和抚摸下，塑像透出亮丽的光泽。这样工作了约两个月，一尊美轮美奂的塑像终于大功告成。来和给它取了一个名字——《奔腾的雕塑》。

他认为，这是他从事雕塑以来最满意的一件作品。

随后，他又为慧娴再雕了两尊塑像，一尊是站立的，另一尊则是坐着的，也都是很认真雕成的。

一天，他们正坐在一棵大树下休憩，突然一声枪响从屋内传来，两人大吃一惊，立刻往屋子方向跑。只见一个粗犷的男子手拿一把枪。对着站着的雕塑又是一枪，塑像一只手立即断裂，而那尊坐姿的雕塑已给他先前的一枪打坏了肩膀的地方。

慧娴大声惊呼："爸爸！爸爸！不能打！……不要开枪！"她跑过去抱着这男子，后者还以枪指着《奔腾的雕塑》！

"你搞什么鬼？！"那男子指着慧娴大声说："光着身子做出这些石头像，你不害臊吗？"

"爸，我……"

"我，我什么？我一看这些石头像就知道是照你的样子做的，做得一模一样。是不是这个人做的！？"他以枪指着来和。

慧娴立即用手按着他的枪："爸爸……你听我说，这些……都是艺术品。他是一个很杰出的雕塑家。"

"什么艺术品？我才不管。"

"爸爸，真的，玛格烈也做了一个了，她说在欧洲是很普遍的，人们都很欣赏。"

那男人看了来和一眼，又转头去看《奔腾的雕塑》，从上到下再从下而上端详了好几遍，然后又摸摸自己的下巴一下："这人是谁？"他指着来和大声问。

"他叫杜来和,是一位很好的雕塑家。"然后她对来和说:"来和,他是我爸爸。"

来和向他略一鞠躬:"大叔,您好。"他看此人,身材颇高,也很壮硕,腰围粗大,浓眉大眼,一头蓬松头发,唇上两撇须。满脸风霜,肤色古铜,看似长期曝晒阳光下。

他对来和的问候不作回应,打量着来和慢步向前,突然一掌推了过来,用力极猛。来和本能地快速出手抓住来掌,顺势一扭,男子应声大叫"啊哟!"双腿不由自主弯了下来。

要知道来和手力的确惊人,加上几个月来不停用力雕塑,力道又在增进。而他以前几次给人掌推吃过了亏,所以这次便不假思索地一接掌便出力抓扭,上次和雄猛的狮头尚能打个平手,眼前此人如何经得起他这股神力,因此,手腕被扭得奇痛无比,双腿便自然地弯下。

来和也不想伤他,马上松手道歉:"啊,大叔,对不起,我……不是有意的。"说着微一鞠躬。

"哇!真大力!"男子说:"别叫我大叔,人叫我'快枪雄'。你……你的手力是怎样练出来的?连我也吃不消。"一边说一边抚捏被扭痛的手腕。

来和见他自称"快枪雄",心想怪不得一进屋便开枪打坏了两尊雕塑,令他非常心痛。但他还是很客气地说:"大叔……哦,雄伯,真对不起伤了你。我其实没什么力,只不过是天生的一股牛劲。"

"一股牛劲?那还很会雕塑呀,还是一名艺术家呢。"

"不……不敢当。雕塑是我的工作,从小就做的。"

"好,很好,怪不得手力这么大。"快枪雄说着摇着手中枪指着《奔腾的雕塑》:"这也是你雕的?"

慧娴怕他又开枪打塑像,赶忙过来按住他的枪:"爸爸!不能打,不要打,这是来和雕的,也是我心爱的艺术品。你千万不要打坏它!"

"哈哈,慧娴,爸爸不懂什么艺术,爸爸是粗人,是做抢劫的。"他再看雕塑:"看来,是雕的不错的,把一块石头做成这么像慧娴,小伙子,算你不赖。"

"哦,雄伯,"来和说:"你过奖了,我雕得不好。"

快枪雄突然问:"你家里还有什么人?"

"只有我妈,我很小时父亲便失踪了。"

"你没有兄弟姐妹?"

来和摇摇头。

"好,很好,"快枪雄说:"你没有兄弟姐妹,父亲也失踪了。慧娴也没有兄弟姐妹,她的妈也去世了,这么巧。"正如慧娴先前所说,她的父亲一向认为稀有的就是好的品种,快枪雄听来和说只有他一人,便直觉地认为他是好的品种,因此一下子对来和有了好感。把指着雕像的枪放下,他对来和说:

"好,很好,小伙子,你身强力大,以后可要多多保护慧娴。我时常出门,没有人照顾她。"

"哦,是的,是的,"来和疑惑地望着快枪雄:"雄伯,您……不介意,我……请问一下,您刚才说是抢……抢劫的,您……是在说笑吧?"

"哈哈……"快枪雄仰头大笑:"哈……说笑?一点也没说笑,我真的是抢劫的!"他摇了一下枪:"你看我这把枪,我他妈的遇到狗官贪官,吃人骗人的什么富豪就抢。他妈的依仗权势贪钱刮钱,我就凭这把枪抢他们的,看他们厉害还是老子厉害!"他越说越气愤,也越大声。

"爸爸,你别这样说嘛。"慧娴欲阻止她的父亲说下去。

"怕什么,事实就是这样嘛,我男子汉敢作敢当。"他脸转问来和:"小伙子,你说是吗?"

"我……"来和一时不知如何回答:"我想,坏人是应该被对付的。"

"对了!"他大力拍了来和一下:"英雄所见路同,贪官狐狸都要打。就凭你这句话,我放过这座塑像。"他把枪收到了腰间,转对慧娴说:"慧娴,我这次回来是很匆忙的,明天就要走。"

可是,慧娴说:"爸爸,你刚才说错了,不是英雄所见路同,是所见略同。也不叫贪官狐狸,是贪官污吏。"

快枪雄听后,抢着说:"我说的没错,英雄都是同路人。当然是所见路同。还有,贪官都很狡诈,就是狐狸。我没有错。"

"但是,"慧娴争辩说:"成语不是这么说的,你错了就要承认。"

快枪雄一扬手说:"我不懂成语,但是我认为我没错。"他转向来和:"小伙子,你说是吗?"

来和微笑不作声,他知道快枪雄是说错的,但是不好意思说他错。

快枪雄就是这么一个粗人,他读书不多,却很爱用成语,可是又不甚了了,所以常常出错。

慧娴深知父亲的个性,也不再和他争论,转口说:

"啊!爸爸,怎么一回来就急着走?太匆忙了,多休息几天再走吧。"慧娴显得很惊讶。

"不行,我有急事,明天就得走,你要小心照顾自己。"接着他对来和说:"小伙子,你要保护慧娴。我看你身手挺不错,有你在,我可以放心了。"

来和点头说:"雄伯,请您放心,我会尽力而为。"略停一下,他说:"雄伯,您不介意的话,我想……请问您。"

"有话就说,别吞吞吐吐。"

"我想请问,您……又去……抢劫,是吗?"来和见此人豪爽直率,便大胆跟他开个玩笑。

"哈哈……当然是啦!"

"去抢贪官狗官?"

"去抢贪官狗官!"

"去抢吃人骗人的富豪?"

"去抢吃人骗人的富豪!"

"哈哈……哈哈……"这次是两人一起大笑,而且互相四掌相击。

慧娴也露出笑容。她见来和能和父亲打成一片,相处得如此融洽,内心深感欣慰。

"好,很好,"快枪雄仍然满脸堆笑:"好了,不跟你们闹了,我得去准备了。"说着转身便离开。

"爸爸,让我来帮你,"慧娴说。

"不用了,我自己行了,你也不知道我要拿什么。"快枪雄说完便回去他自己的房间。

第二天一早吃过早餐,快枪雄便拎着一个大包匆匆地出门了。

十一、佳人失踪·伤心欲绝

位于采石场外的一条路边,离采石百多米之遥,有一间很简陋的小木屋,应该说是一间小店。不久前来了一名老人,他头发斑白,长而蓬乱的头发遮盖去大半个前额,几乎到了眼睛。看来他已六十开外,挺高的身材,有点瘦,说话声音倒挺洪亮,精神也还不错。

老人在这小屋开店已有一个多月,主要是卖给石场的工人和一些路过的人。所卖的主要是食物和饮料,如饭菜、面食、饮料、汽水和啤酒之类。他请了两个帮手,每天一早便开店,一直到晚上八九点才关店。

奇怪的是,店里所卖的东西他都不推销,每天在店前他只大声叫卖:"好酒……来喝……都来喝……"

人们不知道他的名字,他对人说他是回民,所以大家都叫他"老回"。

快枪雄离开几天后,慧娴说听一些工人讲老回卖的面条很好吃,便跟来和说要去尝尝那里的面条。

走向石场,离小店约一百米,来和和慧娴看到狮头进了小店。二人进了店,却不见狮头,也不见老回,两人不管许多,向店员点了两碗面条。才开始吃一两口,模糊听见店后的房间传来有人谈话的声音,都是男子的声音,不很大。两人认为不过是一般人的谈话,也不怎么在意。突然听到:

"快吃,这是很好的猪脚面,快趁热吃吧……"

"好,谢谢,你也请吃呀。"

"哦,我有,你别客气。"

"那好，一起吃吧。"

"好，好，来，来，再喝些啤酒。"

"唔，谢谢，哦，这猪脚面味道挺好。"

接着，传来的是吃面的"雪雪"声。

慧娴来和听起来，房内应该是两个人。十多分钟后，一个人从房内出来。慧娴来和都吃惊不小，此人并非别人，正是身高体壮，头发和长须蓬乱的狮头！

狮头出了小店，大踏步走向石场。由于店里还有不少人在吃东西，狮头急步出店，并没有看到来和和慧娴。

来和慧娴这一惊讶非同小可！两人吃着面的口张大不合，面条也滑了下来，面面相觑，眼大如灯笼……

狮头讲话不是娇细如女子的吗？为什么又变回了低沉的男人嗓音！？

老回不是回民吗？为什么吃猪脚面？

太奇妙了！太不可思议了！

两人过了挺长一段时间才回过神来，匆忙付了钱出店往回走。

在路上，来和一直不停喃喃自语："怎么回事？怎么回事？到底是怎么回事？"

慧娴老眨着眼睛："就是嘛，我……一直觉得这狮头古里古怪的，没错吧。怎么……他现在又变回男人声呢？"

"是不是……他在一般人面前，就……故意……装成……女人声呢？"来和在猜测。

"我看……肯定是的。那……又为什么呢？他为什么……要装女人声呢？真古怪。"

"那时和他交手，一听这么一个雄伟大汉竟发出娇细的女人声，真把我笑死了。"

"这家伙，装神弄鬼，我……一定要查个水落石出。"

两人就这么一路疑惑猜测走回家去，这一整天便在疑云密布中度过。

猜尽管猜，可是总不得要领，一切如常。狮头没什么异样表现，依然极少说话，说话时依然是娇细的女人声。

老叵也依然是老样子，依然每天在店门口叫喊："好酒，来喝！都来喝！"……

日子一天天过去，一切如常，但是玛格烈和她父亲仍未回来。平静下来，来和告诉慧娴，他要设法把打坏的两尊雕塑修补回来。慧娴则说，反正她没什么事，不如去外面走走，看看是否能碰到一些关于狮头的事。来和没反对，叫她一切要小心谨慎。

来和很喜爱这两尊雕塑，观察和思考如何修补，很专注地埋头苦干。到晚上很迟了，他才想起慧娴还未回来，便马上出去寻找。已是晚上十点多钟，石场和小店都关门没人，可是慧娴不知在哪里。来和去石场的宿舍问工人，然而工人只剩几个，大部分都不在了。守门的人告诉来和，已停工好多天了，工人们都散去了。至于慧娴在哪里，守门人说不知道。去找狮头，狮头也不知去向。

东找西寻，跑上跑下，慧娴仍然不知芳踪，来和心慌起来。他不顾一切，深入野林，爬上石山，大声叫喊，黑暗中哪有慧娴的踪迹？只断续传来他喊叫的回声……

找了一夜，寻遍各处，伊人不知何方，来和既忧心，又疲累。天亮时，他拖着倦困的身体回石场来，希望此时能在此得到慧娴的讯息。然而叫他更诧异的是，石场竟空无一人，连宿舍里也静悄悄的；过去小店，也是人去屋空。摆卖的一些小食品、饮料和碗盘等各种用具却在店中，老叵和两个帮手都不在了。偌大的一个石场躺在空旷的山脚下，除了各种搬石、碎石和切石的用具和器具之外，空无一人。往日的嘈杂声竟一下戛然而止！

来和迷茫了，崩溃了，慧娴到底去了哪里呢？去哪里找她呢？为什么这里一下子没人了呢？人都去了哪里呢？到底发生了什么事呢？为什么只一个晚上全都变了呢？这一连串的问题不断盘旋在他的脑际，然而一个答案也没有，百思不得其解。

坐在小店的椅子上休息一会，来和又去盲无目的地找。两腿尽力地走，喊叫到口干喉哑，只能发出虚弱沙哑的声音。越找越心焦如焚，最后是心灰意冷，希望渺茫。夜深了，全身筋疲力尽，在不得已之下，只得又回小店，瘫倒在地上，随后在迷糊中睡去。

太阳又起，照射在他脸上，强光令他眼皮睁开，而脑海中仍交织着那一串问题，没有答案的问题。他已经两天两夜没吃没喝了，浑身感到极度虚弱。这可不行呀，难道要把自己拖死吗？不行，他决定自己必须坚强起来，绝不能垮下去。

幸好店内各种食品和饮料有的是，他先喝些水，吃些饼干，略饱后煮开水泡碗面吃。到中午时分，精神和体力恢复了许多。他在盘算，接下去该怎么办。

他决定再作一次寻找，去更深远的树林和山顶，但这一切到头来都只证明是徒劳无功。他认为这一带地方是不会找到慧娴的，便决定去更远的地方找。

于是，他回木屋去拿了些钱，锁好房子，到路上雇一部车。这里偏僻地方是没出租车的，他在路上拦截几部货车，说明自己的用意。起先几部车的司机都不愿干，最后终于有名司机同意了，讲好了价钱，他便叫司机载他到附近一些市镇上去寻访。

其实这也是徒劳白费的。离石场挺远的各个市镇，人们怎么会知道有慧娴、狮头、玛格烈和史密斯这些人？司机载他走了三天，一点头绪也没有，来和只得放弃，回到石场来。

一筹莫展之下，他只得等待，看是否会有奇迹出现。他不回木屋，只住在小店，因为这里起码有吃有喝的，不用担心挨饥受饿。忧心如焚，睡得很不好，辗转反侧，每每夜深时迷糊中见到慧娴，又听到她呼叫自己，欣喜中惊醒，不过是一场春梦，只落得难受惆怅。

一天天过去，店中的东西要吃完了，饮料也要喝完了，酒还有不少，但是他是不喝酒的。漫漫长日如何等？多坚强的意志也会消磨掉。天广地阔，人海茫茫，如大海捞针，何处觅芳踪？他绝望了，彻底绝望了！

他回想，偶然中闯入了这片土地，石山中遭炸险丢命，被两个女子救回，大难不死，如在鬼门关走一回，结交了红粉知己，到头来落得今天伤心失魄的境地，是冥冥中的天意安排？抑或他命中须遭此煎熬？只能叹句无奈，夫复何言？在百般无奈下，他决定先离开此伤心地，等待他日另作安排，看往后命运之神又给他怎样的处置。

立意已定，他便回木屋去收拾一切，决定把几尊雕像运回家去。这可不是一件简单的事，必须租辆中型货车，有放货车箱的那种，方能安全地运载雕像。他在路上好不容易拦截了一辆这样的货车，司机同意为他送货。他们先到镇上雇四名工人，一起回屋中搬雕像。四个工人加上来和自己和司机，六人合力把四尊雕像抬进货车，安稳放妥把车箱门锁好，遣走四名工人，便朝来和的老家回去，走了几天几夜时间才到家。他再雇人把雕像抬进屋内，付了车资，司机便开车走了。

来和在三个月前和母亲通过电话，母亲告诉他近来身体不好，已回乡下老家去。来和在家安顿好一切，便去乡下探望母亲。母亲在乡下已无其他亲人，只剩妹妹和她的家人。来和问候母亲和姨妈一家，母亲说身体近日不好，所以回乡下来休养，有妹妹作伴，生活方便许多，来和向姨妈连声道谢。母亲又说，她不想离开乡下了。

住了两天，来和决定回去举行他新的雕塑作品展，便告别母亲和姨妈，临走前给了各人两万块钱，以作日常生活之需。

回到家，他很快布置了自己原有的展厅，厅外挂上展出的布条。很快的四周的人都知道离去数年后的青年雕塑家回来了，大家都想一睹他的近况和新的作品，来和决定展出搬回来的四尊雕塑为主，再配上以前原有的一些。他想测试一下，人们对他新作品的反应，所以决定把门票订得比以前高一些，以前为三十元，现在则是五十元。他要知道票价提高了是否还有人来。

开始三天，参观者不很踊跃，比起以前可说略为减少。但是观众中，大部分看过的都赞声不绝，特别是那尊《奔腾的雕塑》，更是成了吸引人的焦点，观者无不连声赞美。来和也心感宽慰。

就在这第三天，来和注意到，观众中有一位白发老者在观看他的作品。他立即想起来了，这老者便是几年前批评他的作品缺乏生命力的那个人。来和先站在一旁不惊动他，看他有何反应。只见老者看了其他几件作品之后，转过来非常细心地观看《奔腾的雕塑》。他左看右看，上看下看，一会儿走前，一会儿走后，来回端详良久，还不时手抚下巴，微微点头。

过好一会儿，来和走到他面前很有礼貌地说："前辈，您好。"

老伯猛然抬头，望着来和。

来和又说："江老伯，江前辈，欢迎光临，欢迎赐教。"说着向他深一鞠躬。

老者再看一下来和："嘀嘀嘀……很好，很好，"他连连嘀声而笑："真好，非常好，青年雕塑家回来了。"他双手握着来和双手，打量来和："真所谓士别三日当刮目相看。而你士别数年，我可要把双目全刮去了。哈哈……哈哈……"他笑到腰弯下去。

来和扶着他："江前辈，您别见笑。还请赐教。"

"嘀嘀……"老者还笑不停："太好了，真了不得，你这件作品，"他指着《奔腾的雕塑》："太完美了，真可谓一流大师之作，造型优美，线条流畅，人物神态飞扬、眼神灵亮，充分流露出年轻少女活泼奔放的生命力，确是难得的旷世之作，毫无瑕疵。你有此成就，可喜可贺。"

来和不停欠身答礼："江前辈过奖了。其实这雕塑是有瑕疵的，您看。"他指着雕塑上丝带的末端："在搬运时，这丝带的末端一角给撞断了，仔细看便能看出来。"

"哈哈……"老者抚手笑说："你难道以为我看不出来吗？我早就看出来了。"他又握着来和的手："来和，杜来和，我们知道，一件雕塑作品的优劣，应看其总体的水平，而不是什么局部。总体杰出的作品，是不受一些破损影响的。"

来和眨着眼，显得不甚理解。

"不相信吗？"老者解释说："世人公认古希腊最具代表性之一的维纳斯女神的雕塑，好几个是肢体残缺不全的，有的断手，有的断脚，有的甚至连头都断掉的，但都丝毫不减这些作品高超的艺术水平，原因便是它们总体是精致完美的。你明白吗？"

来和微微点头。

"对了，"老者轻拍一下手："你这件作品总体上高超完美，断一小部分算得什么呢？"

来和听了无比欣喜，连声道谢。

"啊，对了，来和，"老者突然转了话题："以前我第一次来看你的展出，还记得我曾批评你的作品只是石头美人，没有生命力。为什么这次全然改观，面目一新？这几件作品全都神态活灵活现，都栩栩如生了。"

来和于是把上回经他批评后离家出门的事简要地告诉他："这几年我有许多人生经历，接触了广大的各阶层人民，体验了他们的生活。人生的方方面面，悲欢离合都体会了，大大增进了视野，充实了人生历练。您对我的教导让我获益匪浅，真感激您。确是听君一席言，胜读十年书。"

他只把过去几年间的事笼统地告诉老人。至于学武的事、斗牛、杀狼、屠蛇、抓熊的事都没说；而炸山遇险、结识两名女子，以及慧娴失踪之事，更是守口如瓶，只字未提。他认为，这许多错综复杂而近乎离奇之事，完全没必要让这位年过八十、白发苍苍的老人知道。

"嘀嘀……"老人高兴而笑："很好，真好，你会听我的话，可说是孺子可教，哈哈……你能接受别人的意见并去实行，这是很难得的求进精神，前途无量。"

老人在展出厅前后已逗留一个多小时，和来和再谈一些话便离开了。

三天后，报纸上出现一篇特别介绍杜来和雕塑展的文章，作者是著名老雕塑家江宗凯，他便是杜来和所见江老伯的那位老者。他为文极力推崇来和的作品，给予极高的评价，大力推介人们去观赏。果然接下去的日子参观者日益增加，每天至少都有两三百人，最多时超过四百人。杜来和的雕塑展成了地方上的一件街知巷闻的盛事，而杜来和的艺术名气也随之更盛。

展出共举行三个星期，期间不少参观者都有意购买他的新作品，尤其是那尊《奔腾的雕塑》更是问津者众。但是来和觉得这些雕塑对他具有莫大的意义，完全无意脱手，即使有人愿出极高的价钱，他也不为所动。结果人们只有购买他以前的作品。这样三个星期下来的门票收入加上卖雕塑品，总共入息五十万元有余，扣除请人员管理秩序、售票员、保安，以及每天的清洁卫生工人等各种开销约十万元，净收入四十余万元。这是他成绩最好的一次展出。

展出成功，每天忙碌，满心欢喜，然而每天夜晚却是难眠之夜。他无法忘怀失去踪影的慧娴，对她的安危牵肠挂肚，每晚深夜总是魂牵梦萦，伊人倩影时隐时现，如在向他召唤，又如向他泣诉，漫漫长夜辗转反侧，梦醒时往往泪痕沾脸……

十二、再遇小偷·拌嘴抬杠

市郊一角，一间小餐馆，店不是很大，顾客却不少，吃东西的、喝茶的、谈天的，人声吵杂。店旁一个面摊，热腾腾的蒸气正冒得浓密。店主忙个不了，热气烘得他满脸通红，汗流浃背。由于他的面好吃，顾客特多，所以要吃上他一碗面，不等上几十分钟是无法如愿的。

在众多等待的顾客中，有一位身材特别高大健壮的年轻人，他也因为喜爱吃面，而又听人说这面摊的面特好吃，所以也耐心地等待。这名年轻人便是杜来和，他这次出来是要再去寻找心爱的慧娴。慧娴突然神秘失踪，生死不明，他无论如何都放心不下，决心不论天涯海角，山高水远，都要找到她。

他离开家乡来到市郊，打算乘车到那个采石场去，希望能从那里获取一些讯息。路上经过这间小餐馆正好肚饿，便进去吃面。一等便是半个多小时，面终于来了。果然名不虚传，的确是好面，面柔而滑，又带弹性，一咬弹牙，汤汁鲜美，油而不腻。来和大口大口地吃，好久没吃过这么美味的面条了。

正当他吃面喝汤时，一人突然推他一下，说请他挪动一下，让点位子给他坐，并把他的包移动一下。来和正在喝汤，没抬头看此人，只略挪动身体让位给他。但此人突然又说："啊，不必了，人这么多，不知等到什么时候，我不吃了。"话一说完，他便急步走出店外。

此人说话时，来和已喝下那口汤，抬眼看他一下。

啊！此人挺面熟，似乎什么地方见过。特别是他的眼神灵动明亮，而身体瘦小，皮肤白皙。来和猛然想起，此人便是几年前也在此店叫他让座，却偷去他一万元的那个家伙！这一下可不得了！来和一话不说，掏出二十元扔在桌上，拾起手包，一个箭步便冲出店去追赶那人。

那人见来和追来，拔腿便跑。来和哪里肯放过他，加快脚步飞奔追去。可是那人也跑得挺快，路上东穿西蹿，想甩开来和。跑了十多分钟，来和越追越近，那人有点慌了，慌不择路，落荒而逃，在镇外小路上的一个小亭子里突然停步蹲下，再不跑了。

来和急步向前一把揪住他，那人低头，双手在头上来回猛摇，气喘如牛，摇着手说："咳……咳……喘死……我了，跑……不动了……"

来和也很气急："好……好小子，为什么……三番几次，要……偷我的……钱！"

"咳……咳……没气了……"

"哼！别……装死……快说！"

"等……等一下，等一下……"

"等？……等什么？"

"等我……喘过气来。"

"好！老子……就等！"

来和肯定此人是无法逃脱的，便坐在亭边的栏杆上休息，也好慢慢喘口气。而那人也跟着坐上了栏杆不出声，来和便说：

"哼！很会跑啊？人小小跑得那么快，特别训练的？"

那人白他一眼："不关你的事，我跑我的。"

"你为什么要跑呢？"

"哦？我跑也没有自由吗？我喜欢跑就跑，不喜欢就不跑，与你何关？"

"与我何关？你还敢问我？"

"总之，我跑不跑是我的事，与你无关，也不用你管。"

"不用我管？你还敢这么说？！"

"那当然，难道人跑也犯法吗？你刚才也不是在跑吗？哼！"

"我跑？我是在追你！"

两男亭子吵架

"那你无故追我,是你犯法。"

听他这样说,来和真气得七窍生烟:"他妈的,你这家伙,竟恶人先告状!你偷了我的钱还说我犯法?"

那人也不示弱,手指来和:"嘿!我警告你,第一,别用粗话骂人;第二,别随便冤枉人偷钱!"

"他妈的!我就是骂你!你这可耻的小偷,两次偷我的钱,不该骂你吗?"

"嘿!这是文明社会,别再骂粗话,有失身份!"

"文明?偷钱还文明?骂粗话总好过偷钱,你不配跟我讲文明!"

"喂!"那人双手插腰:"我再警告你别老说我偷你的钱。"

"他……"来和还想再用粗话骂他,转念一想不该如此,的确会有失自己的身份，于是换了口气："你偷了钱还一直抵赖，还说我冤枉你？看我不揍你这个无赖！"举起拳要打他的样子。

那人身体一缩，举手来挡："喂，喂，别动粗啊！君子动口不动手。"

来和其实没真的要打他。如果真一拳打去，这瘦小的个子肯定不死也重伤，手指着他："好，只要你承认偷了我的钱，我就不打你。"

那人反而一手指回来："你这人真是好不讲理，一直说我偷了你的钱，你到底有什么证据？你可别信口诬赖人！"

"还强词夺理，说我诬赖你？你真是无赖！"来和气起来出手抓他手腕，稍用力一扭。真没想到对方的手竟软绵无力，竟有如此软弱的女子。他想应该是自己手力太大的关系，马上松手放开他。

那人给来和这么一扭，立即痛得弯身大叫："啊唷！痛死我了……好痛呀！"

来和不管他叫痛，瞪着他："哼！知道痛了吗？这是给你的教训！让你的手不再偷钱！"

"啊唷……"那人还在呼痛，以手按揉被扭的手腕："哼！高个的，你别以大欺小，说我偷你的钱，快拿出证据来。"

"那你得让我搜身。"

"搜身？要搜我的身？"他赶忙以手保护身体。

"那当然！我要搜你的身！"

"别乱来！你有什么权力？你又不是警察。"

"我……"来和一下子无言以对。

"我，我什么？你没权搜身。"

"搜你的身，是要……要证明你是否清白。"

"我当然是清白的。"

"那要我搜过身之后才能证明。"来和想，此人眼明心亮，牙尖嘴利，摆明有意为难自己。可他现在已不再是昔日的青涩少年，经过几年复杂环境和社会的洗礼，人更成熟了，也更灵活了，对人更能应对自如。面对眼前这个精灵的人，必须跟他周旋到底，他要斗嘴就斗嘴！所以来和故意凶狠地瞪着他。

可是那人却一副满不在乎的样子，半眨着眼抬起头，以不屑的语气说："哼，要找证据，那还不简单？"

来和立即顶回去："当然简单，只要一搜你的身就可真相大白。如果你是清白的，为什么怕我搜身？唔？"

那人又以手护身："笨蛋，如果我偷你的钱，我不可以半路丢掉吗？还等你搜身！哼！"

"这……"来和一下子语塞。

"这，这什么？打开你的包查看一下，如果包里的钱没丢，那就不用找人麻烦了。对吗？笨蛋。"一边说一边两腿轻摇。

来和迟疑地望着他。

"还不打开包？怕里面有蛇是吗？包是你自己的，又不是别人的。唔唔唔……"说着还轻哼起调来："自己不查看是否真的钱不见了就一直指别人偷了，有这个道理吗？"

来和这下可无言反驳了，他讲的确实合情合理，如果真的没丢钱，怎能责骂别人偷钱呢？这不成了诬告吗？而且事实上自己的确还未查看自己包里的钱。来和很懊恼，心想和他斗嘴第一回合自己便输了，现在不照他的话打开包也不行了，一脸沮丧，不甘不愿地拉开手提包的拉链，跳下栏杆检查手提包。

向包里一看，这下可惊到口张得要多大有多大了，整个人吓傻了！包里的最上面竟大喇喇地躺着一大束钞票。他出门时把十束各一万元的钞票放在包的最底下，上面以衣服和一些随身用品盖着。他带十万元出门，是因为完全不能确定要多久才能找到慧娴。他决定不论多久，不论到天涯海角也要找到她，作了长期的打算，所以多带点钱出门。

他拿着这一束钞票在手，急忙翻开衣服查看，细数一下，十万元原封不动，一束也没少。再仔细数一遍，正确无误，十万元安安妥妥！现在为什么多出一万元呢？

他手执那叠钞票，一脸惊愕，愣愣地望着那人。那人却双手环抱胸前，斜眼瞄了一下来和，再闭眼仰头，双脚前后摇动，"唔唔唔"地轻声哼起调儿来，一脸的不屑。

来和气急败坏，摇着那叠钞票，向着那人："这……这些钱……"

那人依旧哼着调儿，不理不睬。

来和大声喊："你说！这些钱……哪里来的？"

那人依旧吊儿郎当的样子："不知道……不知道……你自己的钱……我不知道……"根本不是在说话，而是在唱歌的样子，右手还伸出食指在嘴前左右摆动。

"他……"来和看他那副得意模样真给他气炸了，想骂他一句"他奶奶的"，想想不该，硬把要说出口的脏话吞回去，改口说："你这小子，这钱……一定是……你搞的鬼！"

那人还是笑眯眯地说："我知道你是想骂粗话，不可以，这有失君子风度。啊？你说什么？什么是我搞的鬼？"

"一定是你放进去的！"来和恶狠狠地喊。

"什么？你说什么？你再说一次。"

"这叠钱，"他摇着手中的钱："一定是你放进去的！"

"你有什么证据？"

"因为只有你动过我的包，没有其他人动过，这钱一定是你放进去的！"

"哈哈……哈哈……"那人放声大笑，双手按肚弯腰，笑声不绝："笑死我了，真笑死我了，哈哈哈……"

来和给他弄得不知如何应对，喃喃地说："你笑什么？"

"我笑你这个人真怪。"

"我……我怪什么？"

"你先前不是很凶骂我偷你的钱吗？现在又说我把钱放进你的包，你到底是说我偷钱还是送钱？哈哈……"

"这……"来和又一次语塞，心想为什么自己这么笨！竟然不经大脑便说人家把钱放进自己的包。也是因为事情发展得太快、太突然，以致他来不及细想。而且眼前此人确是古灵精怪，头脑灵敏，整个过程都由他操控，自己只有被动应对，怎会赢得了他？很显然，他是在捉弄自己，寻自己的开心。

"你……你是在捉弄我……"

"我捉弄你？我有钱不会自己花，拿钱来捉弄你？我看你头脑有毛病！"

"你……你这乌鸦嘴！"

"哈哈……"那人拍手说："讲了这么多话，你这句话才真的讲对了。要知道，在鸟兽之中，乌鸦是最聪明的，它的智慧更胜过黑猩猩。"

"乌鸦一身黑，最丑最难看。"

"那你又错了。颜色中黑色代表高级、庄严。你不看，武术中黑色代表最高级。最隆重的场合，不管私人的盛会、电影展颁奖、奥斯卡颁奖，还是国家宴会，大家穿的晚礼服大都是黑色的。黑色最庄严庄重。"

他妈的（这句话来和只在心里讲，不敢讲出口）这家伙好像什么鸟都懂（来和因为和一大班建筑工地的工人混过一段时间，语言上不免受到一些影响，在生气时头脑中自然闪出一些粗俗的言语，不过他不敢说出口，只在心里发泄）。

"哇！你真有学问，什么都懂！"来和挖苦他。

"嘻嘻……你别过奖，我是……从报纸上看来的，不好意思，嘻嘻……"又变得嬉皮笑脸的样子。

来和看此人真的很作怪，真是又好气又好笑，拿他没办法，再挖苦他："哦，也会谦虚起来啦？真想不到。"

"哎呀，高个的，没办法，我就只有这个程度。"

"但是你也有个特长呀。"

那人知道来和是在讽刺他偷钱，有点不好意思，态度来个一百八十度大转变："高个的，闹了这么久，我们别再玩了。我们收兵讲和，好吗？"显示恳求的样子。

来和觉得此人真古怪，说变就变，天气都没他快，前会儿是狂风骤雨，这会儿却阳光明媚，对他真无奈。于是他转了缓和的口气说："好呀，只要你老实讲明你对我做了些什么手脚，我就跟你讲和。"来和不再用"偷"的字眼讲他。

"好吧，好吧，那我就向你坦白，"显出诚恳的样子，"老实说，几年前我的确是偷了你一万元……"

此言一出，来和又是一次惊讶。哇！果然不错，我当时就怀疑是他，现在他居然亲口承认了。再听他怎么说。

那人略停一下，低声说："那是逼不得已的，不过我心里却很感激你……"

"怎么？说来听听。"来和语气也很轻柔。

他说："那时我爷爷病了，病得很重，治病要很多钱，我们又没有钱，逼不得已我只好去偷，要不然爷爷就……"他眼眶有点红："那时偷到你的钱，我十分开心，又十分感激。我原本想只偷到三几百块钱就很好了，哪里想到一出手就偷到一万元，真做梦也没想到。这一万块钱对我们是多么重要呀！爷爷治病也就有着落了。所以我们很感谢，你带了那么多钱。"

"可是，我就倒霉了，"来和说，"你可把我害惨了，那一万块钱是我妈给我的，她储蓄了很久才存下来的。钱被你偷了，我路上走没钱不行，只好去做苦工。"

"高个的，高个大哥，"那人态度变得客气起来："对不起，我向你道歉。不过，我想告诉你，人总会有好运的时候，也会有倒霉的时候，不可能永远是幸运的。你当时正巧碰到我，是你倒霉的时候，也是我和我爷爷幸运的时候。人的际遇就是这样，没什么好怨恨的。我相信，你必定有过不少幸运的时候，是吗？想通了，也就不会因一两次倒霉而耿耿于怀了。你认为我说的对吗？"

"唔……"来和在思考他所说的道理。由于从未听过这样的人生哲理，一时间未置可否。

"但是，"那人不等来和回答，又接着说："我是最倒霉的。"

来和颇感诧异："为什么这样说呢？"

"你说不是吗？"他现出忧伤的神情："我出生在一个很穷的家庭，很小时父母就因一场意外双双身亡，只由爷爷抚养我，而爷爷身体又不好，我们一直都过着穷日子，很穷很穷的日子。"他双眼泛出了泪珠。

"那……那是各人的……命运，是……没办法的……"来和尝试着安慰他。

"是，是，你说得不错，那是我的命不好。不过，这也就是说，我一生下来就是倒霉的，而且这种倒霉是很长久的，或许……一生都是这样。"他擦了一下眼睛："我宁可很幸运地含着金钥匙出世，从此一生无忧，即使偶尔碰到一些倒霉事也无所谓，总胜过倒霉一世人。"

"不会的，不会的，不会这么……倒霉的。"

"你说不会？不久前……我爷爷……病死了……"这时，眼泪真的掉下来了。

"啊？真是不幸，"来和也随他伤感起来，"别再难过了，事情已过去了。而且……你已对爷爷尽了孝心，他在九泉之下也会疼着你的，别……难过了。"然后，他设法转过话题，以免他一直谈起伤心往事："小……兄弟，"他原本叫惯了那人"小鬼"、"小家伙"，此时再不能了，于是改口叫他"小兄弟"，"我觉得很奇怪，你只是碰了一下我的手提包，就能又拿钱，又放钱进去，真是……神通广大，双手这么灵巧。"

那人擦下眼睛和鼻子，眨眨眼说："这没什么，就有如一种手艺吧……每个人……都有一门谋生的手艺。"

"但是，你的手法非常……神奇，我根本……没看到你……伸手进我的包……"

"那也没什么，多做了自然就熟练……"

"那么你是时常……"来和本来是要说"你时常偷东西"，但回想这么说很不恰当，所以一下子把话打住。

那人也领悟到自己一时嘴快说溜了嘴，有点不好意思，脸略红了起来，另想一个话题："那你……你的手也不赖呀。"

来和以为他在说自己也偷东西，睁大了眼说："你……你说我……也跟你一样？"

"哈哈……，不是的，"他已不像原有那样伤心了，"你让我笑死了，我不是说和我……和我一样……暗中拿别人的东西……"他不用"偷"这个字眼。

"那是说什么？"

"我是说，你的手——力——很——大！"后面四个字拉长来说。

"哦，是天生的牛力，没什么用的。"

"但是，把我扭得痛入心肺。"说着以手搓揉曾被来和扭过的地方。

"哦，哦……真对不起。当时我们……有点误会，我一时……鲁莽，扭伤了你，真对不起。"

"没关系，现在不疼了，没事的。我是说，你的手力惊人，也是很厉害的。"

"那有什么用，手力大哪里比得上手灵巧厉害。先前我跟你斗，一直都是我输给你的。所以还是心灵手巧好。"

"哈哈……"那人显得高兴起来，"你认输了？哈哈……我可从来不曾赢过别人的。"

"是啊，是真的呀！刚才……我被你打败得一塌糊涂，这是一生的最大耻辱。"说着垂下了头。

"哈哈哈……是真的吗？有这样严重？"

"是真的，是真的。"来和见已逗得他转悲为喜了，心里很高兴。

那人拍一下手："好了，我能打败一个高大壮汉，真是三生有幸，哈哈……啊，对了，高个……哦，高个大哥，以前我暗中拿了你一万元，现在我已还给你，我没欠你啦！我还向你道谢了。"

"哦，没欠，没欠，一点都没欠。其实，小兄弟，老实跟你说，我现在完全不缺钱用，这钱你还是拿回去吧。"说着便打开包要拿钱。

那人马上阻止他："大哥，千万别这样，我这人不喜欢欠别人东西。不过……真正说，我还欠你利息，嘻嘻……"

"哈哈……"来和也笑起来，"你千万别提利息，我不是放贷的，从来不收什么利息。"

"那……那就便宜了我啦，哈哈……啊，大哥，老实告诉你，我当时暗中拿了你那么多钱心里也很感歉疚的，我立意有机会一定要还给你。今早偶然在餐馆外看到你，我便立刻跑回家拿了一万元，用我……灵巧的手法放回你的包里，却没想到你来追我。"

"我……那时是因为一时心急。说老实话，也是因为……不甘心你随意动我的包。别再说了，都过去了，没事了。"

"好，现在都下午了，我肚子很饿了，我们去吃那摊面好吗？现在不是吃饭时间，人应该不会很多的。"

"好呀，我也饿了，那我们走吧。"

来和拎起包,便和那人离开小亭走向小餐馆。

"哦,我姓曾,曾国藩的曾,名叫勇,勇敢的勇。"

"哇!你确是真勇呀,真勇敢呀!"

"别取笑,这名是爷爷取的,因为我出世时身体瘦小,爷爷要我长大时要勇敢,不要给人欺负,还要争气,别老是一世挨穷。可是……我辜负了爷爷的期望,老被人欺负,又穷根不断。"稍停一下:"那,大哥你叫什么名呢?"

"我姓杜,杜甫的杜,名来和,来去的来,和平的和。"

"很有意思的名字。那你是干什么的?该不是做生意的吧?看你蛮有钱的。"

"哎呀,哪有什么钱?我是……敲石头的。"

"敲石头?敲石头能挣很多钱?敲什么石头?"

"我是……把石头……敲成人像的。"

"哎呀,我明白了,胡说一场,什么敲石头的?你……你是做雕塑的。哎呀!不得了!"他拍起手:"雕塑家呀!是艺术家呀!不得了,是我眼拙,有眼不识泰山,请原谅。"

"喂,喂,别乱说,什么艺术家?你别乱吹了!"

"哎呀!这次我不倒霉了,是幸运了,有幸结识了一位雕塑家。喂,你刚才说得对,我爷爷在疼着我,保佑我认识了一位艺术家。"一直在拍手,又蹦跳。

"你……你别闹了。"

"那……你是雕什么人像的?"

"女人像。"

"哦,我明白了,是那种没穿衣服的,裸体的女人像,是吗?我从图片中看过的,洋人最喜欢这一套。"

"你说是就是啰。"

说着,已到了小餐馆。曾勇立即向面摊要了两碗面。人果然不多,不一会面就来了。两人肚饿,拿起筷子便大吃起来。面挺热,曾勇一边嘘嘘叫面热,又一面说面好吃,也不再说话了。

来和静静地吃着，望一下曾勇。他心想此人古怪多端、聪明机灵、能说会道，口齿伶俐，鬼点子多多而又不失活泼纯真、开朗爽直。和他相处了这段时间，又斗嘴，又争吵，你来我往，倒是乐趣无穷，对来和来说，又是一个全新的经验。他觉得和此人相处，无拘无束，口无遮拦，还第一次以粗话骂人，越想越好笑，不自觉中，已对此人产生了好感，很喜欢和他在一起。

曾勇看来和若有所思的样子，便说："咦，杜大哥，在想什么呀？面好吃吗？"

"哦，没什么，好吃，好吃。"

"大哥，我有个请求，不知你是否答应。"

"什么事呢？你尽管说吧。"

"吃完面之后，到我家一趟，好吗？"

"不打扰你吗？"

"当然不打扰。"

"那好。"

原来曾勇的家就离小餐馆不远，一下子就到了。房子确是很小，只一个卧室，一个小厨房，另一个小卫生间，估计全间房也不过二十多平方米，在卧室一个小橱上面，摆放着一个老人的照片。曾勇一进房，便向老人照片膜拜："爷爷，我带了我们的恩人杜来和大哥来见您，以前那一万元就是他借我们给您治病的。我已经亲口向他道谢了，钱也还给他了，爷爷您可以安心了。"

来和也双手合十，向老人膜拜鞠躬。曾勇向他还礼。

"杜大哥，你请坐。你不介意，我还有一个请求。"

"小兄弟别客气，你说吧。"

"大哥你看，我家就剩我一个人了，孤苦伶仃，我也厌倦了这里的生活，难道还要靠灵巧的手来讨生活吗？我看大哥您现在是到处游历的，请你带上我吧，我很喜欢到处游山玩水，以前根本没这个机会。你带上我，我们路上也好作个伴，不知大哥是否答应？"

来和略想一下："我当然喜欢，不过我目前也是很倒霉的时候，恐怕反而影响到你。"

"啊？大哥又有什么倒霉事啦？"

"我的一个要好朋友失踪已超过两个月了。我这次出来就是要到处去寻找她的。"

"哦？去找失踪的好友？是男的还是女的？你别说，我猜……一定是女的。大哥，是吗？"眨着眼，又现出了作怪的神态。

来和点点头。

"我猜到了，一定是很要好的红颜知己。"他闭上双眼，两手合十在胸前："而且……一定又是很漂亮的……红粉佳人，肯定是了。"

来和没出声。

"大哥，别担心，你们必定吉人天相，不会有事的。不过，大哥浪迹天涯寻知己，天下之大，人海茫茫，恍如大海捞针，恐怕不容易短时间便会找到。这样大哥更需要有人作伴，我也可以从旁照料。大哥别犹豫了，就带我一起走吧。"

"但是……路上只会让你吃苦。"

"哪里有什么吃苦？我还有什么苦没吃过？"

"那以后真碰上什么苦头，你可不要埋怨我。"

"不会的，不会的，我能有机会跟大哥到处走才求之不得呢。"

十三、山洞内忘我缠绵

来和心急,本来想乘车去石场看看,可是曾勇对他说:"找人是不能心急的,真正说,找人便是在碰运气。人不知在哪里,你越心急越难找,你若心平气和,说不定他就会突然出现在你眼前。事情往往是这样的,你说是吗?所以你应放下心来,走到哪里,算到哪里,别心急。"

来和以前花了一个多月,想尽办法到处找,心急烦躁,结果是徒劳无功。他听曾勇这么说,想想也挺有道理,便接受他的意见,随遇而安,放松心情到处走,就如曾勇所说的,碰碰运气吧。

来和接受了他的意见,曾勇非常开心,每天信步而走,到处观赏,无比欣喜。曾勇活泼爱玩,一路上给来和带来不少乐趣,来和心情便日益开朗,再不像先前那么郁闷。来和看到曾勇如出笼的小鸟,欢欣雀跃,自己能给这个可怜的人带来欢乐,也心感欣慰。

这天在路上,看到不远处有一座树林,曾勇说他很想去树林走走,他很喜欢树木花草,也很想到树林里呼吸一下新鲜空气,于是他提议到树林去,来和同意了。

到了树林,越往里走树木越浓密,空气清新凉快,两人都精神一振,曾勇越走越高兴,不时手舞足蹈,还哼着歌曲。看到艳丽的花朵和飞舞的蝴蝶,更是欢呼雀跃,不时地追逐它们玩乐。

有只蝴蝶特大、特美丽,曾勇一直追逐它。两人所在的是一个高地,前面二十多步远处是一个山谷,底下则是一条弯曲的山溪。那蝴蝶飞到山谷边上的一朵花上停住了，曾勇快步过去要抓它。

不幸，意外发生了，曾勇一失足掉下了山谷，发出惨叫声，滚落到山溪里。溪水颇急，冲一个弯便失去踪影。

来和这一惊非同小可，不管三七二十一，飞身奔下山坡，连跑带滚，到溪边顺着溪水飞跑。在转弯处，幸好有一大树枝干伸入河中，挡住了曾勇。来和赶紧扔下包跳入河中把曾勇救上岸来。

两人全身湿透，曾勇已昏迷过去。来和抱着他，探他仍有呼吸，并没有溺水，应该是惊吓过度而昏去，并无大碍，过不久定会醒来。但是这时乌云满天，眼看大雨随时会来。来和决定先找个躲雨的地方，一望山谷下正好有一个小山洞，立即拾起包抱着曾勇跑进山洞去。

两人全身湿透，来和便把曾勇放在地上，到洞外收集许多干树枝，在洞里生起火。他先脱掉衣服以便火光烘干，接着便替曾勇脱衣服。

脱去曾勇的上衣，来和突然大感奇怪，怎么他的胸前缠绕着一片长布？绕了两三圈，真是奇怪。这长布也湿透了，必须解去。

布一解去，来和目瞪口呆，简直不相信自己的眼睛！眼前竟是一个女人的身体！这女体皮肤白皙，胸前两个乳房凸起，虽然不是很丰满，却挺圆润坚挺。

来和惊异无比，难道他是个阴阳人？又或者根本是个女人？他想反正他裤子湿了也是要脱下烘干的，便脱下他的裤子。这下可毫无疑问了，眼前此人根本就是一个女子无疑。

来和明白了，曾勇本来是一名女子，是女扮男装的！他快点从包里拿出自己的一件干衣服盖在她身上。来和身材高大，而曾勇体型娇小，一件大衣服盖上去，就有如盖上一条被子。

来和在沉思，发觉自己确是太粗心大意，回想起来，这曾勇的许多言谈举止，都流露出一个女子的举动。如在小亭里两人斗嘴，她许多举止，一举一动，一言一语，都流露出女人的韵味，声音也很柔和的，当时应有感觉，却丝毫没怀疑到她是一个女子。在树林时，她那么喜爱花和蝴蝶，根本就不是一个男人的举止，那时也没怀疑到她是个女子，真是太粗心了。

来和在思索的同时，曾勇慢慢地醒过来了。她轻咳了一声，睁开眼一看，似乎是一个山洞，还有火在烧着，旁边来和半裸坐着，她大吃一惊喊叫出来。来和转头看她，只见她拉着盖在她身上的那件衣服问："啊！我究竟在哪里？这是什么地方？我为什么盖着被子？"

她把"被子"拉开一看，哇的一声叫起来："啊！我为什么这样？我的衣服呢？"

来和对她说："别害怕，我们在山洞里，现在外面下着大雨，我们在这儿是很安全的，你别怕。"

"我们为什么在山洞里？"

来和把她跌下山谷掉进河里的事告诉了她，她也想起来自己捉蝴蝶跌下山的事，也想起被河水冲走的经过："啊！真吓死我了！杜大哥，谢谢你救了我。"她再看一下自己的身体："我的……，你……都看到了？"

来和说："是的，我们全身都湿透了，不把湿衣服脱掉是不行的，会着凉，便脱了你的衣服，我根本不知道你是……女的，对……对不起。"

"大哥，别说对不起，又不是你的错。我……女扮男装没告诉你，才是……我的错。"

"我……"来和迟疑地说："我想问你，为什么要……女扮男装？"

曾勇低下头，显得忧伤："说起来……也是因为我命苦。我没爸妈，爷爷又体弱多病，我又无一技之长。平日随便帮人做些杂工赚些钱。在我十六岁时遇到一个男人，他叫阿土，对我很好，说可以帮我找工作。但是他说先要教我一些技能，叫我带他回我家见我爷爷。但是我爷爷已经患上很严重的病，差不多等于是个废人了，什么都不懂。这阿土原来是个狼心狗肺的人，到了我家便露出其凶残的真面目。我真是引狼入室。他赖着不走，后来还以暴力强占了我，逼我做他老婆。他强猛有力，我是个弱女子，完全无法反抗他，他又以加害我爷爷来恐吓我，说如果我不听他的话，他就会打死我爷爷。我逃不脱他的掌心。"

来和静静地听着。曾勇擦擦眼泪妾着说："这无赖原来是个小偷，他说教我手艺却原来是教我偷窃的技巧。他还逼我出来偷窃，又教我开锁的窍门。起先我很反抗，但是他对我拳打脚踢，我逼不得已，只得听他的话去偷窃，做久了也麻木了。反正我想谁被我偷了也不会死的，只是有些损失罢了。他们有本事，很快就能赚回来，而我，如果不偷，就会饿死，爷爷也没钱治病。……上回偷你的钱时，正是我开始干这勾当的时候。偷到你那么多钱我不让那无赖知道，而正巧他又失手被捉进监狱，我就用你的钱给爷爷看更好的医生，吃更好的药。那时爷爷确是康复了许多，我也告诉他偷到你那么多钱的事。他责怪我，但我说原本也不知道会偷到这么多钱的。爷爷于是叫我要记得你是我们的恩人。可是爷爷病好没多久又复发了，以后还日益严重，钞票也不如原来值钱……

"我女扮男装是那无赖教我的。他说出去扮男装令人认不出是我，否则邻居们看到很不好。所以我每次出门，大多数是穿男装的。"

"那么，曾勇是你的真名吗？这个根本是男人的名字。"

"这个名倒是我的真名。爷爷说我虽然是个女子，但是他希望我像男人一样勇敢，所以就给我取了这个名。但是，我辜负了爷爷的期望。"

"那无赖坐了两年牢释放了，我又遭到了他的折磨，直到半年前他又因犯法再被关到牢里。这魔鬼把我折磨得好惨，杜大哥、杜哥哥，我的命好苦呀。呜呜呜……"她哭得好凄凉。

"小兄……小妹，我以后不会让你吃苦了，你放心吧，别哭了。"来和手抚她的头发，尽力安慰她。

但是，曾勇却哭得更凄惨，放声大哭，眼泪如决堤的大河。哭到伤心处，她起身抱着来和，抱住他不停哭泣，盖在身上的衣服滑下了也不管。来和抱着她，不停安慰她，用手为她擦眼泪。

"杜哥哥，我无依无靠，现在只有靠你了，你会丢下我不管吗？"

"不会的，不会的，你放心吧。"

"这些天来，是我一生中最快乐的时光。和你在一起，走了和看了这么多美丽的地方，又有说笑又有玩，是我从来没有过的。杜哥哥，你真令我快乐。"她把来和抱得更紧。

来和也一样抱紧她："小妹子，和你在一起我也很快乐。"

"真的吗？我一直捣蛋捉弄你，让你生气。"

"我才喜欢这样，日子过得更快乐。"

"杜哥哥，我知道你有个心上人。我向你保证，你一找到她，我绝对不会给你添麻烦。现在我们在一起，"她在来和耳边轻声说："希望我们能享受欢乐的时光。"说着便吻来和的嘴。

两个都是青春正富的年轻人，血气方刚，这样的紧紧拥抱，又赤身露体，肌肤相亲，自然激起冲动的情欲。曾勇为了报答他下河救命之恩，一直主动带给来和灵肉的欢乐。她抱得更紧，吻得更激烈，激起了来和年轻人的欲火。"哥哥，亲哥哥，我的手灵巧吗？以前以灵巧的手偷你的钱，现在……就以灵巧的手……补偿你。你闭上眼，不要出声……"

来和呼吸急促，闭上眼，任由她主动，享受着前所未有的欢畅。曾勇虽然才二十出头，可是她已是一个完全成熟的女子，对男女欢爱又经验丰富，在她的积极主动下，两人都达到了灵欲的最高峰，淋漓尽致，如狂风骤雨，如惊涛翻滚，和山洞外的风雨声交织成一片……

一阵狂风巨浪后，逐渐回归平静，两人喘息着相拥躺下。曾勇现出女人原有娇柔的一面，抚弄着来和的头发："杜哥哥，我很快乐，很欢畅……你呢？"

来和点头，并轻吻她一下。她闭上眼，深感在这强健男人怀中的安全，渐渐地便沉睡，嘴角露出安详的笑容……

天渐渐暗下来了，雨还没停，要离开山洞是不行了，只得留在此过夜，这对曾勇来说更是求之不得，以前她的男人只会动不动就打骂她，有需要时就把她当发泄的工具，别说一点都不会怜香惜玉，简直不把她当人。她完全失去安全感，也失去做人的尊严，连一条狗都不如。此刻，她躺在一个健壮雄伟男人的怀里，他又那么爱惜她、呵护她，她就如一艘在惊涛骇浪中历尽艰辛后驶入了一个避风港的小船，有了庇护，有了安全。她安心地入睡，心里全无一丝牵挂，睡得那么熟、那么香……

度过一夜风雨，太阳出来了，斜斜的晨光照进了山洞。来和醒来了，而怀中女子却仍沉睡不醒，嘴角露出安详的微笑，一起一伏的胸脯吐出平和的呼吸。来和不想吵醒她，但是长时间一个睡姿令他感到不舒服，他缓慢转个身体，却把曾勇弄醒了。她微睁惺忪的睡眼，伸个懒腰，呼口气："呵……真好睡，睡得好舒服。"这是她有生以来睡得最舒服、最香甜的一夜。

来和摸摸她的头："醒了？看你一夜睡得像只小猪，我饿了，真想烤只小猪来吃。"

曾勇娇嗔地打了来和胸膛一下："睡得真好，此生就此一觉最舒服，被你烤了也无憾。"

"那好啦，快起来啦，要不然真要把你烤掉啦。"说着拍了一下她丰满多肉的屁股。

曾勇慢条斯理、不甘不愿地起来。两人穿回已烘干的衣服，收拾妥当，便到小溪去洗了手脸，还以清澈的溪水漱口。晨风轻拂下，无比清爽，精神为之一振。

出了树林，沿河走出山沟，终于遇到公路，路上搭了部顺风车子到附近镇上去吃到了他们两天来最称心美味的一餐。

接下去走走停停、停停走走，乘乘车子，每天如此。曾勇多数时间是挽着来和的手，在无旁人时更索性依偎在他身上，一副小鸟依人的模样，享受着大男人呵护的甜蜜。但是，随着时日的消逝，慧娴依然杳如黄鹤，不见芳踪，来和逐渐忧伤起来。他对曾勇说，他还是要乘车去石场，在那里才更有希望获得慧娴的音讯，曾勇同意了。因为她穿回自己原本的衣服，看来还是像个男子。

曾勇非常喜爱来和，见他显得忧伤，一直设法使他快乐，尽量逗他玩笑。

这天走在路上，没什么行人，两人并排而行。突然背后传来一个孩子的哭叫声："妈妈，不敢了，别打我了……呜呜……"

两人回头一看，只见一个约摸十一二岁的男孩惊慌地向前跑来，跌跌撞撞，双手乱摇，哭喊着："妈妈，呜……别打我呀，我不敢了……"男孩后面追着一个中年女人，手拿一支小竹竿，气势汹汹。她摇着竹竿追赶男孩，口中大骂："死鬼子，一直不听话，气死我了，我要打死你……"

男孩快速跑来，跑到曾勇和来和两人之间，他用手推开来和，然后哭着向前跑。妇人也急跑过来穿过曾勇和来和之间，叫骂着向前急追而去。没一下，两人便消失在前面路的转角处。

来和说："这孩子一定是做了什么坏事，惹得他妈妈这么生气。"

而曾勇却一副轻松的样子在哼调："啦啦啦……啦啦啦……"

来和不明究竟，拉了一下曾勇的手："喂，小妹子，人家小孩被打，你为什么还唱歌?"

曾勇还在哼:"啦啦啦……很好笑,有个木头人,和木头一样,啦啦啦……"

"什么?木头人?谁是木头人?"来和一脸狐疑。

"就在我身边,啦啦啦……"

"你……你是说……我是木头人?"来和睁大双眼。

"只有木头人,才麻木不知……"

"你到底在说什么?搞得我一头雾水。"来和用力拉她的手。

曾勇停下来看着来和:"你伸手进去摸摸自己的裤袋。"

"摸裤袋?干嘛要摸裤袋?"

"你别问,摸摸就知道。"

来和一脸的无奈,只得探手进裤袋去摸。突然间他惊讶地大叫起来:"啊!是怎么回事?"他再摸几下,把手抽出来,又是大叫:"啊?我的钱呢?我裤袋里的钱,怎么不见了!"他转向曾勇:"小妹子,是怎么回事?我的钱怎么不见了?几百块钱去了哪里了?"

曾勇慢条斯理地说:"是……你,拿去……买了……戏票了。"

"什么?买戏票?"

"是呀!"

"我……我又没看戏,买什么戏票?"

"戏,你是看了,还做了……演员。"

"别乱说了,看什么戏?做什么演员?"

"哎呀!好哥哥,你真麻木迟钝呀?"曾勇用手指着他。

"我?我麻木迟钝?"

"当然啦,你没看出,刚才那男孩和女人是在演戏吗?"

"他们在演戏?"

"当然啦!他们故意大喊大叫,乱跑乱撞,是在分散你的注意力,男孩乘机推你,便施展空空妙手,掏去你的钱。你明白吗?"

"啊?这么厉害?我上当还不知道!真邪门!"来和这一惊非同小可。

"这有什么厉害,对小偷来说,这只是小菜一碟,算不了什么。"曾勇淡淡地说。

来和略停一下，看着曾勇说："那么，他们这样演戏偷我的钱，你都看出来啦？"

"那还用说？这种小儿科，一眼便能看穿。"曾勇还是很平淡地说。

"那你，"来和指着她说："不阻止他们，还在唱歌！你……真是……贼性难改！"他越说越大声。

曾勇一听他这么说，立即圆睁双眼，脸颊涨红，大声吼叫："我！没有贼性！我有人性！你！不可以这样污辱我！"然后双手掩脸哭泣："呜……你……不要污辱我的人格。呜……"

来和见此，一下子不知所措。他知道说她贼性不改的确伤了她的自尊，但是又不知道该如何应对，只是说："我……一向最讨厌一些人，有手有脚不做工，却去偷人家的钱，这是不对的！"

"杜来和！"曾勇真的很生气了，怒眼看来和："你——没同情心，没怜悯心，你太武断了！"

"我？我太武断？我被人偷了钱，我还没同情心？"来和也生气了。

"不错！"曾勇依然大声说："你一个大男人，一生太顺利，没见过真正可怜的人，没见过他们悲惨痛苦的生活。"略停一下，她说："你说他们有手有脚不做工，事情就这么简单吗？"

"那当然啦，做工不是有钱了吗？何必去偷别人的钱？"来和争辩说。

"那你想得太简单了，"曾勇说："社会如果真如你这么说就太简单了。你知道我以前是偷人家的钱的，你以为我是愿意这样做吗？你以为我不想做工吗？我父母死了，我没上学，我没一技之长，我能做什么？我替人做粗工，工资有多少？一个月六七百块钞票，当然够我和爷爷生活。但是爷爷重病，一个月医药费就几百元钞票，进医院动手术，最少上千元、几千元钞票，没交钱还不能拿药。我几百块钱怎样帮爷爷医病？难道，没钱的人，可怜的人就应该这样死去吗？"

来和一脸茫然："我……"对曾勇的一番控诉，他无言以对。

"来和，你太单纯了，你不知道社会有多么的不公平。"

"但是，有些人结成团伙偷窃，让社会很不安宁。"来和还是对偷窃行为有所不满。

"这你说得对，"曾勇说，"这些偷窃团伙是社会的败类，我也憎恨他们，尤其是团伙的头领，都是无恶不作的恶棍，他们以黑势力控制一帮人，逼他们去偷窃，所得大部分归他们，令人憎恶。这是个社会问题，你我都对付不了他们，必须由国家去解决。"

略停一下，她接着说："但是，的确是有些人像我一样，是因为困苦无助而逼不得已才去偷窃的，他们值得同情。你没有深入了解，不知道他们的痛苦，才对他们缺乏怜悯之心。你认为我说得对吗？"

"我……"

"来和，我告诉你，"曾勇还有满腔苦楚要宣泄，"我过去的生活是很痛苦的。你以为偷窃真的很容易吗？你不知道我常有失手的时候，被人逮着挨受毒打。所以每次要出手时都战战兢兢，提心吊胆，生怕被人逮着，这种日子是很不好过的。"

她停了下来，仰头望天，若有所思，然后慢慢地说："有一次发生的事是我毕生难忘的……"

她叙述那段往事：

那是去年的一天，曾勇急着要一笔钱用，因为隔天早上她要带爷爷去医院治病。可是到傍晚了她还没有找到下手偷窃的目标，她心急如焚，而这时又正下着雨。

她走到那个亭子（正是那次来和追她所到的那个亭子），见有一中年男子在内避雨，她便走进去，心想，这是今天最后一次机会了，如果能从这男子身上偷到一些钱的话，明天就可以带爷爷去医院。

于是，她在小亭子内用手抖去身上和头上的雨水，靠过去和那男子搭讪："哎呀，这场雨好大，衣服都湿了。"她看到男子的衣袋鼓鼓的，好像有包东西。

男子看着她没说话。

她一边用手抹头，一边对男子说："先生，有块手帕借我擦擦吗？"

男子略犹豫一下，点头说："有的。"便伸手往裤袋掏手帕。但是因为裤子湿了，一下子掏不出来。

曾勇便过去说："来，我帮你掏。"她乘机以很快的手法摸去了男子衣袋中的那包东西，然后假装擦头，很快便把手帕交回给男子，对他说："谢谢你，我有事要走了，谢谢。"说完便要急步离开小亭。

但是，男子眼睛很利，看到曾勇似乎用手藏包东西进衣服内，他立即警觉地用手摸自己的衣袋。这一惊非同小可，急忙拉着曾勇的上衣，大声喊："你别走，让我查看一下！"

曾勇见事机败露，更急着要逃走。可是男子紧抓她的上衣不放，并一把抱着她不让她跑。两人用力挣扎，拉来扯去，由于用力过猛，突然哗啦几声，曾勇上衣的钮扣脱落，上衣就给男子整件拉脱出来，围胸的布也掉了。

这一下突变，曾勇大惊失色，惊慌之下愣在那里不知所措，赤裸的上身坦露出来，白嫩的乳房展现在男子面前。男子一见，也是惊讶到目瞪口呆，拿着曾勇的上衣愣愣地站着。

过一会曾勇才回过神来，双手抱胸弯下腰。身上没衣赤身露体，要跑也跑不了了，手上那包东西也露了出来。

男子也回过神来，口吃吃地说："怎么……你……原来是……女的……"他急忙把衣服披回她身上，说："对……对不起，我……不是有意的……"

曾勇拉着衣服，羞愧到无地自容，也不知说什么才好，只得把那包东西交回给男子。

男子接过东西，对她说："小……小姑娘，我看你挺端正的，怎么……要偷我的东西呢？"

这时，曾勇再控制不住自己，哇地大哭起来："呜……我……我无脸见人啦，呜……"

男子过来安慰她："小姑娘，你是不是有什么苦处？说给我听听。"

"哇……呜……"她哭得更伤心了："我爷爷……好苦呀……"

男子问："你爷爷怎样啦？"

"他……明天要去医院治病，可是……我们没有钱呀……"

男子听了迟疑一会，慢慢地说："小姑娘，我这包钱，也是准备给我妻子治病的。"他打开包，共有八百元，他拿出两百元，说道："这样吧，我给你两百元，你先拿去，再多给你是不可能的。"说着把两百元递给她。

曾勇却摇手拒绝:"先生,不可以的,你要给妻子治病,我不可以拿你的钱。"

男子说:"我看这次我妻子看病应该不必用到八百元,你把钱拿去,你爷爷治病也是重要的。"

曾勇还是不肯拿。

男子硬把钱塞给她:"小姑娘,别固执,快拿钱去吧,雨停了,天也暗下来了,快回去,要不你爷爷也担心你了。"说着把钱塞到她手里。

曾勇接了钱,一下子跪了下去,向男子猛叩头,哭着说:"恩公,谢谢你,我和爷爷都很感激你。"

男子马上把她扶起:"快别这样,快起来,回去吧。我也要回家了。"

……

说完这段往事,曾勇已泪流满面。

来和很受感动,立即拿出手帕为她擦泪:"妹子,好妹子,我明白了,我完全明白了。对不起,我刚才错怪了你,我向你赔不是,请原谅我。"

曾勇抬头看他,仍流泪说:"哥哥,你怎样骂我都可以,可别骂我有贼性,这很伤我的心。"

"是的,是的,我再也不会了,我知道我错了。"来和抚摸着她的肩膀说。

曾勇气平下来,以和缓的声音说:"哥哥,你看,我偷了那个男人的钱给他发现了,他不但没打我,还给了我两百元,解决了我燃眉之急。你说世上是不是还有好心的人?"

"有的,肯定有的。世上的人不全是坏的。"

"对了,就是因为有了这个好人帮了我,那时我爷爷才有钱去医院看病,我们真的非常感激他。"

"这次可说是你幸运的时候,所以你也不是一直都倒霉的。"

"哥哥,说实在的,碰到你才是我最幸运的时候。"她对着来和深情一笑。

来和亲密地抚摸她的头发。

曾勇更柔和地说:"哥哥,我一直都想过正常人的生活,只可惜我不能。

爷爷以前告诉过我,他说如果我们生长在一个太平盛世就好,我们能很幸福地生活,不用现在那么困苦。"

她稍停一下,眼望天空:"爷爷告诉我,古代曾有过太平盛世,人们全都很幸福,大家丰衣足食,不必挨饥受寒。人人安居乐业,老人小孩都受到很好的照顾。世界太平,没有盗贼,也不像现在这样到处打仗,警察那时叫捕快,也不能抓人,晚上睡觉不用关门,路上丢了东西也没有人拾了去。"

"是的,我也看过一些书有这样的描写,叫做'夜不闭户,路不拾遗',是人类最理想的生活。"

"啊!我多么向往这样的日子!"她依然眼望天空,充满憧憬的神情。

"妹妹,"来和说:"你放心,我相信将来会有这样的日子的。你看,我们国家现在不是也在进步吗?大家的日子比前几年已经好些了。只要我们有信心,乱,总会结束,这种好日子一定会有的。"说着轻吻一下她的额头。

"但是……"

"但是什么?"

曾勇转眼望着来和:"我们老百姓的素质一定要提高。老百姓没素质,什么都是假的。这么多年来我碰到的坏人太多了,他们贪婪、自私、欺诈、骗人、害人、坑人,什么伤天害理的事都做。这样的坏人不除,天下怎会太平?"

"是的,这些都是社会的问题,需要全社会努力去克服。妹妹,相信我,只要大家同心合力,有目标,一天天改进,幸福太平的日子终会到来的。"来和以坚定的语气安慰她。

"唉!我过去受苦的日子实在太多了。我真的期待幸福的日子能早日降临。我爷爷已经没福气享受了,难道我们这辈子也一样没福气享受吗?唉!"

"妹妹,会的,我们会有这个福气的。我们要耐心等待。"

"但愿如此……"

"好了,我们应该乐观一点,别悲观。"

过一会,来和想了一下对曾勇说:"妹妹,我有一件事要告诉你,其实,我也是很倒霉的。"

"什么?你有什么倒霉的事?"曾勇不解地问。

来和说:"我以前没告诉你,现在可以告诉你了。从我十来岁起,我父亲就失踪了,至今仍是生死不明。我和母亲都很担心。你说我可怜吗?"

曾勇立即拉着他双手:"啊!哥哥,真对不起,我一直不知道你有这件伤心的事。唉!我父母早死,爷爷也不在了,想不到我们都是伤心的人。"突然间她唱起歌来:"我们都是可怜的好朋友……一支莲花落……"

来和知道她唱的是民族《莲花落》,也加进来唱。于是两人合起来唱:"我们都是可怜的好朋友,好朋友。两支莲花落,一个一支莲花……花开啦莲花落,一起落莲花……"他们其实不熟悉本来的歌词,只是照大约的曲调,零碎的歌词哼起来,共叹同样的人生际遇。

唱过后两人手拉手一起走。来和说:"我们同样面对命运,天塌下来也不怕,迈步走!"

"对!哥哥说得对!"

两天后,他们来到一个卖面食的小店。两人饿了,便进店去吃面。这店不大,约有十多张桌子,但是生意挺好,连他们两人一起,所有桌子都坐满了人。等了约十多分钟店主便把面端上来给他们。

面汤热腾腾,味道可口。两人正吃间,进来三个壮汉。三人环顾一下见没空座位,中间的一人气汹汹地手指坐在来和正对面的一个正在吃面的人(他同桌也坐着另两人一起吃面)。

壮汉打了那人,大声喝道:"你们三人快起来,把座位让给我们!"

被打者口还含面,回过头来说:"我们还没吃完,等吃完了自然让位给你。"说完低下头继续吃面。

谁知壮汉语气更凶:"老子从来不等人的!你们快起来!"又用力拍吃面的人。

被拍的人也生气了,站起来大叫:"你们为什么这样不讲理!你要等我们吃完嘛。"

"老子就是不讲理!他妈的,快滚!"话音一落,一掌便打向对方。他手力不小,只一掌就把对方打到在地。另两壮汉也出手打桌上的另两个食客,那两人害怕起来,立刻起身走开。

壮汉凶狠狠地吐口水:"哼!他妈的,不知死活,敢顶撞老子!"说着搓着手坐下，另两人也坐下。三人如此逞强欺人，店内食客都不敢出声，只低头吃面。

三壮汉刚一坐下，突然一人冲向他们面前，手指他们大骂："哼！你们三个乌龟王八，抢人座，还打人，快向他们赔罪！"

三壮汉抬头一看，骂他们的竟是一个瘦小年轻男子，不禁哈哈大笑，为首的说："你这臭小子，看你也是嫌命长了，竟也干涉老子！"话音一落，一拳便猛击出来。

紧接着是一声惨叫："哇……痛死我了……"

惨叫喊痛的并非别人，正是出拳打人的壮汉！

原来过来指骂壮汉的瘦小"男子"正是曾勇；对付壮汉的则是来和。

来和见曾勇过去骂壮汉，已在提防戒备，他见壮汉出拳打曾勇，立即一个箭步快速冲前，如闪电般地手抓壮汉出拳的手，顺势一扭，只出了七成力。来和手力之大壮汉怎受得了？只觉一股强大劲力袭来，手臂其痛无比，禁不住大声喊痛。

另二壮汉见同伴此景，不约而同全力攻打来和，来势凶猛。但来和手脚之快如闪电，劲力强大无比，只三几下手脚，如狂风扫落叶，三壮汉都倒地不起：一个摸头喊痛，一个揉腰呻吟；而那个为首的膝盖中招麻痹，双膝跪倒，两手按地，满脸痛苦之色。

曾勇过去对跪倒的掴了一巴掌，开口大骂："喂！乌龟王八！刚才那么威风打人，现在跪着干什么？谁叫你跪的？快站起来！"

但那壮汉脚已酸软，哪里站得起来？

曾勇又向他掴一掌："没出息的，还不站起来！"

可怜壮汉怎样尝试还是站不起来，向曾勇现出求饶的脸色。

曾勇过去踢另两个倒下的："你们死的呀？不会扶他！"

那两人立刻起来，合力把跪着的扶起。三人如丧家之犬，哭丧着脸，低头垂手站着。曾勇命令他们重新把桌椅放好。她又过去把刚才被壮汉赶走的三个食客叫来。

曾勇请店主再拿三碗面来，请三食客坐回原位。不久面来了，曾勇叫三食客慢慢吃。她对三个壮汉说："面很烫，他们三人吃得慢，你们可以等吗？"

三壮汉同声说:"可以,可以等。"

"你们刚才不是说从来不等人的吗。"曾勇以讽刺的口吻说。

为首的壮汉说:"不敢了,现在可以等了。"

"哦,现在好乖哟。真是贱骨头,不挨打不学乖!好了,现在乖乖站在他们后面,等他们三人吃完才轮到你们。公平吗?"

"公……公平。"

大家看到三个恶汉大受教训,都发出怯怯的微笑。有人知道三恶汉一向欺人,现在如落水狗一样,更是低声叫好。

面条的确很烫,三个食客吃得慢,三恶汉只能垂头等着。其中一个食客格外胆小怕惹事,没等吃完就起来要走。

曾勇拉着他,转头对恶汉头子,踢他一脚,说道:"喂!笨蛋!这位大哥面还没吃完就要走,你不会留他吗?"

恶汉啊叫一声:"哦,是的,"转向食客:"大……大哥,请留步,吃完面才走……"

食客会意,只好坐下继续吃面。

三个食客都是怕事的人,趁面凉了,便大口快吃起来。吃完面,他们向曾勇道谢,再向恶汉道谢,便匆忙离店而去。

三人去后,曾勇对恶汉说:"他们吃完走了,现在轮到你们了,可以坐下叫面吃了。"

三恶汉本来很不情愿,但是又怕曾勇,只得照曾勇吩咐坐下叫面吃。

接着曾勇和来和来到三人面前,曾勇说:"我们吃饱了,要走了,失陪了。"

三恶汉立刻起立,很恭敬地站着。他们三人虽然健壮,可是和来和一比,却是小巫见大巫。来和站在他们面前,比他们都高出一个头,而且来和身躯无比魁梧,肩阔臂粗,胸广腰细,就如旧小说所描写的"虎背猿腰"。刚才来和打他们时他们身体挨痛没看清楚来和的样子,后来来和又很快回座位坐下,更没看清他的体型。现在来和站在他们面前,就如立着一位天神一样,看得三个恶汉无不暗自赞叹,更对来和佩服到五体投地。旁观者看到来和,也都轻轻发出赞叹之声。

曾勇对三恶汉说:"我们走了,可是我警告你们,别以为我们走了你们又可以作恶欺负人。告诉你们,以后你们还欺负人,看看后果将会怎样!"

三人马上点头:"知道了。"

于是,曾勇和来和离店而去。一路走,曾勇一路极快乐地哼着歌:"啦啦啦……"

来和见她这么快乐,自己也很高兴。不久,来到一个小树林,树荫很阴凉,两人在一根横倒下来的树干上坐下。

来和对曾勇说:"妹妹,我问你,刚才在店里面对三个凶恶的壮汉,你为什么这么勇敢,过去骂他们?"

"哈哈,"曾勇一笑说,"因为我借着一只老虎的威风来吓住他们。这就叫'狐假虎威',知道吗?一只狐狸叫老虎跟在它后面走,一起在森林里到处走,所到之处所有的野兽都逃走避开,野兽们并不是惧怕狐狸,而是惧怕它背后的老虎。这故事你听过吧?"

"听过,当然听过,"来和也笑说,"你是说我是只老虎?"

"那当然啦!因为你这只老虎在我身边,那三只野兽才会害怕。他们害怕的不是我,而是你!"

"你说我是老虎,那么你是狐狸啰。"

"对呀,我是狐狸,一只小狐狸。嘻嘻……"

"怪不得你这么狡猾。"

"哦,哥哥,你又说错了。"

"啊?我又说错了?"

"当然啦,我不是狡猾。"

"你不是狡猾,那又是什么?"

"我是精灵,不是狡猾,知道吗?"

"哦,你是精灵,对的。你是一个精灵的小丫头。哈哈哈……"

"哈哈哈……"

两人大笑着抱在一起,笑得眼睛泛泪。

过一会,曾勇擦着眼睛:"哥哥,我爷爷给我取名曾勇,我真很想勇敢起来的,可惜我太弱小,只有给人欺负,真没用!"

"可是你这次真的勇敢起来啦,弄得三个恶汉害怕到有如老鼠。"

"可是,哥哥,我是依靠你才勇敢起来的。我……我不能没有你……"她委婉地望着来和。

"哦,好妹妹,我会保护你,照顾你,你放心。"

"可是,可是……"曾勇显得伤心地说:"哥哥你已有心上人……"

"啊,妹妹,别说了,她至今不知芳踪何在,生死不明。唉,妹妹,我们不谈这个了,免得我心烦。好吗?"

"哦,好的。哥哥,对不起,我惹你伤心。不过,哥哥,你放心,你这么一番苦心,我相信你一定会找到她的。"

来和擦擦眼睛,默然无语。

曾勇转换话题,说道:"哥哥,我打从内心感觉到,你是一个好人,一个大好人!"

来和抬头望着她,等她说下去。

曾勇说:"哥哥,你为人太正直,也很粗心,不够精灵,对人的观察力不够。或许是生活环境的关系,我以前处处要提防人,还为了找下手的目标,所以很细心观察人,观察各种各样的人。哥哥,你身强力大,身手很好,可是光靠这样还是不行的。在这个复杂的社会,人不够细心和精灵,是会吃亏的。不知哥哥同意我的说法吗?"

来和沉思一会,点头同意,拉着曾勇的手说:"妹妹,我同意,我以后要照你说的,要细心观察人,要头脑灵活起来。"然后他叹一口气:"唉,我比你年纪大,却很多东西要向你学习。不过,我很高兴,和你在一起让我学到很多东西。谢谢你。"他亲吻了一下她额头。

"哥哥,因为我把你当成我最亲的人,才大胆跟你说这些,你不见怪吧?"

"哦,不见怪,当然不见怪,我感激你还来不及哩。"

曾勇很高兴地笑了。停一会她又说:"哥哥,我向你自夸精灵,但是也是没有用的。我以前常遭人欺负,只有挨打的份,只能自叹可怜。如果我能有你的强壮体魄和身手就好了。"她突然站起来,双手握拳,气愤地说:"如果我能像你一样,他妈的,我一定不会放过这些恶人,把他们痛打一顿,消除我心中的一口鸟气！"

"哈哈……"来和拍手大笑，"我的好妹妹，你也骂起粗话来啦。哈哈……"

"我……我的一口怨气憋得太久了，我要骂粗话。我以前听过你骂粗话，现在我也要骂粗话，他妈的！"

"哈哈……你我是臭味相投了。哈哈……"

"哈哈……"

两人又相拥大笑。

曾勇说："今天教训了三个恶人，真是痛快！我一生中，今天最痛快！"然后她又说："哥哥，对付坏人不要手软，让他们也吃吃苦头，让他们知道，被他们欺负的人所受痛苦的味道。"

"好的，妹妹，我会照你的话做。"

她又说："哥哥，我问你，那次在小亭里为什么用粗话骂我？"

"哼！你还说！"来和用手轻敲她的头："你这小精灵，那次给你弄到我气得不得了，和你斗嘴又输给你，而且那时我又不知道你是女的。还有，以前我在工地干过几个月活，常听一些做粗工的人骂粗话，受到影响，所以那次被你弄气了，便随口骂出粗话。"

"这样说起来，是我逼你说粗话的啦，哈哈……"曾勇向来和装个鬼脸："把账算到我头上啦。"

"是呀，如果那时你不那样捉弄我，我哪里会骂出粗话呢？就如你那次说的，骂粗话有失身份，我真是在你面前失去身份了。"

"哈哈……你承认那次跟我斗嘴你输了？"

"当然输啦，碰到你这个小精灵，我彻底输了。"

"哈哈……我能斗赢一个大男人，太自豪了。"

来和为使她高兴，故意称赞她："以你的聪明，你能胜过很多人的。"

"是吗？你在骗我高兴罢了。"

"是呀，妹妹，你的确是很聪明灵巧的。"

"哦，谢谢哥哥对我的夸奖。"

"啊，对了，"她紧依来和，眯着双眼低声说："哥哥，你老实告诉我，用粗话骂人，觉得很爽吗？"

"当然爽啦，发泄心中的鸟气！"

"哈哈……"两人又一起大笑。

笑停了，曾勇说："哥哥，你真是我的好哥哥，和你在一起真是爽得不得了。"

来和也说："妹妹，我也是呀，和你在一起，是我最快乐的时候。"

曾勇感动到抱着他，亲密地说："哥哥，谢谢你，带给我许多欢乐和幸福。"

相拥了一会，曾勇说："好了，我们该更专心地去找你的心上人了。"

十四、壮汉与老头的秘密

再说来和与慧娴去石场旁的小餐馆吃面条的前一天早上,狮头去小餐馆喝茶吃点心,店主老人招待他,拿了茶和点心给他。风很大,吹得店前的凉篷哗啦作响,也吹得店主的长发飘起,一直被长发遮盖的前额露出。狮头一看他的前额,脸色大变,张口结舌,环顾四周,见店里有几个顾客极为陌生,便一把拉了店主进店后的房间。

一进房,就抓住店主双手。遇此突变,店主不知狮头意欲何为,一脸惊愕。狮头却一改平日的娇柔女声,变为沉厚的男声:"啊!老东家,我找得你好苦呀!"

"你……狮头!你……干什么呀?"店主还是一脸惊疑。

"啊!你……你是辉明,杜辉明!"

"嘘……轻声点,别喊叫……"店主手按狮头的口。

狮头压低嗓音:"我明白了,你跟人说你是回民,你根本……不是回民……回民,回民,其实是辉明的谐音。还有,还有,你天天在店前喊'好酒,来喝,都来喝',其实是你的暗语。'好酒'便是'好久';'来喝'便是'来和';'都来喝'便是'杜来和'。你……你是在寻找你久不见面的儿子杜来和。你说,我讲得对吗?"猛摇店主的双手。

"我……你……"店主一时无言以对。

"老东家,"狮头拨开店主右额角的长发:"你这个胎记露出来,我终于……认出了你……"

"哦……"店主猛地想起:"那你……你是司徒……司徒建。你故意起个绰号狮头,其实是……司徒的谐音。"

"是的,是的,就是这个原因。老东家你这些年去了哪旦?为什么会跑到这里来?"

"啊!司徒,都是因为那个鬼子……那年他和我谈判,一定要我交回给他那片东西,我坚持说我没有。他当时就要杀我,幸好我逃脱,因为怕他派人追杀,我不敢回家,马上逃去南方一个偏远的小村躲藏。后来我打听到他在这里开石场,表面上是采石,事实上是寻找他所要的东西。"

"我也知道他要对你不利,"司徒说:"所以我故意弄得蓬头乱发,满脸胡须,还故意装成女人声,混在他身边监视他。可是这老狐狸非常狡猾机警,我一直摸不透他如何行动,只得一直等机会。那么,你有……什么头绪吗?

情侣见狮头很惊讶

你有回过家吗?"

"有的,我曾回过家找他们,可是已经人去屋空,他们已经不知去向。我原来还准备去乡下她妹妹家去问问,但是这边事情一急,就没有时间去了。"

当时很不巧,杜辉明回家找妻儿时,他妻子已回了乡下,而来和又在外。杜辉明只好将这事放在一边,全身心追踪监视史密斯一伙的行踪。

他对司徒说:"我猜测那鬼子必定在这里会有重要的作为,所以我也扮成这个样子,开间小店监视他,顺便也希望能抽空找找来和。我天天喊'好酒,来喝',的确有如你所讲,是希望认识来和的人听了醒悟我要找来和,他们便会和我联系。想不到竟给你猜出来了,那么……你有来和的消息吗?"

司徒摇头。

其实,他曾经跟来和交过手,只不过那时慧娴因见他举止古怪,对他有所怀疑,才没把来和的真名说出来,随便说了个"洪培生"的名字,以致大打出手还不知道对手便是来和!

接着,杜辉明便和司徒建保持接触,以便注意"那鬼子"的一举一动。他们必须暗中行事,以免被人发现,更是绝对不能让"那鬼子"知道。

十五、圆明园的天大秘密

杜辉明所讲的"那鬼子",便是石场的主人,英国人威兼·史密斯。

他和这史密斯到底有什么瓜葛呢?

这说起来很复杂,还牵扯到一个天大的秘密!是事关圆明园的一个大秘密,关系到一个价值无法估计的大宝藏!

史密斯的祖上,是1860年英法联军攻打北京时的一名英军。当时英法联军大肆破坏世界上最精美珍贵的皇家园林圆明园时,军中各人,从军官到小兵无不大肆掠夺,把园中一切奇珍异宝、字画古玩、艺术珍品等抢夺一空,人人满载而归,还把这座自康熙帝起,历经两百年几代皇帝精心营造的有史以来最精美的园林付诸一炬,烧个殆尽。

当时的英法军人,如饿狼般在园内到处搜索,尽取各种瑰宝。其中一名英军史密斯和一名法军密特朗贪得无厌,搜遍园内各个角落,一心要找到最值钱的宝物。这两人乱走乱闯,什么隐秘处都不放过,最后终于让他们在一个非常隐秘的地方找到了一只精致无比的箱子,打开一看,竟是闪烁夺目的珠宝:玲珑剔透的绿色翡翠、硕大无比的珍珠、清澈透明的红宝石、蓝宝石、绿宝石,还有秀澈艳丽、光彩夺目的各形钻石,心形的、梨形的、圆形、方形的、椭圆形的,全都纯净无瑕,并且颗粒硕大,起码十几克拉、几十克拉,以至百克拉以上。这箱珠宝数量惊人,难以计算。大清历代帝王、后妃,从全国以及外国搜集,还有外国进贡,数量日益增多,平日只在深宫内玩赏,从不向外示人。清代各帝王后妃最喜欢的休闲游乐处便是圆明园,所以这批珍贵珠宝便密藏圆明园内。

两个侵略军看到这批瑰宝，都惊呆了。他们想，这样数量众多的精美珠宝，样样都倾城倾国，世无其匹！

他们商量，这样的大批珍宝是绝对不能在众军面前搬出去的。搬了出去只会被各个军官抢去，自己将毫无所得。他们两人发现的这批稀世奇珍，数量多得惊人，总重量不下四五公斤，令人咋舌！可以想象，这么贵重的顶级珠宝，能有两三百克重已经非常不得了，几世人都不愁吃穿了。而以几公斤重来算，真是任谁做梦也想不到的。

这两个侵略军可不是蠢人，受幸运之神眷顾让他们找到这批稀世珍宝，一定要据为己有，绝不愿让军官们夺去。于是他们想出了一个把珍宝独吞的计策：必须把它们隐藏在一个绝密的地方，等时局平静后才来取走平分。

侵略军从上到下人人都抢得大批"战利品"，各发大财，乐不可支，终日狂欢作乐，烂醉如泥。史密斯和密特朗便趁大家烂醉后拿着全部珠宝溜出了圆明园。这时的英法联军已经毫无军纪，他们出了圆明园，立即快马加鞭往南疾驰。路上只略作休息，不停歇地疾驰了一个日夜，到了一个人烟罕见的山头，找了一个密洞把宝物藏好。在撤出北京后，他们又择机将珍宝运到了广东的一处山沟石洞群中藏好，因为，戎马倥偬，携行不便，又易于暴露，更加两人互相提防，互不信任，这才出此分段运输的下策。当时中原板荡，太平军和捻军与官军打得厉害，倒是太平军远去后的广东相对稳定，同西方联系也比内地密切，他们就想珍宝藏在广东，以后从香港取运会很方便。他们各选几颗最精美的钻石藏在身上，以便随后先带回国去。

这批密藏放在一个最坚固的精钢打造的箱子里，以两把质量最好的锁头锁上，两人各保管一把锁匙，以便日后两人一起开启箱子，这样便能确保任何一人都不能独吞珍宝。同时再绘制一张藏宝图，以便将来如果时日久了能按图索骥，找到藏宝之处。藏宝图一分为二，各执一半。一切处理停当。也是由于英法联军大事掠夺，军纪涣散，两人才能来回自如，没被人发现。由1860年10月初攻陷圆明园，到11月初撤离，这支英法联军的侵略军整个月来完全没受到清军的抵抗，他们如入无人之境，数不尽的中国文物瑰宝被他们一车车载走，连精美绝伦的十二生肖铜首也被搬走了。

他们掠夺的宝物有多少呢？据记载：法国军队的车队从头到尾足足要走一个小时；而英国军队的车队则足足有两里之长。这些贪得无厌的侵略军人人都大发了横财，回国后把抢回来的瑰宝变卖，人人都成了富翁。

圆明园的被洗劫和焚毁，是中国历史上的一次空前浩劫，也是中国人遭受的一次莫大耻辱。造成这个浩劫和耻辱的，除了当时英法两国的残暴和蛮横之外，就是清廷的腐败和软弱无能。

咸丰皇帝软弱无能，贪生怕死，面对英法联军的攻势，他惊慌失措。1860年的10月初，侵略军才攻打圆明园，可是早在9月22日，咸丰帝就已仓皇逃离圆明园，如丧家之犬逃到热河行宫。皇帝一出逃，整个大清朝野一片慌乱，大臣、将军和士兵士气溃散，毫无斗志。以前清兵由东北入关时，如狼似虎，长驱直入，势如破竹，把个大明皇朝一举推翻夺得天下，当初那股斗志和气势如今已消失殆尽。究其原因，大清传了几代人之后，长在深宫的王子王孙，从小到大养尊处优，娇生惯养，从未经历艰苦，只图荣华享乐，以致养成腐朽柔弱的个性，贪图安逸、胸无大志，贪生怕死，碰到强敌，未打先惧。而一般王公大臣，沉浸在这样的环境里，也大都腐败贪婪，以权谋私，拉帮结党，鱼肉百姓。这样的王朝，军队哪有什么战斗力？

就是大清朝的昏庸无能，给了这支英法侵略军一个大好机会。起初他们根本没有取胜的把握。他们人数不过万人，虽然枪炮犀利，可是远涉重洋，长途跋涉、劳师动众，到中国时士兵已相当疲累。加上中国幅员辽阔，对中国地理也不熟悉，攻打这么广大的土地，兵力将会分散，补给不易。

事实上，几次交锋后，虽然重创清军，他们也面临粮尽弹竭境地，极需补充。往往每经一战，他们就要长时间修整，等待后方补给支持。在这种情况下，他们甚至担心清兵来攻而对他们不利。但是令人痛惜的是，清军不但不抓紧机会进攻陷于弹药不济的敌军，反而一再试图求和，花费时间在谈判上，以致给了英法军队修整和补充枪弹的机会。这样清军就连挨败仗，被打得溃不成军。英法侵略军如此便轻易地长驱直入，摧枯拉朽，所向无敌，没多少时间就攻占了圆明园。

朝廷的腐败、皇帝的昏庸、群臣的无能以及军无斗志，就把一个千古难求的精美皇家林园拱手让人，任由贪婪野蛮的侵略军恣意抢掠搜刮。抢夺后还一把火焚之殆尽。

当时法军要烧紫禁城（即如今北京的故宫），把清室的老巢焚毁，而英军却认为烧圆明园以给皇帝一个羞辱。结果是法军不参与焚烧行动，交由英军去执行纵火工作。其实，当时侵略军要烧什么都可以，清皇朝已彻底战败，全无抵抗之力，人为刀俎，我为鱼肉，敌人要做什么，要烧什么都只能任由他们为所欲为。法军放弃焚烧行动，才免了紫禁城的劫数。否则英军也烧，法军也烧，圆明园固然毁了，紫禁城也不可能屹立至今！

当时英军放火烧圆明园是个什么阵仗呢？想起来都令人毛骨悚然。英军竟以3 500人去放火！把偌大一个十几万平方米、举世独一无二的皇家园林烧尽。大火足足烧了三天三夜，成千的精美建筑付诸一炬，全都灰飞烟灭，原本秋高气爽的北京，全被浓烟笼罩着，浓烟蔽日，惨不忍睹。

我们知道，法国宫殿建筑的精美是举世闻名的，如爱丽舍宫、罗孚宫和梵尔赛宫，都是古代宫殿的经典，美轮美奂，举世传颂，可是与圆明园相比，它们却逊色得多。法军指挥官曾说："我们欧洲，没有任何东西能与这样的豪华相比拟。我无法用几句话描绘如此壮观的景象，尤其是那么多的珍稀瑰宝使我眼花缭乱。"

海军上尉帕律更这么写道："看见夏宫后，联军中的所有人，虽然学历、年龄与思想各不相同，但所得出的印象却是一样的：再也找不到可与之媲美的花园了。人们都震惊了，都说法国所有的皇家城堡也抵不上一个圆明园。"

……

英法联军撤军回国时，自然人人都满载而归。而那两个寻得珠宝的兵士史密斯和密特朗，身上暗藏价值连城的钻石，喜不自胜。他们为掩人耳目，也随便捡几件瓷器拿着，否则手无一物反而引人怀疑。

回国后，他们各自变卖了钻石，获利极厚，大买产业，住豪宅、坐大车，生活无比富裕。他们原是无业游民，贫困低贱。参加了英法远征军，却"时来运到"，竟给他们搏出一笔不义横财。

他们起先打算等世局好了再去拿取暗藏的珠宝，但是由于后来的生活太富足，中国又不断闹革命，清皇朝摇摇欲坠。后来烽火四起，战争不断，加上革命党兴，革命军起，国民党、共产党相继崛起，中国局势更为动荡。而欧洲也不太平，各国不时宣战，兵戎相见，屡发大战，兵荒马乱，如何出门远行？搞不好连命都丢了。

这样时光延宕，他们早已年事已高，便把藏宝秘密传给后代。

这样过了四十多年，世界来了个彻底翻天，时间久了，传了几代人，他们的子孙后代也逐渐淡忘，甚至怀疑是否真有藏宝之事。

到了威廉·史密斯时，想法一变。史密斯为人贪婪，野心极大，一心想一日暴富。他那个祖先原是个半文盲的粗人，只口头交代，没半点文字记录，除了那半片所谓藏宝图之外，没任何证明，他拿着那半片藏宝图，对祖先传下的话将信将疑。

在他年轻时，有一个来自中国的青年杜辉明到英国留学，正好和他同班，两人成了非常好的朋友，亲如兄弟，什么事都可以无所不谈。杜辉明经常到他家，有时他还留杜辉明住几天，以便一起学习功课。大学毕业后两人还保持密切的关系，时常见面喝茶吃饭，天南地北，谈得投机。

有一天在他家中，威廉·史密斯把那半片藏宝图给杜辉明看，边喝酒边讲他祖先的传奇故事。他告诉杜辉明，他不相信真有藏宝这回事。但万一真有的话，那可就是一笔天大财富。他说他不可能去中国，而杜辉明是中国人，随时可以回中国，问他以后回中国时是否有兴趣查看藏宝的事。

杜辉明起先只当故事听听，但他是一个爱国心极强的人，他暗中思量，这可是非同小可的大事。万一真有其事的话，那就事关国家民族的要事，绝不可等闲视之。因此他立定主意，不管事情真假，必须防患于未然，也就是如果真有这批宝藏的话，无论如何都不能落入外人之手！他主意已定，却不动声色，若无其事地说，这是很不可能的事，应该只是一传说罢了。他还胡扯很多中国各种无奇不有的传说，他说这些传说都是虚构乱讲的，全都不是真事，两人谈得哈哈大笑。

杜辉明还故意一直喝酒吃花生，也劝史密斯喝酒。杜辉明酒量极好，却装着醉了，史密斯却真的醉了。醉酒的人越爱喝，以致最终烂醉如泥，不省人事。杜辉明趁机拿了那半边图匆匆离开。史密斯隔天醒来还忘了那半边图的事，几天后他才记起，到处找也找不到那张图。他打电话问杜辉明是否拿走。杜辉明说没有，并说那晚他醉醺醺地离开，什么也不知道。史密斯说他找遍屋子也找不到那片图，杜辉明问他是否清扫花生壳时连那张图也扫掉了。史密斯想想也糊涂起来了，那也是有可能的呀。事情已隔了几天，垃圾也全倒掉了，哪里去找？他也只能无可奈何。反正他都不相信藏宝的事，对失图的事也就不了了之。

杜辉明认为事关重大，留在英国或会夜长梦多，几天后便带了那半边图回到中国。在登上邮轮后才打个电话给史密斯说临时有急事回国了。

本来事情便到此为止，杜辉明回国后一时无从查证有关藏宝的事。时局却又在剧变之中，政府和警察像是走马灯一样换，政治黑暗更使警政腐朽，杜辉明根本不敢向政府和警局陈情，深怕护宝不成，反累国粹沦丧。幸而那半边图在自己手中，即使真有宝藏，史密斯他们也无法找到，他可就放心了。然而情况后来却有了大转折，当时在圆明园同时发现珠宝的那个法国人的一名后代，名叫庞比都·密特朗的找上了史密斯。他说经过他详细研究，他相信藏宝之说确有其事。他出示手中的另半边图，叫史密斯也拿出他那一半两相配对，就更明了。史密斯说图已不见了，并把那晚他所记得的事一五一十地告诉了密特朗。密特朗听后表示，很可能是杜辉明取走了那片图，否则他不必匆匆回国。他叫史密斯以后设法去找杜辉明。

不久后，中国情况有了更大的转变，中国义和拳运动结束后，大清也想和世界接轨，开了新式学堂，各国人员可以比较自由往来，许多外国人还到中国通过中间人在中国投资经商。史密斯决定来中国做生意，顺便寻找杜辉明。可是中国太大，他根本不知道杜辉明身处何方，他只能耐心地寻找。他把自己的小女儿玛格烈也带来中国，他自己努力学中文，玛格烈在中国读书，和中国的孩子们在一起，学到很好的中文。时间一晃便是十几年过去，大清也亡了，民国也变了，局势时稳时乱。

后来庞比都·密特朗告诉他，经他进一步研究：宝藏可能在广东的某座山的一个隐秘处。史密斯看了密特朗的藏宝图与自己记忆中的相印证，也暗暗默认。所以史密斯便花了多年时光，找到了那座山，并在那里开了一个采石场，表面上是采石，实际上是要仔细寻宝藏。但是宝藏的真正地点何在，却一点头绪也没有，主要原因是藏宝图的一半不见了，对密特朗的图记忆也很模糊，无从确定宝藏所在。因此史密斯便加紧寻找杜辉明。

杜辉明凭半张藏宝图，没有任何其它信息，加上自己觉得时势动荡，藏宝若是显于世上，必然毁殆。所以也不可能知道藏宝的可能地方，对探宝更是毫无兴趣。但是史密斯的现身，让他悚然一惊，这才将信将疑，不得不突然失踪，一方面可使史密斯找不到原图，无法寻宝；另一方面也可暗地监视和打探史密斯寻宝动向，伺机护宝。这样，杜辉明才隐姓埋名、乔装打扮，尾随史密斯到了采石场、居间监控。

十六、勾心斗角·你死我活

就在来和完成《奔腾的雕塑》时，史密斯带着玛格烈回到了石场，很紧急地要处理一些事，他叫人看管着玛格烈，不让她去见慧娴和来和。

其实先前他带玛格烈回英国，是因为接到密特朗通知，叫他必须回英国去商量要事。在英国密特朗告诉他，自己的祖先（在圆明园抢夺的那个法国兵）在六十多年前的确从中国带回几颗非常值钱的钻石回到法国，卖了钻石他们的家族才变得富有起来的。所以他断定祖先传下来有关藏宝的事应该肯定是有的。他对史密斯说：

"史密斯先生，请你把你那半张图拿出来，我们合并起来看看藏宝的地点，到时我们一起去寻找。"

"密特朗先生，"史密斯说，"上回我已经告诉你，我那片图已经不见了。"

"真的吗？"

"当然是真的。"

"但是，我想不大可能。"

"什么？你为什么这样说？你为什么不相信我？"史密斯有点生气。

"这么重要的东西，你……怎么会把它弄丢呢？"

"因为我那时不相信有藏宝这回事，而那时我也认为我们是不可能去中国的，所以才拿给那个叫杜辉明的中国人看，那时你也怀疑那片图是被这个中国人拿走的。你难道忘了吗？"史密斯一口气地辩白。

"那……你在中国时，难道没找到这个中国人吗？"

"我……你难道不知道,中国这么大,这么容易找一个人吗?"他不敢讲让杜辉明逃脱的事。

"那……我看,你……好像能力……"密特朗原本想说史密斯能力有限,后来想这样说会得罪他,于是改口:"你好像不积极。"

"你别怀疑我。你……有本事,自己去中国找。"史密斯真的生气了。

"史密斯先生,"密特朗换了口气说:"你要知道,这是一件非比寻常的事,我有一天一定会去中国一趟的。我到中国的时候,你一定要照我的指示去做。"

密特朗的口气好大,史密斯受不了,他生气地说:"密特朗先生,我知道怎么做,不必别人指示!"

"史密斯先生,"密特朗冷冷地说,"你知道自己会怎么做?但是已经很久了,到现在一直都毫无头绪,难道我们这一世人都找不到宝藏吗?难道要给别人拿去吗?"

"总之,你不能污辱我!"

"哈哈……我污辱你?史密斯先生,你在中国做的好生意别以为别人不知道。告诉你,我什么证据都有,如果到时你不听我的指示,哈哈……"

密特朗这一声奸笑一下子把史密斯吓个脸青唇白,态度立即软了下来,有点胆怯地说:"那……等你到中国去再说吧。"

"那当然,哈哈……"密特朗还是一阵冷笑。"好,我们下回中国见,我去的时候会通知你。好,再见了。"说完便离开,突然转回身:"哦,还有,记得你的那把钥匙,到时可别对我说,钥匙也不见了。哈哈……"他带着一阵奸笑声走了。

密特朗这番话,令史密斯又恨又怕。恨的是,这个法国人态度嚣张,看他不起;怕的是,自己的秘密可能掌握在他手里。原来这史密斯确是奸诈狡猾,他在中国的采石场,表面上是采石,暗地里却干着贩毒的勾当。他暗中和金三角的毒贩勾结,把毒品运到中国贩卖,也卖到欧洲去,从中牟取暴利。他想,难道密特朗这家伙真的知道自己的秘密?如果是真的,就必须设法对付这家伙。

密特朗也不是一盏省油的灯,他不但奸诈,还非常阴险,野心更大。他从一开始便怀疑史密斯居心不轨，不相信他说的那半张图不见了，还故意编造一个什么中国人的故事来骗他。他怀疑史密斯这么做是想独吞宝藏。所以他设法打听史密斯的一切行动，结果让他发现史密斯贩毒的事。他心想，史密斯若要独吞宝藏，嘿嘿，到时就得看谁更厉害。

在史密斯和密特朗讲话的时候，玛格烈一直在场。密特朗走后，她对史密斯说："爸爸，你别和密特朗这个人来往了。我看他根本就不是个好人，讲话时眼睛闪来闪去，整天奸笑，狡猾得很。"

"孩子，你别管，我知道怎么做。"史密斯淡淡地说。

"爸爸，中国的什么宝藏的事，你别去找了，我们已经很有钱了，不要再去找那个宝藏了。"

"你懂什么！别再说了！"史密斯有点不高兴。

"不是的，爸爸，"玛格烈说，"那个宝藏是中国人的，我们不应该去拿别人的东西。"

"我跟你说，你别再讲了！"史密斯大声喊。

"爸爸，我要说！以前我们英国和法国的军人去打中国，抢了人家的东西，还烧掉人家的美丽花园，我们这样做是不对的。"

"你说什么！"史密斯更生气了。

"我是说，我们侵略了中国，对不起中国！"

"你疯了？！"史密斯盛怒，一掌掴了玛格烈。

玛格烈没想到父亲会出手打她，又怒又伤心，大声说："你和密特朗都不是好人！"

史密斯更生气，举手又要打她，玛格烈不躲闪，史密斯终于放下手："你……你变成中国人了吗？早知道不应该带你去中国。"说完生气地走开了。

随后，史密斯暗中处理在欧洲贩毒的事，而密特朗则在暗地里监视着他。此外，密特朗还数次找史密斯谈有关宝藏的事，两人各怀鬼胎，闹得越来越不愉快。

终于，密特朗逼着史密斯带他到中国，两人各带两名强壮的随员。玛格烈也跟着他们一起走。

到了中国，他们住在采石场。史密斯突然发现，狮头的举动有点神秘古怪。他是个奸狡的人，暗中监视，终于让他发现那个小餐馆的老人，正是他寻找多年的杜辉明。于是他押着杜辉明去见密特朗，并叫他的两个随员看管着狮头。因为这两个英国人有枪，狮头无法反抗。

史密斯对密特朗说，当年他所说的中国人便是此人。他们两人逼杜辉明交出那半张图，但杜辉明矢口否认他有这张图。两人毒打杜辉明，杜辉明始终说自己根本没有那张图。他们两人没办法，把杜辉明打得死去活来，杜辉明一直坚不吐实，他们只好先把杜辉明和狮头关起来。

隔天，密特朗突然说有非常重要的事要去一个很远的地方，要史密斯押着杜辉明和狮头一起去。就是在此时，慧娴正巧来到石场，他们于是也押着她一起走。慧娴和玛格烈再次见面，十分高兴，但是他们阻止她们两人谈话。这就是后来晚上来和下来找慧娴时发现石场空无一人的缘故。

十七、以其人之"刀",还"刺"其人之身

早晨,来和带着曾勇来到石场,大吃一惊,石场进口的闸门竟有两个人在把守,是不是他们都已经回来了?慧娴是不是也回来了呢?

原来密特朗当时突然带了石场里的人离开,是因为他接到法国家里人来电,说宝藏可能在远处的另一座山,所以他迫不及待地赶去那里寻找。但他家人所说的也只是一个推测,他花了整三个月时间寻找,结果还是一无所获。于是他又带着一班人重回石场。他们回到石场才两天,来和和曾勇便来了。

两人到闸门处要进去,两名门卫拦阻,来和说要进去见史密斯,守门的却说史密斯交代谁都不能进。来和不管硬要闯进去,守门的出手阻止,并出拳打来和,但他们怎会是来和的对手,没两下手脚便把两个打倒在地,其中一人头部中拳昏死过去。来和无意打死人,恐怕那人命有不测,弯下身去探他的鼻息。不料另一人趁机竟拔出尖刀从后面偷袭来和,他出手凶狠,快速而猛力地扑向来和,意欲取来和性命。幸好在旁的曾勇看到,大声喊道:"哥哥!快闪!"

来和反应极快,一听曾勇喊声,立即向前一个翻滚躲开。那人见一袭不中,紧接着又冲前举刀猛刺,来和顺势飞起一脚,既快又狠,踢中那人腹部。那人"啊"的一声惨叫,刀脱手落地,双手按腹弓腰,嘴角流血,脸色煞白。可见挨来和这一脚伤势不轻,身体摇晃着倒地不起,犹不住喊痛。

来和走向他,想也把他打昏,以免他和曾勇进去时此人向史密斯通报。

但是曾勇说："哥哥，你抓住他，我来问他，如果他不老实照说，你就扭断他的手。"来和点头。

"你快说，"曾勇喝道，"那个史密斯在哪里？"

那人有点迟疑，支支吾吾，来和便加力捏他的手，他大声喊痛："啊唷，好痛！我说，我说……别扭我的手……他们在里面的办公室。"

"共有多少人？"曾勇又问。

"总共有……九个……或十个。"

"是些什么人？"

"唔……好像有……六个洋人……啊，是……七个洋人，两个……哦……三个中国人。"

"是男的还是女的？"

"七个洋人有六个男的……一个女的。三个中国人……两个男的，一个女的。"

来和一听，心想怎么会有这么多洋人。一下子多出五个，不知是些什么人。三个中国人，应该两人是狮头和慧娴，另一人不知道是谁。

"那么……"曾勇想了一下："里面除了办公室还有什么地方？"

"还有……还有……好像还有一些山洞，和……地道。"

"有就是有，没有就是没有，怎么说好像，快说清楚！"来和又捏了他的手一下。

"哎哟！……我没进去过，是……听别人……说的。"

曾勇转向来和："哥哥，你有什么要问吗？"

来和摇摇头。

"好了，我们可以进去了，"曾勇说，"这家伙怎么处置？"

来和想了一下，然后一掌打在那人头部，他便晕倒在地。

两人急忙奔向办公室，办公室外停着一辆空汽车，可是屋里空无一人。出办公室，再往前走，果然有一山洞。他们小心探身入洞，轻步慢走，借着一些凸出的石头遮掩，一步步向内走。山洞曲折，转了几个弯，约莫听到有人讲话的声音，再走一点，声音听得很清楚了，但是他们两人都听不懂，因为所讲的是外国话。

他们再借弯曲的山壁向前挪进，只见前面山洞的空间颇大，约有几百多平方米的空间，其中有些直立场上、大小和形状不一的石笋，而山洞顶上则垂下一些钟乳石，也是形状和大小不一。

山洞右边的山壁有一个铁笼，里面关着三个人。来和一看，是慧娴和狮头，另一人则是小餐馆的店主，来和不明白他们为什么被关着，轻声对曾勇说："那个女的便是我的好朋友慧娴。"

曾勇看着慧娴，轻声赞叹："她……真美！"

山洞的空处，真的有七个洋人，六男一女。来和认得史密斯和玛格烈，另五个男的则从未见过。一人便是法国人密特朗，另四人很健壮，两人是史密斯的保镖，另两人是密特朗的保镖。

不用说，他们是来找宝藏的。

史密斯和密特朗各为私利，勾心斗角，争执不休。四个保镖则分立于旁保持警戒。

"哈哈……史密斯先生，"密特朗奸笑着，"我说你在做赚大钱的生意，没说错吧。哈哈……"他手指两根石笋旁的几个纸箱。不用说，这些纸箱装的是他走私的毒品，一个没关上的纸箱还露出一包包烟土。

史密斯铁黑着脸没出声。

"嗬嗬，这是你的生意，我不管，但是宝藏是我们双方的，你别想独吞！"

"我……没想独吞，想独吞的是你！"史密斯反驳。

"好，好，现在先别争，等找到了宝藏再说。"密特朗望向前面，"你说宝藏可能在前面的一条地洞里面，到底是哪一条？"

原来山洞的前方相当暗，黑暗中似乎有几条地洞，都不很宽，宽的可容两三人并肩而行，而窄的只能容一人，越往里面越黑。

"到底哪一条我也不知道。"史密斯说。

来和和曾勇趁此机会轻步走到铁笼处，曾勇拿出一支细铁条，在锁头孔里挖动几下。她果然是开锁高手，就这样挖几挖就把锁头弄开了。曾勇低声告诉他们暂时别出来，以免引起那些洋人注意。三人便留在笼里，而曾勇和来和也蹲下以石笋挡着，大家静观其变，看史密斯和密特朗怎样斗法。

密特朗说:"你在这里这么久,不知道宝藏在哪一条地洞?我不相信。"他是在说史密斯。

"我真的不知道,你不相信,我也没办法。"

"还是……你已把宝藏拿走了?"

"你……王八蛋!别含血喷人!如果我拿走了,还留在这里等你来分吗?"史密斯生气地骂对方。

"我警告你,别用粗话骂我!"

"你……不乱冤枉我,我就不骂你。"

"好,好,"密特朗话音一落,突然出其不意地一手抓住玛格烈,拿出手枪指着玛格烈的头。遭此突变,玛格烈惊恐大叫:"密特朗!你……要怎样?快放开我!"

史密斯也大喊:"密特朗,快放开玛格烈!"

这突变的一幕,惊得来和他们差点叫出声来,急忙以手盖嘴。

密特朗枪指着玛格烈,大声说:"史密斯,你别动!否则我一枪打死她"他转向史密斯的两名保镖:"你们两个也乖乖的,不要轻举妄动!"他示意他的两名保镖过来搜去了史密斯三人的手枪。

前面相当黝黯,密特朗大声喊:"史密斯!快拿手电筒给我!"

"我没有手电筒!"

"哈哈……你骗不了我,这里这么暗,是你的地方,你会没有手电筒?别骗人了。"

史密斯没出声。

"史密斯!我最后一次警告你!快把手电筒拿来!"他用枪指着史密斯。

史密斯举起双手:"别开枪,别开枪……"走去近旁的一张小桌,拉开抽屉,取出一支手电筒:"在这里,拿去吧。"

密特朗向他保镖示意,他们会意,其中一人过去拿了手电筒,交给密特朗。密特朗开了手电筒,从衣袋中取出两半张图并起来对照观看。

这时,全场人最为惊讶的是杜辉明和狮头。杜辉明想:"啊!怎么可能?有半张是在我这边,他怎么会有两张左一起?!难道……我那半张……也给他拿去了?怎么可能!"他这一惊非同小可,真给这眼前突变的一幕吓呆了,睁大的双眼真如灯笼一样，望着狮头，狮头正望着他，两人哑口无言。

其实，杜辉明和狮头做梦也想不到密特朗是何等的奸诈狡猾，他早就想到史密斯拥有那半边图已经很久了，一定看了很多遍，脑海中应该有个印象，他多日前已经叫史密斯照所记得的画出来，起码有个概念判断藏宝之处。事实正是这样，史密斯的确是有个颇深的印象的，他便尽其所能画出了那半张图。密特朗拿来一配对，觉得挺配搭的，应该与真的相差不远，可以按此尝试去寻找。这一点，杜辉明和狮头却万万想不到。

密特朗用手电筒照着两片并起来的图反复观看，不时点头，面露得意笑容。于是按图走向其中一条通道，他依然押着玛格烈，两名保镖也和他一起去，来到了其中一条不大宽的地洞口。由于入口不宽，四个人紧密地在一起。正要走入通道，突然听史密斯以极大声音叫道："密特朗先生——"

密特朗停步回看，只见远处史密斯拿着一个小盒子指向他，大声说："密特朗先生——，再见了——！"

密特朗会意，看了一眼手电筒，正想把它扔掉，但为时已晚。说时迟，那时快，史密斯手指一按小盒子，立即一声天崩地裂的爆炸巨响，密特朗手中的手电筒猛烈爆炸，把四人炸得飞起，然后重重地摔在地上！

这一下来得太突然了，在场者除了史密斯本人之外，谁也没料到。密特朗被炸得血肉乱飞，令人不忍卒睹。两名保镖和玛格烈也都伤痕累累，鲜血四溅。

原来史密斯奸险透顶，他的手电筒其实是一枚炸弹，里面装满烈性炸药，威力无比。他搞石场多年，经常炸山，已是一名炸弹专家。他把手电筒改装成炸弹，以便随时能炸死和他作对的人，只要他一按手中的遥控器，手电筒便立即爆炸。密特朗向他要手电筒时，他故意说没有，以此来消除密特朗警戒和提防之心，这才一袭得手。他连自己的女儿也一起炸死，真是丧心病狂，冷血非人！

笼里的三人和笼外的两人都惊呆了，大家尖声大叫。史密斯的两名保镖也没料到史密斯有此一着，面面相觑，张口不合。

五个人冲到玛格烈倒地之处。慧娴一边跑一边声嘶力竭大喊："史密斯——！你这个魔鬼，你不是人！禽兽不如，连自己亲生女儿也炸死！

你……这个恶鬼——！"

"哈哈……哈哈……玛格烈……"史密斯仍仰头狂笑不止，笑着笑着眼泪却不由自主地流下来。

"你这恶魔！真是丧心病狂！"来和也大骂。其他几个人都大骂不停。

五人跑到玛格烈处，只见她浑身是血，奄奄一息。慧娴抱起她的上半身，不停地叫："玛格烈！玛格烈！……"

玛格烈眼微睁开，呼吸极度虚弱，喘着气说："慧……你……要……记得……我的话……"

慧娴说："我记得，我记得，你放心。"

玛格烈无力地看了一眼史密斯，缓缓地闭上了眼睛，面颊流下一串豆大的泪珠，呼吸停止，头垂了下去……

慧娴痛心地大叫："玛格烈！玛格烈！呜……玛格烈，你死得好惨呀！呜……"来和也是难忍悲伤，掩面痛哭。

慧娴大骂史密斯："史密斯！你这畜生不如的东西！为什么把女儿都杀了？你这个该杀的东西，不得好死！"

史密斯却一阵瘆人的疯笑："哈哈……哈哈……玛格烈……"

五个人仍在为玛格烈伤心，而史密斯一脸残忍，狂笑着叫两名保镖去找枪，因为手电筒爆炸力巨大，密特朗的两名保镖不但伤重而死，他们的手枪也被炸得不知道飞到哪里去了。经一番寻找，史密斯找回自己的手枪，而两个保镖中，一个叫保罗的找到一把，另一个叫杰克的则没找到。史密斯说不用找了，反正已有两把枪，足够用了。他们走向来和那五人之处。

狮头机警，见史密斯和两保镖走来，必会对他们不利，而对方又有枪。于是大声喊："史密斯！你们这些胆小鬼，疯子！"

"什么？你说我们胆小？"史密斯也大声说。

"当然啦！你们这些鬼子，只靠枪炮来欺负我们。没有枪炮，你们还会这么神气吗，早就输给我们了！真是胆小如鼠！"

两个保镖听不懂，史密斯以英语告诉他们，两人马上气得涨红了脸，互相讲了句话，保罗便把枪插在腰后的裤头上，摆好架势。

史密斯对狮头说："他们说不怕你们，有本事双方空手一斗。"

狮头大叫一声"很好",跳出来直斗杰克,来和则出战保罗。四个人分为两对便恶斗起来。史密斯则在一旁观看。他之所以同意让两名保镖空手应战,是因为两名保镖都身强力壮,武术高超,有取胜的把握。同时他也要看狮头和来和究竟身手如何,是否能打得过来自英国的高手。他想反正自己有枪,谁都奈何他不得。

山洞里两对人拳来脚往,斗个你死我活。杰克武术较弱,狮头拳力极猛,打得他节节败退,难以招架。最后狮头快速出脚,踢中杰克胸部,这一脚力道其大无比,杰克再也无力支撑,惨叫一声倒地,双手按胸,口吐鲜血。狮头再一脚,他立即昏死过去。

来和对保罗,双方拳逢敌手,势均力敌,交手十多回合,仍不分胜负。其实,保罗是欧洲搏击高手,体壮力猛,武术了得,多次与人打斗,从未输过。他原本以为很有把握打败来和,交手后发现来和武功并非很强,只是一般罢了,却没想到他手力大得怕人,而且身手快而敏捷,几次自己看来拳头就要打到对方了。却总让他急闪躲开。更叫他吃惊的是,来和出手攻击的速度也快得惊人,自己反而几次险些中招,幸亏他武术确是高强,才能化解对方的来拳。屡遇险招,保罗也吓出一身冷汗。

保罗从未遇过这样的对手,他提起精神,深吸口气,尽展平生所学,变换招数,出拳更快,声东击西。这下来和可苦了,对方拳脚快而凶猛,变幻莫测,难以招架,只得以最灵敏的身手闪避。尽管如此,来和还是中了保罗几拳,幸好他闪避得快,中拳并不很重,加上体格强壮,还能顶得住。在旁看的杜辉明、狮头、慧娴和曾勇,都替他捏把冷汗,尤其是慧娴和曾勇,都担心到喊出声来。

来和猛地闪过一个念头,觉得和对手这样斗下去,吃亏的是自己。马上决定与对方硬拼,对保罗的攻势不再躲闪,而是紧绷全身筋肉,憋住口气,冲向保罗,身体强顶保罗的重拳,而自己则左右猛拳连环极力打击,快如雨下,保罗头脸、胸部连连中拳。来和双手神力,这一来,保罗可吃不消了,被打得眼冒金星,几乎昏倒。来和虽然挨了保罗几拳,但已做好被对方重击的准备,早就绷紧全身接受来拳,所以虽然被打中,却能顶住,没有受伤。

保罗显然已受重伤,站立不稳,双脚浮动。他心想这样下去自己必败无疑，马上退后喘息。来和得势不饶人，拔腿冲前要狠打对方，保罗心慌，狡猾的他使出他一贯的损招，把地上沙土踢向来和。来和没料到他有此一着，躲闪不及，几粒小沙飞入眼中，一时睁不开眼，弯下身双手搓揉眼睛。

恬不知耻的保罗竟不顾君子风度，伸手拔出手枪对准来和。在旁的曾勇见此危急，大叫一声："哥哥！闪开！"不顾一切冲前以身体掩护来和。

"嘭嘭"两声巨响，曾勇背后立中两枪，惨叫着软下身体，倒在来和怀里。来和惊恐万分，抱着曾勇不停地叫："曾勇！曾勇！"

曾勇微睁双眼，气若游丝："哥……哥……我……"越讲越没气。

"啊！你……你……"来和急到不会讲话。

"哥……"曾勇挣扎着说："我……你……在我身边……我很快乐……我本是……苦命的人……你……救过我……又给了我……快乐……我……今

小偷为来和挡子弹

生……已……满足了……"最后终于闭上了眼,头垂下在来和怀里。

来和崩溃了,难忍极度的悲痛:"妹妹呀——!妹妹呀——!"

来和这一喊叫,所有人都惊异万分。这个曾勇不是男人吗?他一身男装,头发又不很长,"曾勇"又是一个男人名字,来和为什么叫他妹妹呢?大家满腹疑团。但来和在极度的悲痛中,谁也不敢问他。

"妹妹——!妹妹呀——!"来和突然放下曾勇,猛地站起,指着保罗:"你这个鬼子,乌龟王八蛋!开枪杀人,我跟你拼了!"不顾一切,一个箭步冲向保罗。他悲愤到了极点,有如出山的猛虎,入海的蛟龙,根本不顾保罗手上有枪,还是飞步冲去!

保罗毫无惧色,举枪对准来和,扣动枪机,"嗒嗒"两声,却没有子弹射出。原来此枪在先前手电筒爆炸时被震坏了。他刚才两枪打得响,现在子弹卡住了,打不响了。保罗连续扣动枪机,仍然打不响,他惊恐万状,扔掉手枪拔腿就跑,却怎快得过来和?!

来和疯了一样,喊声如雷,冲到保罗面前,猛拳连环急速击出,拳拳力大无穷,向保罗满头满脑打去。保罗本能地以手拦阻,却怎么挡得住来和那猛如泰山的疯拳?头、脸、胸部连续中拳,口吐鲜血,惨叫声中倒地不起。

来和发泄了心头大恨,又跑回曾勇卧尸之处,抱起大哭。杜辉明等诸人一起安慰他。

突然又是一阵"哈哈……"狂笑,大家回头一看,却是保罗正狰狞地坐在地上握着一把手枪对来和开枪。说时迟,那时快,只听"轰"地一声爆响,保罗一头栽在地上,死了。原来刚才保罗正好倒在一把被密特朗手里的炸弹炸飞了的手枪旁边。保罗一扣扳机,这损坏的手枪不仅没有射出子弹,反而炸膛,枪膛碎片回击,一下击中了重伤的保罗头部。保罗就此一命呜呼。

史密斯一见保罗命殒,知道大势已去,无法挽回,不由又疯叫一声:"哈哈……精彩,真精彩,真是一场非常精彩的龙争虎斗。哈哈……狮头,你说得很对,我们是靠枪炮打赢的,你们是靠拳头的。"

"根本就是,"狮头说,"你们根本就是靠枪炮到处欺负别人。"

"对,你说得对,"史密斯说,"但是你要知道,靠枪的是聪明人,靠拳头的是笨人。最后谁赢,你应该知道啦,哈哈……"他故意把手中的枪摇了几下。

"史密斯！你这鬼子！"说话的是杜辉明，他指着史密斯："你别自鸣得意！你们聪明，到处杀人、掠夺，抢别人的土地、抢别人的财产。我们笨，可是我们从来不欺人，从来不去抢别人的土地和财产。我们热爱的是和平，你们热爱的是战争，就因为是你们，世界才不得太平，人民才会受苦。"

"哦？杜辉明，"史密斯奸诈地望着他："很好，你很会说话，但是，难道你不知道，受苦的只是笨人，聪明人是不会受苦的。哈哈……这个世界注定了，笨人就要被人欺负！哈哈……"

杜辉明非常生气，吸了一口气说："你不要一直以为你们聪明。我们是人，不是野兽。野兽没有人性，以强欺小，弱肉强食。我们是人，是有人性的，人与人之间要热爱和平，不能以强力去残杀别人，这是人的文明。你们只靠武力去攻击别人，根本失去人性，简直是野兽行为！"

杜辉明这一阵义正词严的讲话，把史密斯驳得无言以对，可是他非常狡黠，支吾着诡辩："我们……是讲现实的，现实就是……强者生存，弱者灭亡……我们只能赢，不能输……"

"史密斯，你别把自己看得太高了。你骂我们笨，其实我们不笨，我们也是一个聪明的民族，我们几千年的悠久历史，就是以我们民族的聪明才智构建的。然而我们从来不像你们一样，靠聪明才智去侵略他人。我们近百年的软弱才会被你们欺负，但是，告诉你，我们是有志气的、有毅力的。我们华夏民族终究会有崛起的一天，我们终究不会让人欺负的。"

"可是，"史密斯冷冷地说："现在就是一个现实，这个现实就是我有枪，你们只有拳头，多说也没用。哈哈……"他把枪在胸前左右摇动，一副得意的样子。

"史密斯！"杜辉明大声一叫："你别得意，我老实告诉你，让你死了心！你那半张图，就是我拿走的！你还得意吗？哈哈……"现在是杜辉明大笑。

"啊？杜辉明……你说什么？真是你……拿走的？"

"哈哈……"杜辉明故意装出很得意的样子，"当然是我拿走的啦！哈哈……我拿了那张图，弄得你和密特朔鬼打鬼，互相残杀。你不是说——你自己很聪明吗？哈哈……"

"你……这个贼,偷了我的图,你……好大的胆……"史密斯气急败坏。

"你好不知耻!"杜辉明手指着他:"你的祖先以暴力侵略我们的国家,公开抢夺我们国家的财宝。过了七十多年了,你们还贪得无厌,到我们的国土来寻宝。你们这些大强盗,大贼寇,还有脸说我是贼?你们贼喊捉贼,颠倒是非,真是无耻匪徒!"

"你玩弄手段把我的图拿走,我不会放过你!"

"史密斯先生,亏你一直自认聪明,却给我耍弄了二十多年,你真聪明呀。你们英国人常喜欢说看谁能笑到最后,现在是谁笑到最后呢?哈哈……"杜辉明仰头大笑。

史密斯又羞又愧,恼羞成怒,举起枪:"我不再和你多说,去见阎王吧……"他正要扣动枪机……

"史密斯——!你这个乌龟王八蛋——!"突然一句暴雷似的声响从山洞口传了进来。这一巨响雷鸣,震得山洞回声不断,嗡嗡作响。

众人大吃一惊,向洞口望去,只见一粗壮大汉大踏步走来,他并非别人,正是慧娴的父亲快枪雄。他气势汹汹地走过来,破口大骂史密斯:"他妈的史密斯!你这个王八蛋!你为什么害我去为你运毒?!"

史密斯把原本举枪的手放下:"快枪雄,我……哪里有叫你运毒?"

"你这个害人的王八蛋还敢狡辩,你叫我替你运石材,你却在石材里混入毒品。你的心肠真恶毒啊!"

"那有什么关系呢?反正你抢劫也是犯法,运毒也是犯法,有什么差别呢?哈哈……"

"他妈的,抢劫也是你主使的,还一直跟我说,贪官该抢。我抢了钱你就平分,我一直上当被你利用,你真够奸险!"

"你不想一下,我不给枪和子弹,你有能力去抢劫吗?我们之间也是一种交易,我当然要分钱,这是我们的做法,我并没有骗你。"

"那……你为什么还要暗中害我帮你运毒?你太可恶了!"

"哼!跟你多说也没用,你这个土包子,让我先收拾你!"史密斯说完举起枪……

"嘭"一声巨响,接着是"啊"一声惨叫!这一下剧变,在场者无不惊心。大家定睛一看，快枪雄并没有倒下，只见他右手持枪，一脸冷笑。而惨叫的却是史密斯，只见他左手握着受伤流血的右手腕，一脸痛苦的样子，手枪掉在地上！

原来快枪雄果然名不虚传，拔枪和开枪的手法快如闪电。当史密斯举起枪时，他已非常快速地拔枪射去，比史密斯快了瞬间，抢得先机，他的枪法奇准，一枪就打中史密斯持枪的右手。

快枪雄慢步走向史密斯，史密斯已吓得双膝跪下，一脸惊恐，手还在流血。快枪雄以枪指着他："史密斯！你奸险阴毒，作恶多端，害人不浅。你还有什么话可说？！"

山洞持枪的洋人

"我……你……"史密斯在哀求。

"乒乒乓乓"一阵枪响,快枪雄枪法之快,有谁能算到?

快枪雄仰天大笑,史密斯则猝然倒地,身上满是弹孔,鲜血涌出。

快枪雄一阵乱枪打死史密斯,都觉得大快人心,鼓掌称好。大家对史密斯的奸险凶残,连女儿都杀死的魔鬼恨之入骨,所以他现在的下场是恶贯满盈,罪有应得,还有谁会可怜他呢?

打死了史密斯,慧娴正要过去和她父亲说话,但是快枪雄却指着史密斯在骂:"这个王八蛋,魔鬼,人人得了猪只。"

大家都不知道他在讲什么,还是慧娴听出来了。她说:"爸爸,你不懂成语,好心你别乱用了。你是说'人人得而诛之'是吗?讲成什么'得了猪只',不怕笑掉人家的大牙。"

快枪雄的确是个草包,不学无术,又喜欢学人用成语,自己似懂非懂,常闹笑话,而快枪雄却不当一回事。

接着,快枪雄又说:"史密斯这个王八蛋,心狠手辣,杀人不眨眼,死在他手下的不知多少人。他杀人,我杀他,是以其人之刀,还刺其人之身……"

这次,大家都听出他又说错了,又大笑起来。

快枪雄说:"你们笑什么?我有说错吗?"

"哈哈……"杜辉明说,"快枪雄,'以其人之道'是'道理'的'道',不是杀人的刀;'还治其人之身'是'治理'的'治',不是用'刀刺'的'刺'。你……这些成语,是从哪里学来的?哈哈……"

慧娴说:"爸爸,你省省吧,别乱说了。"

快枪雄说:"我是没读书的,听人说我就学说了。哎呀,反正你们听懂就是了,别再讲我了。"

随即,他看到史密斯卧尸的身旁有一盒白色的东西,便说:"你们看,史密斯这王八蛋贩毒,随身都有毒品!"说着,便过去把小盒子捡起来。

千不该,万不该,快枪雄真不该捡起这个盒子!他拿着盒子,认定是毒品,用鼻子嗅一嗅。

突然又是"嘭"一声响,盒子爆炸,快枪雄一声惨叫倒地,面孔和胸部鲜血直流。

史密斯这家伙的阴险确实是到了极点，无人能及。他是炸弹专家，设计出各种杀人的装置，这个盒子，其实也是一个小炸弹。方才快枪雄开枪要杀他之前，他知道难逃一死，便暗中把这盒子放在身旁。他这一招果然让快枪雄上当。

这突然的剧变，大家心惊。慧娴急奔过去抱起快枪雄的头："爸爸！爸爸！"轻轻用手擦他脸上的血。

快枪雄奄奄一息，以微弱的声音边说边狂吐着鲜血："慧娴，可怜……的孩子，你妈……早死，我……又不会照顾你，我……对不起你……"

"爸爸，你别这样说。"

"孩子……"快枪雄尽最后一口气说："孩子……爸爸一生……不长进，犯法很多……死有蘑菇……"

快枪雄可怜就是一生不学无术，临死前还要用成语。这次大家都知道他要说"死有余辜"，并不笑他。

快枪雄说："孩子……"又拼命地望着来和："……照顾她……"

来和急忙说："雄伯，我会，我会！请您放心！"

快枪雄双眼一闭，终于结束了他犯罪的一生。

慧娴很悲伤，不停哭喊爸爸，来和何尝不伤心，曾勇的惨死，令他痛心欲绝。杜辉明和狮头一直在旁安慰两个年轻人。

杜辉明和狮头刚才听快枪雄叫来和的名字，觉得非常诧异，难道这个年轻人就是自己要找的来和？其实来和先前也在怀疑这个长长白发的老人是不是失踪很久的父亲，因为史密斯曾几次叫他杜辉明的名字。由于刚才一直发生各种惊险的事，所以没有问。

这时，杜辉明和来和两人四目对望，过了一会，杜辉明抓着来和的手："你……的名字是来和？杜来和？"

来和说："是的，"反问他："你的名字是……杜辉明？"

杜辉明点点头，并把右额的长发拨开，露出一个明显的胎记。来和惊讶地看着，突然"哇"地一声哭起来，抱着杜辉明："爸爸！哇……爸爸！我想你想得好苦呀！呜……"

杜辉明也抱着他，老泪纵横："孩子，我突然离家，你和妈……一定受苦了,我对不起你们……"

杜辉明见孩子这么强壮,非常开心,他把为什么突然离家的事讲出来,并说曾回过家找他们。来和说母亲已回家乡去。狮头为他们父子团聚高兴非常。杜辉明又悲切地抚摸曾勇的尸体。

来和说:"爸爸,曾勇是用她的生命来救我一命的,我亏欠她太多了。"他伤心到泣不成声。

杜辉明安慰他:"来和,她的确是一个很好的孩子,她真的为了你而牺牲她自己,我很敬爱她。但是事已至今,伤心也挽不回一切,我们要很好地安葬她。"然后他转向慧娴:"慧娴姑娘,我们也一起好好安葬你爸爸。"

狮头一直气愤填膺,用脚踢着史密斯的尸体,大声骂道:"都是这个恶魔引起的,他必定要下地狱,永远不得翻身!"

这时,杜辉明很认真地对大家说:"你们听我说,今天发生了这么大的事情,闹出这么多人命,非常严重,我们是必须向警方报告的。"

司徒建说:"是的,东家说得对,这事情必须由警方处理,我们得报告警方。"

来和和慧娴也点头称是。

于是,他们决定由杜辉明驾驶办公室外的那辆汽车去警局报讯,因为只有杜辉明与警局有联系,而且他在英国留学时学会了开车。其他人原地等待。到下午三点左右,三大车警察和一部小车,在杜辉明开车引导下,在办公室门前停下。他们很快来到现场。根据杜辉明他们的述说,警察们一边懒洋洋地拍了几张照片,一边漫不经心地画图;一边时不时地测量记录,一边收纳相关证物;一边分别录取各人口供,一边不时地说着闲话。杜辉明说完了全部的前因后果后,从身上拿出了那半张藏宝图交给了为首的警察。那警察眼睛一亮,满脸欢笑地接过,赞扬杜辉明几个为国护宝、勇气可嘉,至于是否真有宝藏,警局还会进一步调查。最后,那个头子说,鉴于目前的证据和现场痕迹都无法指控他们故意杀人,也都可以暂时认定他们所有的陈述均为事实,但是正式的结论还需在进一步的分析和检验之后,才能认定。因此,警方暂时不用严厉限制他们的行动,但是类似超出广东境界的远行必须到警局审报批准,否则不得离开。此外,他们还必须随时听候传唤,以便协助调查。

众人均认为警察处置妥当。警察让他们分别在笔录和证据单上签字后，带着曾勇、玛格烈等9人的尸首，离开了现场。离开前，杜辉明再三叮嘱那个警察头子，希望他妥善保存藏宝图，及时上报相关部门。望着那一群散漫的警察离开，杜辉明心里不由得一阵空落落的慌乱、忧愁和沉重。

一群人心情沉重地默默往外走，空气似乎被冻僵了。还是杜辉明打破了沉默。杜辉明对慧娴说："慧娴姑娘，你以后别住在这里了，到我们家一起住吧。"

慧娴点头同意。

杜辉明又问来和曾勇是谁。来和便把认识曾勇的经过说出来，然后他说："曾勇真可怜，自小没父母，一生受苦，最后还牺牲自己来救我，我永远亏欠她。"

接着，杜辉明又问慧娴："慧娴姑娘，对不起我想问你一下。"

慧娴说："伯伯，您别客气。"

杜辉明说："那位玛格烈姑娘对你说要记得她的话，那是什么意思？"

慧娴说："玛格烈那次跟她父亲回英国，走得很匆忙，临走前她交给我一封短信，说它关系到一个天大的秘密，非常重要，叫我绝对不可告诉任何人，等她回来后才详细让我知道其中的秘密。"

慧娴这段话大家都极感兴趣，聚精会神地听着。

杜辉明急切地问："那封短信呢？现在在哪里？"

慧娴说："当时我没时间看，就随手用胶水粘在那座来和叫它做《奔腾的雕塑》的一条带子的末端底下。我想这是最安全的，等玛格烈回来便让她处理。"

"那么……"杜辉明更心急："那座雕塑在哪里？"

"在我家里，是来和雕刻出来的。"

但是来和接口说："我已经把它运回我们的家了……不过……雕塑上带子的末端已经撞断了。"

"那么，这断了的部份还在吗？在哪里？"杜辉明更心急，慧娴和狮头也很关心。

但是来和说:"不见了,没找到……"

大家一听都很失望,低声"嘘嘘"地叹息。

大家都沉默了许久。

然后杜辉明吐口气说:"我猜测这短信可能和史密斯所要找的宝藏有关。"

另三人也点头同意。

杜辉明再叹口气说:"其实,我告诉你们,那个什么宝藏,我一直怀疑是不是真的有。史密斯和密特朗太贪心,千方百计想独吞,勾心斗角,什么阴险狠毒的事都做,结果害去这么多人的命。而实际上是否真有这什么宝藏也不知道,真不值。"

"爸爸,"来和说,"也害你吃了不少苦,离家失踪了这么久。"

"那是没办法的,"杜辉明说,"因为我不能肯定是不是真的有那个宝藏,只是心想恐怕万一真的有的话,那可是我们国家非常珍贵的财富,那是万万不能落入外人手中的。所以我无论如何也要保存好那半张图,绝对不交给他们。而国事是如此飘摇,警政又如此腐败,这些你们却还不懂。我当然不敢贸然将那张图交给政府,我怕那样会很快使国宝沦丧,假如真有的话。可是,今天闹出这么多人命,我不得不将图交出来,以洗清我们大家的嫌疑。只是不知道这张图交出后,对那可能有可能无的国宝到底是好还是坏呀!"

狮头拍一下手说:"老东家说得很对,也做得非常正确。如果换成是我,我真不知道怎样去处理。"

"老伯为国家受了很多苦,我很敬佩,可惜我爸爸不如你。"慧娴说。

"哦,慧娴,"来和说,"你说得不对了。今天全靠你爸爸才能除去史密斯那魔鬼,要不然我们都会遭到那魔鬼的毒手,他这个杀人不眨眼的恶魔是绝对不会放过我们的。我们真正要感激你爸爸才对。"

"对,"狮头说,"来和说得对极了,今天确实是快枪雄救了我们,如果他来迟一步,我们都没命了。我最佩服他快速的神枪,就是他这一无人能及的绝招,才把史密斯制服。我在这里说一句,快枪雄,我佩服你,也感谢你。"

"慧娴,"狮头又说,"你是不能怪你爸爸的,我和他相处也颇久了,我对他的为人很清楚。他虽然没什么文化，粗心大意，但是他很有正义感，很讲义气，对朋友非常好。只可惜史密斯太奸诈了，你爸爸被他利用了也不知道。"停一下他又说："史密斯这个秘密的山洞我也不知道，他做贩毒的事我更不知道。他知道我最憎恨为非犯法的人，所以应该是这个原因不让我知道他贩毒的事。他常利用你爸爸替他运石材暗中藏毒品，你爸爸肯定一直也是被蒙在鼓里。可见史密斯这家伙是多么的奸诈。"

慧娴还是很伤心，大家一直安慰她。

司徒建又说："快枪雄经常用错成语，可是我想，他刚才说'以其人之刀，还刺其人之身'，多少也是说对的。"

"这怎么解释？"来和问。

司徒建说："因为那时快枪雄拾起史密斯的枪杀了史密斯，这不就是'以其人之刀，还刺其人之身'吗？没有错呀。"

"哦，有道理，有道理。"

"所以，慧娴，"司徒建说，"你爸爸其实有时也是会活用成语的。你说，是吗？"

"叔叔，你这样夸奖爸爸，谢谢你，"慧娴说。

来和想起芯片的事，对慧娴说："慧娴，那雕塑带子的末端不见了，芯片找不到怎么办？"

慧娴说："找不到就没办法了。"

杜辉明说："你们大家听我说，我是这样想的。那个什么宝藏的事我们根本不用管它。密特朗那半张图已经炸掉了，另一半也已上交，如果万一真有宝藏的话，也没有人可以找到了。因为史密斯花了这么多年时间都找不到，我们完全可以放心。我们也根本不必去寻找，把它忘掉算了。你们认为怎样？"

"东家说得很对，我同意。"司徒建说。

来和和慧娴也点头称是。

十八、美女急流冒险救人

好大的一场雨!

雷声隆隆,电光闪闪,噼里啪啦,震耳欲聋;一道道强烈电光,如金蛇狂舞,由上而下,在大雨中发出刺眼亮光,此起彼落,像似要把天空劈裂。

狂风在猛吹,呼呼作响,大树小树都被刮得东歪西倒,不够强韧的,枝丫折断,有的则整棵树连根拔起。狂风不停施威狂虐,树木花草便在其淫威下遭难。

就在雷声、闪电和风声中,雨越下越大,把大地来一次大洗刷。

好久没下过这样的大雨了,下了好几个小时仍不见停,路上不见行人,车辆也少见踪影。人们都被雷电和狂风暴雨吓倒了,还有谁出门?

镇前,一条大河也灌满水,洪水暴涨,漫上了两岸。

幸好到下午约四时许,雨逐渐小了,只剩下微微的雨丝在飘着,路上的积水渐渐消退,人们陆续出来了。

跨河的桥上却围了一堆人,都望向河中,还有人大声在呼喊,指手画脚,非常吵杂。

原来河中间有一块巨石,一个小女孩,6岁左右,坐在巨石上不停地哭泣。这巨石露出水面约一米,石顶的平面也很小,一米见方。河水非常湍急,小女孩在雨中不停发抖,她很可能坚持不下去掉入水中,那可就凶多吉少了。

这条河平时没下雨时很浅,久旱几可断流。河中央那块大石头,底大顶小，容易攀爬，半腰处还有几个凹入的部分，人躲入可遮太阳。石头奇特，枯水时很多小孩喜欢到上面玩。

这天晨后，一群孩子走过浅水滩到巨石上玩耍。孩子都不大，几岁到十一二岁不等，其中最小的便是那个5岁左右的孩子，他们如往常一样在河中沙滩边嬉水玩乐。可是不多久黑云满天，狂风大作，雷声隆隆，很快便下起大雨。孩子们急忙奔回岸上。

但是这个6岁小女孩当时躲在一个凹入处，不知道其他人已经回岸，而其他孩子也因为太匆忙，都没留意到小女孩没有一起回来。

狂风暴雨，雷电不停，小女孩吓得放声大哭，再看一下，山洪已来，刚才还是浅滩的河床，已经是洪水奔流，除了她一个人之外，其他人都跑了，她更是怕得发抖，只得留在凹入处躲雨。可是河水一步步升高，她便从低的凹洞一次次往高的凹洞爬去。最后，所有的凹洞都被水淹没了，她便只能爬到巨石的顶部，趴在上面不知如何是好，只不停地哭泣。

汹涌的河水如万马奔腾，其势凶猛无比。小女孩在大雨中经过几个小时，恐惧已极，又饥又寒，冷得发抖，若不及时解救随时会掉下河被急流卷去。

人人都为小孩的安危提心吊胆。大家喊叫着：

"哎呀！危险呀！"

"这么小，一不小心便会掉下水的！"

"水这么急，掉下去准没命的。"

"已经淋了几个钟头了，快没力了。"

"是呀，可能支持不下去了。"

呼喊声中，人群中突然一阵骚动，一名中年妇女尖声哭叫着冲上桥，她全身被雨水淋透，蓬乱的头发滴着雨水。她发狂地喊叫：

"哎呀！小宝，小宝……救命呀！"这个女人就是小女孩的母亲。

但是，水这么急，有谁敢下河去救孩子呢？"不行呀，水太急，谁下去都会没命的。"

这时，有四个人也来到了桥上，他们也望向河中的巨石。

突然有人大声喊："好了，好了！有人去救了！"他指向河岸边。

只见河岸上两个人划出了一条小船，奋力驶向巨石。可是河水太急了，势如奔马，船划出不远，便被河水往下冲。那两人拼尽全力设法靠近巨石，却还是被大水冲走，如断线的风筝，无法回头。

"啊！完了……完了！救不到了……"

小女孩的母亲就更急了，呼天抢地："小宝，我的女儿呀……妈来救你啦……"大叫着，竟冲向桥边，要跳下河去。

人群一阵骚动，大家七手八脚死命拦住。有人大声说："大姐，不能跳下去呀！水太急了，你会没命的！大家快抓住她呀！"

一片大乱中，只见远方而来的四个疲惫的行人中，一人突然向前一跃，纵身跳入了河中！这一下突变大出人们意料之外，激起一片惊叫：

"哎呀！什么人呀？这么大胆跳下水！"

"太冒险了，会给水卷走的！"

"看来，他连自己的命也不要了，真是舍身救人哪！"

而四人中的另三人也大感意外，怎么会冒这么大险下水救人，可是拦阻已来不及了。

只见那人浮出水面，顺着急流的水游向巨石。所有的人都鸦雀无声，大家屏气凝神注视着他是否能救回孩子。

只见那人游到了大石处，手扶住石头，就要爬上石去，看的人有的在鼓掌，而大多数人还是在紧张地看着，希望他能把孩子救回。

就在此紧要关头，那人却一个趔趄，掉入水中，人群一声惊呼，这才发现那是个女人：

"那个人是女的，是一个女人……"

"真勇敢，真想不到有这么勇敢的女子！"

"哎哟！不好！要被水冲走了！"

"这下可完了，小孩救不到，救人的也要没命了……"

但是，不可思议的是，女子掉入水后，在大水急冲之下，竟能拼力游向石头。她快速划动手脚，和无情的洪水搏斗，一寸一寸地前进。终于奇迹般地游回大石。只见她双手抓紧石壁，奋力向上一跳，爬上了石头，喘几口气，才双手抱住小孩，然后双双跳入水中。

十八、美女急流冒险救人 / 179

河中央的女孩

这紧张的一幕，扣人心弦。两人一跳下水，立即沉没，观者又是一声惊叫……

不多久，只见那女子一手抱着小孩，浮出了水面。那女子一手划水，双脚打水，顺着急流向岸边游去。虽然她一直被水往下冲，但是却能斜斜地极力游向岸边。经一番奋斗，终于被接上岸。

小孩成功获救，人群立即发出雷鸣般的欢呼声和鼓掌声，更有不断的赞叹声：

"太好了，这女子真勇敢！"

"她的泳术真太好了，了不起！"

"她好年轻，太棒了！"

而在一片的赞叹声中，却有人大叫："慧娴！你没事吧？"

问她的是一名高大健壮的年轻男子，他就是杜来和，而英勇下河救小女孩的年轻女子便是慧娴。他们两人连同杜辉明及"狮头"司徒建，从采石场回来跋涉了很多天了，路遇险情，情急之下，慧娴不顾一切跳水救人。幸好她泳术高超终于战胜汹涌的河水救回了孩子。

　　小孩的母亲转悲为喜，急忙抱回孩子，又亲又摸，又哭又笑，过了好一会儿，才含着泪水，不住地向慧娴叩头道谢。慧娴跟她说不用谢，并叫她快点抱孩子回家休息。妇人一阵道谢离开了。

　　来和立即过来扶住慧娴，她经过一番奋战，已筋疲力尽，气喘呼呼。来和对她说："慧娴，你真勇敢，我好佩服你。"示赞赏。

　　杜辉明也拍拍她的肩膀："好孩子，好样的，大家都很赞赏你。你冒这么大危险救人，了不起！"

　　司徒建也说："慧娴姑娘，原来你的水性这么好，我也很佩服。"

　　休息了一会，慧娴恢复过来可以走，便站起来，四人打算马上找旅馆，因为慧娴全身湿透，必须尽快把衣服换上。

　　这时依然围着一大批人在观看，大家都不住称赞慧娴的英勇表现，说想不到一个女子比在场的所有男人都厉害，能在这么汹涌湍急的河水中逆流游泳救人，男人们都比不上她，太了不起了。

　　人群中有一中年男子过来问杜辉明："先生，你们是住在这附近吗？"

　　杜辉明说："不是，我们家离这里还很远，我们得找旅馆。"

　　"那不行的，"中年男子说，"这要费一段时间，这姑娘满身湿透，不能顶这么久，怕会着凉的。"

　　"没关系，我没事的，"慧娴说。

　　"不行，姑娘，"中年男子说，"山洪很冰。你看，你嘴唇都发紫了，一定很冷，快到我家去先把衣服换掉，我家就在附近，很近，快走吧。"

　　"恐怕我们会打扰到你，给你添麻烦。"杜辉明说。

　　"不会的，你们别客气了……"

　　"杨杭，别再多说了，"一名年约六十的老人没等中年男子讲完便插口说，"一直在讲个没完！别害姑娘冷到，快跟我们走吧。"说着便催促他们四人。

其他围观的一大班人也都劝着："走吧，走吧，别多说了。"

那个叫杨杭的和老人便立即领着杜辉明等四人离开河边，向近处的街道走去。围观的一大班人，浩浩荡荡地跟着。

镇上，慧娴下河救人的事早已四处传遍，过来看热闹的人越来越多，人人都要亲眼一睹这救人女英雄的风采，大家指指点点、七嘴八舌。

"哇！真了不起，比小伙子都厉害，能这样救人！"

"哇，这女子还挺漂亮哟！"

"真的，身材非常好。"

"是呀，高高的，身段很不错。"

又有人说："另两个男的更是高大雄壮。"

"那个年轻的又高又强壮。"

"那个满头蓬松头发和大胡子的，也是很高很粗壮。"

……

很快就到了杨杭的家。这是一条街上长排店屋的其中一单元。杨杭在楼下开店做生意，楼上便是他住所。房子相当大，一个大厅，一个饭厅，另有五间卧室，三个卫生间。这可算是挺有气派的住家。

一进门，杨杭的妻子马上迎接众人，大家一起上楼去，那位老者也同样上去，围观者都在楼下等着，杨杭的几名工人则负责照拂。旁观者虽然很多，人声吵杂，但大家都很守规矩，很守秩序。

上了楼去，杨杭的妻子马上领慧娴去浴室洗澡换衣服。慧娴先从随身的行李中取出一套干净衣服，便进浴室去。

杨杭在客厅招待各人坐下，他的一个十几岁的女儿则泡茶给大家喝。杨杭对老者说："方伯，帮我招待客人，我出去一下。"说着便匆匆下楼去了。

那位叫方伯的老者一边热情地请三人喝茶，一边攀谈："各位，我姓方，单名一个长字，请教各位尊姓大名。"

杜辉明把他们三人的名字介绍给他。

老人又问："那位英勇救人的姑娘可是您的千金？"

杜辉明说："她是我一位朋友的女儿。"

"哦，真太了不起，"老人说，"这河水又猛又急，没有人敢下河去救人，她一个女子如此奋不顾身,真叫人钦佩。她的泳术真太好了。"

来和接口说:"她时常游泳的,练得比较好的泳术。"

老人又问了他们住哪里,从事什么工作,彼此客气地谈着。不久,慧娴洗完澡,换上一身干净的衣服出来,原本湿透的头发也洗过擦干梳理妥当。

杜来和告诉慧娴老人名叫方长,慧娴有礼貌地问好,老人则热情地叫慧娴坐下喝茶。杨杭的女儿很亲热地靠近慧娴,握着她的手,很羡慕地望着她。杨杭的妻子也一样热情地和慧娴谈话。

说话间,杨杭回来了,他对众人说:"经这一番折腾,大家都应该饿了,我也饿了。我刚去餐馆定了一桌菜,请大家现在就过去吃吧。"

杜辉明站起来说:"哎呀,杨兄,我们打扰了你和家人一场,还让你破费请客,真不敢当。"

"哦,请别这么说,"杨杭说,"难得我们有缘相聚,吃顿饭是应该的。更何况,我们要为女英雄救人庆功。别客气了,我们这就走吧。"

慧娴说:"杨先生,你太过奖了。我出点力气救个小孩算不了什么,请别叫我女英雄了。"

"哦,你叫……"杨杭说。

来和说:"她叫慧娴。"

"很好的名字,"杨杭说,"慧娴姑娘,你别太谦虚。我当时在现场,以为孩子必定凶多吉少,没想到你会这么勇敢跳下急流去救她。看你一名女子,我更是佩服到五体投地。说真话,我从来不曾这么佩服过人的。"

大家听杨杭这么说都笑起来,同时转过来向慧娴鼓掌。慧娴则礼貌地向大家鞠躬。

去餐馆的路上,围观的人依然很多。慧娴换了衣服,头发梳理好,更显英姿绰约,秀美靓丽。小伙子们都争着围过来看,这情况比起人们围观什么大明星还要热闹。一些年轻人大叫:

"哇!好漂亮呀!"

"真太漂亮啦!救人女英雄还是个大美人哩!"

"哇!真是游泳健将,我们男孩子还比不上!"

一路走着,各种赞美声不绝于耳。慧娴心里虽感高兴,但不免有女子的矜持，她一直脸带笑容，却难掩娇羞之态，双颊飞红。她从小生长在乡野山地，生活清静简朴，见人不多。加上个性文静，从未遇上这样人多喧哗的场面，而且成了众人注目的焦点，反而感到更不自然，心怦怦跳个不停。

这时最高兴的却是来和。看到慧娴几经凶险救回了小孩，内心已是无比惊喜。现在一大群人把慧娴当英雄围观，连连赞美，心上人获得如此赞誉，来和更是心花怒放。他下意识地拉着慧娴的手，握得紧紧的，同时得意地望向人群，还举起一手向人群招手。

由于来和体型高人一截，有如鹤立鸡群，特别显眼，人们看他和慧娴显得亲热，便有年轻人高声喊：

"喂！高个的，女英雄是你媳妇儿吗？你好福气哦！"

"肯定是啦，他们两人挺相配的。"

"是呀！这高个的也长得相貌英伟，确是珠联璧合。"

……

连连的溢美之词传入耳际，来和可谓兴奋之极。他毕竟是年轻人，受这么多人赞赏，兴高采烈可谓人之常情，他不觉地把手挥动得更起劲。慧娴看他得意的样子似乎有点过了，便暗中伸手用力捏了他的大腿一下。而来和却并不在意，依然笑脸向着人群。

出人意料的是，一向沉默寡言的"狮头"司徒建，似乎也被热烈的气氛所感染，竟大声向人群喊道："喂！小伙子们，要看美丽姑娘可要赶快呀，改天我们走了便没得看啦！哈哈……"以前他长期装女人声娇声细语，这次大喊却声若洪钟，尤其是后面的那阵笑声，真让人感到"如雷贯耳"。司徒建原本也是个爱玩闹的人，以前逼于无奈才一直控制自己，现在看场面这么热烈，便现出"庐山真面目"，有如返老还童也来玩闹一下。

经司徒建这样一闹，那些年轻人便是狂哄起来了，争相抢过来要看慧娴，你推我挤，嘻嘻哈哈，乱成一团。慧娴瞪了司徒建一眼，娇嗔地说："死狮头，看你胡说八道，弄到人群这么乱，挤坏人看你怎么办！？"

幸好这时已走到餐馆了，杨杭叫众人快点进去，然后他在餐馆门口向人群招呼："乡亲朋友们，感谢大家的捧场，现在女英雄饿了，刚才她救人也太累了，我们让她安静休息吃饭好吗？谢谢大家。"

方长也向人群打招呼，劝大家回去，别再打扰女英雄了。人群其实也看够闹够了，便各自散去。

杨杭和方长回到里面，餐馆的服务员带领大家进了一个包间，大家坐下，杨杭一家三口，方长一人，以及杜辉明等四人。大家先坐下喝茶，很快打开话匣子谈起话来。

杨杭和方长还是对慧娴表扬一番，慧娴则谦虚地说不敢当。可是来和却认真地说："慧娴，说实在的，你不必太谦虚，这次你表现得实在是太出色了。河水那么汹涌湍急，完全没人敢下水救人，真想不到你会不顾极度的危险跳下河去。那时我真提心吊胆，情形太危险了。你终于战胜洪水救回小孩，我打心底里钦佩你。"

"是的，"司徒建说，"慧娴姑娘，来和说得很诚恳。老实说，我狮头很少佩服什么人，这次真的是佩服你。我太高兴了，刚才在路上胡闹一下，希望慧娴姑娘你莫见怪。"

慧娴说："狮头，你放心，我并没怪你，其实我刚才也是跟你闹着玩的。"她这么一说，大家失笑。

方长接口说："真好，真好，你们都是很好的人，我们有幸认识了你们。"他停一下继续说："不妨告诉各位，这次慧娴姑娘勇敢救人在本地确是一件大事，我们都很感激慧娴姑娘。你们或许不知道，好几年前这河上也同样发生过和这次一样的事。那时也是大雨河水高涨，同样有一个小孩被困在那块巨石上，很不幸的是没人能救到他，大水把他卷走了，可怜的小孩永远失去了踪影。"

"是呀，"杨杭接口说："方伯说得没错，我们至今还没忘记那件事，所以这次慧娴姑娘英勇救人的事在这里特别有意义，大家更感激你，所以这么多人夸奖你，在我们的心目中，你实实在在是令人敬佩的英雄。"

慧娴一直自谦说他们过奖了。

谈话中，服务员说上菜了。杨杭生意做得挺不错，经济条件好，点了一桌相当丰盛的菜肴，热情地招待客人。他还叫来了名酒，说一定要好好地庆祝和慰劳一下。他斟了一杯酒给慧娴说要敬她，慧娴忙摇手说从来都不会喝酒，几次劝酒，大家同意她略吸一点做个意思。

接着杨杭向杜辉明和司徒建及来和敬酒，也倒了一杯给方长。司徒建和杜辉明酒量都很好，便不拒绝满杯。司徒建说："我这世人很少有今天这么高兴，托慧娴姑娘的福，我们有今晚的美酒佳肴，更蒙杨兄盛情款待，我们今晚可以开怀畅饮。来，大家干杯！"

大家都站起来，杜辉明、司徒建和杨杭三人酒量好，都一饮而尽，方长喝了半杯，来和只略尝一口。三个女的则各喝清茶。那三位酒量好的难得"酒逢知己千杯少"，都喝得畅快淋漓，一杯又一杯，碰杯声和干杯声不绝，确是难得的热闹。

酒过三巡，谈兴更浓，话题依然离不开慧娴救人的事。

这次是司徒建酒兴促起谈兴。他对慧娴说："慧娴姑娘，回想当时的情况，确是毕生难忘的一幕。当时我专注看河中巨石上小孩的危险，突然身旁有人冲出跳入水中，我也不知道是谁，只想这跳下河的人更危险，更替他担心。没想到后来看清楚是你，真是惊讶到无法形容。后来看到你和小孩一起从石上跳下水沉没了，我心想完了，你们必定是给急流卷入水底了，心里怕得不得了。老实说，我一生不知经历过多少大风大浪，还没有这样害怕过。慧娴姑娘，你当时难道想都不想就下河救人吗？"

慧娴说："当时我只为小孩担心，看到小船划去都救不到小孩，又见她随时都有跌下水的危险，我当时真的没想别的，脑中只有一个念头，就是一定要把孩子救回来。或许就是因为这个冲动，我就不顾一切跳下去了。"

在谈话的过程中，杨杭的女儿一直以非常羡慕的眼光注视着慧娴，对每个人的每句谈话都很感兴趣。听了慧娴的讲话，她也禁不住问道："姐姐，姐姐，我听人说，你救人的时候非常惊险，你当时怕不怕？"

慧娴说："妹妹，我一开始时是没想到害怕的，因为顺水游下去还不感太吃力。可是后来第一次抱不到小孩自己被水冲离开石头，我要逆流游回石头处，水流的确太急了，我恐怕游不回石头处，那就休想救小孩了，那时确实很害怕的。"

杨杭的妻子也接口说："听人说你那时在急流中使劲地游，一点一点地向前，看的人都紧张到鸦雀无声。天幸你终于游到石头处救下孩子，真是太棒太精彩了。"

"可惜我没有看到。"她的女儿显出一脸遗憾的表情。然后她接着说："姐姐，当时雨大水涨我在家里，还不知道外面发生什么事。不过我后来听说一个女子救了小孩，我虽然没看到，还是非常高兴的。姐姐，你真本事。"

"妹妹，谢谢你的夸奖。"慧娴轻抚她的头发。

杨杭的妻子说："慧娴姑娘，你真为我们女人争了口气。"说着竖起大拇指。

其他人立即鼓掌，司徒建插口说："真了不起，现在女人真了不得，以后只怕要顶半片天了！"

此话一出，立即引起众人一阵哄笑。

慧娴白了司徒建一眼："狮头，你酒喝多了，话也特别多了。"

"哈哈……"司徒建大笑说，"难得今天这么高兴，我又有两个海量酒友，口无遮拦，请姑娘莫见怪。"

"好了，"杨杭的妻子突然说，"你们真的喝得太多了，喝完这杯都不许再喝了，你们看，你们只顾喝酒，还有这么多菜都没吃，菜都凉了。"

方长说："杨夫人说得对，三位确是喝太多了，停杯吃菜吧。"

杜辉明也兴起，不等司徒建开口，他也说起笑来："好的，现在是女人强过男人，我们遵杨夫人之命，不再喝酒，大家吃菜。"这话又是引来一阵笑声。

这样边谈边吃，时间也差不多了，菜点得太丰富，大家吃饱了还剩下不少。

最后，杨杭站起来说："现在我违抗老婆的命令，请大家举杯，再向慧娴祝贺一次，也为我们的相识祝贺，还祝贺大家身体健康，生活幸福。"

大家一起站立，互相碰杯祝福。

当晚，杨杭就招待杜辉明等四人和方长在他家过夜。

翌日早上，各人起来梳洗完毕到客厅来，杨杭已叫工人准备了早餐。虽说是吃稀饭，可是菜肴还是丰富到有如在餐馆吃大餐一样，除了鸡、鸭、鱼、肉，还有各种鲜美蔬菜，肥大的河虾、螃蟹、海参、海螺、豆腐、银鱼炒蛋，以及多样小菜，摆满了一大桌。杨杭的豪爽，令四人连声说他太客气了。

各样菜肴都有当地风味，烹调手艺又上乘，美味可口，大家都吃得津津有味。桌上一条清蒸的大鱼，热气腾腾，汤多味香。杨杭说："这是我们这条河特产的鱼，肉质非常好，肉嫩少刺，前天未下大雨，河水未泛滥之前，我的工人捕到几条，这条是最大的。"他转向慧娴："慧娴姑娘，昨天你在河上辛苦了，今天就请你吃这河中最好的鱼，向你慰劳。"

慧娴连声道谢，也请大家一起吃。才入口，大家就赞不绝口，说很少吃到这么鲜美的鱼。杨杭的妻子还特地多夹鱼肉给慧娴，她女儿也夹一片给她，慧娴连声说："够了，够了，太多了，谢谢你们。"

菜肴的确好，大家也不客气举筷不停，也谈个不停。

吃到一半，有个工人上楼来告诉杨杭，说被慧娴救起的孩子的母亲带着她一起来，在楼下等着要见慧娴。杨杭叫他马上让她们上来。工人下去把她们带上来。

妇人和小孩上来一见慧娴便跪地下拜，口中不停说："感射恩人救命，大恩大德，我们一世都忘不了……"

慧娴慌忙把他们扶起来：'大嫂快起来，别说什么大恩大德，我救人是应该的。"

妇人还是不停口地道谢，她也叫孩子向慧娴道谢。她说："小宝，就是这位姐姐冒着大危险救你的，快向姐姐说谢谢。"

小孩挺聪明，马上拉着慧娴的手说："姐姐，谢谢救了我。"

慧娴摸着她的头说："小宝很乖，你听妈妈的话吗？"

小孩猛点头："听，我听。"

来和问她："以后还敢到大石头上去玩吗？"

小孩挺认真地想了一下，点着头说："敢，我敢。"

杨杭的女儿说："你不怕又给大水困住吗？"

"不怕！"小孩一本正经地说，"我要学姐姐那样，会游泳，不怕大水。"

她这话引得大家又笑起来。

杨杭的妻子说："你们两人都吃过早餐了吗？"

妇女说:"我们……吃……"

没等母亲说完,小孩马上说:"没有,我很饿。"

小孩的天真又再引起一阵笑声。

母亲拉她一下:"小宝,别乱说话!"

杨杭的妻子和女儿赶紧请她们入座吃饭,妇人一直摇手拒绝。杨杭女儿名叫小婷,她快手一抱,把小孩抱到一张椅子上坐下,她母亲也热情地拉那妇人入座,妇人坚持拒绝,慧娴过去帮杨夫人一起把妇人拉上椅子,并把杯盘碗筷放在她面前。小婷随即夹了大块的鸡和鸭肉给她们母女两人。小宝小孩就是小孩,也是因为太饿了,毫不客气,大口大口地吃起来。母亲就指责她:"小宝,别没礼貌,等会儿才吃,慢一点。"

杨夫人说:"没事,小宝,快吃,别饿着了。"她转向妇人:"大嫂子,没事的,小孩天真,想吃便吃,挺好的。你也快吃呀,千万别客气,快吃,快吃。"

小婷问小宝:"小宝,好吃吗?"

"好吃,好吃。"小宝连声说,口里还在吃着东西。

杨杭说:"我们原本是八个人,八就是发,现在加上小宝和她妈妈正好十个人,十全十美,真是难得的巧合。哈哈……是个好兆头,大家请别客气,尽量吃吧。"

小宝吃得很快,她真不客气,想吃什么就拿什么,不多久就说很饱了。对这个小孩来说,她从没吃过这么好和这么丰盛的。小婷摸摸她的头说:"小宝,你爸爸呢?怎么没一起来?"

"我没有爸爸……"小宝立即显出伤心的样子。

她母亲说:"小宝她爸是去年过世的,现在我们只母女两人。"说着,眼眶有点红了。

"那你们怎么生活?"杨夫人关心地问。

"我没什么工作,"妇人说,"现在替人打零工,有时有,有时没有……"

大家听她的苦状,都静默了。来和从裤袋中掏出一万块钱出来,对小宝说:"小宝,你别伤心,这些钱给你以后读书。"说着把钱交入小宝两只手中。

妇人马上阻止，急着说："小宝不能拿。"再对来和说："大哥，我们不能无故拿你的钱，快收回去。"

杨杭也过来从小宝手中拿了钱，对来和说："来和兄弟，这事不用你操心。"把钱塞回给来和，并向他老婆使个眼色。他老婆会意，便走回房去。

杜辉明说："杨兄，你别阻止来和，我们帮帮小孩是应该的。"来和也坚持不拿回钱。

"不，不，"杨杭说，"这里是我们的地方，我们的乡亲有困难应该由我们克服，怎能劳驾到你们外来的客人，不行，不行！"硬把钱塞给来和。

"都是一家人，我们只是住得比较远罢了。"杜辉明说。

"总之不行，"杨杭说，"这事由我来处理。慧娴姑娘救了人我们已经感激不尽了，怎么可以还要你们操心这个。"

说着，杨夫人出来，把一万块钱交给小宝。小宝天真无知，就把钱拿在手中。杨杭则把来和的钱硬塞回给他。在此情况下，来和也不再坚持，收回了钱。但是他抽出一千块钱交给小宝："小宝，这一点小钱哥哥请你吃糖，快拿着。"小宝也一样接了钱。

小宝母亲感激到流泪，不停向大家叩头道谢。小宝也挺聪明地说："谢谢伯伯，谢谢哥哥。"然后把钱交给母亲，妇人流着泪说："你们都是大好人，菩萨会保佑你们的，谢谢。"

看看时间不早了，杜辉明对杨杭说："杨兄，太打扰你们了，时候也不早了，我们这就告辞。"

杨杭说："怎么这么快就走，多住几天吧。"

小婷也对慧娴说："姐姐，多住几天吧，我很想和你说话。"双手拉着慧娴的手不住恳求她。

杜辉明说："不瞒各位，我们离家很久了，现在有些急事要办，非告辞不可。"

慧娴对小婷说："好妹妹，我们真的有事，姐姐以后再来看你哦。"

"姐姐，我舍不得你走。"小婷说。

"妹妹，我也是，我们以后再见，嗬。"

"好了，我们走吧。"杜辉明催促着。

在双方一阵阵再见和珍重声中，大家告辞。

慧娴救人的事在此地真成了大新闻，加上人们都说她美丽，一早杨杭的店门就围着许多人等着要看慧娴。他们一踏出店门，就立刻引起一阵骚动，人群都挤过来要一睹慧娴的风采。人群中传来一片喧闹声：

"啊！她出来了！"

"哇！她真美呀！"

"还很年轻哟！"

"又年轻又漂亮，怪不得大家都说她是个美女。"

司徒建抱着小宝。人群中大家看到司徒建高大粗壮，尤其是他那长又蓬松的头发和胡须，人们都在议论纷纷，有人说："哇！看他的样子，真像一只狮子。"

"是呀，有如一只雄狮。"

小宝问司徒建："狮子叔叔，你会吃人吗？"

司徒建故意"吼"一声大叫说："会，我会吃人。"

小宝说："你会吃谁？"

"我要吃你！"司徒建大声说，张开大口就要咬她。

小宝吓得哇哇大叫，挣扎着要跑。司徒建把她放开，突然冲向人群抓住一名青年作要咬的样子，同时发出更大的吼叫声。他再出手，又抓住另一名青年，一举手，一手一个人，就举在头上。两个被抓的青年大叫要挣脱，却哪里能脱身。

人群一阵骚动，谁知司徒建此举也引起来和的兴致。他也一手抓一个青年举起，并转了两圈。司徒建玩够了，把两人放下。来和也放下一人，但是却把另一人凌空一抛，足足抛上两米多高，等跌下来时两手接住，才把那人放回地上。四个被玩的青年抱头哇哇大叫："哇，给你们吓死了！"

人群中则不断拍手叫好。有人说："哇！这两人又高又大，力气这么好，真叫人难以相信。"

"那年轻的更厉害，能把人抛到这么高，真是神力惊人！"

这时，一部长途客车开来了，杜辉明等四人便向杨杭一家及方长告别。杨杭说要随车送他们回去，杜辉明极力婉拒，说不能耽误他做生意。经多番推却，杨杭才打消原意。

小婷对慧娴说:"姐姐，以后记得一定要来看我们哦。"

慧娴说:"会的，会的，妹妹要好好照顾自己，用功读书哦。"

小婷猛点头，两人热烈拥抱，才依依不舍地分开。四人向人群挥手告别，然后坐进车上，车子便开走了。

一路不必细述，四人安然到家，安顿好一切，休息一天后，便动身到乡下去接来和母亲回来。

十九、田野上恶斗怪汉

乡间环境优美，天气宜人，农田里蔬菜、瓜果和稻禾生机旺盛，树木苍翠，花草繁茂，鸟语花香，农舍点点，错落有致，既安详又恬静。农人们忙碌着，牛羊吃草，鸡鸣狗叫，好一幅宁静怡人的农村风光图。

村外小公路上一部客车停下，下来三男一女四个人。他们下车后沿农田上一条略弯曲的小泥路朝不很远的一排农家走去。他们便是杜辉明等，要去见来和的母亲和那里的亲人。

他们在路上走着，后面二十来米处也有一人和他们朝同一方向走，两旁农田上散落着好些农夫在劳作。

正向前走时，猛然间听到劳作中的农夫大喊：

"他又来了！那坏蛋又来了！"

"快去打他！"

"把他抓住，别让跑了！"

一阵喊叫声中，七八个农夫丢下手上工作，齐向小路冲来，有人手持扁担，有拿木棍，更有人拿着锄头！而在后面走的那人也冲过来。

事出太突然，杜辉明等人以为几个农夫要和后面来的人打架，司徒建马上叫各人快站到路旁闪避。

说时迟，那时快，一眨眼间两边的人都冲过来了，口中还大叫"打死他""别让他跑了"，来势汹汹，眼看一场恶斗就要爆发。

随着听到"嘭、嘭"两记拳头打在人身上的沉闷声音，同时便是被打者

"哎呀"的惨叫声。

发出惨叫声的并非别人，却是"狮头"司徒建！

而最先打他的则是后面冲过来的那个人。司徒建本能地转身向后，那人还不停手，抡起拳头又要打他。司徒建无故挨打，气上心头，急速一脚扫去，正踢中那人双腿。司徒建力道劲猛，只见那人一声惨叫，整个人飞起落地，再也爬不起来。手抱双腿哇哇叫痛。

同一时间，前面那班农夫也冲到司徒建面前，为首的农夫举起锄头砸向司徒建。司徒建来不及转身，眼见锄头就要砸到他头上了！

在此惊险时刻，来和眼明手快，一个箭步冲前，以迅雷不及掩耳的手法抓住锄头柄，顺脚一踢，那人立即翻倒，也是因为来和出脚虽快而力气不大，那人虽然吃痛嚎叫，锄头也从手中飞脱，却没怎么受伤。

司徒建回过头来连说"好险"。其他几个农夫仗着人多势众，不顾一切一哄而上，扁担和木棍没头没脑齐袭过来，但他们毕竟毫无武功，只是乱打一通，全无章法，碰到司徒建和来和两名高手，再加上两人力大无穷，他们哪里是对手，只三两下功夫，全都你跌我倒，东倒西歪，都趴地不起。刚才大喊"打人""抓人"，现在都在"雪雪"呼痛，有的手痛，有的脚青，有的胸部中拳，按着胸部脸露痛苦之色。幸好的是司徒建和来和出手不重，力有保留，他们才算伤得不重。

司徒建刚才虽遭后面的人偷袭中了两拳，但是那人只是泛泛之辈，拳力毫无劲道，加上司徒建健壮如牛，那两拳一点伤不到他。

见众人都倒地不起，司徒建被无故殴打，心存不甘，其气难消，一气之下口出粗话骂道："他妈的，你们这班乌龟王八，无缘无故为什么要打老子，你们都要找死是吗？"说着举起拳头作势要打，吓得那些人拼命摇手说："不要打，不要打我们。"

司徒建又去踢那个刚才用锄头要锄他的人，吐口水骂道："他妈的死杂种，用锄头锄我，幸亏我兄弟手快救了我，要不然老子早就成了你锄头下的冤鬼去见阎王老爷了，看老子不用锄头锄死你！"说着，拿起锄头作势要锄，吓得那人立即跪地求饶："好汉饶命，好汉饶命！我不敢了……"

司徒建当然没真正锄他。他丢掉锄头，踢他一脚泄气：

"乌龟王八，快说，为什么平白无故打老子？快说！"

他们都不作声，司徒建过去抓住一人作状要打，对他大喊："你快说！不说老子打死你！"

那人战战兢兢双手遮头，抖抖地说："你……你……"

司徒建又是一声大叫："你、你什么？照实说！"

那人说："你……不……抢东西，我们就……不打你……"

"啊？我……抢东西？我……抢什么东西？抢谁的东西？"司徒建莫名其妙竟被指责抢东西，气得双眼睁得如灯笼一般。

杜辉明等三人也大感意外，不明白为什么那些人竟然说司徒建抢东西。

司徒建暴跳如雷："哇！气死我了！我抢东西！"

其他农夫也低声说："是呀……你……时常来抢……我们的东西……"

"啊？我……"司徒建更生气了："时常来抢东西？我……抢了你们……什么东西？他奶奶的，气死我了！"

"你……什么……什么都抢……"

"哇哇哇！"司徒建一时间不知说什么好，他转头过来说："东家，来和，慧娴……你们看，我变成强盗了，什么都抢！啊！我一下子变成强盗了，哈哈……"

杜辉明拍拍司徒建："司徒，别急，先别生气。"他转向农夫们："你们别胡说，除了他（他指一下来和）来过这里之外，我们三个人今天都是第一次来的，你们为什么说他（指一下司徒建）来抢过你们的东西？"

农夫说："不是的，他（指着司徒建）来过好多次了，每次都……抢东西……"

这里的争吵，惊动了村里的人，许多人赶过来看个究竟。一名妇女突然高声说："啊！那……不是来和吗？发生什么事了？"

来和一看，是他姨母，便大声叫道："姨妈！"

这一叫，在场所有的人都吃惊不小，彼此面面相觑，一脸茫然。

来和说："姨妈，这是爸爸（他指着杜辉明），我们今天特地来看你和妈妈。"

姨妈和杜辉明两人走近，彼此互相打量了一阵子，都说："十几年没见面，都认不出来了。"然后很热烈地互相握手，许多话也不知从何说起。

倒地的农夫陆续站起，刚才从后面偷袭司徒建的那人说："萍阿嫂（他对着来和的姨妈），你和他们是认识的吗？"

萍阿嫂说："当然啦，他（指来和）是我姐姐的儿子，叫来和，你们为什么争吵呀？阿虎，你们是不是打架啦？"

"哦，"那个叫阿虎的说，"一场误会，真是一场误会。可是……"他指着司徒建说："这人……明明是来抢东西的那个强盗嘛……"

"他奶奶的，还说我是强盗？"司徒建举起拳又要打阿虎。

萍阿嫂连忙阻止司徒建："这位大哥，请息怒，看来真是一场误会。我看……"她对杜辉明说："辉明哥，大家先到村里去休息一下，慢慢说明白也不迟。"她说着也目不转睛地在打量司徒建，现出很惊讶的样子。司徒建故意怒眼瞪她，她吓得赶忙头转别处。

其他农夫跟着说："对呀，先回村里去再说吧。"

村里前面是一长排屋，左右前后也散落着房屋。一群人到了长排屋前，第一间就是萍阿嫂的房子，门前一片颇大的空地。空地前面有两棵大树，枝叶茂盛，挡阳遮阴，树下有几张椅子，是个不错的乘凉地方。

大家来到这空地上，来和母亲已和一些人在等着。来和看到母亲非常高兴，过去抱着叫了几声妈妈，母亲也是高兴极了。来和叫父亲过来，对母亲说：

"妈，他就是爸爸。"

杜辉明不告而别离家后，夫妻俩已经十几年没见面，如今相聚真如隔世，两人百感交集，只互相紧握双手，眼眶泛泪，一时间无言以对，不知从何说起。而且岁月催人，头发斑白，脸布皱纹，都似乎认不出对方。

然后来和又拉司徒建过来，说："妈，你知道他是谁吗？"

来和妈望着司徒建，左看右看，一直不停摇头，眨着眼说："他是谁呀？我可不认识他。"

司徒建说："师母，你看不出来吗？我是以前跟你们打工的司徒建呀？记得吗？"

"啊？你说……你是……谁呀？"

"我是司——徒——建——"

"司徒建？唔……我记起来了。怎么……变成……这个样子呀？"

杜辉明说："美芳（他妻子的名字），事隔这么多年，真是说来话长。"

司徒建却急着说："过去的事太复杂、太离奇了，一言难尽，我要先搞定我眼前的事，还我一个清白。这些人都无缘无故说我是强盗，抢了他们的东西。我从来都没来过这里，太冤枉了。"

这时，屋场上的许多人指着司徒建议论纷纷。

美芳说："司徒，老实说，你这个模样的确像极了那个强盗，连我刚才也以为是他来的。"

"什么？"司徒建睁大双眼说："有个强盗像我？"

"是呀，"村民有人说，"他的长相可说和你一模一样，同样的高大健壮，同样满头长长蓬松的头发和大胡子。和你看起来毫无差别。"

"真的吗？"

"真的，真的……"村民异口同声说。

"有这样的怪事？"

"是呀！"阿虎说："就是因为这个原因我们才误以为你就是那个强盗，所以才要打你。"

"司徒，"美芳说，"你不知道，这个强盗真坏呀，时常来抢东西。"

"是呀，他什么都抢，时常抢蔬菜和瓜果，有时抢鸡、抢鸭。"

"他还抢了我一头猪。"

"抢你的猪算得了什么，他还抢去我一头小牛呢！"

"啊？连牛都抢？太过分吧！"

"是啊，小牛起码也有两百多公斤重，他一提起就走了，力气大得惊人。"

"你们太夸张了吧？"来和一直静静地听着，听到他们这样你一句我一句的离奇描述，禁不住问道。

"哪里有夸张！一点都不夸张。你们没看到罢了。你们看到的话，就会相信我们所说一点不假。"一个年纪较大的人说。

大家正讲得起劲时，有人说："村长来了。"

村长名叫胡长风，年近六十，中等身材，斑白的短发，精神还挺爽朗。他一向很受村民的尊重。

村长来到，萍阿嫂请他在一张椅子上坐下，将杜辉明四人和他互相介绍。村长问是不是发生了什么事，村民就把先前发生的事简要说了一遍。

司徒建马上对他说："村长，我今天第一次到来，他们就说我是强盗抢了他们的东西。村长，我很冤枉呀！"

阿虎说："村长，那是一场误会。"

村长上下打量了司徒建一番，点点头说："你是司徒先生吧？"

司徒建点头。

村长说："哈哈，这也难怪，那贼确实长得很像你，难怪我们村里人会误会你的，请你别见怪。"

这时慧娴说："村长先生，为什么不报警将他捉拿？"

"哈哈……"村长微笑一下说："这位姑娘，事情是这样的，这贼真正说并不是杀人不眨眼的大强盗。他只是来抢些东西，一般都是些农产品和鸡鸭之类，也抢猪和牛。"他转头问村民："是这样吧？"

村民都点头称是。

村长接着说："再说，他也从来不杀人。只是他身手了得，力大无比，我们村里人要抓他，双方打斗时村民打他不过，所以有些人被他打伤。但是他出手并不重，受伤的村民都只是皮肉外伤，并无大碍。"

这时萍阿嫂泡了茶出来，请村长和杜辉明四人以及她的姐姐喝茶。村长喝了口茶继续说："各位，像这样一个贼，我们没必要报警捉他。如果我们报警，显得这点小事都克服不了，我们面子上是不大光彩的。所以我们在想办法看怎样对付他，今天阿虎也不是真的想一锄死他。阿觉，对吗？"

"对的，村长。"阿虎挠了挠头。

来和说："可是，你们一直打他不过也不是办法呀。"

村长说："小伙子，你说得不错，这贼是挺厉害的。不过，这也是给我们村里人的一个考验。我在想，我们正好借此机会训练乡亲们，让他们多锻炼身体，培养强壮的体魄，最好能练点武功，大家同心合力，就不怕对付不了他。可惜的是没有人会教武功。"

杜辉明说："村长，请恕我冒昧介绍一下，各位乡亲想学武功，我们这位司徒兄弟足可效劳。"他轻拍司徒建肩膀一下。

司徒建客气地说："我不敢说教大家武功，不过和各位切磋一下倒是十分乐意的，这正合我的心意。"

村长拍手称好："难得这位大哥有这份兴致，我们随时都可以开始。"他对村民说："各位乡亲意下如何？"

众人都拍手同意。

但是司徒建却说："村长和各位乡亲，听各位说这贼身手了得，我却很不服气，我倒要亲眼看他到底怎么厉害，有什么三头六臂。我要在此专等他来，和他比划一下，看看到底是他拳头大还是我拳头硬。"说着举起双拳。

人群立即爆出一阵欢呼和掌声。有人大声说：

"好呀！到时有好戏看了！"

"肯定精彩，到时绝对不可错过。"

"是呀，希望那贼会早点来。"

"希望这位好汉打倒他，好好揍他一顿。"

"他抢我的猪，我要亲自揍他，以泄我心头之恨！"

"我也是，他抢去了我一头小牛。"

"好了，好了，"村长说："事不宜迟，明天大家就跟这位大哥练武。现在应该先让他们休息，他们远道而来该是累了。"

大家于是散开，村长也向杜辉明等人告别。萍阿嫂请他们进屋。乡村地方有的是，一般人们房子都造得很大，萍阿嫂这间也是一样，共两层楼。楼下有个大客厅，一个厨房，一个很大的储物间，各种农具置放其内，有时有稻米或其他农产品也放在这里。楼下还有两个卧房，楼上有四间房间和一个小厅。

进了屋，杜辉明夫妻久别，互相述说别后情况。正说话间，萍阿嫂的丈夫何水及儿子何源赶集回来了。大家一起喝茶谈话，话题很多，谈了很久。萍阿嫂两姐妹煮饭烧菜，挺丰富的一餐，大家吃过饭后便休息去了。

第二天都起了一个早，吃过稀饭走到门外空地。这时陆陆续续来了不少村民，就如昨天所说，由司徒建教导他们武术。

来和和慧娴则到农田去，因为昨天收了不少蔬菜，几行农地必须锄松以便翻种，姨夫何水要出去锄地，表哥何源则和众人一起练武。来和因为以前锄过，久熟生巧、力气又大所以很快就把一行农地翻完，姨丈何水看了不住地拍手夸奖，说自己远比不上来和。

慧娴看了极感兴趣，说她也要锄地。可是她毕竟力气小得多，而且从来没锄过，拿起锄头极感吃力，没几下便气喘呼呼，而且锄得很不好，引得何水和来和都笑起来。最后还是来和接下去再锄，很快，另两行地都锄完了。

这一天，司徒建原本以为那强盗会来的，一心要和他比试一下，可是整天过去了他却没来。

下一天，大伙依旧早起练武，在司徒建用心指导下，大家都练得很起劲。到十点左右，累了便休息喝茶。司徒建说："不知道这家伙今天来不来，我真等不及了。"大家都说：'很难说，他喜欢的话，随时都会来。"司徒建又问了一些关于这强盗的一些情况。

阿虎说："这家伙自己说他的名字叫做万加，一个很怪的名字。因为他给我们带来很多麻烦，我们都叫他做'万家愁'。他也知道我们这样叫他，但是他好像并不以为意。"

"哈哈……"司徒建说："如果他来了，让老子打他一个自家愁，你们再好好收拾他。"

大家都说："好呀！好呀！"

突然间，何源指向村口的小路上，大声说："啊！你们看，他来了！"

人们立刻站起来，望向村口，只见三个人向村里走来。不多久，他们已靠近了，为首一人真的高大雄伟，满头蓬松乱发，一把浓密大胡子，可说和司徒建并无二致。只见他大摇大摆走来，后面跟着两个手下。还没真正走到面前，杜辉明、来和、慧娴和司徒建已诧异不已，尤其是司徒建，更是惊讶到不住吞口水，心想怎么此人真的和自己如此相像。他们心想，此人和司徒建好像由同一个模子造出来的，世上真有如此奇妙的巧合，确是匪夷所思！

三人大摇大摆来到空地上，见有许多人在那里，那"万家愁"哈哈大笑："哈哈……你们都已等在此里迎接我老了？真可好，我今天没多，只需……"他话没讲完，一见司徒建，也惊异到连话也打住了。

司徒建和万家愁两人面面相觑，睁眼张口，定睛观看，没有出声。司徒建摸摸自己的头发，万家愁也摸摸自己的头发。司徒建摸摸自己的大胡子，万家愁也摸摸自己的大胡子。司徒建想看看万家愁背后的样子，便绕到他背后去，万家愁也做同样的动作。这样一来，两个人便在绕圆转圈，结果是两个人都没法子看到对方的背后。

司徒建不耐烦了，大声说："你停下不要转行吗？让老子看看你背后是怎样的！"

万家愁也大声叫道："你……你才需停下，我老需看你后背！"

在旁的来和对慧娴说："怎么这万家愁讲话怪怪的，我有些听不懂。"

慧娴说："是呀，真怪。"但是她比较机灵，听出万家愁的怪话，她对来和说："我猜他说'我老'应该是'老子'的意思。'我需'是'我要'的意思。'后背'就是'背后'。他刚才说'此里'应该是'这里'的意思。"

来和说："哦，我明白了，还是你灵巧，猜出他讲话的意思，我就听到发愁了。这家伙真是不折不扣的万家愁。"

只听司徒建生气地大骂万家愁："你乌龟王八，为什么要来抢东西！"

万家愁也大声吼叫："我操你的，我无抢物件，我是来借的，我不抢！"

一听他的话，慧娴马上现出不快的样子，喃喃自语："这人真粗鲁，一开口就是骂脏话。"

来和也说："是呀，一副强盗德行！"

接着又听司徒建说："你这乌龟孙子，为什么要模仿我的模样！"

万家愁回骂道："我操你的，我老不照你，是你抄我的！"

司徒建略露笑意，大声说："什么？你是说我抄你的？"

万家愁猛点头："必然，是你抄我的！"

司徒建更大声："你再大声说一遍！"

万家愁果然大声喊："是你抄我的！"

这时司徒建再忍不住，哈哈大笑。

旁看的众人也跟着大笑起来。

连来和也忍俊不禁，放声大笑。

慧娴不好意思笑，硬生生强忍着，满脸涨红。

为什么这样好笑呢？原因是万家愁开口就骂脏话"我操你好"。而他原本说没有模仿司徒建，但因为他讲话古怪，不说是"你模仿我的"却说"是你抄我的"。他说"抄"就是"模仿"的意思。可是在旁人听起来，就听成"是你操我的"。他口口声声骂人"我操你的"，现在不是变成叫人操他自己吗？难怪众人都被逗得大笑不停，连万家愁的两个手下也忍不住掩嘴偷笑。

但是万家愁却完全觉察不到自己说话的毛病，他认为骂司徒建抄他（是模仿他的意思），并没有什么不对，更没想到"抄"和"操"同音，所以完全不明白大家为什么要笑他。他于是指着司徒建大声说："是你抄我的，你还笑我！"

这话一出更是引得在场所有的人再次大笑，而且笑得更厉害。司徒建甚至笑到在地上打滚，来和笑到不停擦眼泪。而原本一直强忍不好意思笑的慧娴，这次再也忍不下去了，掩着嘴低头暗笑，虽然听不到她的笑声，但是看她双肩不住在抖动，便知道她忍笑又忍不住的辛苦。万家愁的两个手下更忍不住也笑到弯腰按肚。

一向较严肃的杜辉明也同样的笑个不停。他对司徒建说："司徒，好了，别再捉弄他了。"

司徒建还没法停笑，他说："不是……我捉弄……他，是他……自己……说我抄他的……哈哈……"

可怜的万家愁到这时还不知道大家笑的原因，显得非常尴尬。他捉一个还在笑的手下猛摇，大骂道："你……在笑什么！我操你的！"

那手下强忍笑在他耳边低声说话。过了一会，万家愁终于明白人们发笑的原因。他愣了一下，接着自己也笑了起来。他万万没想到骂人竟变成骂回自己，在笑的同时也现出有点不好意思的样子。

但是他毕竟是个粗人，加上这样的出丑更为生气。恼羞成怒之下，他怒目对着司徒建，也不再骂什么，一个箭步冲前就出手攻击司徒建。司徒建是个武艺高强的人，加以几十年来遭遇不少强手，见万家愁出手打来，立即一跃闪过，再出手还击。

这样，在众人围观之下，两人你来我往大打出手。只几招，来和就看出司徒建武艺高超，招式精巧，变化多端，并且手脚出击快速敏捷。反观万家愁，对打起来显得非常笨拙，招式不多又呆板，严格来说，他根本是没什么武术根底的。

在这种情况之下，武功的高低立见分明。司徒建以其深厚的武功占尽上风，很轻易地便连连击中万家愁，旁观者都认为，万家愁这样连连挨打，必定很快就会败下阵来。但是事实却并非如此，万家愁虽然多次中拳，头和身体挨了多招，可是他却毫不在意，不但没有喊痛和退却，反而硬顶下去，步步进逼，使尽力气猛拳出击。

原来这万家愁身体强硬无比，壮如树干，司徒建每拳打下去，就有如打在树干上一样，丝毫伤不了万家愁。就以其强硬的体格，万家愁不退反攻。但是他的拳脚功夫太差，只是如蛮牛一般胡乱出手，自然打不到司徒建。

这样两人在空地上拳来脚往斗了十多分钟，却没分出胜负。照理讲以司徒建的武功，早就应该制服万家愁的，可是关键是在于万家愁尽管身体多次中招，却不当一回事，继续缠斗下去，一时间司徒建也拿他没办法。

说实在的，现在的司徒建年纪已大，力道已较以前有所减弱。最要命的是，刚才被万家愁惹起大笑，体力更减弱许多，打出的拳力大为减小，而碰上万家愁有如蛮牛的强壮身体，更是拳力失去作用。

万家愁斗得兴起，使尽猛拳乱扫一通，已经完全失去了章法，只是一味横冲直撞。如此打法，司徒建越打越觉乏味。他突然向后一跳，伸出一手阻止万家愁说："喂！万家愁，你这样乱打一场真没味道，麻烦你使出一点功夫来行吗？"

万家愁说："我老就是这个样打，你也可以抄我呀！"他这一出口，知道自己又说错话了，向四处看众人。因为他打斗得太投入，已忘了那样讲是闹笑话的，到醒起时，话已出口难以收回，只立即以手掩口，满脸尴尬。

不出所料，他一讲这话，人群又忍不住大笑。大家原本以为他刚才已经知道这么讲是自讨便宜，骂回自己，应该不会讲了，谁料他一时打到忘我，又冲口而出再讲这句话，自然又引起人们忍俊不禁。尤其是司徒建，他是一个不大会忍笑的人，一听万家愁这么讲，立即笑到人仰马翻，倒在地上捧腹笑个不止。过一会，他勉强忍住笑，举起一手向万家愁说："哎呀，万……万家愁，你……这个样子，笑……死我了，我……不能打了……不打了……"

两狮子头打架

他一直猛摇头。

事实上,这时的司徒建真的已经笑到全身发软,一点力气都使不出来,确实再也无法继续打斗下去,所以才摇手叫万家愁不要再打。但是万家愁一打起来哪里会停手,他不管司徒建叫停,只略停一下便举拳猛冲过去,司徒建闪避不及,马上出手挡住,可是万家愁拳力极猛,司徒建虽然挡到,但是万家愁的拳头还直透过来打中他胸膛。司徒建气到哇哇大叫:"他妈的万家愁乌龟孙子,说不打了你还打,气死我了!"

万家愁说:"无的不打的,我老照打!"说着又再出拳。

司徒建没有办法,只得硬硬接招,但是他已力劲消失,只有挨打的份。他大声喊道:"来和,快来救我!这乌龟孙子不讲理,你快来……收拾他。"

他讲话时，肩膀又挨了一拳，这拳更重，痛到他啊啊大叫。

现在的司徒建，就有如他以前在采石场初次和来和过招时一样，当时他打到一半突然发出好像女人一样的娇柔声，害得来和笑到弯了腰不能再打下去。那时来和要求停止打斗，司徒建就停，可是现在眼前的万家愁就有如蛮牛一样，要他停止他却不管，继续向他猛攻，司徒建不吃苦头都很难。

万家愁毫不手软，抡起拳头又向司徒建没头没脑地打过去，眼看司徒建头部就要中拳，来和再不犹豫，一个箭步猛冲出去，快如闪电地起脚，正中万家愁小腿。这一脚出力其劲极猛，万家愁一个狗吃屎，倒向一米开外。但是他身体非常强硬，拍下屁股便站起来，口中大骂："我操你的，脚好有力，踢得我老好痛，你别跑！"舞动双拳扑向来和，出拳呼呼有声。

来和见他来势太凶，不敢正面对抗，快速躲闪，再趁势快速出拳，疾如闪电。万家愁本没什么武功，躲避不及，胸膛早中两拳。但是他确是如蛮牛一头，毫不在意，还挺进出击，来和没想到此人粗野到好像坦克车一样硬冲硬撞，还是不敢正面接他的招，只得滚地闪避。

万家愁越斗越凶，有进无退，手腿乱打乱踢，凶猛无比。幸好来和招式奇快无比，又闪又攻，多次打中万家愁，其中一拳正打中他面部。来和拳力也不小，万家愁中拳不轻，鼻血流出。来和心想要收拾此人，不可手软，见万家愁略停一下擦血，又再闪电出手进袭，拳密如雨，万家愁全身多处中拳。来和再来一记扫堂腿猛扫他双腿，万家愁终于倒地不起。

来和知道此人是个粗人，无意伤他，决定以语言劝他别再来骚扰村民，所以过去伸手扶他起来。没想到万家愁竟趁势抓住来和双手，并立即站起，想把来和扳倒在地。遇此突变，来和不敢大意，立即站稳马步，使劲与对方斗力。他先使出八成力对抗试探，顶不住对方的蛮力，再增强到九成力，还是抵抗不了。来和知道不可轻敌，深吸口气，便尽十成力，大喝一声，终于把万家愁扳倒，再出力按他在地。万家愁两脚乱踢，想挣扎起来，但是他哪里顶得住来和的神力，挣扎不脱。来和再大喊一声，使劲更大，把万家愁压得扁扁的，面部紧贴地面，口都压歪了，鼻血流得更多。

万家愁两个手下见头子被打败在地，急步冲出要联手对付来和。但是司徒建只略两下手脚便把他们打倒。

此时的万家愁气焰全失，被来和压得有如一条病牛，口中连连呼气，动弹不得，彻底失败。他有气没气地说："我……吸没到气了，我……需死了……好汉……我……投降了……请开了手，我投降了……"

听他这么说，来和于是松开了。万家愁摊开手脚，仰面躺地，不停地吸气。过几分钟，才勉强挣扎爬起来。双手抱拳，对来和说"好汉真……力强，我……服了，我认输了。"

来和谦虚地说："你好汉也很力大，你没输，是不小心跌到的。"

万家愁说："我……"他心急又想骂脏话，但一想已经输了，不能再骂，于是改口说"输就是输了，你别弄我高兴，我几十年头次输给人，我敬服你。你年岁轻，力气老是大，真好英雄。我服了，你叫我做哪个都得的。"

来和说："你不要再来抢东西了。"

万家愁马上接口说："我无有抢东西，我……是借的。"

"你借东西要还吗？"

"需的，需还的。"

"什么时候还？"

"后来，后来我有了就还。"

"什么后来？"

慧娴知道他的意思，对来和说："来和，他的意思是说以后还。"

来和说："哦，我明白了。那么以后你不……"他原本想说以后你不抢，但想到他一直不承认是抢，便说："以后你不借了？"

万家愁说："不借了。"但是略停一下又说："后来无有办法，还要借。"

这时杜辉明过来对他说："好汉，听说你名字叫万加，因为你常给乡亲们添麻烦，大家才叫你万家愁。我想大家应该叫回你万加，不再叫那个不好的名字。你力气这么大，去做点正当事赚钱生活，不要再来……借东西了。"

万家愁说："我……不会做事，无有办法。"

来和说："这样吧，我给你五千块钱，你拿去做点小买卖，不要再……借东西了，好吗？"

万家愁说："不需，不需的，我每次来只借几十块钱，两三百块钱。五千块钱太多，我不需。"

来和说："五千块钱是给你的，不是你借的。"

万家愁伸出双手猛摇："不，不需。"他转头对两个手下说："喂！我们走了。"说完拔腿就要离开。

这时，村长过来了。他原先早就在人群中静观其变，现在走向前来拦住万家愁说："万加，你是好汉一条，有好力气应该用到好的地方，为什么不去做正当的事呢？"

万家愁说："村长，你叫我万加，我几好高兴。但是我不会做事，无有用的。"

"那……"村长说："你有力气拿锄头吗？"

"有的。"

"你有力气拿锄头锄地吗？"

"有的。"

"你愿意干农活吗？"

"愿意。但是……我……无有农地。"

"我们可以请你。"

"你……你们……需我吗？"

"什么需你？"

慧娴插口说："村长，他是问你们要他吗？"

"哦，"村长说："要，当然要。你力气这么大，我们真求之不得。"

"真的？"

"当然真的，不跟你说笑。"

万加（不应该再叫他做万家愁了）可从来没想过要当农夫，一时间不知所措。他迟疑着说："我古前从没有做过田，不知道……会不会……"（他讲"古前"就是"以前"的意思。）

"那容易得很，"村长说，"你力气比人大，一定比人做得更好。"他拍拍万加的肩膀，然后转向村民："乡亲们，你们有谁要请他吗？"

没一会，就有一人站出来说："我请。"

众人一看，是村里一个人叫他宋伯的五十多岁的人。他说："我有十几亩地，儿子进城打工去了，田里不够人手，我愿意请他。"

村长拍几下手说:"很好,真太好不过了。万加,有人要请你了,你愿意吗?"

万加摸摸头,一时还在犹豫,不知如何回答。他说:"需让我思虑,思虑。"

村长说:"什么思虑?"

慧娴说:"村长,他是说要考虑一下。"

"哦,还考虑什么?不用多考虑了。"

"需的,需的。"万加说:"好了,我们需走了。"说完便招两个手下一起离去。

两天后,杜辉明等人吃过早点,便到房前的空地上,这时已有十来个村民等着,司徒建马上开始教他们练武术。

约莫早上九点多,村口来了一辆小货车,停在进村小路的路口上。车门打开,大家只见一人顶着一个笼子高举在头上,另有四人共同抬着一个笼子,这五人一起走向村子来。仔细一看,走在前面的原来是万加,他举起一个大竹笼,里面有动物;后面四人抬的竹笼子里也有一只动物。大家都看得十分诧异,到底万加这班人又在搞什么名堂?

万加身材高大魁梧,双手举着大竹笼大踏步走来,真有如天神一般,十分威武。他走得快,没多久便到人们所在的场地上。他们五人把竹笼子往地上一放,每只笼子里都关着一只大野猪,每只该有两百斤左右。野猪在笼里狂叫乱窜,显得十分凶恶的样子。

他的四个手下放下竹笼后,又急步跑去小货车,两人一组又抬出两个笼子,然后小货车便开走了。四人抬着笼子到场地放下,一个笼子关着十几只野兔,另一个笼子则关着十几只野鸡。万加这一举动,立即引起村中的轰动,消息一传出,更多村民赶来观看。村长也急步赶来。

万加拍两下手说:"我们古前向你们借了一些物件,时今来还给你们。"他指着四个笼子说:"你们看,此些物件你们需吗?"

人群立即鼓掌欢呼:"好呀!好呀!这么多野味,太好了!"

小孩子们更是兴高采烈,不停地叫嚷:

"哇!那些野鸡真漂亮呀!"

"野兔真可爱，好肥好大呀！"

"两只野猪太大了！"

"是呀，我平时看过的野猪可没这么大。"

"小心呀！野猪很凶哟！"

……

万加大声说："我古前借你们的物件，时今拿这些还给你们，你们需吗？"

人们学着他的话说："需的，需的，我们都需的！"

"够吗？"万加问。

"够了，够了，太多了。"

人们和万加讲话时，几个小孩竟拿小树枝伸进一个笼子里逗弄野猪。野猪是很凶恶的野兽，被小孩子逗弄，非常生气，不停吼叫，在笼内乱撞乱跳。而孩子们更加兴奋，用树枝拨弄得更用力。竹笼并非铁笼，并不十分牢固，在野猪大力冲撞之下，断了两根竹竿，开了一个缺口，但还不至于让野猪跑出来。而孩子们犹不知危险，仍不停打弄野猪。终于，野猪又撞断两根竹子，它的头可以露出来了，张开大口对着孩子们。这时孩子们开始害怕了，不再逗弄它。

野猪力大如牛，撞断几根竹竿后，出力往外冲。这危险的一幕被慧娴看到，她高声大喊："哎呀！不好了，野猪要跑出来了！"

大家转头看去，情况的确非常危险，野猪的前半身已挤出笼子外面，它再尽力挣扎，整只猪冲出了笼子，直向孩子们冲去，有两个孩子被撞倒。

就在此千钧一发时刻，万加一个箭步冲前，整个人向前一扑，张开双手把野猪抱住。野猪如发狂般嚎叫，张口要咬万加。万加抽出右手猛拳打它，但是野猪两个凸出的獠牙坚硬锐利，要打它的头却不容易。

来和见万加一人斗不过野猪，立即冲前帮助。他以强有力的双手抓住野猪后面双腿，出力一提，把它后半身提起。野猪失去了着力点，无以发力，攻击力大减。万加趁势双手紧扼猪头和颈部，发起神力一扭，只听咔嚓一声，野猪颈断，随即瘫软下来，已不能咬人，只剩下四腿在抖动。

万加和来和放下野猪，只见万加手臂流血，原来他刚才被野猪咬到一口。来和为他检视，幸好伤势不重，只伤了皮肉，他立即去取药给万加敷上。万加是个健壮汉子，对此小伤毫不在意。

大家快点去看被野猪撞倒的两个小孩，幸好只是跌倒有点擦伤，并无大碍，来和也为他们敷了药。

在场目睹一切的人都吓出一身冷汗。他们说：

"野猪非常凶的，力大有如老虎。"

"尤其是这只野猪，两百多斤，更是可怕。"

"如果没有万加和来和制服它，肯定有几个孩子被它的獠牙刺死。"

"我们也有危险，它乱冲乱撞，谁能制服得它？"

"幸好来和提起它的后腿，它才无力发作。"

"这万加力量真是惊人，连野猪颈都能扭断。"

众人你一句我一句说个不停。这时万加说："各个人，听我说。这两条野猪我们给它刺了，还有野鸡和野兔也刺了，今天煮野味，村里各个人今晚大吃。"

村民问他："怎样刺了？"

慧娴说："他的意思是说把野猪、野鸡和野兔杀了。"

大家一听都拍手叫好。小孩子更高兴。大家平日难得有野味吃，因为要抓到这些野味非常不容易，有一两只野鸡、野兔吃已经很难得了，要吃野猪更不容易。而今天却一下子有两只大野猪，好多野鸡、野兔，是从来不曾有过的，难怪大家都那么兴高采烈。

于是大家齐力动手，杀鸡宰兔。另一只野猪，村长说一下子野味太多，肯定吃不了，不如把这只野猪留下来，大家都同意了。

这一天村上可忙了。男人们杀鸡宰兔，妇女们开膛清除内脏，拔毛清洗。萍阿嫂家里炊具不够，还得分到多家去烹煮。而烧煮野猪更是不简单，如何砍切，用什么配料和药材都很讲究，只有在行的才能烹煮出味好香喷的佳肴。正好村里两名老者是个中高手，万加也不赖，在他们指点下，一顿上好野猪肉便热腾腾上桌。

村里蔬菜有的是，他们去田地里选出最鲜最嫩的蔬菜，或炒或煮，或烧汤，都是很简便的事。

到傍晚日薄西山，月牙升起，屋前大空地上亮了灯，筵开十余桌，扶老携幼，欢欢欣欣入座，香喷喷、热腾腾的野味上桌，一片欢笑声中大吃大喝。这么欢愉的大聚餐，村中是难得有的。

萍阿嫂的丈夫拿出了一坛好酒，村中几位老人更是带来自酿的多年陈年老酒，酒香扑鼻。这下可热闹了，村民不少善饮，而万加、司徒建和几位老者更是海量，杜辉明酒量也不差，大家互相劝酒，真是酒逢知己千杯少，一杯一杯，一碗一碗，喝个没停，场面的热闹无法形容。司徒建和万加不打不相识，两人大碗互敬，豪气干云。

来和与慧娴不会喝酒，但是这么丰富的野味大餐，确是生平第一次吃到。尤其是慧娴，她听过，可从未吃过。这头一回品尝，起先觉得有点怪，心里也有点犹豫，可是禁不住香味的诱惑，大胆尝一口，但觉芳香可口，便大口大口吃起来。

这一晚，大家酒足饭饱，闹到深夜才各自回家。

第二天，宋伯照上回所说的，请万加和他的四名手下在他的农田上耕作，萍阿嫂的丈夫教他们耕作的事。来和很喜欢农田工作，也一起教万加锄地的方法。事实上锄地并不需要什么技术，最主要的是体力要好。以万加这样的体力，那根本就是轻而易举之事，挥动锄头，没几下工夫就把田地锄松，萍阿嫂的丈夫大大称赞他。

再过两天，杜辉明决定要回城里去了，便告诉萍阿嫂，并邀请她一家人同去城中小住一段时间。但是她说现在正是农忙时间，婉拒了他的邀请，说以后闲空时才去。

于是，杜辉明便告别，和老婆、来和，以及慧娴与司徒建回城去。

二十、运动会上创惊人纪录

杜辉明等人回到家,先把家整理一番,最重要的是要把雕塑的工作室和展厅整理好,他决定休息几天后便开始久已停顿的雕塑工作。反正家里还有不少的大理石块,几时动手都好。

一天晚饭过后大家一起喝茶谈话,来和母亲详细问起慧娴的身世,然后她说:

"慧娴姑娘,你现在单身一人,不可以再回去石场那边住了,以后你便和我们在一起吧。"

慧娴说:"是的,谢谢伯母。"

来和母亲又说:"我知道你和来和很要好,你们年纪也不小了,我想娶你做我们家媳妇,你愿意吗?"

慧娴点点头。

司徒建高兴地说:"我看他们两个这么要好,慧娴姑娘肯定答应的。我和他爸以前是多年好友,现在她爸不在,我可以替她作主,她就算不答应也不行。哈哈……"

慧娴白了他一眼:"狮头,你……"

来和自然欣喜无比,握着慧娴的手情深地望着她。

杜辉明说:"好了,就这么说定了。慧娴,你就放心在这里住下。不过,你父亲刚过世不久,必须等他逝世一百天后才可以正式完婚。"

"不过,"司徒建说,"可以先举行订婚礼呀。"

"是的，可以的，"来和母亲说，"我们选一个良辰吉日先给他俩订婚。"她略停一下说："司徒，我提议一件事，对你是一个大便宜，就看你是否有这个福气，也看慧娴是否同意。"

司徒有点既惊讶又兴奋地说："师娘特别关照我，先感谢您，请说是什么提议。"

来和母亲先暂时不说，微笑地看着慧娴。

司徒建却等不久了："师娘快说吧，等得我好心急呀。"

"司徒，你听着，"来和母亲慢慢地说，"我是这样想的，慧娴的父亲不幸去世，只剩她一个人，而你也是单身一人。你既是慧娴父亲生前的好友，我就想不如慧娴就认你做干爹，你和他成了干父女，大家更亲密。这要看慧娴是否同意，也要看你是否有这个福气。"

司徒建听了站起来拍手大叫："好呀，好呀！我真求之不得！"

来和母亲说："你先别高兴，还得看慧娴愿意吗。"她转向慧娴："慧娴，你同意我的提议吗？你愿意认司徒做干爹吗？"

慧娴完全没想到来和母亲会有这个建议，一时间无以回答。

来和却也拍起手说："好呀，好呀！妈这个提议十分好，以后慧娴和司徒叔叔可以成为亲人了，真好呀！"

杜辉明说："来和，我们先看看慧娴怎么说。"

来和母亲见慧娴没出声，就说："慧娴，不急，你先考虑一下。"

慧娴的确是在考虑。她想，以前因为司徒建的举动古怪，满头满脸乱发乱须她看了很不习惯，还曾经怀疑他有什么密不告人的目的，当时还故意不把来和的真名告诉她。后来大家在一起久了，才发现司徒建为人挺豪爽，讲义气，尤其对来和一家人非常尊敬，她便改变了对他的印象。她也知道，司徒建和她父亲确实是很好的朋友，她想来和母亲的确说得不错，她和司徒建都是没有亲人的孤单人，互相认做干父女也是很不错的。想到这里，她点头对来和母亲说："伯母，我很感谢你对我的关心，不过我从小没人指导我，我不懂礼貌，恐怕以后会得罪狮……"她长期以来一直习惯叫司徒建做狮头，想想现在不能再这样叫他了，便改口说："恐怕会惹司徒叔叔生气。"

"哦呵呵……"司徒建听慧娴的口气知道她是同意了，乐不可支地连声笑说："慧娴姑娘，没问题的，没问题的，你这么温雅，我疼你还来不及哩，怎么会生你的气。说真的，倒是我这个粗人配不上。"

慧娴立即说："叔叔你切莫这么说。"慧娴最感激的是司徒建一直都叫她慧娴姑娘，无论在什么情况下和什么场合里都这么称呼她，可见他也是很尊重她的。因此她说："叔叔，我真的很敬佩你的为人，不过我也真的很不懂事的。"

"哦呵呵……"司徒建说："慧娴姑娘，你是个好姑娘，是个好姑娘。"

来和的母亲接口说："很好，很好，慧娴，你是同意了，对吗？"

慧娴重重点点头。

这一下，第一个最高兴的是司徒建，笑到合不拢口："哈哈……哈哈……我司徒建一生人最高兴的是今天，哈哈……"

来和也报予大笑："哈哈……真太好了！太好了！"

来和母亲说："司徒，这可说真是你的福气。"

司徒建说："是啊，是啊，真是我的福气。我……我以前碰到一个算命的说我会有福气的，他说的真不错呀！"

杜辉明说："既然这样，事不宜迟，慧娴，你这就拿杯茶孝敬一下司徒，算个相认的简单仪式吧！"

来和马上斟满一杯茶递给慧娴，慧娴接过茶，双膝跪地，高举茶杯给司徒建，说道："干爹，请喝茶。"

司徒建赶紧欠身接茶，喜不自胜："哦呵呵……好慧……好女儿，快免礼，免礼，快站起来。呵呵……"

司徒建拿着茶杯，有点不相信这是事实。杜辉明催促他道："司徒，看你真的是高兴到不知所措了，快喝茶呀。"

司徒建说："是的，是的，我真是太高兴了。慧娴，快起来，我受你的礼太多了。"

慧娴站了起来，对司徒建说："干爹，快喝茶呀。"

司徒建说："是，是，我喝，我喝。"举起杯，两大口就喝完了。还不停地说："哈……我真太高兴了。"

来和母亲说："今天只是一个简单的仪式，改天选个好日子，让来和和慧娴订婚；同时正式举行你们两人干父女的相认仪式，来个双喜临门。你们说好吗？"

大家都拍手称好。

杜辉明说："老伴，亏你想到这么令人兴奋的好主意，我们将是一家人，将来要好好过日子。"

……

一切妥当下来，杜辉明便决定重回过去雕塑的生活，他要试看自己是否宝刀未老，还是否能雕出好的作品。来和当然没问题，可以继续雕塑，杜辉明对来和说，如果自己还能雕出好作品的话，计划以后举行一次父子联合作品展。

杜辉明雕塑起来感到生疏许多，手脚也不如当年灵巧，开始时对自己的工作很不满意，但是他对雕塑的兴趣不减当年，还是专心致志，手脚虽然慢了，但是很有信心，经过几天的雕琢，手感逐渐回来，技艺也慢慢恢复，毕竟早年在欧洲受过专业训练，根底很深很牢固，作为一名雕塑大师是当之无愧的。

一晚，大家晚饭后一起闲聊，说到村长在乡里得到的消息，就是半个月后要在市内举行运动会的事，说是有兴趣者还可以报名参加。

司徒建是一个很喜欢热闹的人，他看着节目搔搔头说："我小时候很喜欢运动，学校的运动会也参加过，很好玩的。"

"那么干爹拿过冠军吗？"慧娴问。

"哦，冠军没拿过，"司徒建说，"不过还不至于跑最后那么丢人。哈哈……"

杜辉明说："我读书时也蛮喜欢运动的。"

"那么爸爸参加过比赛吗？"来和问。

"哦，没有，"杜辉明说，"我跑不过人，跳也跳不过人，哪敢参加比赛，只有看人家比赛的分了。"

"啊！啊！"司徒建突然拍着手说："慧娴，慧娴，我想起来了。"他眼定定看着慧娴，没继续说下去。

"干爹，你想起什么？"

"我……我想，你那次在急流中勇敢救小孩。"

"都过去了，干爹还提来做什么？"

"不是的，不是的，那次河水又急又汹涌，你还游去救起小孩，你的泳术必定非常好。"

"是呀，"来和插口说，"慧娴的泳术是非常好的。"

"那又怎样？"慧娴说。

"就是因为这个原因，我想你可以参加这次运动会的游泳比赛。"司徒建饶有兴味地说。

"干爹，别说笑了，"慧娴摇手说，"我哪里行？我从来都没参加过什么比赛。"

"不是的，不是的，"司徒建说，"我没说笑，我是认真的。你别管以前有没有参加过，我看你游得这么好，肯定胜过别人，拿个冠军回来过瘾一下该多好。"

"干爹，你别笑死人了，我还拿什么冠军！"

"能，能，肯定能，干爹包管你能拿冠军。干爹以前输给人，现在靠干女儿出马夺个冠军争回气。慧娴，你听干爹的话，一定要去参加。"

来和接口说："慧娴，我看司徒叔叔说得对，你应该去参加。我也要看，以你的泳术，是不是我们市内游得最快的。"

"来和！连你也来戏弄我！"

"不是，不是。慧娴，我是认真的。"

"啊，啊！"司徒建突然拉了来和一把说，"来和，我说，你也可以参加比赛。"

来和睁大双眼："司徒叔叔，你这次真的是说笑了。我刚学会游泳，泳术奇差无比，怎能跟人比赛。"

"不是，不是，"司徒建急着说："我不是说你去比赛游泳，我的意思是说你可以去参加举重比赛。"

"参加举重比赛？"

"当然是呀！你的力气这么大，正好可以去比赛举重！"

"我可从没学过举重。"

"这哪里要学习的。只要力气大，把重的东西举起来就行了。以你这么大的力气，我看也是肯定能夺得冠军的。"

"司徒叔叔，你别小看别人了。"

"你说得对，我们不可以小看别人。不过，不经过比赛怎能证明谁强谁弱。我也要看看你的力气是不是会比别人强。"

"老东家，师娘，"司徒建对杜辉明夫妇说，然后又转向慧娴和来和："对不起，今天我要做个主，由我拿主意，你们可别见怪。我决定派慧娴和来和去参加运动会，明天就去报名。老东家、师娘，你们今天可以给我一个机会，让我做个主吗？"

杜辉明看看妻子一眼，然后说："说实在的，运动会是一种鼓励人们锻炼身体的有益活动，年轻人有能力是应该参加的。现在司徒认为慧娴和来和有资格参加，那就由司徒你拿主意好了。"

司徒一听跳起来大声叫好："老东家，真感激你，你太给我面子了。好，现在正式决定，明天去报名，慧娴参加游泳比赛，来和参加举重比赛。"

突然，他又拍一下手说："哎呀！哎呀！我差点忘了，来和还可以参加拳击比赛！"

"哇！司徒叔叔，"来和惊讶地说，"你这太离谱了，拳击赛就像打架，你叫我去参加拳击比赛，不是叫我去和别人打架吗？"

"是呀！"司徒建说，"就是以拳头相斗呀！看谁拳头够硬便是谁胜。"

"但是拳击赛是有规则的，不是胡乱蛮打的。"杜辉明说。

"可是我完全不懂它的规则。"来和说。

"真正说，它的规则也并不是很复杂，"杜辉明解释说，"参加比赛的拳手要戴上拳套，进攻时不能攻击对方腰部以下的部位。比赛打中对方头部一下得一分，一般分三回合对打，每回合三分钟。在这三分钟内得分最多的便获胜。但是过程中其中一人被打倒台上，裁判数十下，还没数完能站起来便可以继续斗下去，如果裁判连数十下还不能站起来就算输了，就算他的分数比对方多也没用。"

"是啦，"司徒建说："规则就是这么简单。你尽量朝对方头部进攻就行，最好能把对手打倒在地，而你自己则要尽可能不被对手打中。即使被人打中也要能顶得住不倒下去。来和，我看你出拳非常快，你到时尽量以快拳进攻就行了。"

可是来和略有担心地说："人家是经过严格训练的，我从来都没有训练，肯定会输的。"

"那你可放心，"司徒建说，"训练当然重要，但是最重要的是拳手本身的质量，就是出手要快，拳力要猛，还要会闪避对手的进攻。然后把对手打倒。好了，由我决定，你也参加拳击赛。"

"那么，"来和说："慧娴也跑得很快跳得很高的，是否也可以参加赛跑和跳高？"

"那当然可以啦，"司徒建说。

慧娴说："来和！你胡说什么！我哪里跑得快！"

来和说："你时常追那对黄莺，我看你跳得很高，跑得也很快。"

司徒建说："那就别管许多了，全部参加，输赢不算什么，主要是兴趣。就这么说定了。"

果然，第二天一早，司徒建便带了慧娴和来和去报名参加运动会的比赛。来和参加两项：拳击和举重；慧娴参加三项：游泳、赛跑、跳高。

既然报了名，无论如何也要练习一下，所以慧娴要去游泳池练习，她在泳池内回来游动。游了约二十分钟上来休息。来和告诉她：

"慧娴，我看你游得相当快，司徒叔叔说得没错，你泳术很好，应该有机会获胜。"

慧娴说："我不知道其他参加比赛的人游得怎样，没有比赛之前，还不能说获胜。"

来和说："你游了大约二十分钟，感到疲倦吗？"

"不会，"慧娴说，"我刚才并没有尽全力游，不疲倦。"

"那就很好，"来和说："这证明你的力气很好，是有机会获胜的。"他略停一下再说："慧娴，你再下去游一下，这次尽全力游，看速度能提高多少。"

"好呀，我试试。"慧娴说完便跃入泳池，施展她高超的泳术，尽全力两手划水，双脚快速踢水，速度果然快了许多。她来回游四圈，在池中有如海豚一样快速前进，溅起阵阵水花，引得泳池内众人注目观看。有人互相交谈,都说:"这女子游得真快、真好。"

慧娴游完上来,来和拍手对她说:"非常好,游得真快,比赛时很有希望获胜。"

但是慧娴说:"来和,一切必须等正式比赛后再说。"

慧娴说游够了,便去换了衣服,两人离开游泳池,一起到另一个体育场。这里慧娴可以练习赛跑和跳高,而来和则练习举重。到中午时分两人找个餐馆吃了午餐后便回家。

三天后,他们去运动会主办处接受赛前检测,结果两人都合格能参加比赛。

十天后,运动会开始了。先举行的是游泳赛。慧娴参加的是100米自由泳,先进行一次预赛。慧娴的泳术是不成问题的,但是她没有训练过起跳的跳下水,还有50米处的转身方法都不好。真正的游泳选手,起跳和转身是非常重要的环节,运动员平时都要经常训练,比赛时才能争取到更好的成绩。但是慧娴从未想过要参加比赛,这两个环节她根本完全没有训练,所以在比赛时吃亏不小。幸好她的速度极快,很容易便能进入决赛。

第二天女子100米自由泳决赛,来和、来和爸以及司徒建都来观看。比赛开始,八个进入决赛的女泳手竞相跃入泳池,大家入水技术都很好,尽量跳远一点。只有慧娴的入水技术特别差,比其他人慢起跳,又跳得不远,所以一开始就起码落后别人约有两米。她极力划动四肢,凭借高超的泳术拼命追赶,到50米处已追上别人。可是转身技术又是大不如人,在大家都转身完后,她又落后别人一米多,排在最后。

在旁边观看的杜辉明等三人紧张得不得了,拼命喊:"慧娴,加油!慧娴,加油!"

司徒建很担心地说:"哎呀,慧娴就差在起跳和转身技不如人,吃亏不小,看来她要拿到冠军没什么希望了,真可惜!"

"是呀,落后最前面的足足有两米多,不知她能追得上吗?"杜辉明也显得很担心地说。

"我看她没问题的,她游得很快,会追上来的。"来和说。

果然,只见慧娴加速很快,水花在她快速划动下四面溅起,她如飞鱼一般以极快的速度前进,到了泳池中间部分已追上最前面的泳手。不一会,逐渐超前,并且不断拉长领先的距离,在她第一位到达终点时,已比第二名先到一个身位。慧娴终于以极大的优势夺得冠军!

这紧张的一幕扣人心弦,全场沸腾,各人为自己所支持的泳手呐喊助威,"加油"之声响彻云霄。来和更是喊得大声。他们不断地拍掌叫好,他们太高兴太兴奋了!慧娴上来后,他们立即过去向她祝贺。

司徒建说:"慧娴,你没练习起跳和转身,前面部分输了许多,真急死我们了。"

慧娴说:"我以前和玛格烈在我们的湖里游泳比赛,就是一直向前游,哪里有起跳和转身的,所以这方面我比别人差。"

"不过,"杜辉明说,"你的速度比别人快许多,终于后来居上夺得冠军,这就证明你是最强的。"

"慧娴,我们都为你感到高兴。"来和说。

回家后,他们把慧娴得到游泳冠军的事告诉来和母亲,她也十分高兴。

两天后男子拳击赛开始,来和参加的是重量级比赛。在初赛和半决赛中,他都以快速而又劲猛的攻击把对方击倒而进入决赛。

决赛时,他遭遇到的是一名非常强的对手。此人对比赛很重视,来和在初赛和半决赛中,他都在场观看。他看到来和出手的快速大感惊讶,所以早就找到应战的方法。

在决赛时两雄相遇,来和照旧以快拳出击。可是这名对手非常聪明,动作也相当灵活,闪避和防卫的功夫非常好。来和的多次快攻都被他闪避掉,或者以双手极有效地保护自己。比赛的规则是以击中对手头部得一分。来和打斗下去,竟没能得分,而对手老练,几次偷袭打中来和。比赛共有三回合,前两回合来和没得分数,对手已得四分,来和处于下风,要胜对方相当困难。

在旁观赛的杜辉明、司徒建和慧娴都很担心,尤其是慧娴,她想这样打下去来和很可能会输掉,难掩忧虑之色。

司徒建说:"照看来和是比对手强的,可是他的对手经验老到,闪避功夫非常好,所以来和无法得分。"

杜辉明说:"所以平时训练非常重要,来和根本缺乏拳击的训练,我看今天他是会输了。"

接着,第三回合开始,对手看来非常有把握,又蹦又跳,灵巧闪避,伺机出手,又得两分。在场者都认定他必胜了。

来和心想如果一直这样打下去,肯定会输给对方。但是怎样才能把对手打倒呢?现在分数已无法追上,只有把对方击倒才能取胜。紧张关头,他作了决定,故意不作防备,让对手放心进攻。对方看机会来了,猛扑向前连环拳打中来和,心中非常高兴。但是他却不知道,他这样却是正掉入来和的陷阱。因为他冲前两手出击,就不能防守,虽然打中来和又得两分,但是来和非常强壮,中拳毫不在意,抓紧对手出击时的空档,闪电出手,左右手连环打出,快如闪电,力大无比,两拳都重重打在对方头上。对方出其不意,知道上当,急忙后退,可是中拳太重,有点昏眩,站立不稳。来和再不迟疑,快步冲前又是一记猛拳打中对方。这一拳力道其猛无比,对方中拳眼前金星四冒,双脚一软昏倒台上。裁判连数十声他还爬不起来,裁判于是举起来和右手,判他获胜。

来和这次打倒对方离整场比赛结束只剩下十秒钟,如果他不能及时打倒对手,那么他就会输了。他这次取胜的绝招,正是上回在石场的石洞里打败欧洲高手保罗时用的方法。他就是凭着自己的强壮硬顶对手的打击,然后乘势出猛拳还击对手,因为他拳力非常大,上回他力斗巨蟒,都能以铁拳打到巨蟒松开缠他的蛇身,现在对手中了他的猛拳哪能挨受得了?

来和获胜后杜辉明等人都十分高兴。司徒建说:"来和,我起先还以为你肯定要输了。你的对手是一名很出色的拳击手,功夫老到,善于躲闪和伺机出击。如果不是你最后那一招,你在比分上就要输给他了。"

杜辉明说:"所以说训练是非常重要的,来和你靠力大取胜罢了。"

"来和,你被他打那几拳会痛吗?"慧娴问。

"痛是有点痛的,不过我顶得住,没事,你放心。"

就在他们说话间,那名被打倒的拳手醒来了,他走过来握着来和的手说:"兄弟,你的拳力的确够猛,力气非常大。我打拳多年,这是第一次被人击倒,我佩服你。"

来和也握着他的手说:"哦,不敢,不敢,我很佩服你的拳击技术好。我是靠蛮力侥幸胜你的,得罪之处,请见谅。"

"哦,千万别这样说,"拳手说:"胜就是胜,败就是败,比赛就是这样,没什么得罪不得罪的。不管用什么方法,胜了就是胜了,所以我佩服你。好了,不打扰了,我走了,再见。"他说完便离开。

来和等人也向他说再见。

…………

再过两天,田径赛和举重也开始了。慧娴先参加100米赛跑。果然又是夺得冠军。当她跑的时候,观众中不少人认出,她就是女子100米自由泳的冠军。当她赛跑也胜出时,观众一片哗然,只听有人说:

"哇!真不得了!游泳拿第一,赛跑也拿第一,真厉害!"

"我都没见过,游泳和田径都一样夺得冠军的人。"

"太神奇了。"

"真令人难以置信。"

女子跳高比赛慧娴又是技压群芳。整个体育场沸腾起来了!观众发出雷鸣般的欢呼声,赞声不绝。

"哇!这女子太厉害了,游泳、赛跑、跳高样样行!"

"从来没有见过有这样的体育健儿。怎么可能呢!"

"我也没见过这样的运动会,一个人同时取得游泳和田径三项冠军。"

"这完全可以说是空前的壮举!"

"真值得,这次来看这运动会真值得!"

"真是叫人大开眼界!"

再一天,便轮到举重比赛,来和又是在男子重量级组中获胜得冠军。又是有人认出他是拳击赛的冠军,当然观众又再发现惊叹声,他们都说第一次出现拳击和举重都得第一的同一个人,太奇妙了!

人们说:慧娴和来和两人同是在体育中创造历史的人!

一家人喜不自胜,比赛结束后大家去酒楼晚宴庆祝一番。这次原本只抱着玩玩的性质参加比赛,却完成骄人的成绩,也让一家人的生活平添不小的欢欣情调。

女友参加运动会

一切归于平静后,杜辉明再专心从事雕塑工作。

工作室天天传出叮叮当当的雕琢声,杜辉明父子埋首雕塑,进展得又快又顺利,慧娴和司徒建则帮忙给塑像抛光,清理地上碎石和石粉。工作挺忙碌,但是大家都乐在其中。几个月后,大家共完成了五件新的作品。

杜辉明决定大家先休息几天,然后他计划要举行一次展览,把五件新作品和一些以前的作品同时展出。于是他们把展厅整理和布置一番,新旧作品十几件,《奔腾的雕塑》依然是展出的"主角",放在最显著的位置。

展览会举行了,由于来和的名声已挺响亮,加上人们知道离去很久的老雕塑家又回来了,于是吸引不少参观者。有些以前和杜辉明认识的人来参观,大家再见面自不免谈些别后的事,他们都称赞杜辉明宝刀未老,雕塑得非常好。所以有几件作品已被人订购，但是《奔腾的雕塑》和以玛格烈为模特的雕像仍旧是非卖品。

一天，一位白发白须的老人坐着轮椅由人推着到展厅来，很专注地观看各件作品。来和一看，便认出他是已退休的老雕塑教授江宗凯。

来和很高兴见到他，热情地过来接待，并介绍他和父亲认识。当两人知道以前都曾到过欧洲留学学习雕塑，更增几分亲切，谈得十分投契。老教授除了向杜辉明大赞来和雕塑技艺出色之外，也称赞杜辉明雕艺好，是位杰出的雕塑家。

这次展出最特别的一件事，便是参观者一眼就看出《奔腾的雕塑》是照慧娴的模样雕出来的。他们都说，慧娴真和雕塑一样美，端庄大方，气质高雅。便有一些人还认出她就是在运动会中在游泳和田径上连得三项冠军的杰出运动员，原来她便是《奔腾的雕塑》的模特，无不啧啧称奇。

由于名声很好，这次展览还吸引到一些外国人来参观。杜辉明以前留学欧洲多年，英语一点都不成问题，法语也还可以，所以很容易和这些外国人交流。

一天，来了四名外国人，他们是英国人。一个男的约四十多岁，一个女的则二十多岁。另两个是年轻男子。

他们四人似乎对《奔腾的雕塑》最感兴趣，对其他各件作品只大略地看看，然后四人便围在一块不停地观看《奔腾的雕塑》，由上而下，再由下而上，不停地详细观看，细声交谈。

杜辉明见他们对这座雕塑兴趣那么大，便过来和他们搭话，他们都大赞这雕塑非常精美，是一件杰出的作品，并问作者是谁。杜辉明介绍来和与他们认识，说这座作品是来和雕的，他们自然对来和又大加赞扬一番。

那个女子眼明，一眼看出慧娴便是《奔腾的雕塑》的模特，十分惊讶，立即过去拉着慧娴的手，很热情地和慧娴谈话。

她满脸笑容地说："啊，小姐，我看出来了，你就是这个雕像的模特。你真漂亮。"原来她也会讲普通话，只是发音有点不大准罢了。

"哦，你也会讲中国话，真好。"慧娴说。

"是的，"那英国女子说，"我是在大学的时候学的，不过讲得不好，还要多学习。"

"哦,已经讲得很不错了,"慧娴说,"可惜我不会英语,以前只学到一点点,没什么用,以后我要学英文。"

"很好,英文不难学的,以后你一定学会。"

"可是我现在大了,学起来不容易。"

"不会的,只要你决定要学,一定能学会。我知道你们中国人有句话说'世上无难事,只怕有心人',是吗?"

"是的,是的,你的中文真好,连中国的谚语都会。"

"哦,这也是学来的,学得还不多。我觉得中国的谚语和成语非常好,很有意思,我很喜欢学习。"

她略停一下,伸出右手对慧娴说:"我名叫莫妮卡,你呢?"

慧娴也伸出右手和她握着:"我叫慧娴。"

"哦,慧娴,慧娴,一个很美的名字,和你一样美丽,哈哈哈……我很喜欢和你做朋友。"

慧娴说:"谢谢你,你也很美丽。"

"哦,请你等一下……"莫妮卡突然跑去把来和拉过来。她问来和:"你好高大英俊,请问你叫什么名?"

来和告诉她自己的名字。

"来和,来和,唔,一个很特别的名字。"接着她对慧娴说:"你做他的模特,他雕出这个美丽的雕塑,非常好……唔,我看得出来,你们是很要好的,是吗?"

慧娴点点头。

莫妮卡说:"你们两个是……是……,天……天生一对!,你们两个是爱人!是吗?哈哈……"

慧娴有点害羞地低下头。

莫妮卡又说:"你们结婚了吗?"

来和说:"我们订婚了。"

"哦,真好,真好,什么时候结婚?"

"还没定下来。"

"那要快点哟,还要快点生个宝宝。哈哈……"

慧娴又是害羞地低下头。

"要请我来……来和……来喝……喜酒呀。"和许多外国讲普通话一样,莫妮卡的四声也常说不准,所以她说:"来和……来喝……啊,中国话的四声真难掌握,真难,难……难如……难如登天。你们说,我说得对吗?"

来和说:"多和中国人谈话就能掌握四声了,不难的。"

"我觉得很难。"莫妮卡说。

就在他们谈话,另三个外国人过来对莫妮卡说时候不早,要离开了。就这样,他们四人便步出展厅离去了。

二十一、蒙面人深夜斗双雄

深夜,一片寂静,已无行人,只偶尔驶过一两部汽车。车行过后,又归于宁静。

街上的一角,突然出现一个全身黑衣的人,他行动快速,步履矫捷,以极快的速度在街上穿梭。来到一间房屋前,他停下脚步,试图从房屋的门缝一探屋内情况。他回头望望四周,见并无他人,便以敏捷的身手翻过墙头,进了院子。

进了屋内,他立即以一片黑布蒙住自己的面孔,并借着外面路灯射进来的微弱光线,摸索着走进一个厅堂。这里摆放着多座大理石雕塑,他特地找到那叫做《奔腾的雕塑》的塑像,上下左右四周围详细查看,似乎在寻找什么。他最注意的是塑像的飘动状的带子,由上而下,又由下而上地小心摸着。因为找不到什么,他又在厅内四处搜寻,墙脚和各处都用手触摸。

在他如老鼠般到处寻觅时,厅内突然现出一个高大的身影大喊:"好一个鼠贼,胆敢进来偷东西!你别跑,让老子逮住你!"

黑衣人一听转身便跑,但是大个子挡住他的去路,并出手捉他。黑衣人出手反抗,两人便大打起来。拳脚来往恶斗一番,却不分胜负。

这大个子就是司徒建,他半夜起来小便,却听到展厅传出声音,便过来查看,见一黑衣人,认定他必是个小偷,于是过来捉他。

谁知这黑衣人武功相当高强,他体格比司徒建小,但是身手敏捷,出手极快,而且躲闪功夫一流,即便司徒建身手不凡,也奈何他不得,无论使出什么招式，就是伤不了他，更休说要把他逮住了。

双方打斗了十多分钟，不见高下，黑衣人急着要逃走，可是司徒建偏不让他逃。黑衣人情急之下出一狠招直打向司徒建胸膛，司徒建急忙躲闪。就趁司徒建稍退后这一机会，便瞅紧空档，拔腿就跑。

可是才冲出两步，来和已出现在他眼前拦住他的去路。原来两人的打斗声惊醒了来和，他马上来看个究竟，却正碰上黑衣人要逃跑。司徒建看到来和出现，便大声喊："快捉住这个贼，别让他跑了！"

来和于是马上出手捉他，但是黑衣人毕竟身手超凡，以极快速的几招猛攻来和。来和急忙闪避，但他出手也快，躲闪时顺势快速一掌扫向黑衣人面部，黑衣人侧头躲过，不料他的蒙面黑布给来和抓到，压力一拉，黑布脱开，来和却"啊"一声愣在那边，惊讶地喊道："你……老……师……"

就在来和愣住的时候，黑衣人马上夺门而出，再翻过墙头，消失在黑暗中。

司徒建见来和突然愣住，不知发生什么事，赶紧过来，见来和还是睁大双眼，张着嘴，便问他："来和，怎么啦？给那人打伤啦？"

来和没有回答，只喃喃地说："怎么……会是他？不会吧……不可能吧……"

司徒建说："我刚才听你说老……师，那人是你老师吗？"

来和摇摇头说："不是，我……看他的……样子，很像我以前……认识的一个人……"

"那是你什么人？为什么你说老师？"

"我以前曾经在一个建筑工地工作，那边有一个人，人家都叫他老李。他武功很好，教过我一些功夫，所以后来我叫他做师父。"

原来刚才来和拉脱黑衣人的蒙面布时，猛然一看，竟是老李，由于太惊愕了，想叫老李，一下叫不出，想叫师父，也一时堵住，所以只叫了"老……""师……"

司徒建说："怪不得刚才我和他对打时，觉得他好些招式和你的很相似的。你肯定此人就是他吗？"

来和说："样子是一模一样的，真不敢相信就是他。"他略停一下说："上回在村里的时候,那个万家愁也和你十分相像,难道又有一个人和老李相像吗?真是不可思议。"

"不过,"司徒建说,"人有相像是有可能的,但是连武功招式也一样就不大可能了。这人好多招式和你根本是一样的,我看他应该就是你所说的那个老李。他……他还教过你什么吗?"

"他……"来和回想一下说:"教我的招式不多,因为那时我没兴趣学,他便教我几招基本的。他说我力气大,懂一些基本招式便够了。他……后来强调,最重要出手要快,躲闪也要快,就会占有优势。"

"对了!"司徒建拍下手说:"这人的确出手其快无比,躲闪功夫也很了得,我使尽平生功力也对付不了他。幸好他力气没你那么大,如果他也和你一样那么大力的话,我早就输给他了。这个人真是很了不起。"

"但是……"来和又回忆往事,说:"他以前还教我学了武功不可去做为非作歹的事,为什么……他……又来偷东西呢?真叫人难以明白。"

"我看,其中必有什么内情。"

"应该是吧,以后有机会,我一定要查个水落石出。"

"不知道他以后还会再来吗?"

"我也不知道。司徒叔叔,如果以后他再来,我们一定要合力把他捉住,我要问个明白。"

"是的,以我们的力量,我们两个人合手,肯定能对付得了他。"

说了一会,两人觉得太晚了,便各自回房去睡。

隔天,司徒建和来和把昨晚的事告诉杜辉明和慧娴,他们听了都很吃惊,都说怎么可能发生这样的事。

来和说:"这么久以来都从未有贼来光顾过,想不到昨晚竟有贼来。"

杜辉明说:"不知道有什么东西给他偷去吗?"

司徒建说:"应该没有吧,昨晚他只是在展览厅,那边除了那些雕塑,是没什么好偷的。"

慧娴说:"说不定他想偷一座雕塑吧。"

"那是有可能的,"杜辉明说,"有一些不大重的,他是可以搬走的。"

"难道他也喜爱艺术品?"来和说。

"这不奇怪呀，"杜辉明说，"在欧洲是时常有艺术品被贼偷走的。"

"呵呵，"司徒建说，"我们国家进步了，连贼也有品味了。"

他这一说，引得大家都笑起来。

"以后，我们可要小心提防了，"杜辉明说。

"贼都是晚上才上门，我们不可能晚上不睡觉吧，"来和说。

"那么我们晚上轮流看守，"慧娴说。

杜辉明说："我看我们不必这么麻烦，我们就请一个人专门晚上替我们看更就行了。"

慧娴说："伯父，这不是要另外花钱吗？"

杜辉明说："慧娴，你放心，这花不了多少钱的。我们的展览和销售还有挺不错的入息，请个人是应付得起的。"

这样，大家听杜辉明的决定，请一个晚上看更的人。这人名叫毕峰，原是一名工人，约三十岁。他的工作便是晚上看更，白天他也可以帮忙一些清洁卫生工作。

有一天，慧娴和来和觉得堆放石块的地方平时没怎么清理，一些角落以及石头与石头之间积了不少灰尘，于是决定进行一次清扫工作。

清扫这些灰尘，必须移动石头，太大块、太重的石头搬不动就留在原处，一些较小的便移开。

慧娴在墙脚处移动一块较小的石头，突然很惊讶地大喊来和："来和！来和！你快来看！"

来和说："什么事？这样大惊小怪？"

"你别问了，快过来看！"慧娴仍然大声喊。

来和走过去，照慧娴所指之处看，也马上瞪大眼惊叫起来："哎呀！怎么会在这里！"

他俯身下去捡起来，原来正是失去很久，被敲破脱掉的《奔腾的雕塑》上飘带底端的部分。慧娴说："哪，你看，底下这个就是玛格烈给我的短信，我当时把它粘在这里的。为什么这断掉的部分会在这儿呢？"

"是呀！"来和说："当时搬回来的时候，我发现这飘带末端断了，问搬运工人谁弄断的，他们谁也不承认，你在这里找到它，我想一定是当时碰断它的工人怕我责骂他，所以偷偷把它丢在这里。要不是我们今天清理这些石头，我们还不能找到它呢。"

慧娴小心地把短信拿下，再细心把粘在上面的胶清除干净，然后他们拿去给杜辉明和司徒建看。

在短信里，玛格烈写下这样的留言：

"慧娴，我有很重要的信息告诉你，这是有关圆明园的一个重大秘密。在火烧圆明园时，我们家族的一个祖先和他的一个法国兵同伴在圆明园里发现了一大箱价值难以估计的钻石和各种珠宝。他们当时不敢随军队带回国，因为害怕会给军官抢去，所以辗转藏在一个秘密的地方。现在那个法国兵的后人和我父亲研究后最终认为，这个秘密的藏宝地方就是在采石场的某个山洞里。但是这里的山洞又多又复杂，他们还不知道准确的位置，要到山洞去详细寻找。我不知道是不是真的存在这样的宝藏，也反对我父亲偷拿也许存在的这批属于中国的宝藏，和他发生争吵。这件事以后我再详细告诉你，你先暂时别告诉任何人，以后我们设法阻止他们。"

看了短信上这些留言后，杜辉明说："真伤心，玛格烈已经不在了，再不能告诉我们更多的情况。这片留言也没有更详细的信息。宝藏是否真的有也无法证明，她只是听他父亲史密斯这么说罢了，而事实上史密斯本人对此是怀疑的。"

"那么我们应该怎么办？"来和问。

杜辉明说："我还是照原本的想法，这个所谓的宝藏是否真有是大有疑问的，好在我们已将藏宝图交给了国家，相信他们一定会调查的，只是在这样的乱世中，国家能否真正寻找，或者找到能否真的保存好，是很值得疑问的。我们是中国儿女，而且已经牵涉其中。必要时，我们还得为护宝尽一些力的。一定要让它永远留在中国。"

司徒建说："东家说得对，我们省得费心去为这件事心烦。除非迫不得已，我们还是让国家来管吧。"

"可是……"来和若有所思地说："以后……不知道是否……再有什么……洋人来寻找呢。"

"来也没有用，"杜辉明说："他们就算再来也是白费心机的。"

"爸爸为什么这么肯定呢?"来和问。

"唔……"杜辉明沉思一会说:"经过前面的事情,关于藏宝,你们大约是知道一些情况的,现在谈起,我就让你们知道详情吧。"他停了一下继续说:"我在英国时是认识史密斯的,他那时就对我说,他的祖辈留下话给后人关于这个所谓宝藏的事。但是只是口头传说,什么记载都没有,只有半张什么藏宝图,所以史密斯他本人不大相信宝藏的事。我那时心想,不管有还是没有都事关重大,所以便偷了他那半张图赶紧回中国。我想,他们没有了那半张图,就算要找也是极其困难的。现在,好了,图已经上交,他们就更无法找了。"

"东家您做得最正确,"司徒建说。

既然两位长辈都认为妥当,来和和慧娴也就不再说什么了。其实来和心中仍有些疑虑,总觉得有什么事情发生,因为史密斯他们虽然已死,但他们的亲人或许并不知道实情。

二十二、外国人又来寻宝

这里,要从莫妮卡和另三个洋人到杜辉明所举行的雕塑展参观之前讲起。

莫妮卡的全名是莫妮卡·布朗,另三人是她的父亲安德鲁·布朗和他的两个手下。莫妮卡是玛格烈的表妹,她的母亲是玛格烈的父亲史密斯的妹妹。

上回玛格烈随父亲回英国时,由于玛格烈和莫妮卡很要好,便把父亲史密斯要去中国寻宝的事告诉了她,并告诉她采石场的地点,还有她交给慧娴短信的事。后来在史密斯和玛格烈再到中国之后,莫妮卡便把这一切告诉了她的父亲。

安德鲁一听可真惊诧不已,心想这宝藏若是真的而又能找到的话,那可就非常不得了。照这说法,找到宝的人身家起码几十亿英镑,甚至几百亿英镑了,那可就成了世上令人羡慕的大富豪了。

他把这个想法告诉莫妮卡,她立即心动起来,对父亲说:"爸爸,如果我们得到,只要得到一部分就大富大贵了。"

"但是,"安德鲁说,"现在史密斯他们已经去了,轮不到我们的。"

"不过,"莫妮卡说,"这么大的一笔财富,我们无论如何也要去分一点呀。再说,妈妈也是史密斯家的亲人,照理我们也是有份的。"

"可是,宝藏是否真的存在,史密斯是否能找到它,也还不知道,还谈分什么呢。"安德鲁说。

"他们找到也不会告诉我们的。"莫妮卡有点不甘地说。

"那也没办法呀。"

"我就不甘心这么大的一笔财富我们一点也没份！"

"现在还不知道哩。"

"等到知道已经迟了。"

父女两人讲来讲去也讲不出一个结果，事情也就不了了之。

可是，过了几个月，并不见史密斯和玛格烈回来，全无音讯，不知寻宝的情况怎样。

莫妮卡可就闲不下来了。她心中老是惦记着那个大宝藏，每每心想只要得到一点，哪怕是十分之一也就富贵一世人了。

于是她又找父亲安德鲁，怂恿他一起到中国走一趟，说不定史密斯遇上什么麻烦可以帮他一下，这样就可以分到宝藏了。她说："爸爸，这是很多很多的钱呀，我们不可以错过机会！"

经女儿这样的怂恿，安德鲁也心动了，于是决定到中国一行，带了莫妮卡和两个手下。

一到中国后，他们立即按地址找到了采石场。石场空无一人，他们逐渐走到了山洞之处。一进山洞，眼前的一切让他们大吃一惊，只见里面一片烧焦的痕迹。一个洞口看似有爆炸过的迹象。这里应该发生过什么。

莫妮卡一看情景惊慌不已，急忙走出山洞，其他三人也跟着出来。他们猜想，照石场和山洞的情形看，史密斯和玛格烈恐怕已凶多吉少。但是他们决定不去报警，理由很简单，如果去报警，有关宝藏的事情会泄露出去，那么他们以后就休想把宝藏占为己有了。

莫妮卡挺有心机，她对宝藏的事绝不死心，她反而想，如果史密斯和妈格烈都遇难了对她更好，以后找到宝藏就由她和父亲独吞了。到时不是只得十分之一，而是全部的十分十。一想到这里，她不禁露出得意而又贪婪的笑意。安德鲁猜到她的心思，也一样露出笑意。

于是，他们决定一切从头开始，由自己设法寻找宝藏的线索。

有一个线索是，莫妮卡以前听玛格烈告诉她，说她在中国认识一位很出名的年轻雕塑家杜来和，这雕塑家还以她为模特，为她雕了一个塑像。而且她也和一名中国女子慧娴很要好，两人一起住在采石场不远处一个小山前的屋子里，杜来和就是在这里为她雕像的。

她把这些细节告诉父亲，他们认为，这个杜来和和那女子慧娴应该会知道一些有关宝藏的事，所以他们决定必须去找杜来和和慧娴，找到他们就有可能打听到一些玛格烈短简的内容和宝藏的信息，因为他们认定，玛格烈肯定会把宝藏的事告诉杜来和和慧娴。

他们碰巧在一张省城旧报纸上看到了杜来和和慧娴在运动会上夺冠的新闻，这才好不容易知道了来和居住的大概地址。一路寻来。

安德鲁认为。他们在中国地方不熟悉，最好在到来和那里之前先找个本地人帮助他们，行事才会更方便。

一天，他们来到一座镇子，前面正好有一个工地，四人便过去找人询问。进了工地，只见一群工人在工作，一部分人在搬运砖块和洋灰等建筑材料。

这些工人里面，其中有一人特别高大健壮，别人一次搬六块砖，他却一次搬十六块；别人扛一包洋灰，他一次搬四包，力气可谓大胜别人。

安德鲁两个手下也是很强壮，一个叫汤姆，一个叫狄克，他们看这人力气如此之大都颇为诧异。汤姆过去提起那人放砖块的一个篮子，看看到底有多重。谁料那人很生气地打了汤姆的手，大声叫道："别碰我的东西！"

汤姆其实不是好惹的，他没想到只碰一下那个篮子就被他粗鲁地拍打，立即惹恼了他，也还手推那人一把。这强壮的工人正是出名的大力士牛阿强，他生性火暴，并且好与人斗。他最不喜欢别人来干扰他的工作，汤姆无缘无故来提他的篮子，自然惹起他的怒火。

刚好两个牛脾气的人碰在一起，一场冲突自不可免。牛阿强一向自视很高，哪里忍得了汤姆出手，马上一拳就打向汤姆胸前。汤姆是西洋拳好手，见对方拳头攻来，赶紧双手一挡，随即出手还击。这样一来，两人便拳来脚往地恶斗起来。

汤姆拳法高明，一招一式都有路有谱；而牛阿强则武功粗浅，没什么高招可使，但是他力气强猛，每拳都有极大的劲力。汤姆开始时见对手武功低下，有些轻敌，带有嘲笑对手的意味。就因此故，他吃了牛阿强两拳，胸前一阵奇痛，气为之塞，马上不敢轻敌，认真地全力对付。

两人在工地上这样打斗，很快就引起一大班工人围观，观者还不时拍手呐喊，场内一片喧闹，引起工头过来一看究竟。他看工地上竟有人在打架，怕闹出事来，便要上前阻止。可是一名中年工人马上对他说："大哥，没什么的，他们两人只是在比试身手。我们这么多人在，不会出事的，你放心。"工头听他这么说，也就不加干涉，只在一旁观战。

汤姆虽然拳法高明，但是力量不强，虽然几次击中牛阿强，牛阿强却全不在意，反而加大力猛攻猛打。这样一来，汤姆反处弱势，有些招架不住。再斗下去，汤姆肯定会败下阵来。

狄克看到形势不妙，立即冲前扶住汤姆，叫他退下，自己与牛阿强过招。狄克不愧西洋武术高手，出手又快又狠，闪避工夫熟练。牛阿强照老套出拳，却根本伤不到狄克。而狄克招式凌厉，变幻多端，牛阿强完全捉不到他的拳路。只过招几分钟，牛阿强便身中数拳，起先他凭强壮的体格还能顶住。可是连续中招，加上狄克拳沉，很快便处于下风，败势已现，眼看便要被打倒。但是他一向好强争胜，不甘认输，一味死顶硬撑。

一旁注视的工人，许多看出阿强已露败象，而且中了多拳肯定已经受伤，大家都替他担心。

再打下去阿强必受重伤。一名中年工人不再犹豫，马上冲前拉住阿强，对他说："阿强，你打太久了，先休息一下，让我来试试他的身手。"也不等阿强回答，便拉他到一旁休息，自己过去先向狄克抱拳行礼。狄克也简单地点头回礼，随即便打斗起来。

这个中年人便是曾经教过来和武功的老李。他知道此洋汉武术高强，不敢轻敌，小心应付。两人交手几回合，狄克才知道对方身手快捷灵敏，出手之快不下于自己，也就使出平生所学，力求取胜。两人快攻快打，拳声呼呼，腿脚闪动，地上沙尘溅起，斗得难分难解。在旁观看者看得眼花缭乱，不停拍手叫喊。

斗了约十多回合，狄克见无法取胜，立即改招换式，搬出平生绝学，又是一番新景象。老李以其经验，看出对手以西洋拳配上东方的跆拳道和空手道，可见此人确实武功涉猎奇广，样样精通，是他很少碰过的真正高手。狄克以这样的拳法出击，来势凶猛，老李恐怕中招，马上尽力躲闪，翻滚腾跳，跃高蹿低。尽管如此，还是多次险中拳脚。

老李心想，这样下去，只有自己吃亏的份，必须另变打法，所以也使出新招应对。老李变招才几下，狄克便禁不住叫出声来："哇！太极！"英语讲"太极"是照音译的，所以大家都听出他讲的意思。老李一听也大吃一惊，心想这洋汉真的如此厉害，连太极拳他也懂，确是不得了。

老李也不管许多，使出太极以柔制刚的妙招，四两拨千斤，借力使力，柔中带刚，神奇无比。狄克的强势立遭化解，还不时险被对方拳风卷住，差点跌倒。幸好他懂太极拳路，才能躲过，极力保持镇定。这样，两人各有奇招，势均力敌，终于打个平手，互不胜负。

安德鲁看出狄克无法取胜，再斗下去终无结果，便拍手大喊："Ok, very good, very good, stop."狄克一听，便跳出圈外，收手不打。

莫妮卡以普通话翻译安德鲁的话，大家一听都心里一跳："哇！这洋妞原来懂中文。"

老李于是也停手，狄克过去握他的手，并竖起大拇指表示赞赏他的武功，他再比划几下太极拳法，又向老李竖起大拇指，老李拍他一下肩膀，也向他竖起大拇指，接着两人相视而笑。

莫妮卡照安德鲁的话告诉老李，说安德鲁很欣赏他，要和他谈谈。老李同意，便带他们去工地里的一个临时小食堂，大家坐下喝茶。

莫妮卡照安德鲁的话对老李说："我叫莫妮卡，他是我父亲安德鲁·布朗先生。这两位是汤姆和狄克。你叫什么名字？"

老李说："我姓李，人家叫我老李。"

"哦，老李，很好，我们很高兴认识你。"

"谢谢。"老李礼貌地点下头。

莫妮卡说："我们来中国有很重要的事要做。我们要找一个本地的人帮忙，我父亲想要请你，不知道你愿意吗？"

"请我做什么？"

"现在还没有决定，以后再告诉你。因为我们对中国不熟，我们有不懂的事要问你，先开始我们还不用你做什么。"她略停一下再问："你现在一个月能赚多少钱？"

"两千多元。"

"一个月两千多不算多呀。"

"我的工作是算临时工来的，没有固定工资。"

莫妮卡看她父亲一下再对老李说："我们请你帮忙，每个月给你六千元，你看怎样？"

老李在考虑，暂时没回答。

莫妮卡说："你先考虑一下吧。"

老李在想，横直现在做的是临时工，工资不算很多。他们给我六千元，无形中每个月多了约四千元，这是自己出来工作这么多年来一月所从未赚过的，所以他决定答应他们。但是他说："我不知道你们要我做什么，以后我发现工作不适合我，我能退出吗？"

莫妮卡说："那很容易，只要你提前一个月给我们通知就行了。"

"那好，我答应，"老李说。

"很好，就这么说定了。"莫妮卡说完就转告她的父亲。安德鲁很高兴地和老李握手。

莫妮卡问老李什么时候到他们那边工作，老李说明天向工地的工头辞工之后就可以过去。莫妮卡于是给了老李他们的地址，就离开了工地。

老李隔天辞了工，收拾好自己的随身物品，便按地址找到了莫妮卡他们，结伴而行，按报纸的信息来到了来和的镇子。他们租了一间单独的房子，两层楼，楼下做办公室，另有休息室和会客厅。楼上则有几个房间。他们就让老李住在休息室，临时买张单人床，就成了他的卧室。

接着，安德鲁等四人便计划寻宝的事。莫妮卡说她记起上回在英国时玛格烈说曾把一封短简给了慧娴，并说这封短简中提过宝藏的事。所以莫妮卡认为必须要找到慧娴这个女子，拿到那封短简，就有希望找到宝藏的线索。他们于是叫来老李，问他是否能帮助找到慧娴和来和。

莫妮卡说："老李，现在我们有工作给你做了。"

"什么工作？不知道我能做吗？"

"我们要找两个人，因为我们对中国不熟悉，所以请你帮忙。我们要找的人，一个女的叫慧娴，一个男的叫杜来和，他是一个很好的雕塑家。这里就是他的家乡。"

老李一听杜来和这名字，心中暗自一跳，狐疑为什么要找他。他对莫妮卡说："那个女的我不认识，那个男的我知道，如你所说，他是一个著名的雕塑家。我听一些人说他时常举行展览，作品很好，很多人去参观。"

"非常好，"莫妮卡说，"那么你知道他展览的地方吗？"

"我现在不知道，不过我可以去打听，应该是很容易找到的。"

"那好，你什么时候去打听？"

"现在就可以，反正我没事干，随时都可以出去。"

老李出去找人问杜来和举行展览的地方，因为来和和他父亲的展览已经很出名，地方报纸也有介绍，所以他问了几个人之后就问到了。他想，不知道这几个洋人为什么要找来和和那个叫做慧娴的女子，不知道他们有什么企图，我应该暗中小心观察。他回去把来和举行展览的地址告诉了莫妮卡。

当时莫妮卡等四人去看来和的雕塑展便是经过这样过程才去的。在展览处她看到一个年轻男子和一个年轻女子，心里已猜到是杜来和和慧娴，她故意装作不知道。问过慧娴，证明所料不错。

回到住处，安德鲁和莫妮卡就叫来老李。

莫妮卡对老李说："老李，我们现在要你做一件比较难的事，不知道你愿意吗？"

"很难吗？"

"不会非常难，不会难如登天。"

"那是什么事？"

"是这样的，"莫妮卡说，"在杜来和的家，或者是他的展厅，你去找找，是不是有一封短信，再看看是不是有一片半张的地图，有，就拿来给我们。"边说边拿出一片半张的地图样板（安德鲁画出来做样子的）给老李看。

"你是不是已经和他们讲好了，我过去向他们拿？"老李问。

"不是，你去拿不可以让他们知道。"

"那不是去偷吗？"

"是的,可以这么说。"

"我为你们工作,做什么都可以,但是我不做犯法的事。"老李有点不高兴。

"老李,"莫妮卡说,"这件事很特别,也很重要,但绝不犯法,它原本是我们的。现在我们不可以告诉你是什么,以后做成功了,你就会知道是非常重要的,也是非常有意思的。如果你不去做,就会失去一个很好的机会。"

"我现在要知道是什么。"老李说。

"现在不可以,"莫妮卡说,"你要照我们的计划去做,以后一步一步你就会知道是什么。你现在不可以心急,知道吗?"

老李真的很想知道到底他们要干什么。但是如果自己不照他们的话去做,他们就不会让他知道,他就没办法知道他们究竟要做什么。所以只能照他们的计划,以后一步一步留意才做打算。因此他对莫妮卡说:"好,我照你的话去做。"

这就是老李那天晚上去来和的家要寻找短筒和半张地图的原因。因为当时被司徒建发觉两人大打出手,后来来和又加进来对付他,他只得逃走,空手而回。

老李偷窃不到东西,莫妮卡就要另想办法了。

二十三、美艳洋妞·色诱两男

莫妮卡来到了来和的展览厅,令来和颇感意外。当时慧娴也在场。

莫妮卡满脸笑容,很客气地和来和及慧娴打招呼,两人也很热情地接待她。

莫妮卡说:"慧娴、来和,我对你们的展览很感兴趣,今天又来参观了。"

来和说:"欢迎,欢迎。你父亲呢?没有一起来?"

"哦,他今天有事,没陪我来,只有我单枪匹马。"她喜欢用中国的成语,尽管有时用得不大恰当。

莫妮卡说话间,慢慢看各件展出作品,但是最注意的依然是《奔腾的雕塑》,来回不停地观赏。她说:"慧娴,我还是最喜欢这个雕像,把你的美貌全表现出来了。你真美若天仙。"

"哦,莫妮卡,"慧娴说,"你说得太夸张了,我怎么可能和天仙比,我只是一个凡人。"

"总之是太美了,"莫妮卡说,"我想,这也是因为来和雕塑工夫一流,才能雕出这么高水准的作品。我学过一句中国成语,不大记得,好像有神有鬼的,慧娴,你能教我吗?"

"哦,你是说……鬼斧神工吗?"慧娴一手托腮说。

"对了,对了!就是这句成语!鬼斧神工,哈哈……"莫妮卡轻拍着手说。

"啊!这就更夸张了!"来和说,"我粗手笨脚,雕出一些粗糙的东西,哪能说什么鬼斧神工！莫妮卡，你真是太夸张了！"

"真的，真的，我是说真心话。来和，你太谦虚了。"

接着，莫妮卡又很专注地观赏来和以玛格烈为模特雕出的塑像。她轻摸塑像说："这也是一个很美的塑像，我也很喜欢。"她手摸下巴，对慧娴说："这女模特的身材真好，很少女子有这么美好而又健美的身材的。慧娴，你说是吗？我看这模特是外国人。"

慧娴点点头。

"老实说，"莫妮卡说，"我在欧洲看了很多很杰出的雕塑，来和的作品和它们比，毫不退色。"

"嘻嘻……"慧娴掩嘴忍住笑说，"你是说'毫不逊色'，是吗？"

"哦，哦，毫不逊色，对，毫不逊色。我怎么说毫不退色呢？你看……我真要多学中国的成语。真对不起。"

"哦，没关系，你懂很多了。"慧娴说。

"你看，"莫妮卡说，"我和你们做朋友多么好，有美丽的雕塑看，又能学中文，多么好。真是……我想起来了……叫做……获益匪浅。慧娴，这次没说错吧？"

"没错，完全正确，你的中文真行。"慧娴拍手说。

"中文也说真棒，是吗，来和？"莫妮卡问。

"对的，莫妮卡，你真棒。"来和说。

这样说话，气氛很好，彼此也更熟稔起来。

突然间，莫妮卡拉着慧娴的手说："慧娴，我有一个要求，希望你不会反对。"

慧娴有点诧异地望着她："什么要求？"

"我想……"莫妮卡眨着大眼睛说："我想，我也要请来和为我雕一个塑像，好像……好像这个一样的。可以吗？"她拉拉慧娴的手，一脸的恳求，并指着玛格烈的塑像。

慧娴指着来和："是他雕的，不是我，你应该问他。"

"不，不，我要问你。如果你不喜欢，我就不叫来和雕了。"

"哪里，哪里，我怎么会不喜欢……"

"那么，就是你答应啦。"莫妮卡非常高兴地说，"慧娴，谢谢你。"

"我……你别谢我，要不要雕是他的事。"

"啊，很好，"莫妮卡转向来和，"来和，你愿意为我雕塑吗？"

"我……"来和对此突如其来的事，一下子有点不知所措。

"来和，慧娴都答应了，你不会令我失望吧？"

"我……雕得不好，会……令你失望的。"

"哦，不会的，你肯定雕得很好的。"

"我……我恐怕没把握……"

"来和，你每一个雕塑都雕得这么好。为什么……为什么就说对我没把握呢？你……你是嫌我……不够资格做你的模特儿，是吗？"

"哦，哦，绝对不是，千万别这么说。"

"那么，你就是答应啦！谢谢你。"莫妮卡显出十分高兴的样子，继而转向慧娴："慧娴，也谢谢你。"

慧娴说："不用谢我，不是我雕的。"

"哦，两个我都要谢，不可厚……厚此薄彼，说得对吗？"略停一下，她接着说："那就说定了，来和将为我雕像。来和，照你的专业，雕好之后我会买下来的。"

"哦，买不买不成问题的。"来和说。

"一定要买，我对你的水准很有信心。"莫妮卡说。

莫妮卡又问："什么时候可以开始？"

"唔……随时都可以，看你的方便。"来和说。

"我也是随时都可以，那就……明天吧，明天我再过来。"莫妮卡说。

"不过，"来和说，"需要好多天的，恐怕……你耐不了。"

"哦，没关系，我很有耐心的。忍……忍耐成金，对吗？所以，请你放心。"说完，便向两人告别。

莫妮卡走后，来和对慧娴说："我真没想到莫妮卡会叫我替她雕塑。"

"这没关系的，"慧娴说，"反正这是你的专业，你为谁雕不是一样吗？"

第二天上午，莫妮卡就来了。她和来和及慧娴打个招呼，对来和说："来和，我们可以开始了吗？"

来和说:"可以了。"他已经选好了一块很好的大理石。

莫妮卡便走过去看看摸摸那大理石,问来和:"就是用这块大理石为我雕塑吗?"

"是的,"来和说,"你认为合适吗?"

莫妮卡说道:"这是一块质地很好的大理石。"

来和说:"是的,我特地选给你的。"

慧娴说:"莫妮卡,看来你也挺在行的,连石头的质地都会分辨好坏。"

莫妮卡笑笑说:"慧娴,你别取笑我,我只是懂一些……皮……哦,应该说懂些皮毛罢了,哈哈……"

"我看莫妮卡确实在行的。"来和说。

莫妮卡说:"来和,你别夸奖我。其实,我在欧洲很喜欢参观各种雕塑,也时常和一些雕塑家谈话,从他们那边学到一些东西,懂得一些罢了。"略停一下,她说:"好了,来和,不要浪费你的时间,可以开始了吗?"

"哦,可以,当然可以。"来和说。

莫妮卡于是走到模特摆姿势的地方,只略迟疑一下,就很大方地脱去衣服。

她一脱去衣服,来和立即看到她身材非常健美,胸部丰满坚挺,腰肢细小,臀部圆润,两腿修长,全身线条均匀柔美,对一位雕塑家来说,这可说是模特中的极品了。

慧娴看了,也禁不住赞道:"莫妮卡,你的身材真美。"

莫妮卡微笑说:"慧娴,你别笑我,我身材哪有什么美,一般罢了。"

慧娴说:"真的,莫妮卡,你身材的确很美,而且皮肤白皙,白里透红。我只要有你的皮肤一半这么美就心满意足了。"

莫妮卡说:"慧娴,你说的不算,要专业的人说了才算。"她转向来和说:"来和,你是专业雕塑家,以你的专业眼光,我的身材怎样?算得好吗?够标准吗?"

"哦,非常好!"来和竖起拇指说:"可以算得上最标准的。"

经来和这样一讲,莫妮卡马上极感自豪,现出得意之色,不过她还是说:"真的吗?来和,你没骗我吗?"

"当然真的,我从事雕塑这么久,看过不少模特,你可以说是身材最好的。"

莫妮卡更是高兴,她问道:"照你这么说,到底好在哪里?"

"首先,你身段够高,两腿修长匀称。再有,最重要的是你的三段非常标准。"

莫妮卡眨着眼不解地说:"什么是三段?"

来和说:"三段就是指胸、腰和臀。"他说时以手比上中下三部分。

"三段要怎样才算标准呢?"莫妮卡一边说一边以手指自己的胸、腰和臀部。

来和说:"你的胸、腰和臀三段很合比例,是最标准的身材。你一定看过欧洲名师所雕的维纳斯雕像,也一定明白杰出的女体雕塑,其三段的比例是非常合于标准的,整个塑像平衡均匀,不会有什么地方太大,什么地方太小而给人有不匀称的感觉。这么一流上乘的女体雕塑显出的就是曲线玲珑、浮凸有致,线条优美。"

莫妮卡很注意地听,十分高兴。她说:"我看,慧娴的身材也挺不错的。"

慧娴马上说:"哎呀!莫妮卡,你怎么又扯上我!我哪里比得上你!"

来和说:"说实在的,慧娴身材也是极美的,她身高够高,可是胸和臀不如你们西方女性丰满。一般上,由于生理和遗传的关系,东方女子的胸和臀大都没有西方女子那么丰满。在身段的线条上就比你们略逊一筹。但是,却更具东方美的神韵。"

"'东方美的神韵',真的对极了!"莫妮卡赞叹着,又不解地问:"什么叫'略逊一筹'?"

"就是稍微差一点的意思。"慧娴说。

"哦,是这个意思,"莫妮卡沉思一下,"略逊一筹,我又学会一个新的成语了,真好。"然后她指着玛格烈的雕塑说:"这个雕塑模特的身材也是挺好的,十分丰满,线条很好看。"

"你说得不错,"来和说,"但是,以我们专业的雕塑者严格的眼光看,你略胜一筹。她的胸部很丰满,但是稍微下垂一点点,有点美中不足。而你的胸部就非常坚挺,完全没有下垂,可以说比得上维纳斯的健美身材。"来和说话的时候,一直不停地观看着莫妮卡的裸体。

莫妮卡发现来和在目不转睛地望着她，便说："来和，你为什么这样不停地看着我？可以开始雕塑了吗？"

"哦，你别误会，"来和说，"我是在思索怎样为你设计一个最好的造型，以便最适合表现你的优点。"

"哦，原来是这样，"莫妮卡说，"我想，你……应该要……特别强调我……我的胸部，你刚才不是说我的胸部是最坚挺的吗？"她说话时特意把胸向前挺起来。

她这样一挺胸，果然显得特别健美，造型很不错。

来和说："你说得很对，这个造型很适合你。"于是叫莫妮卡两手叉腰向后伸，头微抬起，胸部挺向前。这造型既尽显莫妮卡健美的身段，又显出年轻女子的朝气。就这样，来和便开始进行为莫妮卡的雕塑工作。

一连四天的工作，雕塑的初步轮廓已成形，莫妮卡看了表示很满意。

第五天开始，是真正从事面部的细微雕琢。这部分的工作是真正考验雕塑家工夫的时候，一个人的各自五官特征、表情以及最重要的个人的神采，都要能恰如其分地表现出来，这可说是最难的部分，雕塑水准的高低就是由此判断。

莫妮卡觉得出来和每天工作都很专注、细心，雕塑技艺纯熟精练，确是一名很出色的雕塑家，对他的工作非常赞赏。

一个多月后，整个塑像基本上成型了，莫妮卡的容貌和体态已非常清晰地显现出来。接下来的是对雕像的抛光工作，还有更细微的收尾工作，把不够完美的部分作改善的工作。慧嫄指导莫妮卡抛光的方法。莫妮卡极感兴趣，她看到自己的雕塑这么完美地展现眼前，内心十分欣喜满意。她连连不绝地称赞来和雕塑技艺的高强，虽然作品还没有真正完成，可是已能看出足可媲美欧洲一流的雕塑水准。

来和很认真地工作，非常专心留意有任何不理想的部分，细心地进行修改，以求作品能尽善尽美地展现出来。这是他一向的工作态度，他能有今天的成就，便是因为具有这种一丝不苟的精神所致的。

接下来的十多天，来和的主要工作便是进行一点一滴的修整工作。在莫妮卡看来，她的塑像已经十分完美。来和更精心的修整，一天天显出更精美的塑像，她内心更有说不出的欢欣。

这天，莫妮卡照样过来，在模特的位置脱去衣服，摆出姿势让来和为雕像做修整工作。她觉得今天似乎比平常来得安静，而且慧娴也不在。于是她问来和：

"咦，来和，慧娴今天为什么不在呀？"

"哦，"来和说，"她和其他人都出去买东西了。"

"那么，现在只剩下你一个人？"

"是呀。"

莫妮卡突然走到来和面前，显得很忧伤地说："来和，我很担心我自己，我恐怕有麻烦了。"

"你有什么事吗？"来和关心地问。

"我很可能患上乳癌了。"莫妮卡依然一脸愁容。

"你还这么年轻，不可能吧。"来和安慰她说。

"是这样的，"莫妮卡说，"我母亲也患上这个病，我在英国时医生对我说，我很有可能会得到母亲的遗传，他特地叫我要时常注意检查乳房，时常要用手摸摸是否有硬块，一发现乳房有硬块，就要动手术。"她停一下再说："昨天我洗澡摸到乳房好像有硬块，但是又不肯定。医生曾对我说，如果自己摸不能肯定的话，最好叫别人帮忙检查，因为自己检查痛觉总是差一些。"

她走近一点到来和面前："来和，你要帮助我，你帮我一下好吗？"

"你要我怎样帮你？"来和问。

莫妮卡说："我要你帮我检查，看我的乳房是否有硬块。"说着便靠近来和，把胸部挺向前。

"我……我不会呀，"来和略退一下。

"很容易的，"她说，"你手握着我的乳房，轻轻地揉捏，看看是否摸到硬块。"

"不行的……我……不会的……"来和有点不知所措。

"你伸手来摸就可以了，这么容易，怎么不会呢？"

莫妮卡不顾来和反对，抓住他的手拉到自己胸前。来和害怕地把手缩回去。

但是莫妮卡还是抓住他的手,似乎要哭地说:"来和,如果患上此病是很难医治的,我恐怕真患上,以后就……活不成了,我……还这么年轻,你……难道忍心……不帮我吗?来和,请你……帮帮我,好吗?"

经她这么哀求,来和一时不知如何是好。

莫妮卡又说:"来和,我知道你不会这么忍心不帮我的,来……"她再握来和的手拉到自己胸前,说道:"来和,你帮帮我,只是举……举手之劳。我……会很感激你的。"

莫妮卡把来和的手拉到自己乳房上面,对来和说:"很容易的,就照医生所教的,你轻轻地揉捏……捏呀,你放心,……对了,就是这样……对了,可以……稍微大力一点。对了,对了,两个乳房都摸……"

莫妮卡闭起双眼,挺胸向前,一边双手引导来和双手在双乳上转圈,一边"唔,是的,就是这样……啊……来和……很舒服……啊……真好,啊……"她在轻声呻吟,呼吸也急促起来,胸部挺得更高,把来和的双手更用力地压在胸上,身体有点颤抖。

来和见她这个样子,自己也脸红燥热起来。但是他一下子清醒过来,立即抽回双手。

莫妮卡张开眼,呼一口气,说道:"来和,你能完全照医生的话做,真感谢你。"她轻撩一下头发说:'来和,你摸到乳房里有硬块吗?"

来和又是摇摇头说:"没有,没有什么硬块。"

"哦,很好,"莫妮卡说,"真希望我没事。我知道很多人患上这个病是很惨的,我很怕。来和,我真的很怕。"

来和说:"没有摸到有硬块,我想你应该可以放心了。"

"是的,真希望是这样,"莫妮卡说,"来和,我还有一件事要告诉你。"

"什么事?"

莫妮卡说:"是这样的:我下次回英国时要参加选美比赛。"

"哦,很好呀,我看你会胜的。"来和说。

"不过,"莫妮卡说,"我没有什么把握。你知道吗?在英国美丽的女子是很多的,选美要获胜很不容易。"

"我看你没有问题。"

"来和，"莫妮卡说，"你知道，选美最主要的是身材，身材不好，就什么都不用说了。"她看看自己的身体，略挺一下胸，然后说："来和，你说过我的身材很标准，三段很合比例。"

"是呀，的确是这样啊。"

"那么，你要以你雕塑家的专业告诉我，我的胸部的弹性怎样，是不是松懈的？"

"不是。你的胸部弹性，很好！"

"皮肤细滑还是粗糙？"

"很细腻。"

"真的吗？来和，你不是在骗我高兴吧？"

"哦，我没骗，我讲的都是实话。"

"哦，来和，真谢谢你。经你专业的评论，我有信心下次去参加选美比赛了，再谢谢你，来和。"说着快速地给来和一个吻。

来和又退后一步，把她推开。

莫妮卡说："来和，说实在的，你刚才为我检查乳房，我不但感激你，而且我还有很舒服的感觉，生理上都有反应了。来和，你是不是也有反应呢？"

"我……"来和不知如何回答，停一下说："莫妮卡，我们不说这些。你……把衣服穿上吧，你的雕塑的修整工作完成了，只剩下最后的抛光工作罢了，我不需要再看你的裸体了。"

"来和，我要你回答我，"莫妮卡说，"你是正常的年轻男人，你是不是有反应？"

来和认真地说："莫妮卡，我再告诉你，我们不说这些，你快把衣服穿上。"说着去拿莫妮卡的衣服给她。

莫妮卡接过衣服，一边穿一边说："来和，请你别介意，我只是跟你开玩笑罢了。你不会生气吧？"

来和没出声。

莫妮卡穿好了衣服，对来和说："来和，我知道你是一个很好的人，所以我才大胆地要你帮我检查。说老实话，我真的很感激你。"

"别客气，只要你没事就好了。"

"来和，"莫妮卡又说："我和你接触久了，知道你的为人，所以有很多话敢跟你说。我……"她略想一下再说："我……来和，我现在有一件……非常重要的事。"

"有什么事这么重要吗？"来和以疑惑的眼光望着她。

"真的，真的，以你们中国人的说法，这千真万确是一件……天……天大的事！说出来可能你不相信。"

"是吗？说出来听听？"

"但是，这件事太重大了，"莫妮卡说："而且很复杂，一下子很难说清楚，我要找个时间慢慢告诉你。"她稍停一下继续说："这件事说出来包管吓你一跳。"

"你都还没说出来是什么事。"

"我现在不能对你说，"莫妮卡说，"我还有东西要给你看，你不看这些东西，说也没用的。来和，你明天到我那边去，我会慢慢详细地告诉你，并给你看重要的东西。不知道你会不会害怕？"

"害怕？害怕什么？我会害怕什么？"

"我恐怕这件事太厉害了，会吓到你，所以我想你可能会害怕。"

"莫妮卡，不要老是说我害怕，我不会害怕的。老实告诉你，我也曾经遇过不少危险的事。"来和不甘地说。

"那很好，你明天就到我那边。你拿支笔和纸来，我把地址写给你。"

来和拿来笔纸，她便把地址写下交给来和，然后说："来和，这件可是非……我懂了，非同小可的事，你千万先不要跟任何人讲。等我们商量好了，才决定是否要告诉别人。你说是吗？"

第二天来和按地址去，来到莫尼卡租住的单独小楼。莫妮卡一见来和到来，非常高兴，立即请来和坐，并拿水给他喝。

莫妮卡说："来和，你来我非常高兴。"

来和说："你说有很重要的事要告诉我，到底是什么事？"

"来和，别心急，你先休息一下。我会慢慢讲给你听。"

来和坐着等她说。

莫妮卡说："我的雕塑完成了吗？还需要去摆造型给你看吗？"

"哦，不必了，再过两天所有抛光的工作做好就全部完成了。"

"很好，你可以慢慢做，我不是急着要的。"

"那好，你把你的事告诉我吧。"来和说。

"好，我……我想看应该怎么说？"莫妮卡略想一下："这事是这样的，我在英国的一个要好的朋友，她说她的祖先……在七十多年前是去打中国的军队里的一个兵士。那时……火烧一个皇帝的大花园……不知道叫什么名字，来和，你知道吗？"

"我知道，"来和说，"那时你们英国和法国的军队侵略中国，烧了清朝皇帝的大花园。这个美丽的大花园叫做圆明园。英国和法国的军队还抢了很多宝贵的东西。"

"对不起，是的。"莫妮卡说，"那时，我这个朋友的祖先也抢了东西，他和一个法国兵一起还找到了一批很多很多的珠宝，有翡翠、珍珠、珊瑚、红宝石、蓝宝石，还有很多又大又好的钻石。这些珠宝太值钱了，以现在的价格来算，应该值几十亿、几百亿英镑……来和，你想看，这价值是不是非常非常大呢？"

"当然是的，那时全中国最好的东西都在皇帝的手里，此外，还有外国送的，进贡的，非常多又很珍贵。"来和说。

"就是因为太值钱了，"莫妮卡说："当时那两个兵士不敢直接拿走，怕会给军官们抢去。所以他们只拿了几粒很大很美的钻石藏在身上带回国，其他大批的珠宝藏在中国一个秘密的地方。他们想以后再设法来中国拿回这批宝藏。但是因为种种原因一直都没来取。"

听莫妮卡这么说，来和知道这就是史密斯所要寻找的宝藏。但是他决定先不把这事告诉莫妮卡，听听莫妮卡怎么说不迟。

莫妮卡接下去说："现在，他们的后人，就是我这个朋友认为，应该设法把这个宝藏找出来。可是，因为他身体不好，他自己不能来中国，他便叫我帮他来找这个宝藏。"

莫妮卡突然停下来，望着来和，再接下去说："来和，我现在要告诉你，你千万不要……不要害怕……"

来和说："我不会害怕，你有话就说吧。"

"好,"莫妮卡说:"来和,这件事和你们家有关系。"

来和突然吃惊地说:"啊!和我们家有关系?"其实来和心里知道她要说什么,只是不愿让莫妮卡知道,所以故意作出吃惊的样子。

"是的,"莫妮卡说,"我的朋友说,要你们帮忙才能找到这个宝藏。"

"我不明白,要我们怎样帮忙?"

"是这样的,"莫妮卡说:"我朋友的祖先,也就是当时的那个英国兵和他的同伙,那个法国兵,一起画下了一张藏宝地图,把它分为两半,一人拿一半,以后各传给自己的后代。我的朋友说,他家那半张图不见了。他说,来和,他们这半张图是在你们手中。"

来和又显得更为吃惊,睁大眼说:"啊!你说什么?你们在英国的图,怎……怎么会在……我们手中!他们……乱说吧了!"

"来和,你听我说。他说,你父亲曾在英国,他家的一个人和你父亲认识,他说,后来那半张图被你父亲拿回中国来了。"

"来和,我告诉你,"莫妮卡说,"这批珠宝不但珍贵无比,价值……哦,我懂了,你们中文是说价值连城,而且也有历史价值。我们的计划是,我们设法把它们找回,然后交给中国政府。你说,这样做对吗?"

来和说:"如果真有这批珍宝,那当然是对的。"

"但是,"莫妮卡说,"我们并不是白做的,我们也要得到一些利益,而且你们也可以分到一些利益。"

"会得到怎样的利益?"来和不解地问。

"这是很简单的,"莫妮卡说,"来和,你想,这个宝藏的珠宝是很多很多的,但是真正有多少没有人知道,所以,在我们找到的时候,我们和你们各拿走一部分,其余的才交上去给政府。"

"哦!"来和想,"原来是这样,还挺贪!"

莫妮卡轻拍一下手说:"来和,你想想,这些珠宝可不是普通的珠宝呀。红宝石、蓝宝石,还有精美的钻石,小的都几个克拉,大的几十克拉,甚至整百克拉,我们每人只要有几粒,或十几粒,就发大财了。你想看,我们一生怎么会有这么多的钱!"

来和不出声。他想,贪念可真大。

莫妮卡说："所以，来和，我和你商量，你回去把我们的计划告诉你父亲，叫他把那张图交给我们，以便我们去找宝藏。你认为怎样？这是一个发大财的机会，不可以错过呀。"

不等来和回应，莫妮卡又急迫地说：

"我朋友说，他有一个亲戚名叫玛格烈的，她以前给了慧娴一封短信，里面可能有宝藏的信息，可以有助于寻找宝藏，你叫慧娴也把这封短信交给我们。来和，你认为怎样？"

还没听完莫妮卡的话，来和就已经惊呆了。他原来担心的事情还是发生了。

来和于是简要告诉了莫妮卡、史密斯一伙在中国发生的事情，以及藏宝图已经上交警局的情况。

莫妮卡极为惊怒，又极为不相信这是真的。

"哦，来和，求你别这样，别给我泼冷水，别打破我美丽的梦想。难道，你不疼你的慧娴吗？你不希望她也能拥有又大又亮的钻石，又绿又透的翡翠吗？"她停一下又说："来和，我亲爱的来和，你帮我实现这个美梦，你要我做什么都可以。"

"没有，没有什么需要你做的。好了，我要回去了。"来和说着就走向门口要走。

贪婪又狡诈的莫妮卡哪里甘心，又哪里肯信。她哪里会相信来和他们一家会放着那么一大堆巨额财富不要，而将藏宝图交给警局呢！她眼珠一转，立刻就认定这是来和在糊弄自己，以求独吞财宝。她一面恨得牙痒，一面飞快地想着怎样让来和吐露实情。这样想着，莫妮卡一闪身，马上过来把他拉住。

"来和，既然是这样，那就算了。不过，你先别急着走，我还有事要你帮忙。"

"还有什么事？"

"你先回来再说。"莫妮卡把他拉回房间。她抓着来和的手说："来和，你不知道，你昨天帮我检查胸部之后，我回来酒店打电话给英国的医生，告诉他检查的结果。"

"已经没事了，不是很好了吗？"来和说。

"但是，"莫妮卡显出忧伤的样子，以伤心的语气说："医生说，我们那样检查不是绝对准确的，还要躺在床上，双手伸向上再做检查才最准确。我双手向上伸就要人帮忙我。来和，请求你再帮我一次。"她说着就脱衣服，原来并没穿内衣裤。一脱下衣服便躺在床上，等来和为她检查。可是来和并没有走过去。她便说："来和，快过来帮我呀。"

来和还是没过去，她于是站起来，过去把来和拉到床边。她又再仰面躺下，对来和说："来和，快帮我，很快的，只一下子就可以的，快来。"说着坐起来拉来和双手按在她胸部，然后再躺下，叫来和做反时针方向转圆圈揉捏，她则把双手向上伸起。

来和为她检查了一下子，她则微闭双眼，口中喃喃说："对了，来和，就是这样，轻轻地捏，慢慢转圈……对了，对了……很好，……我……很舒服……"然后说："来和，摸到有硬块吗？"

来和说："没有，没有硬块。"他停下动作，正要站起来。可是，突然间莫妮卡双手出力一拉，把他整个人拉扑她身上。莫妮卡顺势双手把他抱紧，呼吸急促地说："来和……我……我需要……我……很需要……快……给我……"她以很快的动作要替来和脱衣服……

但是，来和按住她的手说："莫妮卡，不可以这样！"

莫妮卡说："为什么不可以，只要……我们两人都快乐就可以了。"

来和说："不行的，我已经有了未婚妻，不可以的。"

"哎哈，来和，"她说："你为什么这么傻，只是未婚妻，又还没有结婚，还不算的。我们在欧洲是很普通的，只要两人都愿意就可以了。在欧洲，许多中学生、十几岁的，就有不少性伴侣了，大家都是这样，没什么奇怪的。我在英国也有未婚夫，可是我们还没有结婚，双方互不干涉彼此的行动……来和，快来，我……会让你很快乐的。"

但是来和说："这里是东方社会，和你们是不同的。"他把莫妮卡的双手推开，站起身来。

莫妮卡心急地说："来和，别这样，我……我很需要，快……快给我……来和，快来吧……"

来和不管她，整理好自己的衣服，转身便向房门口走去。

莫妮卡大声喊："来和！你快回来！"

来和开了门，急步走了出去，背后传来莫妮卡声嘶力竭的尖叫："来——和！"知道来和不会回来了，她瘫倒在床上，牙齿咬得咯咯响……

来和回到家，把莫妮卡要他们将短信和半张地图交给她的事说给慧娴听。

慧娴问："她什么时候对你说的？"

来和说："她对我说有非常重要的事要告诉我，叫我去她那边，先别对人说，等她讲出秘密后我才可以告诉别人，所以我事先没对你说。"他当然没有把莫妮卡叫他检查乳房的事讲出来，讲出来慧娴肯定会不高兴的。

慧娴想一下说："她说是她的朋友要她找这东西，我看她是在说谎。我想根本是她和她的父亲自己要，什么她的朋友，只不过是一个借口罢了。来和，你看是吗？"

来和在沉思。

"来和，"慧娴说："我看准没错的。"她稍停一下再说："来和，你注意到一件事吗？"

"什么事？"

慧娴叫来和跟她一起走到玛格烈的雕塑处，指着它对他说："你看这个雕塑，你仔细地看。"

来和照她的话仔细地端详雕塑，然后低声说："唔……是呀，我……看出来了……"

"你看出什么？"

"这个莫妮卡的样子，和这……和这雕塑……是挺相像的。"

"对了！就是这样。所以我想，这个莫妮卡应该和玛格烈是亲戚来的……很可能……就是……姐妹也说不定！"

"我想……很有这个可能。"

"其实，早前我就有这个感觉，只是那时大家顾着谈话，并没有仔细地想，现在讲起来就越想越有可能了。"

"你说得不错，经你提醒，我也看出来了。"

"那么,"慧娴托着下巴在沉思说:"他们应该……早就知道我们是谁,他们是有计划来探看和摸底的。"她突然对来和说:"来和,你是怎么回答莫妮卡的要求的?"

来和说了史密斯一伙殒命和把藏宝图上交的事。

"这么重要的事,我看他们是绝对不会死心的,他们一定会再来索取这些东西的。"慧娴说。

"我们应该想办法对付他们。"来和说。

"是的,我们必须和爸爸及干爹商量。"慧娴说。

于是,他们把事情告诉了杜辉明和司徒建。

杜辉明说:"这班人真是贪心,一直不放过这个什么宝藏的东西。"

"那当然了,这可是一笔天大的财富呀!司徒建说。"

"他们如果执意不信,非要寻宝,我们也没有办法。只是怕又有一场祸乱了。哎!"杜辉明说。

过了两天,莫妮卡突然又来了。她表现得一身轻松,若无其事的样子,满脸笑容和来和及慧娴打招呼。

"慧娴、来和,你们好,"莫妮卡一边走来,一边招手。她说:"我今天来看看我的雕塑是否完成如果完成,我准备买下,然后再逗留一段时间,就准备回国了。"她朝她的雕塑走去。

来和说:"哦,好呀!先预祝您旅途愉快!雕塑已经好了,你看有什么不满意的地方吗?"

她仔细地观看雕塑,并以手四处触摸,微笑说:"非常好,我很满意。"然后她对慧娴说:"慧娴,你看,我说得不错,来和真的是一位非常杰出的雕塑家,比欧洲最一流的雕塑家……毫不退……哦,是……毫不逊色。"

慧娴说:"只要你满意就好了。"

"满意,满意,我很满意……心……心满意足。"

"如果你认为满意,我们叫人送去给你。"来和说。

"哦,很好。来和,谢谢你。那,我要给你酬劳的。来和,是多少钱呢?"

"你付给我们六万块省银行毫券吧。当然,如果给我央行票子就更好了。"来和说。

"连大理石价钱和你的手工，共六万块钱？"

"是的。"

"你有算错吗？"

"算错？没有。就是六万块钱。"

"来和，我看你是算错了。才六万块钱这么便宜？"

"我认为这是个合理的数目。"

"喔，在欧洲，这样一个精美的大理石雕塑，最少也要二万英镑……唔……三万英镑，甚至……五万英镑。"

"但是我们这里是中国，"来和说，"而且，我也不是著名雕塑家。"

"来——和！"莫妮卡放大声说："你别太客气了，太空虚了……我不对，应该是说太谦虚了。慧娴，我说的对吗？"

慧娴说："来和并没谦虚，他的确不是什么出名的雕塑家。"

"唔，慧娴，你不对了，"莫妮卡拉着慧娴的手说，"来和真的是一位著名雕塑家，他很出名的，我知道。"

"你听谁说的？"慧娴问。

"我……"莫妮卡知道自己说漏了口，再说下去便会露出她和父亲追踪来和这件事的马脚，于是立即改口说："慧娴……不……不用说，来和的技术这么好，肯定……很出名的。我……猜一定……是这样的。"

"别再说什么了，你就付给我们六万块钱好了。"来和说。

"哦，太便宜了，真是太便宜了……那好，就谢谢你了，来和。慧娴，也谢谢你。"

"你不用谢我，塑像不是我雕的。"慧娴说。

"那么，来和，你把你的银行账号给我，我明天把钱打进你的账号。"

来和把银行账号写给了莫妮卡。

莫妮卡说："请你叫你的工人明天把雕塑送去给我。我看你们是有一个工人的，是吗？"她指的便是毕峰。

来和说："是的，明天什么时候？"

"那……就明天上午吧。"她再把地址给了来和，然后说："好了，我也不再打扰你们了,我要走了。拜拜。"

莫妮卡走后,来和对慧娴说:"她完全不提寻宝的事了,还说要很快回国,莫非她相信了。"

"只怕没那么简单,这个莫妮卡,我看是挺狡猾的,完全不像玛格烈。"慧娴说,"她先装出没事的样子,以后说不定会出什么花样。我们暂且不管她,一切静待其变,等明天叫毕峰把雕塑送过去给她后再看有什么事。"

第二天,毕峰照地址把雕塑送去给莫妮卡。他敲了莫妮卡的房门,门一开,毕峰略吃了一惊,莫妮卡只穿了一套睡袍。这睡袍挺薄,莫妮卡丰满玲珑的身段尽显无遗。毕峰贪婪地看着眼前体态这么美好的西方年轻女子。

莫妮卡妩媚地微笑说:"你好,你是来和叫你送雕塑来的,对吗?"

毕峰回过神来,口吃吃地说:"啊!是……是,是的。"

"那请进来,"莫妮卡说,"把雕塑搬进来。"

毕峰把雕塑搬进房,眼睛犹不停地偷看莫妮卡背后曲线玲珑的身段和丰满的臀部,然后他照莫妮卡的指示把雕塑放在桌子上。

莫妮卡问他:"你叫什么名?"

"我……我叫……毕峰。"

"笔风?我只知道有山风、海风,沙漠也有风,怎么写字的笔也有风的?你的名字真奇怪。"莫妮卡眨着眼看毕峰。

"哦……不……不是写字的笔……的风,"毕峰嗫嚅地说:"我姓毕……是,是毕业的毕,名叫峰……山峰的峰。"

"哦,是这样呀?唔……很好的名字嘛。毕峰……毕峰,很有意思。我的中文不好,对不起,你不生气吧?"她以娇柔的语气对毕峰说。

"啊,不会,不生气,我不生气。你……你的中文很好。"

"哦,谢谢你。我以后要多多向你学中文。"

"啊,不敢当。我……我的中文不好,我……我读书很少的。"

"你是中国人,中文怎么都比我好的,我一定要向你学中文。你不愿意吗?"

"啊,愿意,我愿意……"

"那非常好,我们以后就是朋友了。你……要做我的朋友吗?"

"我?……我……"毕峰真不知怎么说才好。以他这样一个普通工人,做梦也没想过会有一个外国女子做他的朋友,而且是一个这么美丽年轻的外国女子。

"你是不喜欢吗?我不配做你的朋友吗?"莫妮卡以妩媚的眼光斜看着他。

"啊!不是,不是……"

"那么,我们就是朋友啦,很好,毕峰,我的名叫莫妮卡,你叫我莫妮卡好了。"她伸手去和毕峰握手。

毕峰木讷地和她握手。

"毕峰,叫我的名呀。"

"……"

"叫呀,叫莫妮卡呀!莫、妮、卡,你不会说吗?"

"哦,会……我会……"

"那就叫呀!莫、妮、卡,说呀。"

"莫……莫妮卡……"

"对了,对了,说得很好,再说一遍。"

"莫妮卡。"

"对了,很好,我们就是朋友啦。"她又和毕峰握手。然后她请毕峰坐下,再拿水给他喝。

过一会儿,他对毕峰说:"毕峰,请你把雕塑的包装打开,我要看看在搬运时有没有撞坏。"

毕峰小心地把包装打开,一座精美的雕塑展现眼前。

莫妮卡高兴地端详着:"毕峰,你知道这个雕塑是谁吗?"

"就是你呀。"毕峰和她谈了这些话之后,觉得莫妮卡对他很友好,而且也很随和,所以渐渐地他便感觉自然起来,再不会如开始时那么拘谨。

莫妮卡对他说:"毕峰,你看雕得像我吗?"

"唔……像呀,很像呀!"毕峰看着雕塑,又看看莫妮卡。莫妮卡妩媚的眼神令他不禁心为之动。

"面貌很像是吗?"

毕峰再看着莫妮卡："像，很像。"

"美丽吗？"她向他眨着眼。

"美……美丽，很美丽……"毕峰心跳加快。

"但是，身体不知道像不像。如果不像，我就要退回去给来和。毕峰，你小心替我看着。"她说着，很快便把睡袍脱掉，没穿内衣裤，一副白皙、润红而且丰满的女体赤裸裸地展现在毕峰眼前，而且又是那么靠近，的的确确地，真真实实地近在眼前！

毕峰约三十岁的年纪，他一生中根本不可能这样看过如此曲线玲珑、身段极美的西方年轻女子在他眼前一丝不挂，还摆着诱人的姿势，看得他热血沸腾，心跳加速。

莫妮卡微摆动身体，半眯着眼说："毕峰，怎样？雕得像吗？好吗？"

"喔……像，很……很好。"

莫妮卡再照雕塑的造型一样，双手叉腰向后展，微抬头，胸尽量向前挺，说道："毕峰，看清楚了，是这个姿势吗？"

毕峰睁眼不眨，眼前这裸体太美了，太迷人了，太诱人了！他怀疑自己是不是在梦中……

莫妮卡把胸部挺得更高，转头对毕峰说："你觉得我的胸部够坚挺吗？雕像雕得一样吗？"

毕峰仍睁大眼说："坚挺，很坚挺，你真人……比……比雕像更美！"

"是吗？你是在骗我高兴吗？"

"不……不骗你，你很美丽。"

"你说我胸部坚挺，怎么知道的？"

"看得出呀！"

"可是，乳房可能已经松了。"

"哪里会！这么挺怎么会松？"

"眼看不能算，你要用手摸才能证明，你摸摸看。"她走到毕峰面前。

其实毕峰已看到手痒痒，早就恨不得去摸她一下。听莫妮卡这么说，正是求之不得，马上毫不犹豫地摸她，并贪婪地捏着。

莫妮卡闭着眼，双手抓着毕峰双手在她胸脯上搓揉，呼吸急促，脸颊泛红，呻吟着说："毕峰，慢慢搓，慢慢……对了，对了，就是这样。松吗？乳房松了吗？"

"不松，不松，很结实！"毕峰不自觉得地捏得更用力。

"哎哟！毕峰，轻一点，捏痛我了。"

莫妮卡突然用力抱着毕峰，拉他一起倒在床上，呻吟着说："毕峰，我要……我需要……毕峰。"

毕峰年轻力壮，而且刚和老婆离婚了约一年，自此未近女色。现在经莫妮卡这样挑逗，再忍耐不住，欲火焚身，如饿狼一样抱紧莫妮卡，急促地吻她。而莫妮卡也一样正如一头饿狼，更出力地抱紧毕峰。两人如鱼得水，如狂风暴雨，疯狂缠绵，竟然连续来了三回！

一阵暴雨后终归平静，两人疲倦地瘫软在床上，心跳由快而逐渐回复平缓。莫妮卡说："毕峰，你很强壮，我很满足、很快乐。你呢？你快乐吗？"

毕峰猛点头说："很快乐。"

莫妮卡说："以后我们常在一起，你喜欢吗？"

毕峰求之不得，不停点头说："喜欢，我喜欢。"

"还有，毕峰，"莫妮卡问："你不介意我问你吧？"

"什么事？"

"你现在的工作一个月能赚多少钱？"

"我……工钱不多，一个月只千多块钱，还不到两千块。"

"那太少了，够你用吗？"

"我只有一个人，没什么开销，是够用的。"

"那你有房子吗？有老婆、孩子吗？"

"没有。我工钱这么少，哪买得起房子？我……和老婆离婚了，也没有孩子。"

"那你不想自己有一间房子？有一间又大又漂亮的房子？"

"那不可能的，我没钱买。"

莫妮卡移身靠近毕峰，看了他一眼说："毕峰，如果有一样工作你去做，可以赚很多钱，很多很多的钱，可以让你买房子，你愿意做吗？"

毕峰眨着眼说："哪里有这么好的工作？"

"如果真的有呢？你愿意做吗？"

"不是叫我去抢银行吧？"

"不是，不用去抢劫的。"

"那么……是……去偷？"

"对了，你说对了，去偷东西。"

"偷东西是犯法的，我可不愿意去做。"毕峰显出害怕的样子。

"毕峰，这是没什么危险的，只要你做到了，你就可以得到很多、很多的钱，很值得的。"

"能得到多少钱？"

"几十万，一百万，或者更多！"

"不可能的，绝对不可能的，你别骗我。"

"毕峰，这是可能的，你听我慢慢跟你说，"莫妮卡更靠近他，以诱惑的语气说："毕峰，是这样的：我要找一样很值钱的东西，如果找到了，钱是多到算不完的。但是，我需要你帮忙。"

"要我帮忙？我能帮什么忙？"

"是这样的……喔，让我们穿好衣服才慢慢说吧。"

两人起身穿上衣服。

莫妮卡去拿了一封英式书信和一张地图给毕峰看，然后说：

"毕峰，来和的家有这两样东西，它们应该是放在一起的。书信的样式未必是这样的，但是，一定有这样一封信。再说一遍，它们应该是放在一起的。你设法偷给我。我有了这两样东西，就可以去找那个很值钱的东西，找到之后，我可以给你几十万、一百万块钱。"

毕峰听了有点不敢相信自己的耳朵，口吃吃地说："你叫我去偷老板的东西？"

"是的，这才更容易。你看，你在他那边工作，他们不会怀疑你。你要表现得若……若什么？哦，对了，若无其事，暗中找，找到了便设法偷来给我。"

"我看……不容易吧……"

"毕峰，这才容易。你要不……不动声色，不要让他们留意。还有，你可以慢慢来，几天、十天都可以的。你再想看，你偷到了之后，就是赚大钱的机会了。还有，你以后可以时常来，我们一起快乐。你不愿意吗？"

这一切，对毕峰来说都是莫大的诱惑，金钱、女人，很多的钱、很迷人的女人，他怎会不心动？所以，他在考虑着。

莫妮卡见他不说话，知道他已心动了，于是说："毕峰，我知道你是不会放弃这个机会的。你是同意了？"

毕峰说："好，我答应你，我去尝试。那你……你真的可以……让我时常来……和你一起快乐？"

"当然是真的啦，我是多么喜欢你呀。"她说着吻了毕峰一下，然后说："那么，你回去后便可以开始去做，每天小心找，暗中寻找，找到为止，知道吗？"

毕峰点头。

………………

此后，毕峰每天便注意地寻找莫妮卡所要的东西，尤其是在晚上，因为他是负责在晚上看管工作的，晚上其他人都睡了，他更可以名正言顺地进行他的任务。

除此之外，毕峰也时常去找莫妮卡鬼混，享受他们的"二人世界"。几天后，慧娴发现了他不寻常的举动，便对来和说："来和，你注意到吗？毕峰近几天的举动很奇怪的，我看他好像是暗中找什么东西，时常鬼鬼祟祟的，挺神秘的样子。"

"是呀，我也注意到了，他连讲话也常吞吞吐吐的，很不自然。"

"我们应该和爸爸及干爹谈谈，看他们有什么意见。"慧娴提议。

来和同意了。

于是他们把毕峰行动古怪的事告诉杜辉明和司徒建。司徒建说："有这样的事吗？我平时可没注意他的举动。"

来和说："他近来的确行动挺鬼祟的，一直好像是在暗中寻找什么似的。以前他完全不是这样的，平时没事就是白天睡觉，可是我发现他白天很少睡觉，眼睛时常东张西望。"

"还有呀，"慧娴说："这几天他常常在白天出去，不知道去做什么？"

杜辉明说："这么说来，他是有古怪的，我们必须小心留意，不要让他做出任何伤害到我们的事来。"

"唔，我看这样，"来和说，"如果他出去，我暗中跟踪他，看他到底去哪里，有没有去找什么人？"

"对了，来和，你应该这么做，一定要查出他到底在玩什么把戏。"司徒建说。

杜辉明和慧娴也认为必须这样。

第二天，毕峰比平常起得早，很快吃了早餐便出门，也没跟人讲便径自去了。他一出门，来和便暗中跟在他后面。一直跟着，到后来，发现他去的地方是莫妮卡所住的小楼。进了小楼，毕峰便进了莫妮卡的房间！

来和回去把此事告诉了各人，大家都很感惊讶！来和说："我明天再看他是否还去找莫妮卡。"

隔天，毕峰果然又去找莫妮卡。来和回来告诉大家，各人也是很惊异，都在猜他到底找莫妮卡有什么事。

慧娴说："我想这肯定和莫妮卡要找玛格烈的信和半张地图的事有关。"

"莫妮卡怎么会找上他呢？"来和说。

"是呀，"司徒建说，"这洋妞真多事。"

慧娴说："其实这莫妮卡是又狡诈又贪婪，她上次骗来和跟他们合作没有结果，又不相信藏宝图已交，肯定不死心，便从毕峰下手。"

"对的，"杜辉明说，"因为她知道毕峰在我们这里工作，找他来帮忙是最方便的。"

"他妈的毕峰这兔崽子敢在这里乱来，看我不一拳毙了他！"

"对呀！"来和也生气地说，"我们请他来工作，他却要做对我们不利的事，必须要好好教训他一下！"

"不过，我看……"杜辉明沉思着点头说，"现在，我们虽然将藏宝图交给了警察，莫妮卡肯定是不相信了，定要寻宝，保不齐还要生事。况且，我们国家大乱，日本人又虎视眈眈，只怕藏宝图交给警局后，不定就能保证无事。说不定呀，以目前警政的腐败，自己内部又要生出许多事来。那样，内外交逼，我们这些牵涉的人也免不了被利用。倒不如我们不要打草惊蛇……"

"不如怎样？"来和问。

"不如……来个……将计就计……如此这般，既要正告莫妮卡不要执迷不悟，放弃寻宝，又要有所防备莫妮卡他们鬼迷心窍，执意寻宝。得让他们吃点苦头，也可让那些觊觎宝藏——假如真有宝藏的话——的人，从此死了寻宝的心。"

"东家，到底怎样将计就计？"司徒建问。

杜辉明说："莫妮卡这帮人一直不死心，要找什么宝藏，她一直要找我们的短信和半张地图，我们就给她吧。"

大家猛听一怔，转瞬就会心地笑了。

二十四、中美人计·贪汉丢命

毕峰终于得手了!

他非常高兴地把到手的短信和半张地图交给莫妮卡,并要莫妮卡交钱给他。他说:"莫妮卡,你要的东西我偷……拿到了。我……经过很多困难才拿到的,真……不容易。"他故意夸大偷窃那两样东西的困难。

"很好,"莫妮卡说,"你真本事,我很高兴。"

"莫妮卡,我……我要……"说着一把抱着莫妮卡推她上床。

可是莫妮卡却没有了多日来的热情,她出力把毕峰推开,对他说:"毕峰,不要,我今天……身体不舒服……下次再来吧。"

"哦?我看你没什么事嘛,莫妮卡,我……我要。"说着又去抱莫妮卡。

可是莫妮卡又推开他:"真的,毕峰,我真的不舒服,你今天不能碰我。"其实莫妮卡现在心急着要看短信里到底有什么信息。她更是心想着要快点找到宝藏,哪里还有心思和毕峰调情?

毕峰看莫妮卡认真的样子,不敢再碰她。可是他心急着要拿钱。于是他说:"莫妮卡,你上次说拿到这些东西给你之后,你会给我许多钱。"

"是的,我对你说过。"

"那么,现在东西已经给你了,你把钱给我吧。"

"现在?现在给你钱?"

"是呀,现在我就要。"

"现在……我还不知道你拿到的东西是真是假呢!况且,我刚付完来和的六万元，现在哪里有钱给你呢？"

"有的，莫妮卡，你有的，我知道你有的。东西，一定也是真的，因为他们藏得严密，两样东西也确实是放在一起的。"他稍停一下继续说："莫妮卡，你上次说给我一百万、百多万。我不要这么多，你现在给我五十万央行票子就行。"

莫妮卡眯着眼看着他，然后过去轻吻他一下，以娇柔的声音慢慢说："毕峰，钱是会给你的，但是我现在手上没有这么多钱。你别心急，以后一定给你的。"

"你……你现在……就去银行拿呀，我……可以跟着你去……我只要五十万。"毕峰心想，这钱越快拿到越好，拿到了才心安。对他来说，五十万已是天大的数目了，所以他一定要马上拿到这笔钱，这笔他做梦也不敢想的大横财。

可是莫妮卡还是娇柔地对他说："毕峰，别太心急了。我明天去银行，你明天来，我和你一起去银行。你现在先回去，明天再来，好吗？"

毕峰仍站在那里不动，还想说什么。

莫妮卡说："毕峰，我不大舒服，要休息，你明天再来，现在回去吧。走啦，让我休息啦。"说着轻推毕峰到门口。

毕峰悻悻离开。

毕峰一走，莫妮卡就迫不及待地展阅玛格烈的短简：

"慧娴，我有很重要的事要告诉你，这是有关圆明园的一个天大秘密。我的祖辈以前和法国军队去打中国，军队攻入圆明园后兵士大抢财物。我的祖先和一个法国兵找到了一大箱珠宝，有数不清的翡翠、珍珠、红宝石、蓝宝石、钻石，都是又大又精美。他们两人不敢随军队拿回国，因为怕给军官们抢去。他们只拿了几粒大钻石，其他全部都藏在一个秘密地方。他们画了藏宝图，分为两半，一人拿一半，以便以后再去拿宝藏。现在我家的半张图被来和父亲拿走了。我父亲和法国人要到中国找宝藏，但是我发现一个秘密，法国人决定找到宝藏后要杀掉我们，他们要独吞宝藏，而且杀掉我们便可以不让宝藏的事让别人知道。我们的家人很危险，希望你们能帮我们。更详细的情况我下次再当面对你说。另外告诉你，据他们研究，认为宝藏就在采石场的石洞里。见面我再告诉你。"

莫妮卡读后,心里吓了一跳,原来法国人心狠,要杀我们独吞宝藏,还好我得到这短信,才知道他们的诡计。她立即把这信息以及来和说的藏宝图已交给警方,史密斯等人已死的信息都告诉了她父亲。可是,他们父女一样,对史密斯等人之死倒是相信,因为,他们去过山洞。但是,对于藏宝图上交的事根本不信,认为这是来和他们要独吞宝藏,而故意骗他们的,否则,毕峰是偷不到信和图的。他们父女两人于是商量如何寻宝,莫妮卡便拿出毕峰交给她的半张地图给她父亲看,两人都非常高兴。但是只有这半张图是不够的,还有另外半张密特朗家人或许还有办法,必须和他们一起才能找到宝藏。

父女两人一番研究之后,决定回欧洲去和法国人商量,以便两家人各拿出图合并寻宝。

第二天,毕峰迫不及待地来找莫妮卡拿钱,他对莫妮卡说:"莫妮卡,你答应说今天给我钱,现在就给我吧。我跟你说过了,我不要多,只要一半,五十万块就行。"

莫妮卡说:"哎哟!毕峰,你太心急了,真的今天就要钱吗?"

毕峰说:"当然啦,你昨天叫我今天来的,当然是现在要拿钱啦。"

"毕峰,你也要给我一些时间嘛。你先休息一下,让我先洗个澡,好吗?"

"那你快点呀。"

"毕峰,我说你心急真是一点都不假。"说着,她便走进浴室。

很快,浴室传出淋浴的水声,还有莫妮卡低哼着曲子的声音。要是在平日,毕峰肯定会毫不迟疑地进去,和莫妮卡来个鸳鸯浴,共享欢乐时光。可是现在他急着的是要先拿钱,所以按捺住内心的冲动。对他来说这五十万元太重要了,无论如何都要先拿到才安心,和莫妮卡的亲热,以后还有机会。

但是,莫妮卡却似乎洗个没完没了,久久不见出来,依然不停地低哼曲子,也不知道她哼的是什么,应该是他们西洋的曲子吧,反正听不懂。事实上毕峰根本也没心情去听她的曲子。他坐久了便不耐烦起来,走到浴室敲她的门,大声说:"莫妮卡,你洗完了没有,怎么这么久?哪有人洗澡这么久的，快出来吧。"

只听莫妮卡说："门是没有扣上的，你推门进来吧。"

毕峰用手轻推，门果然推开了，只见莫妮卡赤裸着身体在淋浴。她向毕峰招招手说："来呀，过来呀，一起洗澡吧。"

毕峰没过去，只站在门口。

莫妮卡催促他说："来呀，你还等什么，一起来洗澡呀水很清凉，洗了很舒服的。毕峰，快过来，跟我擦背，我也跟你擦背，快来。"她一直向毕峰招手，还做出妩媚的样子。

老实说，她这样的挑逗对毕峰的诱惑力是很大的。可是毕峰一直告诫自己不能过去，他知道一过去和她赤裸共浴将会是没完没了的，以莫妮卡的热情，总免不了又要大亲热一番。过后她又会说疲倦了，不肯把钱给他。所以他一直设法控制自己，没过去和莫妮卡共浴。

毕峰说："莫妮卡，你快一点，我在外面等你。"他望了一眼莫妮卡，便走到房间坐下。

莫妮卡引诱不到毕峰和她一起共浴，不得已便自己继续淋浴，过了一段时间才浴罢，擦干身体穿上衣服走出浴室。

毕峰见她出来，便又催促："莫妮卡，我们现在就走吧。"

莫妮卡笑笑说："好吧，就走吧，我说你呀，真是太心急了。其实，迟几天又有什么关系呢，迟几天对你会更好。"

毕峰也不再说什么，开了门就往外走。莫妮卡跟在他后面。到了小楼门前，莫妮卡一招手，一辆汽车开了过来。她叫毕峰上车坐在后座，她随着也坐了进来，并对开车的司机说了句英语。原来开车的人是个外国人，高大健壮。毕峰不懂英语，也不管他们说的是什么。他一心想，只要去银行拿到钱就行了。

车子在市区走了不多久，便向郊外驶去。毕峰起先还不大留意，后来才发现车子越走越偏，不禁心起疑惑，问莫妮卡："莫妮卡，我们要到什么地方去？"

莫妮卡有点神秘地笑笑说："去拿钱呀。"

"不是到银行去吗？这里会有银行吗？"毕峰依然一团疑惑。

"去拿这东西，是不必到银行去的……"莫妮卡冷冷地说。

毕峰看看情况有点不对，大声说："莫妮卡，快叫司机开回市区去！"

莫妮卡只是冷笑，没出声，那司机也是一直开向野外的地方。这时，毕峰有点害怕了，他不知道莫妮卡到底要去哪里，也不知道她要做什么。

毕峰越来越害怕，他抓着莫妮卡大叫："莫妮卡，你要做什么？快叫司机开回市区去！"

这时，车子来到一个树林，旁边有一条小河，车却停了下来。毕峰很担心地问："莫妮卡，为什么停车？"

莫妮卡依然神秘地微笑说："这里地方好，空气好，我要呼吸一下新鲜的空气。"说着，她开门出了汽车，走到河边去，伸展双手作深呼吸。而司机也跟着下了车。

她说："毕峰，你也下车呀，来呼吸新鲜空气吧。"

毕峰不知所措，犹豫着不知道是否要下车。

莫妮卡走过来催促他："快下车呀，我们都下车了，你留在车内干什么？快，快来。"她伸手去拉他下车。毕峰心神不安地下了车。过一会他又说："莫妮卡，我们还是回市区去吧。"

莫妮卡斜眼看着他说："毕峰，我不是对你说吗，迟几天对你会更好，为什么你一定今天要呢？"说着又是神秘地微笑。

毕峰说："我们……回市区去再说吧。"

莫妮卡却冷冷地说："回去？"

"是的，我们回去吧。"

"可是……恐怕……回不去了……"

毕峰一听此话，心慌起来了，有点发抖地说："莫妮卡，你……这是……什么意思？"

"我的意思就是……"莫妮卡一字一字慢慢地说："我原本不想出来，是你硬要我出来的……出来了，就回不去了。"

"为……为什么？你……想怎样？"毕峰脸色也变青了。

莫妮卡眼直瞪着他说："你们中国不是有句话吗？叫做过……过河拉板，是吗？哈哈……"她发出了一阵奸笑。

毕峰知道她说的是"过河拆桥"的意思,已领会到她会对自己不利,便大声说:"莫妮卡,你……你别乱来!我……不会放过你的!"

"那——你能吗?哈哈……"莫妮卡又是奸笑。

毕峰不顾一切,突然一把抓住莫妮卡,一手勒住她颈项,大声喊:"莫妮卡,你好狠毒!我替你偷了你要的东西,你却过河拆桥,要置我于死地。你先去死吧!"说着用力勒莫妮卡的颈项。

莫妮卡出力挣扎,发出尖叫声。

那司机先前看他们说话,一直望着小河没出声。现在听莫妮卡尖叫,立刻一个箭步冲过来,一记猛拳打在毕峰头上。这一拳劲力极猛,毕峰挨受不住,眼前金星四冒,有点昏眩,勒住莫妮卡的手就松了。莫妮卡急忙脱开。

洋人攻击中国男子

毕峰双腿一软跪倒地上。他知道那外国汉子力大无比，拳力惊人，自己根本斗不过他，便向莫妮卡哀求："莫妮卡，求……求求你，放过我吧。那……那五十万块钱……我不要了，求……求你放过我吧。"

莫妮卡却说："本来，你的命是不值钱的，杀你也没用……"

"对，对，我是不值钱的，那就……别……杀我吧……"

"可是，"莫妮卡说："你已经知道太值钱的东西了，所以……你的命也变得很值钱了。"

"我……我不会告诉别人的。请相信我，我一定会……替你保密的。"

"保密？你替来和工作，一定会告诉他们的，我绝对不放心。你……不用再说了！"她转向那汉子说了句英语。

那汉子便走向毕峰，毕峰知道大难临头，拔腿便跑。但是那汉子出脚奇快，只一脚便把他扫倒，毕峰挣扎着站起，双拳连环向汉子打去，以求最后的一搏。但是他哪里是那汉子的对手？只见他快拳一出，立即猛击毕峰面部。那汉子这一拳出尽了力，毕峰随之昏倒。那汉子也不说什么，两手在毕峰颈部一扭，咔嚓一声，颈椎断裂，一命呜呼！

那汉子接着从车上取出一大包石头，绑在毕峰的尸身上，抱住尸体便往河中一抛，然后拍拍双手，整理好衣服，便上车坐回驾驶座，嘴角露出狰狞的微笑。

莫妮卡也整整衣服，双手理好头发，向河中望了望，进了车内。车后扬起一些灰尘和焦黄的落叶……

二十五、怪汉绝招·飞石救人

来和和慧娴正式举行婚礼了。

这对他们全家人来说自然是一件重要的大事。他们决定，婚礼要隆重，却不要铺张，只求简单低调。所以他们不打算大请客，只是自己一家人庆祝，不请外人。

婚礼之前，来和和慧娴一起去乡下请来姨母萍阿嫂一家三人。当时万加也在场，知道来和和慧娴要举行婚礼，说什么也要跟去喝杯喜酒。来和见他很热情，便也同意带他一起回家。回到家来，司徒建看到万加来了，十分高兴，两人异口同声地说，这次又可以开怀畅饮了，杜辉明自然非常高兴。

婚礼在家里举行，一对新人拜了天地，便齐拜高堂，接着又拜慧娴的干爹司徒建。因为万加年长于他们，也平站拱手拜了他。大家都欣喜异常，尤其是万加，他一直都生活于草莽，被人视为流氓强盗，从没有人尊敬过，由于杜辉明一家人，他才能脱离那种抢劫的不正当行为，做了个农夫，好歹也过着正常人的生活。而今来和结婚，他又被当为上宾看待，向他行礼，这是他以前从来没有过的。感觉到如此受人尊敬，他真打心底里感激不尽。

晚上，他们在一间挺高档的餐馆定了一个包间，杜辉明一家四人，萍阿嫂一家三人，加上司徒建和万加，正好一桌九人。平常他们不怎么花钱，可是这一餐非比寻常，除了一般的鱼虾菜肉之外，鱼翅、鲍鱼、龙虾和烤乳猪等也都毫不吝啬地上桌，一切美味佳肴应有尽有。

这样的上等酒席，大家都是第一次尝到，无不大赞。在此大喜日子，对司徒建、万加和杜辉明来说，真可谓酒逢知己千杯少。三人开怀畅饮，一杯又一杯，"干杯"之声不绝于耳，三人喝到面红耳赤，大家尽兴而归。

两天后萍阿嫂一家回乡下去了，而万加离开乡下时已向几个手下说明自己会到来和家住一些时日，所以就留下来。除了有时观看杜辉明父子做雕塑外，也在司徒建的带领下到市内各处走走。两人几乎一模一样的奇异样子，引起不少人啧啧称奇。

有一次，两人上街，走了不久，司徒建因肚子不舒服上厕所，万加一人在外面等。他看到近旁有一烧腊店，便过去要了一只烧鸡和一只烧鸭，咬着鸡腿便走开了。店主见他没付钱便走，哪里放过他，便上前去向他讨钱。

万加说："我老子身上没钱。"

店主生气地说："没钱怎么可以吃我的东西？你这不是吃霸王餐吗？"

万加说："我现在是向你借的，不是白吃的。"

店主说："你说什么，吃东西也有借的吗？你不是在捉弄我吗？"

万加说："我无捉弄，是向你借的，后来还给你。"

店主更加不高兴了，大声说："东西都给你吃进肚子了，怎样还给我！"

万加也大声说："你勿大吵，我一向都向人借东西的，才借你一两只鸡鸭，你吵什么？"说着便要走开。

店主可不放过他，大声骂道："你没付钱吃霸王餐，是强盗吗？快给钱！"一把抓住万加。

万加也气了，随手一推，店主便倒地。店主两个手下原本站在一边看的，见老板给人推倒，便抡起拳来打万加。他们怎是万加的对手？万加只随便出手扫几下，他们就重重地摔在地上，大叫呼痛。打倒他们之后，万加头也不回地走了。

司徒建从厕所出来，走到店铺所在的地方来找万加，冷不防给几个人凶巴巴地扑过来打他。他一时没提防，后肩被人打中一拳，虽不觉怎样，可是莫名其妙地被打，心头不免火起三丈，于是大声喊道："你们为什么平白无故打我!"

店主指着他大骂:"你这个恶人,我们当然要打你!"原来刚才和两个手下被万加打倒后不甘心,便搬了八九个人来对付万加,正好这时司徒建走了来,他们以为司徒建就是万加。

司徒建生气地说:"我跟你们素不认识,无冤无仇,为什么说我是恶人?你们认错人了,是吗?"

店主说:"什么认错人了?你这副德性,化了灰我都认得你。白吃了我的鸡鸭,还打伤我们,你还不是恶人吗?"

"哎呀呀,真气死我了!"司徒建大声喊道:"我刚从厕所出来走到这里,怎么说我白吃你的鸡鸭,你不要胡乱冤枉人!"

"哈……"店主大笑说,"你这个贪吃鬼,一吃了就去拉,怪不得要白吃别人的东西。"

店主越骂越凶,司徒建真的七窍生烟了,大声骂道:"你这乌龟王八,胡乱骂人,看老子不揍死你!"

店主也不示弱,仗着人多势众,一声大喊:"大家一起上,给我狠狠打!"

话声一落,众人一哄而上,围住司徒建便拳脚交加,来势汹汹。司徒建见他们一伙人齐动手,怒睁双眼,大喝一声,一阵快拳疾腿,使出八成力,对方就纷纷倒地,摸头抚胸,不住喊痛。

司徒建一手提起店主,指着他骂道:"你这乌龟小子,知道老子的厉害了吗?还要打吗?叫他们全站起来,再和老子斗一场吧!"

店主低声下气求饶道:"好汉,不敢了,我们不要再打了,放过我们吧。"

司徒建说:"还说我白吃你的什么鸡鸭吗?"

店主说:"不敢了,不敢了。我店里还有几只,你都拿去吃吧,我们不收你的钱。"

司徒建还想再说什么,忽然看到万加走了过来。店主和他那一帮人看到都吓得瞠目结舌。"哇!是不是有呀!"

"难道他会分身术!一个人,分……分成两个人?"

"太……吓死人了!怎么……一个人,变……变成两个人!"

店主也惊得不会说话。

原来万加觉得司徒建应该完事，便回来找他。

万加和司徒建站在一起，两人几乎一模一样，蓬松的长头发和胡须就有如狮头一样，世上竟有这样的怪人，难怪各人诧异不已。

万加对司徒建说了刚才吃鸡和鸭没钱付的事，他说向店主借，店主不肯，要打他。司徒建便对店主说："哎呀，这是小事，我兄弟身上没带钱，我替他付吧，要多少钱？"

店主正要说话，突然一个中年妇人气急败坏地奔跑过来对店主说："哎呀！不好了！我们……我们的牛……"

万加说："什么牛？我只借一只鸡，一只鸭，没有借牛。我以前牛和羊都借，现在只借鸡和鸭，你们就大惊小怪，真是小家子气……"

但是那妇人气急地说："我们的……小牛，你们看……"

她转头指着马路对面。

大家一看，那里正围着一堆人正抬头仰望，指手画脚，七嘴八舌吵成一团。只见一个四五岁的男孩，在四楼处被一支竹竿穿住他的衣服，面朝下倒挂在空中，正哇哇地不停哭泣。

原来这男孩就是店主的儿子，那妇人就是他母亲。他们住在五楼。因为父母亲不在，男孩探身窗外，不知怎样一不小心就跌出窗外。男孩跌下时正巧被四楼斜出的竹竿穿住衣服，倒挂半空，摇摇欲坠。

男孩在半空中不能脱身，吓得哇哇大哭，不停叫喊妈妈。他父母一见此景都急坏了，母亲在哭，一直在叫："小牛，小牛……"其他在场的人也急成一团，大家都说很危险，得设法救小牛下来。但是怎样救呢？人人七嘴八舌，议论纷纷，不知如何是好。

有人说快上四楼设法把竹竿和孩子一起拉进屋内，也有人说四楼那家人正好都不在，门锁住了进不去。小孩越哭越大声，不停地挣扎，手脚乱动，竹竿摇摇晃晃，险象环生，看的人都吓出一身冷汗。小孩的父母更是惊慌，妇人一直哭喊着："小牛，小牛，我的小牛呀……"店主人也急得不停地搔首顿脚，口中喃喃："这可怎么办，怎么办！……"

万加看了一会，拍手大声说："大家勿要慌，我老有办法。有砖头吗？快取块砖头来，快！"

竹竿上的小孩

很快便有人找到砖头交给他。万加双手一折,砖头马上被分成两半。他拿一半用力向竹竿扔去。看者大为吃惊,那妇人更大声叫:"别……别打小牛呀……"

万加手力极大,四楼这么高,他扔出的砖块竟打中竹竿,而且力道很猛。竹竿被打中猛烈摇动起来,男孩也跟着摇晃,他母亲更是吓得噤声,围观者都紧张地摒住呼吸。

接着,万加又拿起另一半砖头瞄准竹竿。那妇人更吓坏了,抱住万加哭叫:"哎呀!不要再扔了,快住手,不要扔啦!"

万加不管她,左手一把推开,右手又是尽力向上猛力扔出,只见砖块有如飞箭一样向竹竿急速飞去,"嘭"一声又打中竹竿,紧接着"咔嚓"一声,竹竿折断，小孩惨叫一声向下飞坠。看的人一阵惊叫。这一幕太恐怖了，小孩从四楼直坠地面，不跌死才怪！

说时迟，那时快，只见万加张开双手，顺势一接一转，滴溜溜便把小孩接在手中。这一刹那，众人的叫声也全部停住，鸦雀无声。万加走过去把小孩交给那妇人，众人立即发出如雷的欢呼声，大家欢腾一团，叫好声不断。

店主、妇人、男孩抱成一团，男孩还在哭叫："妈妈，妈妈……"妇人则叫："小牛，小牛……"而店主则抚着男孩的头："好了，没事了，好了……"

过了一会，店主拉着妇人和小孩，一起向万加跪下，感激地说："恩公，谢谢你，救了我孩子一命，谢谢，谢谢。"万加马上把他们扶起，说道："快起来，无事，无用谢我，只是小事罢了。"

妇人也向万加道谢，擦了擦儿子的眼泪，叫他快感谢大叔。小孩说："谢谢大叔。"万加摸摸他的头说："好，好，无用谢，无事了。回家去吧。"

店主对万加说："恩公，很对不起，刚才吃鸡鸭的事是我们太小气，真对不起，请恩公原谅。"

万加哈哈大笑说："嘀嘀……我没钱，我向你借的，我老哥还给你。"他说着指着司徒建。

"恩公，千万别这么说，你的大恩大德，我们无以回报。快请到我们小店坐一回喝杯茶。"

万加和司徒建推辞，店主哪里肯，拉着两人向店走去，并叫在场的人一同去陪恩公喝茶。店主请众人坐下，伙计一边沏茶，一边切了几只烧鸡、烧鸭和烧肉款待大家。

众人一边吃，一边谈起先前惊险的一幕。有人说："哇！这位英雄手力真了不起，一块砖头空手就能折成两半，力气真惊人！"

另一个说："他扔砖块打断竹竿更是神奇，竹竿这么高，他每次都中，太准了！"

"打中不要紧，还把竹竿打断，他的手力真是太大了！"

"还有呢，小孩从这么高处跌下，他能接住，小孩毫发无损，有谁能做到？"

"这算得什么！"司徒建插口说，"我这位兄弟连大野猪也能活捉，两手一扭，猪颈就断了，那力量！就算飞跑的野猪他也能飞石打中，厉害吧！"

"哇！的确惊人！"

店主拉着司徒建的手说："大哥，你也是力大惊人的。我们八九个人不自量力和你打，没几下就被你打得东倒西歪。如果大哥你不手下留情，我们可就没命了。"

然后他又问万加："恩公，请莫怪我多嘴，请问你是怎样练出用石头扔东西的功夫的？"

万加哈哈一笑说："无什么，很简单的，古前我在山里时常用石头扔打野猪和野兔，有时也用石头打野鸡，就是这样练出来的。"

"哇，真是了不起！"店主说。

过不久，司徒建说："好了，谢谢你了，我们已经吃饱了，要回去了。"说着就和万加起身要走。

店主马上说："别忙，请再坐一会吧，请等一下。"说着过去向伙计说了些话，再回座位来倒茶给司徒建和万加喝。

没多久，伙计提着一大包烧鸡和烧鸭过来。店主接过来交给万加，对他说："恩公，我没什么可报答你，几只烧鸡烧鸭请恩公拿回家慢慢品尝。还有一个小红包请恩公喝茶，不成敬意。"

万加哈哈笑说："我借了你两只还未给钱，不可再拿了。"

店主说："恩公切莫这样说，几只鸡鸭真不成意思，请别推辞。你如果不收，我们心便不安了。"

司徒建说："我代我兄弟接受你的烧鸡烧鸭。红包我们是绝对不拿的，请快快收回。"

店主还是坚持要把红包给万加。万加说："我大哥说了不收就是不收，无有话说的。"

司徒建说："我兄弟出于一片好心救人，很有意义的。你给了红包，就失去意义了，你说是吗？"

店主说："那……我就听从大哥您的。请恩公再受我们一拜。"说着就拉了妻子和儿子向万加跪拜下去。

万加嘀嘀一笑说："哦，免了，免了，无再拜我了。"

司徒建把他们扶起来，拿了烧鸡烧鸭便告辞。

回到家里，杜辉明等四人见他们带回一大包美食回来，都很惊奇。慧娴说："干爹，你买回这么一大包烧腊，我们怎么吃得完！"

司徒建哈哈大笑说："不是买的，是别人送的。"

各人听了更惊奇，来和说："什么人送这么多烧味给你们？"

司徒建便把万加救小孩的事告诉他们。大家听了都觉得很有趣。这时已近晚饭时间，来和母亲和慧娴便把烧味热了，再加些蔬菜，一家人又是一顿丰富美味的晚餐。

杜辉明拿出一瓶酒，说万加救了人是一件很有意义的好事，值得庆祝一番。于是三名酒中知己又畅饮一晚，尽欢才睡。

城市的生活，对万加来说是一个全新的经验。他自小一直生活在山地林间，所接触的是山川、树林、飞禽、走兽，与人交往不多。日常他和几个手下靠捕捉野猪、野鸡、野兔等动物充饥。但是这些飞禽走兽并不是很多的，而且越打越少，有时几天都毫无收获，尤其是在山上完全没有米粮和蔬菜，所以他必须时不时下山来抢农民的东西。

现在在城市里生活一些时日，觉得这样的生活很新鲜，是一种全新的感受，所以他住得越久越感到快乐。接触的人多，吃的东西也多样化，各种商品多姿多彩，而人们的各种活动、工作、游戏，还有孩子们的各种活动，都是他很感兴趣的。所以他每天都到街上逛，来和和司徒建没空陪他的话，他也自己一人到街上走。

这天，万加又是独自出门。他喜欢吃面，正好在来和展厅马路对面有间面店，他便进去吃面。这店不大，有根柱子支撑着屋顶，是开放式的，店面开敞，人们进出很方便。

店的生意很好，十几张桌子差不多坐满人，万加就在靠中间的一张桌子吃面。正吃间，突然路上一辆汽车疾驰而来，不知何故，车子竟撞上店的柱子。这一撞的冲力极大，柱子立即应声断掉，屋顶马上随之塌落下来！而撞断柱子的汽车则驶出二十来米才停下来。

这一下突变，所有的人都吓住了，人们大声惊叫，都要夺门而出。但是屋顶塌下来的速度极快！大家想："完了，一定会给屋顶压死，不死也伤，"

就在大家闭目等死的时候，人们却惊怔住了，屋顶倒到一半却没有再压下来。见此情形，大家一愣怔，就不管三七二十一，冲出店去。惊魂初定，才见一名壮硕的男子双手高举，把塌下来的横梁顶住，屋顶没压到地面，大家才得以幸存。

双臂力顶屋顶的并非别人，正是神力过人的万加！他力顶横梁，自己却被困当场，动弹不得。

店外路上聚集了一大批人，眼见店内壮汉双手高举屋顶，活如一个"托塔天王"，无比神武。

苦的是万加，自己动弹不得，无法脱身。而整个屋顶是非常重的。任凭他力大无比，这样一直托着屋顶，没多久便感到双臂酸痛，难以支撑。所以他高声大喊："我没力啦，手要断啦，你们快来帮我呀！"

其实，大家都知道应该要帮他，可是一时惊怔，无计可施。只见万加双手逐渐弯下来，双腿也慢慢弯曲，很显然他力气快要耗尽，难以支撑下去了。屋顶慢慢向下压，有几块砖跌落下来，人们惊叫声四起，眼看壮汉马上就要被屋顶压倒了！

就在此千钧一发的危急关头，突见一人飞快地冲进店去，也是以双手力举屋顶，终于把屋顶撑住。

大家一看，认出是雕塑家来和，一阵欢呼。只听来和大叫："快点找根木柱来顶住屋顶呀！我们快没力啦！"

一阵手忙脚乱，终于把屋梁撑住，屋顶下的人才全部出来。万加双腿酸软，站立不稳便倒在地上直喘气，来和也气喘吁吁。

这时一名打扮入时的年轻女子弯下身轻拍万加胸膛，很惊恐地说："大……大叔，你……没事吧？"说着拿出一瓶药油为万加搽太阳穴和胸膛。人们都心想这女子挺好心的。

不料女子却对万加说："大叔，对不起，我……闯祸了，真……对不起。你受伤了吗？我……送你去医院……"

万加摇摇手，还在喘气。

人们大感诧异，为什么这女子自称闯祸呢？

于是有人问："小姐，你为什么说你闯祸呢？"

女子说："车子是我开的，对不起撞断了柱子，我……不是有意的……"

"哇！小姐！"有人大喊，"你搞什么鬼呀？这样开车，要把人撞死吗？"

女子马上摇手说："不，不，不是，我不是有意的……"

"那为什么这样乱跑乱撞？你害死人呀！"

"对……对不起，"女子说，"我是……躲避路上的一只小狗，才……撞过来的。是我的错，我赔偿你们。"说着走向前面停着的一辆汽车。

人们一看，是一辆崭新豪华的奔驰大车，非常气派。

原来，刚才这女子撞断柱子，屋顶塌下时，大家都专注着店屋的惊险现场，没去留意那辆车子。而女子闯了祸后，惊吓过度愣在车内不知所措，过一片刻她惊魂定下来，才过来关心万加。

她在车上拿了东西过来走向万加，对他说："大叔，对不起，我赔偿你。"说着把两万元交给万加。

万加已恢复不少，坐了起来。他摇手说："我无事，我无需。"推开女子递过来的钱。

女子还是要把钱塞给他，万加坚持不要。

来和说："小姐，我们没事，你的钱赔给店主吧。"

女子说："当然，店主我一定赔他的，但是这钱是补偿这位大叔的。"

万加依然摇手。

来和说："我看，你的钱赔给刚才店里吓着的人吧。"

女子马上说："好的，好的，赔给他们，不知道哪位吓着了。"

在场的人立即哄动起来，人人举手大喊："我，我被吓着了。"大家过来围住女子伸手要钱。女子也不犹豫，凡过来要钱的，她便每人分给一百元钞票一张，直到两万元分完为止。

过后，她又转身对店主说："老板，请您等一下，我爸爸马上要来，我去路边等他。"

十多分钟后，一辆簇新的豪华奔驰大车驰来，缓缓停在路边招手的女子身边。司机立即下车拉开车后门，一位穿着西装的略胖的中年男子下车。女子赶紧跑过去抱着他，哭着说："爸爸，我……闯祸了……"

男子轻拍她肩膀安慰她，问到底发生什么事。女子把经过告诉他，男子说："别怕，别慌。有人受伤吗？"

女子说："没有，两位大哥用手托住屋顶，没有人受伤。我赔钱给这位大叔，他不要。"她向父亲指说来和和万加。

男子端详万加和来和，再看看被木柱顶住的半倒的屋顶，现出惊讶的神色，再竖起大拇指，说："两位真了不起，为什么不接受我女儿的赔偿？你们可是救苦救难的活菩萨呀！"

来和说："我们没事。你女儿已经赔偿惊吓到的人了，很够了。"

但是女子说："爸爸，店的屋顶塌下来了，我们要赔偿店主。"

"当然，当然，"男子说："撞坏人家的店屋，一定要赔偿的。"他望向众人，说道："请问哪位是老板呀？"

店主说："我便是。你女儿撞塌我的屋顶，太危险了。"他指万加说："好在这位大哥力大无比，用双手托住倒下的屋顶，才没有造成人员的死伤。"

男子稍点一下头说："真对不起。老板，请问修补你的屋顶，大概要多少钱？"

店主看看损坏的屋顶，略沉思一下说："我看应该要四五万块钱吧。"

男子立即接口说："这样吧，我给你六万块钱，你把屋顶修得更稳固一点，你看如何？"

店主点头笑说："先生您这样照顾我，我很感谢。"

男子摇手说："千万别说感谢，是我女儿闯祸给你带来麻烦。希望你能早日修好房子，好好做生意。"他叫女儿过来："孩子，快向老板说声对不起。"

女子立即过来，向老板微一鞠躬，说："老板，是我不对，对不起。"

店主说："没事，没事，我知道你不是故意的。没事了，你不用记在心上。"

男子说："谢谢老板。"他看一下手表："老板，不好意思，我有事要走了，请原谅。"然后拿出一张名片给店主："老板，这是我的名片，以后还有什么事，可打电话给我。"说完他便和女儿告别众人，并向大家摇手致意，然后两部车开走了。

　　店主得到比他想要的更多的赔偿，许多人也各拿到一百元，大家都满心欢喜。

　　有人说："想不到富有的人也有心地善良的。"

　　另一个说："是呀，人不论贫富，好坏都会有的。"

　　一个年纪较大的说："如果人人都有一颗善良的心，我们国家就太平了。"

二十六、郊外惊现"穿衣的狮子"

晴朗的天空,清凉的微风,难得的好天气,正是人们出游的好时光。

郊野外,树林青葱,绿荫遮阳,繁花盛开,蜂蝶飞舞,鸟鸣处处。出游者,人人精神舒畅。

这里是一个山坡,不是很陡斜,一条公路沿山坡而上,两旁参差长着树木,或疏或密,点缀得一片野外风光。

公路右边是颇高的山壁,也就是公路是沿山壁修建。公路左边则是山谷,山谷不算很深,低处的几公尺,深处则三四十公尺。谷底则是一条小溪,清澈溪水淙淙向山脚下流去。小溪和公路之间是草地,地势不是很平坦,忽高忽低,间中有大小不一的石块。有的石块颇大,高一二公尺,余者则是一般石头。草地上也稀稀落落地长些小树,有的还开着各种颜色的花朵,给郊野增添不少明媚风光。

公路上或上或下行驶着各种车辆,这时约是上午十点钟,不少车辆是上山游玩观赏景色的。

一辆大旅行车,车内坐着三十多人,是某大学的学生集体郊游,他们约莫二十或二十出头的年纪,受山野美丽景致的感染,人人精神奕奕,神采飞扬,欢欣快乐,一路上欢歌笑语,好不热闹。

"喂,喂,你们看;快看小溪边的草地!"突然有一名男学生指着车窗外说。

大家随他的话往外看,因为视线一直被树木阻挡,大家一时并没看到什么。

"看什么？看什么？有什么东西看？"

"是呀，我都没看到什么东西？"

"你到底看到什么东西？大惊小怪。"

"是嘛，都没有什么东西，乱喊一通。"

正在大家七嘴八舌吵闹中，一名女学生突然拍手叫道："有了！有了！我看到了！草地上有东西在跑！"

"是吗？在哪里？"

"什么东西在跑？"

"为什么我没看到？"

"喂！你让开一点，让我看清楚！"

"有了！有了！我看了，真的有东西在跑，跑得很快！"

这时，路旁树木较少了，车速也稍为放慢，学生们都兴奋起来了，大部分人都站起来看向小溪旁的草地。边看边鼓掌，并且指手画脚，叫声越来越大：

"哎呀！不错呀，两个东西一直向前跑！"

"哇！跑得真快呀！"

"是呀！和我们的车一样快！"

"哇！到底是什么东西呢？能跑这么快！"

"看不清楚，哎呀！又给树挡住了！"

"哇！我看到了，前面的是只野猪，黑色的野猪！"

"啊！不错，一只好大的野猪呀！"

"后面呢？后面到底是什么？"

"奇怪咧，一直看不出是什么。它一直在追野猪，也是跑得很快！"

突然一名学生尖叫着大声喊："哎呀！是只狮子呀！"

这一叫可不得了，全车人都骚动起来，有人发出惊叫声。

"什么？是狮子？"

"真的是狮子吗？"

"这里有狮子？怎么可能！"

"对啊！"刚才说是狮子的学生说，"你们看，"他手指外面："它的狮子头，毛这么长！"

"哇！别吓人呀！有狮子就太可怕了！"一个女学生说。

"喂！车窗关紧了吗？别让它冲进来呀！吓死我了！"另一个女生说。

"车子开回头吧，别向山上去了！"另一个胆小的说。

"哎呀！怕什么？我们的车这么高，狮子爬不进来的，车窗关紧了没有？"大家急忙查看车窗。

突然又有人说："奇怪！这狮子好像只用后腿跑，前腿没有着地的，真奇怪！"

"是呀，我也看到了。"

"哇！更奇怪！"另一人又是大声叫，"它穿衣服的！"

这一下车内更哄动了，尖叫声夹着一些笑声："什么？狮子穿衣服？有这样的怪事？"

"是呀，别笑死人啦，狮子穿衣服？"

"真的没错呀！是穿着衣服的！"

这时，路旁树木很少了，小溪旁的野草也没那么长，大家都看得清楚，哪里是什么狮子？根本是一个人！

于是，学生们又叫起来了："哇！这是什么人？能跑这么快？"

"是呀，野猪能跑快是必然的，这人竟能一直紧追野猪，速度一样快，真不得了！"

大家都很好奇地张大眼看那追野猪的人，只见他迈开大步，双腿急奔。草地不平，许多向上凸起，野猪跃高过去，他也一样跃过去。碰到一米多的大石头，他就一跳而过，一路上，只见他跳高蹿低，迈开飞腿，紧追野猪不放。

所有的车，所有的人都太兴奋了，有的开车大按喇叭，有的大声喊"加油！加油！"，更多的是用力鼓掌。公路上出现的这一幕是从来没有过的，谁也不会想到会有这样的奇景，尤其是孩子们，那种快乐真无法以语言形容！

大家的目光自然一刻也没离开小溪旁草地上人追猪的精彩镜头：看看那人一个提速，就要抓到野猪了，可是野猪一个拐弯又挣脱，那人跟着也拐

二十六、郊外惊现"穿衣的狮子" / 287

追野猪

弯紧追不舍。再跑两三分钟，只见那人一弯身捡起一块石头，猛力向野猪扔去，不偏不倚打在猪背上。猪呼痛大叫，可是仍发力猛跑，而且跑得很快。那人由于弯身捡石头，速度稍慢一点，野猪跑得离他更远了。看的人许多发出叹息声，看来那人或许追不到野猪，让它跑掉了。

但是那人跑了十来步，又再弯身捡起一块石头，立即猛力扔向野猪。这时野猪已跑去三十多米，离得很远，但是令人惊讶的人，那人扔出的石头又快又猛，疾如流星，而且其准无比，石头打中野猪后腿！野猪脚伤，一跛一拐，仍要逃跑。但是它再也跑不快了，那人一个箭步冲前，一把抱住野猪。野猪发出嚎叫，拼命挣扎，还不停张口要咬那人。

这情景非常惊险，大家知道野猪力大无比，牙齿尖利，而且这野猪相当肥壮，起码一百多斤，赤手空拳的人怎么斗得过它？人们都为那人捏把冷汗。

但是令人更吃惊的是，面对凶猛的野猪，那人非但不怕，反而把猪抱得更紧。只见他两手在猪颈上，一上一下，尽力一扭，野猪立即颈断，尖叫一声，随即倒地，四腿抖动，没多久便断气了。那人一扭死野猪，也跌坐地上，气喘吁吁，满头长发和长须更是蓬乱不堪。

此人并非别人，万加是也！原来今天他起早，自己一人出门，在小店中吃了碗面，便在街上信步而走。走不多久，他看天气极好，便还来个跑步。他自小在山地长大生活，常走山路，加上后来常要追捕野兔、野猪等动物，长久下来练就一身在山地快跑的功夫，平常人根本比不上他。他后来在农村工作，时不时还在村内跑步，有时也到山上去跑。

可是来城中住了一段时间都没有跑步过。今天因天气特好，便激起他的兴致，于是他迈开脚步跑起来。他跑得挺快，跑着跑着，不觉到了郊外。他见前面是山地，山下低谷处有条小溪，溪边是颇宽的草地，他便在草地上向着上山的方向跑，草地不大平，一高一低，正如以前他在山上一样，正合心意，便加快脚步疾跑起来。跑了约半个小时，更深入山地了。突然间一块大石头处跑出一只野猪。

野猪又大又凶，竟向万加冲来，张口便要咬。万加是对付惯野猪的，见它冲来，急忙侧身闪过，随着起脚猛踢，踢中野猪肚子。野猪吃痛，不敢再攻击，转身便向上山的方向逃跑，万加心想好久没尝野猪了，必须抓它回去煮顿野猪肉，于是飞奔直追，演出了人追野猪的精彩一幕。

万加坐在草地上喘气休息，路上车里的人许多蜂拥过来，见万加体形魁梧雄壮，满头蓬松长发和一脸长须，十足一个狮子头的样子，难怪旅行车里大学生开始时看不清楚，误以为他是一只狮子。大家对这个怪人啧啧称奇，对他能跑得这么快追野猪，又用石头很准地打中它，最后还双手扭断猪颈，对他的力大勇猛，都竖起拇指称赞。

围过来的人很多，围了一大圈，人人称好奇，议论纷纷：

"我刚才开车一路上跟着他，他竟跑这么快，太厉害了！"

"而且是上山的斜路，跑起来更吃力的。"

"我一路跟，看他跑了大半个钟头，他的力气究竟哪里来的？讲出来都没有人会相信，真是匪夷所思！"

"他飞石打野猪也是真准，这么远两次打中，别人用枪也不一定能打中哩。"

"是呀，野猪是在快跑着的，他也是在追赶，这样还能打中，真叫人难以置信！"

看万加休息够了，已不喘气了，有人便过来和他攀谈。

一人对他说："喂！奇人，你是哪里来的？"他因为看万加很神奇，所以叫他奇人。

万加没出声。

那人又问："请问你是怎样练出这身本领的？"

万加依然没出声。

另一人来问："大哥，你是常打野猪的吗？"

这一问，对了万加的兴趣了，他抬头看此人一眼，说道："是的，我老古前常打野猪。"

人们看他说话了，更感兴趣，更兴趣的是他讲话古怪，不过大家都知道他说话的意思。

"你以前……古前住哪里？住在山上？"

"是的，我古前住在大山里。"

"有很多野猪？"

"野猪多，同有野兔、野鸡。"

"你……每次追野猪，用石头打野猪？"

"是的，用石头打。"

"哇！怪不得你打得这么准。"

另一个略胖的中年男子过来问他："喂！老兄，你这野猪卖吗？"

万加看他一眼，摇摇头。

那男子说："我要买这只野猪，卖给我吧。"

万加还是摇头。

那男子又说："我出五千块钱给你，好吗？"

万加还是没出声，索性头也不摇了。

那男子一直加价：六千，八千，九千，一万。

他这样不停加价，非买不可的样子，非但没有打动万加的心，反而把他惹得恼火了，生气地大声说："无卖，无卖！我老无卖！"

那男子还想再说什么，万加更生气了，站起来向他比一下拳头。那人一看万加生气的样子，再看他大如铁锤的拳头，吓得马上走开。

这时旅行车上那群学生也围过来了，男的女的，几十人都围拢过来。学生们近距离看到万加雄伟高大的体魄，都佩服不已。两个较顽皮的一起站在万加身边，竟有如十一二岁的小孩站在大人身边，在场者都大笑起来。万加看到学生们好玩，也不为意。于是学生们便和他谈起话来。

有几个学生对野猪有兴趣，摸它的身体，拉它的獠牙。两个学生尝试提起野猪，但是野猪百多斤，他们竟提不起来。

学生们知道万加不卖野猪，便问他："喂！草上飞，你的猪不卖，要来做什么？"因为刚才学生们在车上看到万加在草地上飞奔追捕野猪的情景，所以便开玩笑地叫喊草上飞。

万加说："自家吃。"说着张大口一咬一咬，作吃东西的样子。

一个也较活泼的女生说："哇！草上飞，你跑得好快，真的好像在草上飞一样。"

万加听学生们叫他做草上飞，心里很高兴，于是深吸一口气，拔腿便在草地上飞奔起来。因为他已休息够了，体力已完全恢复，便尽全力飞跑。人们只见他双腿跑动极快，飞奔起来长发长须向后飘动，真有如一只在草地上飞跑的雄狮。万加在草地绕大圆圈奔跑，十多分钟已跑了好几圈。跑够了他便回到人群中来。

大家看够玩够了，时间也过去挺久了，不少人都回到车上开车离去了。一个学生问万加："草上飞，你怎样回去？你住在哪里？"

万加说："我自家回去。"他指着城市的方向。

"哇！你拿着一只猪，路这么远，你怎么回去？"

万加说："无要紧，我自家走。"

学生们商量了一下，对他说："草上飞，我们送你回去，然后我们再回来上山去。来，快跟我们一起走。"

万加很高兴地点头。

两个学生要帮他拿那只野猪，但是提得很费力。万加叫他们走开，只见他只轻轻一提便把野猪提起来，然后稍一举便把野猪搭在左肩上，猪头向前，猪尾向后，学生们又拍起掌来。两个学生过去摸野猪，万加索性一手一个，也把两名学生提起，迈开步便走。

学生们都乐开了，一片鼓掌和欢呼声。回到车上，大家又是闹着一团。车向市区行去……

回到家，一家人看到这么一只大野猪，无不惊讶得大叫起来。慧娴说："大哥，你……哪里弄来这只大野猪？"

万加便把早上的事讲给大家听，听得大家啧啧称奇。

来和问："叔叔，你这只大野猪要怎么处理？"

"剌来大家吃啦！"他做个杀猪的手势。

"哇！那要吃好多天啰。"慧娴说。

杜辉明笑说："想不到我们住在市里也有野猪吃。"

司徒建说："那当然了，有万加在，不怕没野猪吃。"

众人又是一片笑声。

万加很高兴，在司徒建帮助下，动手宰猪。万加很善于烹煮野猪，这样，一家人又有野猪大餐吃，口福不浅。

二十七、美女野外遇二色狼

毕峰好多天没回来了，来和一家人都觉得很奇怪。到底他去了哪里呢？为什么这么久都没回来？他是回自己的家乡吗？为什么不来告诉一声？

慧娴说："他是不是鬼鬼祟祟让我们看出而不好意思，便不告而别？"

"看起来他好像是在帮莫妮卡而暗中在我们这里找东西的。"来和说。

"是呀，"慧娴说，"我们故意把假的信和假图放出来，后来都不见了，肯定是被他偷去了，肯定也已经交给了莫尼卡。"

"对了，"来和说，"他一定是因为自己做贼心虚而不敢回来了。而且……很可能已去帮莫妮卡做事了。"

"我看准是这样，你们推测得很对。"杜辉明说。

"那……我就要去找他，去找个水落石出。"

"你怎样去找他？去哪里找？"慧娴问。

"我去过莫妮卡住的地方，我去那边问问她。"来和说。

"不，"慧娴说，"你要暗中去查，不要打草惊蛇，以免让莫妮卡知道你去找他。莫妮卡是很狡猾的。"

"慧娴说得很对，不要惊动莫妮卡，"杜辉明说。

于是，来和去莫妮卡住的小楼附近打探。他到了小楼，却见小楼空着，更不见莫妮卡或毕峰，便向柜台的服务员询问。谁料服务员告诉他，莫妮卡早在几天前已经退租了。服务员当然不知道她去了哪里。

来和没办法，只得回去告诉父亲等人。

"那就没办法了。"慧娴说。

杜辉明说:"他们去了哪里我们根本无法知道,而且是不是还在中国也难以知道。"

"那么我们怎么办?"来和问。

杜辉明说:"其实我们也没有什么好怕的。他们以后来不来找我们,我们大可不管他。如果他们要找什么宝藏,那就任由他们去找算了。我不相信他们真能找到什么宝藏,到头来只落得一场空罢了。"

慧娴说:"爸爸说得对。毕峰偷去的是假东西,如果他们照这些假东西去寻宝,真会白忙一场,徒劳无功。"

"没错,"杜辉明说,"我们别管他们,我们照自己一样工作生活,不用操心。"

司徒建说:"不过,我们总得小心提防。"

"对,我们不可大意,我明天还是先到警局报警毕峰失踪的事,免得将来生事。"杜辉明说。

杜辉明刚才说得不错,事实上,莫妮卡和她父亲安德鲁以及两个手下早在几天前回欧洲去了。他们去找那个法国家庭,以便商量寻宝的事。

……

转眼,快枪雄、曾勇和玛格烈三人逝世快一周年了,来和和慧娴决定要祭奠一下。来和和慧娴都说他们两个人去就行了。爸爸和干爹都不必去,杜辉明和司徒建同意了他们的决定。收拾好了一些行李,两人在翌日便到采石场的山洞去。

两人旅行了好几天,好不容易来到洞前,摆上一应祭品,便跪下拜祭。来和想起曾勇舍命相救,不禁泪流满面,悲伤地哭泣。而慧娴也何尝不是一样,她想起父亲由于太鲁莽,被可恶的史密斯利用,虽然以快枪法杀了史密斯,而他还是逃不过史密斯的诡计而被炸死,也一样痛哭流涕。同时,两人对好友玛格烈被狠毒的父亲炸死,同样极感悲伤。山地上疾风吹起,和两人的哭声交织一起,更增悲切之情。

也不知过了多久时间,山前风越刮越大,两人稍感寒意,便再向洞前拜了拜,决定离开。

慧娴很想念她以前住处的那对可爱美丽的黄莺，便叫来和陪她去小山前的住处。到了住处，虽然已经整年没来了，可是却不大脏乱，草地依然绿茵一片，虽然草略长长一些，还是很柔软。草地上点点小花，湖水清澈，两棵大树微风中婆娑摇曳。一年没来，故地重游，景色如故，心中不免发出唏嘘感叹。

慧娴急着要见那对黄莺，行李一丢，便急奔去大树之下，抬头看黄莺是否在树上。树叶颇密，东张西望，却不见黄莺的踪影。慧娴于是大声吹起口哨，只吹几下，便听清脆嘹亮的鸟鸣声由远而近很快地传来。这鸣唱声是那么的熟悉和亲切，两人一听不禁振奋起来，尤其是慧娴，她难掩兴奋之情，马上拍手欢呼，手舞足蹈。

原来一对黄莺就在不远处的树林觅食，一听到慧娴熟悉的口哨声，马上展翅飞来。一见果然是以前时常和自己追逐跳跃的人，鸣唱声更为嘹亮，一眨眼便飞到慧娴和来和的头顶上来。它们艳黄的羽毛，橙红色的脚爪和鸟喙，配上羽翅的黑纹，依然那么艳丽明靓。

人和鸟别后重逢，都欣喜若狂。双鸟拍动翅膀，噗噗有声，飞高飞低，鸣唱得更嘹亮。好个慧娴，就如过去一样，追逐着一对鸟儿，奔腾跳跃。她好久没这么奔放过了，现在尽情奔跑，伸高双手跑跳，时不时还碰到两只黄莺，太兴奋欢乐了，嘻哈欢叫，纵情耍乐。她高挑修长的身段，奔跑跳跃时吹起的衣袖和裙脚，又恍如飞天下凡。

来和见她和一对黄莺玩得这么高兴，也和慧娴一起奔跳，追逐黄莺。青翠的草地上，清澈的湖水边，鸟飞人跃的一片欢腾场面，人与自然相合，真可谓天人合一，既优美，又和谐。

大约玩了十多分钟，令慧娴和来和更惊讶的是，那对黄莺突然急飞去一棵大树的高处，鸣叫几声，大树上竟飞出另一对黄莺！

这对黄莺体型较小，很显然，这对黄莺是那对大黄莺所生的，四只黄莺鸣唱着飞来慧娴和来和头上，飞上飞下唱个不停。这下慧娴可真乐开了，她拍打着双手欢迎黄莺宝宝的加入，奔跳得更起劲。来和也跟她一样跑跳追逐四只黄莺。

这样的奔腾跳跃，纵情欢叫玩乐大约半个小时，两人都筋疲力尽了，便倒头躺在草地上休息，不住地喘气，汗流淋漓。四只黄莺见两人不玩了，也就飞回树上去。

慧娴和来和躺在柔软的草地上，就如躺在天鹅绒上一样，无比舒服。两人轻声谈着话，和风拂面，清爽凉快，不知不觉地便睡着了。

突然间，慧娴觉得给什么重物压着，一下惊醒，竟是一个男人抱着自己压在身上！

她睁眼一看抱着自己的并不是来和，而是一个满脸短须的陌生男子。这一惊吓可不得了，她极力挣扎，大声叫来和。可是来和并没回应她，而是照旧躺着。更吃惊的是，来和身边还站着另一个陌生男子，正望着她现出狰狞的笑脸。

原来慧娴和来和在草地上正酣睡时，来了两个男子。他们见慧娴清秀漂亮，竟动了邪念，欲轻薄慧娴。他们见慧娴身边睡着的青年男子身强体健，便拿块石头将来和打晕了。

打晕来和后，胡须男子便压下云抱着慧娴，还想强吻她。慧娴惊醒，见胡须男子的丑态，立即一巴掌掴过云。她出尽全力，这一掌打得极猛，"啪"一声大响，胡须男子"哇"一声大叫，以手抚脸。慧娴趁机一脚猛踹，挣扎着爬起来。但是在一旁看的那个较瘦的男子立即冲过来，又把慧娴按倒，两男子还合力要脱慧娴的衣服。慧娴拼命挣扎，抓紧衣服。慧娴虽然力气不小，但是她毕竟是一个女人，怎能敌得过两个男人的合力袭击。很快便被紧紧按住，胡须男子用力拉开她的手，瘦男子就来脱她衣服。

突然间，两个男子都感到头部剧痛，有什么东西在啄他们，而且不停地在啄。两人吃痛大叫，松开慧娴，站起来双手护头。却见四只鸟盘旋在他们头顶，一上一下地啄他们。两人又痛又气，伸手要捉鸟，但是四鸟飞上飞下，极为灵敏，而且一直攻击他们。

慧娴立即过去看来和。见他头在流血，倒地不醒，便出力推摇他的身体，大声叫他。来和逐渐醒了，头痛眼花，双手撑地慢慢坐起来，设法使自己清醒过来。

两个恶人见来和醒了，便不顾鸟啄，一边赶打四鸟，一边过来对付慧娴和来和。胡须男子又来抱慧娴，那个瘦的则来攻击来和，拿起石头要打。这时来和已醒了不少,见那人来打自己,虽然还不能站起,但是他伸腿一踹,正踹中瘦汉双脚,瘦汉马上仆地。来和再顺势一脚,踹中那人胸膛,痛得他按胸大叫,再无力攻击来和。

胡须男子不管三七二十一,还想脱慧娴的衣服。慧娴极力反抗,四鸟也进攻那男子,他一手抱慧娴,一手猛扫黄莺。两只小黄莺给他扫到,掉了一些羽毛,其中一只跌落地面。

来和极力振作自己,气力增强了一点,奋力站起来,摇摇晃晃走过去救助慧娴。胡须汉凶残无比,凭着他一个壮汉之力,尽其力猛拉慧娴的衣襟。慧娴虽然尽全力抓紧衣服,但已有两粒钮扣被拉掉落。胡须汉以为会得逞,攻击得更凶猛,看看慧娴难以保住自己的衣服,他嘴角露出狰狞的奸笑。

就在此千钧一发的危急关头,来和已走了过来,他猛力挥去,一掌打中胡须汉头部。受伤的来和发力只有平时的一半,可是力道已相当强劲。胡须汉中此一掌,一个踉跄倒退几步,差点仆倒。他恼羞成怒,一个马步站稳,随着大步冲向前挥拳打向来和。此汉其实毫无武功,只凭一股牛劲,以为必把来和击倒。其实他哪里料到来和的厉害,对他的进袭来和根本不躲不闪,他略举左手挡住对方的来拳,右手顺势挥出,速度和劲力只有平时的六成,但是已经是相当迅猛,胡须汉根本无法躲避,胸部又中来和的一记重拳,立即倒飞一米开处,重重摔在地上,胸中一口闷气,呼吸困难。他想挣扎站起来,可是双脚乏力,无法站起,只得坐在原地,双手抚胸,设法使呼吸回复顺畅。

来和打倒胡须汉,慧娴赶紧把衣服整理好,过去扶住来和。来和略作休息,深吸两口气,调理一下,精力大为恢复,步履也稳当许多,便迈步向前,要收拾那胡须汉。不料刚才倒地的瘦汉子已体力回复,再捡起刚才的那块石头,冲到来和背后偷袭,来和因为尚未完全复原,警觉性和反应大不如前,竟全然不知背后有人暗施杀手。眼看着来和又要再次被人以石头打到头部,慧娴急中生智,猛飞右腿,正踢中瘦汉的下阴。

这汉子脆弱的部位遭此一踢,痛彻骨髓,"哇"声大叫,手一松石块落地,双手则护着下阴,弯身躬背,痛到颈露青筋,额角冒汗,已全然失去打人的力量。

慧娴这一脚猛踢，是以前玛格烈教她的。那时玛格烈教她，女子要保护自己，对付来犯的恶人，尤其是对付色狼的袭击，就得出此一招。出脚要快，用力要猛，出其不备，瞄准对方要害大力踢去。男人最脆弱的部位被踢中，马上全身瘫软。当时玛格烈说，西方女子都懂得这一招，所以她叫慧娴多加练习。这次危急中慧娴想起玛格烈的话，一出脚果然奏效，踢倒对方救了来和。来和回头看到慧娴击倒恶汉，心中大喜。看到慧娴的勇气，他便向慧娴竖起拇指夸奖。

　　见二恶汉已失去打斗力，来和再争取时间恢复，几分钟后力气已基本回复，便走向胡须汉，想教训他一番。还没开口说话，猛然间胡须汉抽出一把尖刀向他刺来。来和真没想到此人如此心狠手辣，挥刀要置自己于死地！由于疏于防范，尽管他身手敏捷急忙闪避，小腿还是中了一刀。所幸闪了一下，刀子只划破皮肉，没有深入。但还是一阵剧痛，鲜血流出，染红了裤子。

　　胡须汉一刀刺中仍不罢手，站起来尖刀乱挥，没头没脑地进袭。幸好来和此时已完全恢复精力，他提起精神，施展快速闪避功夫，并以迅速的擒拿手法，一手抓住对方握刀的手腕，大力一扭。这一扭出了十足的劲力，那汉子已经手腕骨折，尖刀落地。这一下真的痛到骨髓，胡须汉立即以左手握住断骨的手腕，跪地求饶犹不住"雪雪"呼痛。

　　瘦汉此时已能站起，也过来求饶。来和责问他们为什么要这样对付他和慧娴。其实这样也是白问的，这些穷凶极恶的坏人，干坏事哪里讲什么原因。他们满脑子想的就是为非作歹，欺负弱小，损人利己，丧尽天良。

　　两恶人知道敌不过眼前高手，故作可怜，哭丧着脸，极力求饶，连说以后再也不敢。来和有点犹豫，不知是否要放过他们。但是慧娴气愤难消，刚才恶汉紧抱她，强吻她，还尽力强脱她的衣服，她一生可从未遭此耻辱。想到刚才胡须汉凑脸到她面前强吻她的丑恶，真是反感和厌恶到极点，这口气怎能消去！所以她大声骂道：

　　"你们这些恶鬼，丧尽天良，无恶不作，很肯定，必有不少人已经给你们欺侮，给你们鱼肉，给你们摧残。现在还装可怜求饶？今天放过你们，你们哪里会洗心革面，以后还不是照旧作恶害人，绝对饶你们不得！"

来和被一语惊醒，一想到慧娴所言不差，的确饶不得欺辱慧娴和要置自己于死地的恶棍，所以便出手要除掉他们。谁知两恶汉知道要糟，拔腿转身就跑，来和和慧娴哪里会放过他们，但是，来和受伤不轻，虽然基本恢复，但慧娴还得扶着来和，哪里还追得上呢！眼睁睁看他们闪身跑掉。

来和和慧娴回头看看四只黄莺的情况。原来刚才被恶汉打落地上的小黄莺伤得不重，只是掉了几根羽毛，在地上休息一会儿回复了体力便能飞起。四鸟飞回大树上，停在一根树枝上，拍着翅膀吱吱喳喳地叫起来。

慧娴和来和见它们安然无恙，都放下心来。两人很高兴地向四鸟招手，四鸟叫得更欢。

慧娴对四鸟说："谢谢你们，可爱的黄莺儿，你们帮我们打败了恶人，也是我们的救命恩人，我们很感谢。"她略停一下又说："黄莺儿，我们有事要回去了，以后我们有空再来和你们玩。再见。"

来和也向黄莺招手说再见。两人便离开草地走向房屋去。四只黄莺竟展翅飞下来，在两人头上鸣叫着飞绕一圈后再飞回树上去。慧娴和来和真高兴，拼命向四鸟挥手，望着它们依依不舍地走进屋内。

收拾妥当，两人便离开房屋回家去。在路上走时，来和对慧娴说："慧娴，这次如果不是你踢倒那个恶人，我早就被他用石头打死了，真谢谢你，你非常勇敢。"

慧娴说："当时我也不知道哪来的勇气，见你太危险，一急起来便不顾一切踢他。"

来和说："在武功来说，你这一脚是挺有力的，我觉得很奇怪的是，平日根本没见你练什么武功，怎么还会有这么凌厉的一招。"

"来和，"慧娴说，"以前我和玛格烈住在一起时，她对我说必须学会一些对付坏人的招式。尤其是我们女子更要这样来自我保护。所以她教了我这一招。她说，西方女子基本上都学这一招，是很有用的防身之术。"

她接下去说："那时玛格烈还用干草扎了一个假人，教我在草地上练习。"

"这样说来，"来和说，"玛格烈还是我们的救命恩人，我们真要感谢她。"

"这是真的，我很怀念她。"慧娴说。

"我也是。"来和说。

"只可惜……"慧娴现出忧伤之色,"要不是她父亲那么心狠手辣,丧尽天良,她也不会那么惨死。她要是还在和我们在一起,我们有个良伴,生活会更快乐……"

"唉……"来和叹气,"那可恶的史密斯,岳父把他打死,真是他罪有应得。"

……

话不细表,二人几天后回到家,来和母亲、父亲,司徒建和万加看到来和头上腿上有受伤的痕迹,都惊讶地问两人在外究竟发生了什么事,两人便把事情的经过讲给他们听。

众人听了都说好险。杜辉明以严重的语气对来和说:"来和,我要很严肃地告诉你,你在外头也太粗心大意了。你不想想看,在那山上野外,什么危险都可能有,你怎么就那么放心在草地上睡!而且睡到有坏人来还不知道,真太不应该了!"

来和低头说:"爸爸,我……一时没想到……"

"哼!"杜辉明仍很生气:"没想到?那就是粗心大意。如果……万一出事了,你自己遭殃就算了。你不想想,如果慧娴遭恶人毒手,她是你妻子,你……那就终身遗恨了!"

"爸爸,是我不对,我……知错了。"

"来和,"司徒建说,"东家说得不错,你还年轻,经历不多。我年纪大了,以我的经历,真是什么恶人和坏事都碰过不少。在外地广人杂,随时都可能有危险,不时刻警惕是不行的。"

"是,谢谢叔叔的教训。"

"幸好你们平安无事,"司徒建说,"来和,慧娴,你们要把这次的事作为可贵的经验教训。"

"是!我们听从教导。"来和和慧娴齐声说。

在旁一直听着的万加这时大声说道:"这些王八蛋,我老早就一拳毙了他们,尸体给……给野猪吃!"

二十八、洋妞又施美人计

莫妮卡和她父亲安德鲁，以及两个手下回欧洲一趟后再次来到中国。这次陪他们来的还有三个法国人，一个是上回被史密斯炸死的密特朗的弟弟卡斯特，另两人是他的手下。

安德鲁父女回欧洲时找了卡斯特，讲了中国寻宝的事，告诉他已有了一些线索，叫他拿出他们家族手中的另一半地图，以便去中国寻宝并说密特朗可能已死。卡斯特以前是听过家人谈起有关宝藏的事的，偶尔也会看看那张藏宝图。哥哥密特朗去中国后，就音讯全无，卡斯特也正想去中国一探究竟。听安德鲁这么说，本就对寻宝之事极感兴趣的卡斯特一面对哥哥密特朗可能已死的信息非常震惊，一面说图已被哥哥密特朗带去中国了。如果哥哥已死，就没有原图。好在自己大略还记得藏宝图的大致内容，可以凭记忆再画出来。

显然，安德鲁父女的到来，点燃了卡斯特内心渴望寻宝的柴堆。这么一大笔宝藏，自己怎么能放过呢？别说能分到一半，只要分到一部分，哪怕是十分之一，已是天大的一笔财富了。所以他立即找了两个有力能武的人做他的手下，以便随时保护自己。作了一番准备，他便随安德鲁到中国来。

这七个西方人来到中国，最心急的是莫妮卡，她无时无刻不在惦记着她心目中的那个大宝藏，恨不得立即找到据为己有。日日夜夜，她脑海中都闪烁着又大又亮的钻石、红宝石和蓝宝石。这些珍宝对她的诱惑力太大了，她时刻在想，如果能找到这些珠宝，她便是世界上拥有最多最好珠宝的女人，甚至连许多国家的女王也比不上她。她越想越兴奋，睡梦中都想着这批珠宝，微笑着口涎从嘴角流出。

但是，莫妮卡心中却存有一根刺，时不时会刺痛她的心，也时不时会让她在睡梦中惊醒，拥有大批珠宝的美梦变成恶梦！

她心中的这根刺便是卡斯特。

莫妮卡牢牢记着，玛格烈的短信中清楚写着，密特朗的家族居心不良，要独吞这些珠宝。她心想，这个法国家族一心要独吞宝藏，肯定对自己不利，说不定到时会遭到他们的毒手。最终别说获宝之事成了泡影，就连性命也不保了。她这么一想，便不禁冒出一身冷汗。

莫妮卡决定，一定要拔去心中的这根刺。

他们回到那间小楼，七人便住了下来，共同准备寻宝的事，莫妮卡也吩咐老李帮她一起工作。

卡斯特带来的两名手下，他没有告诉人他们的名字，只叫一个棕色头发的做"大熊"，另一个黑头发的叫做"壮牛"。这两人和安德鲁手下的汤姆和狄克一样，都是很强壮和懂武术的人。

莫妮卡对卡斯特的这两个手下很注意，她发现那个叫大熊的也时常在注意自己，经常在暗地里偷看她。每当她向他看去时，他便急忙把望向她的目光移开。

一天中午吃过午餐后，各人都走开了，大熊却仍坐着喝水。没多久莫妮卡倒回来，她知道大熊仍在餐桌没走开，所以回来和他谈话。莫妮卡说："大熊，你怎么没出去，还在喝水，是不是不舒服了？"

"哦，没什么，我只是觉得没什么劲，不想走动。"

"我也不大想出去，所以回来坐坐喝点水。"莫妮卡说着坐在大熊对面倒了点水喝。

她问："大熊，你以前来过中国吗？"

"没有。"

"你这次来中国，喜欢吗？"

"我……才来几天，还没看到什么，现在还不知道。"

"那……你跟卡斯特来中国，是帮他工作吗？"

"是的。"

"但是，我并没看到你们做过什么呀。"

莫妮卡给自己的杯加了点水，也替大熊加了点水，她现出友好的眼色望着大熊。

"谢谢你，"大熊说。他的目光也对着莫妮卡。

"大熊，"莫妮卡说："卡斯特是你什么人？是亲戚，还是朋友？"

"我……我们……"

"哦，有什么不方便说？没关系，不方便就不用说。"

"啊，没……没什么……"大熊停一下喝了口水说，"我们原本不相识。我……本来在一间酒吧做巡场，卡斯特常来，我们就认识了。"

"你对卡斯特很熟悉吗？"

"不……我只知道，他很有钱。你们和卡斯特一起来中国，你们和他一定是很相熟的，是吗？"

"说熟，又不是很熟。可是……我们的祖先是相熟的。"莫妮卡望着大熊现出神秘的微笑。

"那你们是世交啦，怎么又说不很熟呢？"大熊也目不转睛地看着莫妮卡。

"哈哈……"莫妮卡轻轻一笑，"很有意思，真有意思。哈哈……"

"为什么这样好笑？"大熊显得很迷惑。

"哈哈……"莫妮卡还是笑，笑得丰满的胸部在轻轻抖动。

大熊贪婪的眼光盯着她的胸部。

莫妮卡注意到他的眼光，故意抖动得更厉害。然后她说："说起来很有趣，很有趣的故事。你想听吗？"

"我……"大熊一时不知如何回答。

"你不想听有趣的故事吗？"

"我……我想，我想听。"

"那很好，我就讲给你听，"她略停一下说，"不过，这里有点热，我们回我的房间，我慢慢讲给你听。好吗？"说着，她站了起来。

可是，大熊却在犹豫，仍坐着没起来。

莫妮卡弯下腰来对他说："怎么不起来？不想去吗？"

大熊看到莫妮卡弯腰露出胸前丰满白皙的乳沟，呼吸一下子就有些急促，"……走吧。"

于是，两人同到莫妮卡房间去。

进了房，莫妮卡对大熊说："真的很热，我去洗个澡，你先坐一下。呆会谈。"说着，她进了浴室。

大熊听到浴室里传来花洒的流水声，还有莫妮卡轻哼歌曲的声音，脑海中浮现着莫妮卡丰满又白皙的乳沟，心跳得更快，人也有点坐立不安起来。忍不住走向浴室偷看。不曾想浴室门开着，大熊的两个眼球一下子弹出，张大的口忘了合回去：出现在他眼前的是莫妮卡丰满而白皙的女体，凹凸玲珑、线条优美，如出水芙蓉，亭亭玉立。

大熊并不是没见过女人的裸体，但是眼前出现的，却是他从未见过的美人胚子，那么的玲珑有致、美艳动人。活生生的就在自己眼前。

看到莫妮卡娇艳妩媚的样子，大熊再也按捺不住，立即脱去衣服，冲进浴室一把抱住莫妮卡。莫妮卡推了推，便热情地抱住他，正是干柴烈火，尽情享受一场激烈的男欢女爱。

一场狂风骤雨过后，两人已感疲惫，平静下来，冲洗干净身体，以毛巾抹干，穿好衣服回到房间。莫妮卡还拥着大熊，一起倒在床上。

莫妮卡说："大熊，我好喜欢。你呢？"很妩媚地看着大熊。

大熊连连点头。

"你喜欢以后我们时常这样在一起吗？"

"当然喜欢。"他搂紧着莫妮卡。

"但是，你不是要替卡斯特做事吗？"

"是的。"

"你要替他做事，怎么能时常和我在一起呢？"

"我……尽量……抽空来看你。"

"大熊，你不介意我问你……"莫妮卡眨眨眼睛。

"什么事？"

"你……到底为卡斯特做什么事？"

"没什么的。他说他来中国,需要有人保护他。"

"那么,那个……壮牛?"

"他也是和我一样,由卡斯特请来中国的。"

"那么,你和壮牛都是卡斯特的保镖啦?"

"是的。"大熊突然问莫妮卡,"刚才在外面你说有故事告诉我,到底是什么故事?现在可以说来听听吗?"

"哦,好。"莫妮卡坐起来:"我先问你,卡斯特请你做保镖,给你多少钱?"

大熊也坐起来:"每个月三千法郎。"

莫妮卡又问:"卡斯特出钱请你做保镖,还请壮牛。他为什么要请保镖?"

"这个,我……不知道。"大熊搔搔头。

"你不知道?"莫妮卡略带神秘的笑容对他说:"我却知道。"

"哦?说来听听。"大熊感兴趣起来。

"告诉你,"莫妮卡说:"卡斯特这次来,会发一笔大财,一笔很大很大的财。"

"很大的财?几千万?还是更多?"

"你再猜。"

"那么……是几亿?"

"告诉你,大熊,几亿算得了什么。是几百亿,甚至更多,多到难以计算。"莫妮卡双手向两边伸开,做个很大的手势。

大熊张口结舌,双眼大睁。

"大熊,我可以告诉你,卡斯特如果做成这件事,他将是世界首富,就是世界上最有钱的人。"

"哇!这么厉害,究竟是什么大生意?能赚这么多钱!"大熊还是睁大着眼。

"哈哈,他这个大生意是秘密的。还有……"莫妮卡故意压低声音:"他这样做是会得罪中国的。"

"哇!这不是很危险吗?"大熊更感惊讶。

"不过，只要保守好秘密，是不会有危险的。"

大熊没作声。莫妮卡又对他说："大熊，人家发大财，难道你不想也发大财吗？"

"啊？我发大财？我怎么会发大财？"大熊一脸狐疑。

"那很容易，你可以把卡斯特的这个发财机会变成自己的呀。"

"哦？我就更不明白了。"大熊又搔头皮。

莫妮卡于是把卡斯特要寻找宝藏的事告诉大熊。

"大熊，"莫妮卡说，"这批宝藏并不属于卡斯特，是人人都有份的。他可以去拿，为什么我们不可去拿？"

大熊又是没作声。

"大熊，你想看，这是一笔很多很多的钱呀。现在机会来了，难道你一辈子都做人家的保镖，每个月赚几千法郎吗？这笔钱我们拿到，不但你一世人享受荣华富贵，你以后的子子孙孙也都永远不愁吃不愁穿呀。"

大熊给说得心动，不过他说："但是，我们怎么可能从卡斯特手中抢过这个宝藏呢？"

"只要你有胆，以后我们可以暗中计划，一定要把这个宝藏归为我们所有。"她停了一下说，"不过，……我们有一个麻烦。"

"什么麻烦？"

"就是壮牛！"

"壮牛？你看他会怎样？"

"这个壮牛，我看他很听卡斯特的话，对他很忠心。而且我看他很厉害，你对付不了他。"

"什么？"大熊整个人跳起来，大声说："我对付不了他？"

"是呀，我看他是非常厉害的。"

"他算什么？他只不过是妓院里的打手，他比我差得远了！"他说得激动，双手握拳。

"真的吗？大熊，你不是在吹牛吗？"

"我什么吹牛？找一天我对付他，你就会知道。哼！"

"哦，不，大熊，我们不可以引起他们注意，我们要暗中行事，知道吗?中国人有一句话我教你,叫做不可以打草惊蛇,你明白吗?"

"'打草惊蛇',嗯,很有意思,我明白了。"

两人笑了,莫妮卡向大熊抛个媚眼,激起大熊的雄性激素,于是两人又一次激烈地男欢女爱。

二十九、洋妞狠招擒青年雕塑家

天气清朗,阳光普照,和风吹拂,难得的好天气。

来和连日在工作室雕塑,见此好天气,便出门到外跑步。他沿着马路慢跑去公园。就要到公园的马路上,突然一辆大汽车驶来停在他面前。

车门打开,一个女人探身出外,伸手向来和大声叫道:"来和,快来!不得了了,出事了!"

来和极为震惊,向那人望去,原来是莫妮卡,来和震惊之外,又极为迷茫。莫妮卡突然不辞而别,杳无音讯,还以为她像自己说的,不再寻宝回国了。不曾想莫妮卡又突然出现。这一惊一迷,来和脑子猛然就呆怔了。

还没等来和反应过来,莫妮卡又很紧张地对他说:"来和,快上车,快上车!"

来和不知道发生什么事,站住问道:"到底发生了什么事?莫妮卡,你告诉我,发生了什么事?"

莫妮卡大声说:"快上车,慧娴出事了!"

"啊?慧娴?她……她怎么了?"来和已经语无伦次。

"先别问了,上车再说吧,再迟就来不及了!"莫妮卡急道。

来和一急,便从前座右边开着的车门跳上车,随手关上车门。

"莫妮卡,慧……"来和只说出这几个字,猛不防车后座有人拿着一块布快速而有力地掩着他的嘴和鼻。来和这一惊可不得了,立即有一股很强烈的气味攻入心头,闷得发慌。他急忙伸手去拉开掩住他的那只手,可

洋汉车内捂住华族男脸

是只一瞬，他便昏眩，全身发软，双手乏力。很快便全身瘫软下来，失去知觉。

原来来和一上车，后座便有一名强壮的大汉以迅雷不及掩耳的速度用布块掩盖来和嘴脸，而布块上浸满了一种强效的吸入性麻醉剂。

这次莫妮卡回到中国存心要对付来和，因为上次她尝试色诱来和不成功，内心无比不甘和气愤，更何况，要寻宝，必须从来和这儿探知史密斯他们寻宝的具体的进展。所以，每日监视来和行动，伺机下手。

这天来和终于出来，她便开车尾随。到公园旁人少之处决定出手，便编个慧娴出事的借口骗来和上车。来和果然中计，她便毫不费力地逮着了来和。

一出手得逞，莫妮卡就极感得意，半眯着眼，翘起嘴角低哼着歌，然后对大熊说："大熊，你看，我们这么容易得手，你说我厉害吗？"

大熊说："其实，我们根本可以不用麻醉剂，我一出手，就可以抓到他了。"

莫妮卡说:"大熊,你可别夸口。这个人是非常厉害的。他武功很好,你可能对付不了他。"

"啊?你说什么?我对付不了他?"大熊很不服气地说。

"我看是的。"莫妮卡只淡淡地说。

"我不相信!我不是夸口,谁都不是我的对手!"

"大熊,你太自信了。"

"我当然自信。我一拳就可以把他打倒拉进车来。"大熊骄傲地比了一下拳头。

"那……以后再看吧,你们可能有机会过招的。"

"那就等着瞧吧。"大熊还是愤愤不平。

说着,说着,车子回到了他们住处的停车场。莫妮卡下了车,大熊则托着昏迷的来和下来,他气汹汹地朝来和胸前打了一拳。莫妮卡说:"大熊,你打一个昏迷的人,算是英雄吗?"

"哼!我以后一定要打倒他。莫妮卡,以后你会看到我的厉害。"

莫妮卡微笑不语。

进了屋,莫妮卡叫大熊把来和抬到她房间,并叫他把来和扶坐在一张椅子上,用绳子把他手脚绑紧,然后她吩咐大熊出去,说道:"大熊,你先出去,让我先休息一下,然后对付他。这是关系到我们发大财的事,你不要干涉,由我来处理。"

大熊想说什么,但是莫妮卡向他挥挥手,他只得悻悻地出去。

莫妮卡坐在床上,斜眼瞄着昏坐在椅子上的来和,思潮起伏。说实在的,她打从心里很欣赏和仰慕来和。她一向喜爱雕塑,而来和确是一位杰出的雕塑家。而且来和年轻英伟,以一个东方人,体格健壮不仅不输西方的男子,更可说还胜过不少西方男子,确是一个不可多得的男子汉。

莫妮卡想以色相引诱来和,其实她内心就很期望和来和进行鱼水之欢。只可惜来和说自己已有未婚妻而拒绝她,所以她对慧娴既羡又恨。

现在这个她心仪的东方英伟男子就昏坐在她眼前。他手脚被绑,逃不了,也反抗不了她,要怎样对付他呢?

莫妮卡站起来绕着来和缓步走了两圈,斜眼瞟着他。她停下脚步,手轻抚来和脸颊,拍打了两下,又俯下身吻了一下来和脸颊,再捏捏来和强壮的臂膀,然后双手插腰端详这个由她摆布的男子。

看了一会,她去浴室拿条湿毛巾,出来擦来和的脸。来和渐渐苏醒,慢慢张开眼,朦朦胧胧眼前出现一个人影。他看不清楚,想用双手揉揉眼睛,才发现双手被绑;再动一下脚,双脚也是被绑。这一惊可不得了,他尽力挣扎,想挣脱被绑的手脚。可是绑绳既粗且牢,无论怎么用力,也完全不能脱绑。

很快地,他的神智已恢复过来,看清眼前的人就是莫妮卡。他大声叫道:"莫妮卡,你要把我怎样?快放开我!你去了哪里?怎么又突然出现了!"

莫妮卡望着他奸诈地微笑,叉着手也不说话。

来和又大声说:"莫妮卡!慧娴在哪里?她在哪里?快叫她出来!"

"哈哈……"莫妮卡一阵笑声后说,"来和,杜来和,你的心上人在哪里我可不知道呀。"

"你……不是说,她出了事,有危险吗?"来和还是想挣脱绳子。

"哈哈……来和,我说什么你都相信吗?"

"那……她不在你这里?"

莫妮卡摇头。

"那么,你为什么说她有危险,叫我上车?"

"那是要请你来这里呀。"

"你……好狡猾!你绑着我想干什么?快把我放开!"

莫妮卡又过来抚摸他的脸,来和猛力甩头。

莫妮卡问来和史密斯他们倒底怎样,想必那个山洞一定是藏宝的大致地方吧。来和便再次告诉史密斯他们一伙确实已经死了,藏宝图确实上交给了警局。

利令智昏而又刚愎的莫妮卡哪里肯信,哈哈一笑,转眼就说:"好了,我们不说这个。我问你,你说我美丽吗?"

来和长叹一声,心知无法挽回莫妮卡的心意,无可奈何,便闭眼不语。

莫妮卡双手推他,说道:"来和,我要你说,清楚地说,我美丽吗?漂亮吗？"

来和斜眼望着她，还是没出声。

莫妮卡却轻声柔气地说："好一个大男人，你们中国人爱说男子汉大丈夫，为什么对一个女人漂亮不漂亮也不敢说？怕什么呢？"

来和还是看着她："莫妮卡，说了有什么用呢？"

莫妮卡大声说："我不管，就是要你说！我再让你看看，我到底漂亮吗？"说着，她动手解开衣钮，要脱去衣服。

来和连忙大声说："莫妮卡，你别脱！你的身体我看过好多次了，你别脱衣服。"他又想挣脱绳子。

莫妮卡停手不脱衣服，说道："那么，你快告诉我，我漂亮吗？"

来和慢慢地说："莫妮卡，以前为你雕塑的时候，我已经说过你是很漂亮的，这还不够吗？"

"那么……现在呢？现在怎样？"

"现在当然还是一样啦。"

"你……你是说真话吗？"

"当然是真话，你的确是漂亮，我为什么要骗你？"

"那么……我还要你说，"莫妮卡瞪大眼看着来和，"我和慧娴谁更漂亮？"

"莫妮卡，我老实对你说，你更漂亮。"来和不假思索脱口而出。

"你骗人，你没说真话！"她还是瞪着来和。

来和说："我是雕塑家，我懂得审美。我说你更漂亮完全是真话。"

莫妮卡显得很高兴，面露笑容。可是她突然又大声说："你为什么只爱慧娴不爱我？你是看不起我！"

"哦，莫妮卡，不能这么说的，"他眼望前方说："我和慧娴是有感情的，我们……是患难见真情，是没有别人可以取代的。"

"患难见真情，很好的一句中国话，"莫妮卡慢慢在体会这句话，然后说："患难见真情就有这么重要吗？"

"哦，莫妮卡，你不知道，我和慧娴是倾心相爱，又患难与共的彼此都很珍惜，绝不忘怀。"

"那好，那好，你……很有情，"她略停一下说："你说我漂亮，是吗？"

"是的。"来和点头。

"那么，"莫妮卡柔声说："以我一个漂亮女子，主动要和你欢好，你为什么要拒绝？你……伤了我的自尊心。来和，你知道吗？你太伤我的自尊了！"她怨恨地望着来和。

"我不是要伤你的自尊心。莫妮卡，我是有未婚妻的，我绝对不能这么做。"

"杜来和！"她提高声音说："坦白跟你说，我莫妮卡，以我的美貌，我在欧洲，多少人在追求我。只要我愿意，多少男人求之不得和我上床。在中国，也有多少人逃不过我的美色。偏偏你这个杜来和对我说不。你太瞧不起我了！"

"莫妮卡，我只能对你说对不起，我不能这样做。"

"那么，来和，我现在要你，只要一次。只要你答应，我便放了你。你只要满足我一次，我不需要你的感情。"莫妮卡是一个很好胜的女人，她知道要来和爱她是不可能的。但是以她的个性，自己主动向来和示爱要共赴鱼水之欢，却遭他拒绝，对她来说是很没面子的事。她必定要来和屈服和她上床，才能争回面子，才能显示她能征服一切男人的本事。

但是来和却说："现在更不可以。"

"为什么？！"莫妮卡睁大双眼。

"我已经和慧娴结婚了。"来和坚定地说。

"哎呀！真气死我了！又是慧娴！我总不如她！"莫妮卡双手抱头，歇斯底里地说。

她由妒生恨，指着来和说："来和，你到底答应不答应？"

来和没出声。

她更生气，叫喊说："你真不答应？"

来和摇头。

"好！好！可恶的人，你真太伤我的自尊心！看我……看我……"她双手抓头，绕着来和走。

突然，她走向一张桌子，拉开抽屉取出一把尖刀，再走向来和，用刀指着来和，大喊道："来和！你答应不答应！"

来和闭眼不语。

"好！好！"莫妮卡怒不可遏："那你就做鬼去吧，做鬼去找你的慧娴去吧！"她举起刀，猛力向来和刺去！

突然"嘭"一声巨响，房门进开。莫妮卡吓得停在当场，转头望向房门。进来的却是大熊。

莫妮卡大声喊："大熊！进来为什么不敲门？！"

大熊说："啊？莫妮卡，我们这么要好，我进来还要敲门吗？"

莫妮卡无言以对。

大熊见她拿刀要刺来和的样子，便问道："啊？你要杀他吗？"

莫妮卡说："我就是要杀他！"

大熊却过来按住她拿刀的手，对她说："我们还需要他！你不也说我打不过他吗？你现在别杀他，等一天看我和他相斗，再看我空手把他打死，让你知道我的厉害。"他把莫妮卡的刀拿过来，放回抽屉里。

听了大熊的话，莫妮卡一下清醒过来。来和现在可不能死，况且，自己其实也是真的舍不得杀害他，于是便说："如果你打不死他，我还是要杀了他！"她停一下转口说："你进来干什么？"

"哦，是你父亲叫我来找你。"

"找我干嘛？"

"我不知道，你去问他吧。"

他们两人要离开房间。莫妮卡愤愤地瞪了来和一眼："哼！今天先放过你，改天才要你的命！"

大熊说："别让他跑了。"他检查绑来和的绳子，说道："绑得很紧，他逃不了。"

两人于是出房去。

原来是莫妮卡的父亲安德鲁和那个法国人卡斯特要找她。卡斯特对大熊说："大熊，你先出去一下，我们有事情商量。"

大熊知道必定是要商量寻宝的事，说声"好的"便出去了。

卡斯特说："莫妮卡小姐，我和你父亲安德鲁先生谈过，我们不可以等太久，应该去寻宝了。"

"那么你们知道藏宝的地方了吗？"莫妮卡问。

卡斯特说："我经过详细研究，也比对了两张图，虽然很多地方错误百出，但我们依然认定，宝藏很可能是在你们上次去过的那山洞里，因为史密斯先生和我哥哥他们应该是在那里死的。"

莫妮卡说："这么说，确切的地点还是不知道啦。"

卡斯特说："不能说百分之百，但是最有可能的还是那个山洞。我们不要再浪费时间，应该先去那边找，找不到才另作打算。"

"我也这么想，"安德鲁说，"我们不可以再推迟了，必须尽早找到那个宝藏。"

卡斯特说："根据你给的半张图和我的那半张在一起看，你们上次去过的那个山洞是最可能的地方，我决定我们必须去那里一趟。"

听到卡斯特说"我决定"，安德鲁心里有点不爽。他想此人说话太武断，还没得到别人同意就说"我决定"。安德鲁觉得他不把自己放在眼里，但是他不表示出来，只沉默不语。

卡斯特说："安德鲁先生，我们明天就动身吧。"

"就照你的意思吧。"安德鲁说。

卡斯特又向莫妮卡说："莫妮卡小姐，你也去吗？"

莫妮卡说："我当然去啦。"

她怎么会不去呢？她日夜都想着那些又大又美的钻石、红宝石和蓝宝石，恨不得都拥为己有。

于是，卡斯特叫莫妮卡、大熊、壮牛，以及安德鲁的两个手下汤姆和狄克还有老李，全都到他房间来。然后他告诉大家明天要出发到别处去，他暂时没告诉四个保镖是要去寻宝，只吩咐他们快去准备，明早就要出去。

各人出来后，莫妮卡拉了大熊到她房间去。她说："大熊，现在怎样处置这个人？"她指着来和。

"你说呢？"大熊搔搔头。

"你先把他关在你的房里，等我们回来才对付他。"莫妮卡瞪着来和。

"但……但是，我们都不知道要出去多久。"

"多久都没关系，一直到我们回来。"

"如……如果太久了，不是……把他……饿死了？"大熊眨着眼对莫妮卡说。

"饿死就算了！"莫妮卡怒目大声说。

"……"大熊张口想说什么，却一时不知说什么好。

三十、死人的杀伐

七个洋人一早各忙着整理各自的随身物件准备出门，大家忙着把一应物件搬进两部汽车，并且也检查汽车的机件。所搬的各种物品还包括一些干粮食品和饮料。

大熊的房间，只剩下来和一人被绑坐在椅子上，一天一夜了，动弹不得，手脚麻痹，又饥又渴，人相当虚弱。

突然，房门悄悄地开了，一人推门蹑手蹑脚地走进来。他向房内四周张望，见并无他人，便走向来和。来和还闭眼垂头，那人动手解开了绑着他手脚的绳子。来和一惊张开眼，立即惊讶得叫出来："啊！老……师……"

此人正是老李，他马上伸右手掩着来和的口，左手伸出食指在自己嘴前："嘘……别出声。"

"师父……你……"来和太惊讶，一时不知要说什么。

老李还是掩着他的口，压低声音说："现在很紧急，没时间说话。"他向门口一看，见并无人，接着说："我们全部人现在就要去采石场。你……，先坐着别动，保持被绑着的样子，等我们都离开了你才起来。我这里有一些吃喝，等下你才吃。"他把一个小包放在桌底下，然后快速离开，掩上门便走了。

来和对此突变还是摸不着头脑，老李怎么会突然出现救自己，更是大感意外。但是他猜得到老李一定是在众人忙着的时候趁机来救自己，由于时间紧迫，怕被人发现，所以他才那么匆忙。

等不多久，来和听到外面汽车发动的声音，一班人的嘈杂声，然后是汽车驶离的声音，最后是一切回归平静。

来和知道所有的人都离开了，便把松绑的绳子拿开。两手双脚都非常麻痹，他尽力慢慢活动双手，等到手指逐渐灵活，才搓动双手和手臂，柔和地搓捏手脚，感觉舒服许多了，才慢慢站起，挺直腰板。

这样活动了近半个小时，才觉恢复了许多。这时真感到饥饿口渴，便从桌底下拿出刚才老李所放的小包，是几片面包和一竹筒水。他立刻吃喝起来，吃饱了略休息一会，便在屋内四处走一回，除一些家具等用品之外，并无什么特别之物。

他不作多留，决定离开。便开了一扇窗，跳出屋外回家去。

家中各人一个晚上不见来和回家，都颇感诧异。正想出去找他，来和却回来了。大家七嘴八舌问他昨天到底去了哪里，晚上也不回来。来和便把所发生的事情讲出来，众人听了都现出惊忧之状。

杜辉明说："事情还是发生了，要来的还是来了，怎么都阻止不了。"

司徒建说："东家您的意思是……"

杜辉明沉思着，大家都静等他说话。

杜辉明徐徐抬起头，环顾大家，说道："很显然，安德鲁和他女儿已出动去寻宝藏了。来和你刚才说的其他的外国人，肯定和他们是同一伙的。但是……不知道他们又是什么人呢？"

"爸爸，你说得对，"慧娴说，"他们很肯定是去寻找他们认为的大宝藏的。尤其是那个莫妮卡，我知道她日夜都想着那些什么钻石、红宝石和蓝宝石的。"

"一点都不错，"来和说。

"我说，别管他们，"司徒建说。

"为什么？"大家同声问道。

司徒建说："哪里有什么宝藏呢？是他们贪心而自作聪明罢了。"他停了一下又说："就算真的有，他们也肯定找不到的。我们又何必为他们操心呢？让他们去白忙一趟算了。"

杜辉明沉思着，略点点头说："我想……司徒说的也有道理的。"

大家一时间都静默着,屋内一下子安静了下来。

过了一会儿,慧娴慢声说道:"爸爸,我记得以前你说过,不怕一万,只怕万一。我现在……也怕万一。"后面"万一"两个字她说得特别慢。

"什么万一?"也几乎是大家同声问。

"就是……"慧娴说得更慢:"万一真的有这个宝藏,……又万一他们这伙人真的……找到这些珠宝,难道……就任由他们拿走吗?"

"那……有道理呀。"杜辉明看着慧娴说,"还是慧娴想得周到。这种万一……是有可能的,我们不可以大意。"

"哎呀!还是干女儿说得对!我刚才的想法太粗心大意了。"司徒建说着用手轻打了一下自己的头。

"是呀!"突然一个很大的声音说,说话的是万加,他举起手大声说:"这些宝东西,都是我们国家的,无可给另人拿走,半件都无可!"

司徒建眨眨眼问:"什么是另人?什么是无可?"

慧娴说:"干爹,他的意思是不可以给外人拿去。"

司徒建说:"哦,是这个意思。"他又接着说:"那当然啦,我们国家的财宝,当然不能给外人拿去!"

"这就是说,我们必须去阻止他们。"来和说。

"这个必然!"万加还是大声说:"哪个另人拿走,我就刺死他!"

"别……别太急,别太激动,"杜辉明说:"我们应该商量好一个阻止他们的行动方法。"

万加急着说:"那还不简单,我们就去把他们全都刺死了,一个也不存!"

"等一下,兄弟,别急,"司徒建手放万加肩上说:"让我们东家再说下去。"

杜辉明略一沉思说:"这样,我们大家先赶去山洞,毕竟那里太远,如果不及时赶到阻止,那可能就糟啦。另外,我们还得及时报警。你们马上去稍微准备一下必要的东西。我去打电话报警。"

慧娴说:"现在,我们还不知道是否真的有宝藏,所以我的想法是,我们暗中监视他们,看他们的行动是怎样的。如果他们没有找到什么宝藏,我们就别管他们。如果他们真的找到,我们要设法阻止,等警察前来。无论如何都不能让他们把宝藏取走。我这个办法，大家认为是否可行。"

司徒建第一个拍手赞成。他说："干女儿想的真好，这是一个很好的办法。"

"不错，"杜辉明说，"这可说是一个很好的两全之策。"

"那么我们就必须赶紧行动了，"来和说，"万一真给他们找到宝藏，让他们捷足先登，拿了宝藏逃走，那我们就来不及阻止他们了。"

"来和说得对，我们要马上行动。"司徒建说。

"我师父老李说，他们去了采石场。"来和说。

"那我们怎样去？那边挺远的。"慧娴说。

杜辉明说："为了赶时间，我们必须租一部车子去。"他想一下说："为了不让别人知道这件事，由我自己开。"

"那没问题，"来和说，"我会开车，由我和爸爸轮流开就行了。"

"那非常好，"司徒建说，"事不宜迟，马上就去租部车子吧。"

"好！来和，我们这就去租车。"

杜辉明又交待说："我先电话报警，然后与司徒、万兄去租车，来和你们去快抓紧时间收拾一些衣服和各种日常用品，越快越好。"

杜辉明电话报完警，就立即与他们俩租车去了。他们很快租到一部可坐七人的奔驰，开回来停在屋前。

这时来和夫妇都已收拾妥当，快手快脚把各种物品搬上车，慧娴也早就告诉了妈妈要出远门去。老人家自不免叮嘱各人万事小心。而来和则赶紧回屋去拿他那把利刀以作防身之用。

车子急驰而出。

司徒建说："东家，你的开车技术真好，车子走得很稳，很好。"

杜辉明说："其实开车并不是很难的，最重要的是必须小心。说真的，司徒，以后你也应该学开车。"

"哦，不行，不行，"司徒建说，"我老了，又粗手粗脚，我不学。"

来和说："慧娴，爸爸说得对，以后你也应该学学。"

"我……我看我……学不会吧。"慧娴可从来没想过自己学开车的事，在她看来，开车应该是很难的。

"哦，你说错了，"杜辉明说，"慧娴，开车是不难的。你应该明白，我们的社会进步得很快，汽车将成为很普通的交通工具。慧娴，以后你一定要学会开车，知道吗？"

"那……以后再说吧。"

司徒建说："慧娴，东家的话很有道理，你是一定要学的。以后干爹坐你开的车，那才过瘾呢！哈哈……"

"干爹，我也希望能够如此。"

不知不觉杜辉明已急驰了三个多小时。来和说："爸爸，你累了，换我来开。你休息一下，喝点水，吃些东西。"

来和接过驾驶盘。他毕竟年轻，驾起来挺熟练，车开得就更快。杜辉明叫他小心。慧娴也叫来和小心专心，要确保稳妥安全。

因为他们出门时已是下午，这样在路上走了五个小时左右，天已黑下来，大家都提醒来和要特别小心。

到晚上八时左右，大家认为不应该太劳累，而且不可能一整晚都开车赶路，便决定找个旅店过一夜。不多久，来到一个小镇，正好有间旅社，便停车进去投宿，同时点了晚餐吃。

饭后，杜辉明吩咐大家早睡，明天一早七点就要出发赶路。

隔天早上七点，大家准时出发，先给车子添满油，还是先由杜辉明开车，到他累了就由来和接替。中午时分，他们也不停车，就在车内吃些干粮和水。

车子在野外的路上行驶了近三天三夜，清晨时，前方远处出现了采石场的山头。

……

这时，采石场的山洞内，已有七个外国人，六男一女，他们便是安德鲁和他的女儿莫妮卡、法国人卡斯特，安德鲁的两个保镖汤姆和狄克；另外两人是卡斯特的保镖大熊和壮牛。他们一行比杜辉明他们早几个钟头先到了采石场。和安德鲁他们同来的，当然还有一个中国人老李。

早上，他们在山洞外的办公室里先吃了带来的面包和三明治，再喝些饮料。随后便进了山洞。

一路上，莫尼卡脑海中全是又大又明亮的钻石、红宝石和蓝宝石。她很心急，一直催着父亲把车开快一点。

他们八人分乘两部汽车，前车乘坐的是安德鲁，莫妮卡，汤姆和狄克；后面四人是卡斯特、大熊和壮牛，由大熊开车，另一人便是老李。

安德鲁四人以前曾来过采石场，毕竟对路途熟悉，所以，也没费多大周折，顺利到达采石场。

一路上，莫妮卡双眼一直瞪着前方，巴不得马上到达采石场。随着车子越行越前，莫妮脑海中的钻石、红宝石、蓝宝石也越来越大越闪亮。她双手不由自主地绞结手指，似乎要把所有的宝石抓在手中！

莫妮卡第一个先进去，她和父亲曾来过的。可是卡斯特他们三人却是第一次来，都发出惊叹的声音。他们眼前出现的是一个庞大无比的山洞，里面错综复杂，洞中有洞，许多石钟乳从洞顶垂下，有大有小，有长有短，并形成各种形状，如飞禽走兽，如瀑布飞流栩栩如生，大自然造物的鬼斧神工，真叫人叹为观止。

由于空间很大，特别是山洞顶部很高的地方，石钟乳垂不下来，高高挂在半空，地面也没有石笋，所以有好几处地方是空的，地面也较平坦。有一两个大的空间，面积约有篮球场那么大。

近洞口处因有阳光，相当明亮，越往里面走，就越阴暗。尤其是一大堆钟乳石和石笋的地方，就更黑暗了。放眼望去，前方很暗的地方，约略能看出有好几条地洞，究竟共有几条也看不清楚。总之，进了这个山洞，便如进了一个迷宫。

打量了一会，卡斯特便发现山洞有被火烧过的痕迹。他心想，以前肯定有人进来过，说不定也是来寻宝的，不知道宝藏是否被人拿走了。

"这里曾被火烧过，到底发生过什么事呢，安德鲁？"卡斯特看着安德鲁和莫妮卡。

"应该是史密斯和你哥哥他们来过。"安德鲁说。

安德鲁又说："可是，照我想，这里这么复杂，他们应该是没有找到宝藏的。"

"那么，我们也不可能找到啦？"卡斯特依然发问。

"可是，我们也有藏宝图。"莫妮卡说。

"哦，对了，快点拿藏宝图来看吧。"

他们于是急忙各拿出半张图来再次合凑在一起研究。

听卡斯特和安德鲁以及莫妮卡这段讲话，四个保镖终于知道他们是来寻宝的。老李自然早就猜到。而大熊心里也一样早就猜到，他想，怪不得莫妮卡说这次来会发一笔大财。他当然心也痒痒，就如莫妮卡告诉他，这笔财宝，他也可以分一杯羹。想到此，不禁心跳加速。

卡斯特手中的半张图是根据对以前原图的记忆画出来的。而安德鲁根本没有原图，他现在手中的半张图是莫妮卡叫毕峰偷来的假图。对照了一段时间后，卡斯特说："安德鲁先生，你仔细看一下，我这半张图所标出的地方，和洞里的一些位置是基本符合的。可是你这半张却是乱来一场，根本没一处是符合的，你自己一看就知道了。我看你这张图是假的。你们到底是怎么搞的？"

安德鲁和莫妮也清楚看出，自己的图很明显和现场的位置不符，是随便乱画出来的，根本是张假图。

莫妮卡一下子怒火中烧，气得双眼圆睁。她心急着要得到宝藏，满心以为这次就会成功，一直梦寐以求的心爱珠宝就会到手。但是现在才知道自己手上的图是假的，不但希望成了泡影，还被卡斯特责怪。莫妮卡这一气可不得了，她大声吼叫起来，并把那张假图撕个粉碎，向空中抛去。一片片碎纸便如蝴蝶般在空中飘舞，慢慢掉落到地上。而她仍在双手猛抓头发，真如一个疯人一样！

莫妮卡的疯狂举动，吓得安德鲁和卡斯特不知所措。

一旁的老李看到他们的情景，以及莫妮卡生气撕图、有如发疯的样子，知道他们这次寻宝肯定出了大问题。莫妮卡把图都撕了，还怎么可能寻到宝藏呢？老李心里非常高兴，脸上掠过一丝不易察觉的笑意。

不料这却让莫妮卡看到了，她气在心头，却有人在笑，更增她的愤怒。她转过身来，怒目看着老李，咬牙切齿地问："老李，你笑什么？"

老李说："我没有笑。"

莫妮卡说："你没有笑？我刚才明明看到你笑过，还说没笑？"她掠了一下盖到眼睛的头发,再说道:"哼!我知道了,你一定是看到我们失败了,所以幸灾乐祸,是吗!?"她双眼睁得更大,仿佛要喷出火来。

老李没出声。

莫妮卡又说:"哼!上次叫你去偷图,你说没偷到,其实你根本就没有去偷。你根本就不希望我们找到宝藏。"

老李说:"莫妮卡小姐,假如有的话,这些宝藏也是我们国家的财富,我当然要保护它,不能让外人拿去。"

莫妮卡对汤姆说:"这个人对我们没有用了,送他去死吧。"

汤姆拔枪出来,老李立即拔腿要跑。可是汤姆用枪指着他,大声喊道:"别跑!"

来和一家四口在山洞

老李无法，只得站住。

汤姆还没开枪，看莫妮卡还有什么指示。

莫妮卡大声吼叫："汤姆，打死他！"

汤姆以枪对准老李。

但是老李急忙说："真的图在我手上！"

"啊？你说什么？"莫妮卡和她父亲同声惊呼。

"你说什么？你……你有真图？"莫妮卡追问，心里一阵狐疑，想起来和说的，真图已经交给警察的情况。但她不敢肯定，是老李骗她，还是来和骗她。然而，极度的贪婪最终让她再度失去理智，她终究不相信，这世上会有人对巨额财宝不放在心上，而自动放弃，也不相信会有人一心为国，不顾家身的。所以，莫妮卡一瞬间就丢下了疑虑，没有收手。

"是的。"老李只淡淡地回答。

"那你快点把真图拿出来！"安德鲁大声喊。

"不行！"老李坚定地说。

"为什么不行？"莫妮卡问道。

"因为宝藏是属于我们国家的，不能让你们拿去！"老李依然坚定地说。

"你不交出来就杀了你！让你去见你们中国人的阎罗王！"莫妮卡真懂不少中国的文化。

"那就动手吧。"老李闭起眼。

这次却是莫妮卡动不起手了。因为如果把老李打死了，那就永远找不到那半张图了。

莫妮卡转为软和的声音，说道："老李，你把图交出来，找到了宝藏，我们分一部分给你。"

"我不要。"

"老李，这是很多钱呀！值很多很多的钱呀！"

"我不需要。"

"老李，你再想一下，有了这些钱，你一世都不必工作了。"

"我喜欢工作。"

"你的儿女和以后的子孙也不必工作了。"

"我没有家庭。"

"他妈的，你这个王八蛋！"莫妮卡又气又无奈，双手叉腰，双眼圆睁，气得骂出粗话来。

但是，想着那些心爱的珠宝，她又不能杀死老李。在不得已之下，她叫汤姆把老李带去别处设法迫他交出来。汤姆便把老李带到一大堆石笋的后面去。

……

约在此时，杜辉明一行人的车子来到了采石场。看到两部大汽车停在办公室的入口处，他们立即急步奔进办公室。在进山洞之前，杜辉明吩咐大家分为两组，他和来和慧娴一组，司徒建和万加另一组，分别去山洞的不同地方，隐藏起来不让那班洋人看到，暗中监视他们的行动。

于是，他们分别蹑手蹑脚进了山洞不同的地方。杜辉明他们隐身在一堆石笋后面，通过各石笋间的空隙看到前面空地上的七个洋人。安德鲁和莫妮卡以及另一个洋人在比比划划谈话，另四个强壮的洋汉在旁站立。

几个洋人面向着前面远处黝暗的多个地洞，东指西指在谈论着。他们是在猜想哪一个地洞才是藏宝的地方。而另两个洋汉则走去另一个阴暗处，这两人便是大熊和壮牛。大熊说要去小便，叫壮牛也一起去，壮牛也有小便意，便跟大熊一起去。

来到一个阴暗处，大熊突然出其不意，从后面双手紧抱壮牛的头颈，快速尽力一扭，只听"咔嚓"一声，壮牛还来不及喊出声，颈骨立断，双眼发白，腿一软便倒地断气。可怜的壮牛根本不知道发生了什么事便做了一个冤死鬼。其实壮牛也是身强力壮，武功高强，并不是省油的灯。如果两人正面过招，大熊不见得能赢他，就算能赢，也肯定赢得很辛苦。

但是，现在大熊根本没给他机会，壮牛完全想不到大熊会加害于他，而大熊在他毫无防备下痛下毒手，可见这大熊是多么的冷血和心狠手辣。壮牛真可说是死得不明不白。

大熊一脚把壮牛的尸体踢到一边，然后若无其事地走回来。由于其他各人都在谈话，尤其是莫妮卡一直问汤姆有没有迫出老李把三张图交出来，所以壮牛有没有回来也没人留意到。

在另一角落的司徒建和万加，当然也是通过石笋的空隙看见几个洋人的一举一动。可是万加却时不时望向头顶的高处。原来这个大山洞栖息着不少蝙蝠，有些蝙蝠挺大。一些大小不一的蝙蝠不时在洞里飞翔。

这些飞翔的蝙蝠一直吸引着万加的注意力。他以前长期生活在山林里，经常以飞石打野猪、野兔、野鸡，当然也打蝙蝠。看到蝙蝠在飞，一时手痒，也忘了是在监视别人，竟然忍不住拾起地上的石块飞打蝙蝠。他手力奇大，飞石又很准，这是他长期练出来的技术，飞石打出去，竟然不偏不倚打中两只大蝙蝠。

蝙蝠被击中，大声吱叫，拍着翅膀向下掉落。这突如其来的一幕惊动了山洞里所有的人，大家都看到两只大蝙蝠从空中掉落，不偏不倚，掉落在杜辉明等三人躲藏的地方。

这突然的变故，吓得慧娴不自觉地叫出声来，一下子露了三人的行迹。

几个洋人做梦都没想到，竟有三个人躲藏在这里。莫妮卡和安德鲁是认识杜辉明他们三人的，卡斯特当然不认识。

最惊讶的是莫妮卡和大熊，他们明明是把来和关在房间里，怎么他也出现在这里呢？不知他是如何逃脱的。

大熊听莫妮卡说过，来和武功了得，为防万一，他本能地拿出手枪指着来和。这时的莫妮卡，既惊讶，又生气。她以为来和已被她逮着了，谁料他又来到这里，显然对她是很不利的。可是令她高兴的是，杜辉明也在这里。现在他们三人都被自己控制住了，就可以迫杜辉明交出真的半张图。

她低声对安德鲁和卡斯特讲了几句话，便命令杜辉明等三人出来，站到她面前所在的空地上。

大熊一心要和来和比个高下，便过去打了来和一拳，挑战他来个决斗。可莫妮卡阻止他，对他说找出宝藏更重要，等找到了之后，大熊要怎样做都任由他处置。大熊便只得停止挑衅。

其实以眼前的形势看，莫妮卡这边是占尽优势的，他们这边有大熊，汤姆和狄克三名高手，而对方则只有来和一人会武功。就算来和多么厉害，单独一人也难敌三名西洋高手，所以莫妮卡显出充满信心的笑容。

全部人来到了空地上后，莫妮卡便迫杜辉明交出那半张图。她威吓说：

"老头子，你以前偷了我们家族的半张图，现在快点交出来！"

杜辉明说："我没有，图已经上交警察了。"

莫妮卡说："你不用骗我了，那张图肯定还在你这里的，"她突然转为较柔和的语气说："你听我说，你把图交出来对你是很有好处的。等找到了宝藏，我们可以分一部分给你。那是一笔很大的财富呀。"

杜辉明说："你们别傻了，根本就没有什么宝藏。"

"那不关你的事。你必须先把图交出来，让我们去找，找过之后才知道。所以最重要的是你先把图交出来。"

杜辉明没出声。

莫妮卡转向慧娴，对她说："慧娴，对不起为难了你，我们原是朋友。中国人说君……哦，君子之交，要讲礼貌。我们应该和好，请你劝你的父亲把图交出来，我遵守诺言，找到了宝藏，一定分一部分给你们。慧娴，这些都是又大又亮丽的钻石、红宝石和蓝宝石。哦，还有很美丽的翡翠和珍珠呀。"

慧娴冷冷地说："我不稀罕这些东西。"

"哈哈……"莫妮卡笑说，"你别骗我啦，我们都是女人，哪里有女人不喜欢美丽的珠宝的。"

慧娴说："我就不喜欢！"

莫妮卡还想说什么，可是来和不耐烦了，他大声说："莫妮卡，我告诉你，即使真的有什么宝藏，我们也绝不会让你们拿走的。这些都是我们国家的财富，谁也休想拿去！你们现在就离开这里，以后再也别来找什么宝藏。"

"哈哈……"莫妮卡又是一声大笑："来和，笑死我了，你们都落在我们手里，你还想要怎样威风？哼！"她突然大喊道："你们不交出图来，今天就都得死！"

在一边看了很久的卡斯特也是等得很不耐烦。他大声对大熊说："大熊，先杀掉这个年轻人让他们害怕，那个老的就不敢不服从了。"

大熊说："好的。"说着，举起了枪。

"嘭"一声巨响，紧接着是"哇"一声惨叫。

倒下的却是卡斯特。卡斯特万万没想到，自己请大熊来做保镖，而他竟然对自己下毒手！

这一突变，除了莫妮卡和大熊，所有人都惊骇不已。莫妮卡现出既奸诈又满意的微笑。她心想，大熊果然全都听她的。她和大熊交换了一个神秘的笑容，两人微点一下头。

安德鲁起先也很诧异，可是一想到玛格烈短信的留言，很快就明白是怎么回事了，也不由得微笑。心想，女儿果然厉害，这么轻易就除掉了和自己争财宝的对手。

只剩下狄克和汤姆不知是怎么回事。

而杜辉明等三人是知所以然的。他们知道，他们故意让毕峰偷给莫妮卡的那个短信起了作用，莫妮卡真相信卡斯特会杀她和她父亲，所以现在卡斯特先赴枉死城。不过，他们却猜不到莫妮卡到底用了什么手段，竟然能使卡斯特的手下反水。

现在，莫妮卡知道是不可能使杜辉明交出半张图的，于是她采用更狠的一招。她对大熊说："大熊，你不是很喜欢女人吗？这个女人就交给你了。"她指着慧娴。

慧娴、杜辉明以及来和都大惊，很气愤莫妮卡这么狠毒，什么坏事都做得出来。

来和站前一步，大声喊道："莫妮卡！你敢？！"

"哈哈……"莫妮卡奸笑着："来和，你很爱你的妻子吗？那就让她在你和你父亲面前风流一下吧。哈哈……"

"莫妮卡！你这个禽兽！"杜辉明也大声骂她。

"哈哈……"莫妮卡笑得更奸诈、更得意："老头子，你们中国人最讲礼仪道德的，是吗？那就叫你看着自己的媳妇出丑吧。哈哈……"她转向大熊："大熊，这个女人是你的啦，你不敢动手吗？"

大熊发出奸笑，走向慧娴。来和气极，不顾一切去保护慧娴。凶狠的大熊举起枪来。

突然"啪""啪"两声，紧跟着"啊""啊"两声惨叫，站在一旁的狄克倒地，没了声息，汤姆则按住腰部一脸惊恐，痛得嗷叫。

这突如其来的变故，使得众人大为惊讶，大家都转过头去看。只见倒在地上的狄克头部一个大伤口，鲜血直流，而汤姆腰间也流出一些血。

安德鲁和莫妮卡急忙过去看狄克，安德鲁推推他的身体，大叫："狄克，狄克。"

狄克气息奄奄，头部仍在流血。安德鲁转过去问汤姆："汤姆，发生什么事了？你怎样了？"

汤姆还在呼痛，慢慢站起来，说："我给很重的东西打到，不知道是什么。我的腰很痛。"

安德鲁把他的衣服拉上来查看，只见腰部有一片手掌般大的瘀黑和一处伤口。

正在这时，又是"啪"的一声，汤姆又是"啊"一声惨叫，随即倒地。安德鲁和莫妮卡更是惊慌，只见汤姆也是头部一个大伤口，鲜血直流。所幸，呼吸还算顺畅。

原来，这一切都是万加的杰作。

他和司徒建躲藏在另一处的几根石笋后面，刚才前面万加飞石打下两只蝙蝠，以致杜辉明等三人被安德鲁他们发现后，他和司徒建都知道闯出大祸来了。万加见来和他们有危险，想马上冲出相助。可是司徒建见对方有枪在手，跑出去只有送死，所以他拉住万加，静观其变。

莫妮卡无耻地叫大熊去侮辱慧娴时，司徒建知道万加飞石打人技术高超，便叫他快用石块飞打大熊。可是大熊所站的位置被一根石笋挡住，无法打到他。万加便转而攻打狄克和汤姆。

万加这一飞石击物的技巧可谓独步一家。他几十年在山野中飞石打飞禽走兽，已练到其准无比。加上他力气过人，发出的飞石既快又猛，攻击力非常大，野猪这么强猛的动物都被他打倒，何况是人！上回他以飞石打断高空的竹竿而救下一个小孩，飞石打奔跑的野猪的也不曾失手，何况站着不动的人那简直是易如反掌，百发百中。两个洋汉被这力大势猛的飞石打中，岂能不倒？只是相隔过远，否则二人立时殁命。

万加打倒两人后，原本还想再打安德鲁和莫妮卡，可是见大熊拿枪指向自己这边，怕被他开枪打中，只得缩身躲回石笋后面。

安德鲁和莫妮卡意识到有人藏在某处攻击他们，知道自己也处身险境，马上转身要跑。

但是突然间，慧娴大声喊："来和！宝藏就在前面右边第二个地洞，快去拿！右边第二个地洞，快去！拿了就跑，别回来！"

慧娴这突如其来的大声说话，更是引起其他所有人的震惊，最诧异的是莫妮卡，她原本要跑，立刻止步，同时也拉她父亲停下，并对他说了一些话。

来和当然是很惊奇的，对慧娴这突然的说话，一时间还反应不过来，迟疑着没有行动。

慧娴又大声催促他："来和！快去呀！前面右边第二个地洞，快去拿宝藏，快去！"

可是，莫妮卡叫大熊用枪指着来和，又是哈哈大笑："哈哈……慧娴，你终于说出来了。来和，你不许动，休想去拿宝藏！"

莫妮卡这时非常兴奋，也非常激动。她交待大熊看管住慧娴他们，并叫他等他们（莫妮卡和她父亲）拿了宝藏出来。莫妮卡匆忙交待了这些话，便头也不回地奔进前面第二个地洞。

外面的人看着他们飞奔进了地洞。

"嘭"！又是一声巨响。这次不是枪声，而是爆炸的声音，每个人都感到一阵震荡，同时看到地洞口一阵烟雾和沙石射出。

大熊立即跑过去看发生了什么事，猛不防前面冲出一个头部有如狮头的大汉，举起手正要以飞石打他。大熊眼明手快，马上对此人开了一枪，对方应声倒地。大熊过去查看倒地者是谁。猛听后面一声吼叫，又一人向他急冲过来。

大熊回头一看，极为惊愕，怎么冲过来的人和倒下的人一模一样？也是有如一个狮头一般。他太惊愕了，以致忘了向来者开枪。等他意识回复过来想要开枪时，已经迟了一步。冲过来的人一把将他抱住，并且抢夺他手中的枪。来人力气很大，把他抱得很紧，而且一直紧抓他握枪的手，使他完全无法开枪。

大熊力气也是极大，紧抱他的人是司徒建，司徒建无法抢到他的枪。这样一来，两人扭着一团。来和飞速冲向两人扭打之处，并以一记猛拳打在大熊头部。他这一拳出力极大，大熊中拳，一声不吭便昏眩过去。司徒建随手拿了他的枪。

就在来和冲前打大熊的同一时间，杜辉明和慧娴也急忙奔去看中枪的万加。好在大熊仓促开枪，只打中万加左肩上方，受伤不重，只伤了皮肉，大家便放下心来。司徒建和来和制服大熊后，也过来看万加。见他并无大碍，也都放心。

替万加敷好药后，大家即刻跑去发生爆炸的地洞一看究竟。只见进地洞不远处地上炸出一个颇大的坑，地洞两边的山壁也有炸毁的痕迹。地上则躺着安德鲁和莫妮卡，两人被炸得血肉模糊，莫妮卡双脚被炸断；安德鲁更惨，头都受伤严重，身上多处流血。幸运的是，他们都没有生命危险。众人一阵忙乱，给早已昏迷的俩父女止血急救，抬出地洞。

杜辉明说："说实在的，他们两人是咎由自取，这是他们作恶的下场，也是他们太过贪婪所惹来之祸。这叫着自作孽，不可活，不能怨天尤人。"

他们接着马上来看大熊。这时大熊已醒转过来，坐在地上喘气。万加气愤刚才他开枪打伤自己，便踢他一脚，举拳要打他。然而没想到大熊竟突然扑倒跪在杜辉明面前。

大熊对杜辉明说，他因为听说来和武功很好，一心要跟来和较量，所以刚才他一直没对来和开枪。他说他一定要跟来和较量一下。

杜辉明把大熊的话告诉大家，并问来和意下如何。

对于这么突然的事，大家一时间都不知道如何应对，来和更没想到要和这个洋汉比武过招。所以一下子都静默无声。

过了一会，司徒建说："这家伙现在是无法逃跑了，一切任由我们处置。"他转向来和问道："来和，你的意思怎样？你被他们扣押的时候，他有对你做过什么不利之举吗？"

来和说："那时他并没有对我怎样。他当时是听莫妮卡的吩咐把我迷昏，然后抓我回去。他那时也在莫妮卡面前说要和我较量，但是莫妮卡因为要做别的事就阻止了。"

司徒建说："他们这些洋人一直自以为他们在世界上都高人一等，尤其是那些懂武术的人，更以为自己天下无敌。所以这家伙听说你武术高强，自然很不服气，一定要和你比试。他一定以为必会把你击败，所以到现在他还不死心，非要和你比试不可。"

"那有什么好比试的呢？就算他强过我好了。"来和淡淡地说。

"但是，"司徒建说，"我的想法不同。我以前和史密斯这些洋人在一起很久，我知道他们都自视很高，不把我们亚洲人看在眼里，他们更瞧不起非洲人和拉丁美洲的人。我当时因为要暗中观察他的行动，所以并没有反驳他。但是我内心是很气愤的，恨不得狠狠地教训他一顿。"

"来和，"司徒建说，"我看你应该教训这家伙一下，好让他再不敢瞧不起咱们中国人。你认为怎样？"他又转问杜辉明说："东家，你以为我的意见对吗？"

杜辉明说："司徒，你的说法是很对的。我以前在欧洲时，就常感觉那些洋人太高傲了。就有如你说的一样，他们确是以为自己是天之骄子，比我们亚洲人高人一等。对他们这种态度，我也是很气愤的。"

"那么，东家，你说是不是应该让来和教训他一下？"司徒建说。

"这要看来和的意思，"杜辉明说，"来和，你认为怎样？"

来和沉思一下说："我是觉得……这没什么意义，有什么好比的？谁胜谁败有什么重要呢？"

大熊一直在听他们说话，可是又听不懂，显得不耐烦起来。他拍拍手站了起来问杜辉明怎样了，还问来和敢不敢和他较量。

杜辉明把他的话告诉大家。大家一听都哗然起来。

司徒建说："你们说是吧？他的口气多么大，真气死人了！"

慧娴也忍不住了，气愤地说："这家伙真的气焰太盛。来和，别犹豫了，狠狠教训他一顿。我不相信你斗不过他。"

"对了，来和，这种人不好好教训他是不行的。东家，叫来和出手吧。"司徒建气到双手握拳说。

杜辉明说："对的，来和，振作起精神对付他吧。"

来和听到这洋人问他敢不敢和他较量，也一样地生气起来，大声说："好吧，让我试一下。"

杜辉明告诉大熊，来和愿意和他比试。大熊得意地笑起来，紧握拳就要动手。但是杜辉明问他，刚才来和重打了他一拳，会不会影响他接下来的较量，对他是否公平。大熊骄傲地说完全没问题，拍拍胸膛说他够强壮，没有什么不公平的。不过，他说他要喝点水。

杜辉明把两人对话的内容告诉大家，大家便说，好啦，就给他喝水吧。杜辉明便把一筒水给大熊喝。

大熊仰头"咕嘟咕嘟"地把整筒喝光，把筒丢掉。接着一声不吭，就猛拳向来和攻去。来和在看他喝水，根本没想到这家伙闪电出手，由于没有提防，胸部中了两拳，略感气闷，退了几步差点跌倒。他立刻两腿用劲，站稳马步，才没倒下。

不料这大熊根本就有如一只恶熊一般，闪电得手后，又急冲过来快拳出击。来和别无他法，只得纵身跃开躲闪，而大熊就如一辆坦克一样，继续冲前猛攻。大熊这种战略就是快速急攻，不给对手立稳脚跟的机会，也就是自己尽量争取主动的地位，让对手完全处于被动的下风，很难出手反攻。而事实上，他这个战术的确奏效，因为来和一开始没提防，又中了两拳，立脚不稳，根本难以还手反击，吃尽大亏。

在旁的杜辉明等人看他这样打法，觉得对来和很不公平，大家都喊叫起来。可是大熊完全不加以理睬，照旧猛力出击。好在来和以前也曾几次与强手过招，具有不少搏斗经验，加上他基本功扎实，手脚快速敏捷，抖擞精神，见招拆招，伺机还手，以他强大的力气，硬顶住对方的攻势，逐渐和对方打个平手。

大熊这时的确认识到来和果然并非泛泛之辈，他最能感到的是来和力气惊人，而来和手法其快无比。以他过去在欧洲与他人过招的情况，他的出招基本上没人能顶得住。可是现在对付来和，却得不到什么优势，每次认为必会猛力打中对方，却被来和快速闪避，或以敏捷的身手化解。另一方面，由于来和手法迅猛，他自己要极力应对，无形中减少了自己出手的机会。这也就是说，能取胜的机率大打折扣了。

大熊见一时间无法取胜，便立即改变打法，使出他最拿手的西洋拳防守方法。这种西洋拳防守方法，便是双手握拳，双臂合拢，前臂弯在面前和胸前严加防守，而弯着的双手前臂则在中间处留下一空隙，以便双眼能看到对方。这是很有效的防守方式，对方如从正面打来，只能打到自己双臂上；对方如果从侧面打来，只要双臂朝这个方向迎去，也一样能挡住对方的来拳，有效保护自己。同时，双眼紧盯对方，一有机会便出手反击。

大熊采用这个方法，来和的确难以适应，无论怎样出手，都被对方以双臂挡住，难以伤他要害。反观大熊，因为防守得很好，便放心稳步向前，步步进逼，一有机会便快拳出击。这样一来，他便逐渐占据上风，而来和便显得居于下风，对自己很不利。两三次，来和还被大熊打到头部，幸好他躲闪够快，化解不少对方的拳力，才不至于伤到，否则已被对方打倒在地，实在危险。

司徒建、万加，慧娴和杜辉明在旁观战，都紧张万分，尤其是慧娴，一直怕来和敌不过大熊被他打倒，担心到双手冒汗。

来和以前曾和多人打斗，都取得胜利，今天遭遇到这个西洋拳高手，可说是一个平生最难对付的敌手。这时他完全不敢大意，集中精神，使尽力气，把自己最好的招式都使用出来，顶住对手的攻势。

这时的场面，两雄相斗，拳来拳往，身影快速移动，有攻有守，地上溅起沙尘，真如两虎相争，打得非常惨烈，令人紧张到喘不过气来。

这样僵持超过半小时，大熊看来越打越起劲，而且一直防守得非常严密，来和没有占到什么便宜，反而屡遭对方险招，吃尽苦头。终于，大熊抓到了一个机会，在来和出手时以双臂挡住，看准来和收手不及漏出破绽，立即一记重手出击打中来和胸膛，力道劲猛。来和立感胸闷气塞，站立不稳，倒退几步跌倒地上。大熊以为来和不能起来再斗了，也以为自己胜利了，站在那里看来和的反应。

来和这样倒地，慧娴都惊叫起来！

司徒建是个武术老手，他一直细心看两人打斗，整个过程中，他发现大熊的基本招式便是双手防守的姿势，然后不时伺机反击，一直从未出脚攻击。而很奇怪的是，来和也是只出拳攻打而没有起脚。

其实，在武术对打中，腿脚功夫是非常重要的。一个武功高手，必须手脚并用，尤其是脚的攻击力更大，范围更广，杀伤力比手的更厉害，是取胜的非常重要的关键所在。

因此，看来和倒下，司徒建马上提醒来和用脚进攻。可是来和似乎没听到，没有什么反应。至于慧娴，她是深知脚踢人的厉害的，以前玛格烈曾教过她一招，她也曾以这一招踢倒过一个歹徒。所以她听司徒建叫来和用脚，而来和又好像没听到，她便向来和不断做出踢脚的姿势。

来和毕竟年轻力壮，体格非常强健。他挨了一拳倒地，立刻一个深呼吸，运气调理，很快恢复过来站起。这时他和大熊的位置正好是他面向慧娴等人，而大熊则背着。来和站起看到慧娴向他猛踢脚，马上会意慧娴是在向他示意用脚攻击对手，醒悟到先前一直受大熊的影响，照他一样专注于以拳出击，而忘了用脚进攻。这一下他猛醒过来，振作精神去面对大熊。

大熊见来和很快便站起来继续打斗，心中立感眼前这年轻人果然强壮，挨他一记猛拳竟能顶住没事，令他颇感惊讶。

这时双方都不敢大意，彼此都知道强敌当前，丝毫不可轻敌，准备继续一场更惨烈的龙虎恶斗。大熊依旧前面占据上风的招式，严守门户，步步进逼，想以更强猛的拳法一举把来和打败，以便取得最后的胜利。而来和也照刚才的方法出拳攻打大熊，招式全没变化。

大熊见此，以为来和已经技穷，再没有什么新招，只能用老套对付自己，暗自窃喜，认为胜算在握。看准来和拳头击来，马上以双臂防护，再出尽全力打出猛拳，心想这一招必会把来和打到再也不能爬起。他万万没料到，他正掉入一个致命的陷阱。

来和看大熊打出猛拳，其劲强猛，拳风袭面，便马上急速一个矮身低头闪过，并以迅雷不及掩耳之势，右腿踢出，以一个劲力十足的扫堂腿法猛踢对方左膝盖部位。大熊由于出手太猛而又落空打不中对方，身体失去平衡向前俯冲，遭来和强力踢中膝盖，痛彻心肺，双脚离地向前跌倒。在他还未倒到地面时，来和又快速补上一脚踢中他头部。大熊惨叫一声，一个狗吃屎仆倒地下，面部猛撞地面，断了几颗门牙，昏死过去，再也动弹不得，鲜血不停从口边流出。一个自视很高，不可一世的西洋拳击高手就此躺地不起。

来和一举击败大熊，慧娴等人立即拍手欢呼，大声叫好。司徒建和万加都猛拍来和肩膀，大赞他的出色表现。来和则对慧娴说："慧娴，感谢你提醒我用脚进攻，要不然我一直被这家伙影响，只会出手不会动脚，差不多都要败在他手下了。"

慧娴说："不是我想到的，是干爹想到的。他提醒你，你好像没听到，我才踢腿向你示意的。"

"哦，我就要向司徒叔叔道谢了。谢谢你，叔叔。"来和向司徒建行一鞠躬礼。

司徒建说："哦，不用谢我，你是凭自己的本事打败大熊的，为我们争了口气，我非常高兴。"

杜辉明说："来和，这次真的是司徒帮了你的。他是一位武功高手，能敏锐地观察到各人招式的优缺点，并及时提醒你，才让你反败为胜。"

"是的，"来和说，"我要感谢司徒叔叔。"又向司徒一鞠躬。

司徒建说："我很了解西洋拳手的对打情况，他们只会用拳出击。可能他们比赛惯了，只能打腰部以上部位而不能打腰部以下部位，造成他们只会用拳出击，而根本忽略了腿功的锻练。"

万加插口说："打斗就是打死对方，管他哪个，手来脚来都得。打败对手，来和，你强！"说着，他踢了几下脚。

司徒建说："万加兄弟说得对，搏斗就是为了取胜，面对生死存亡，不是你死，便是我亡，当然要使尽法宝。腿力这么大，攻击力特别强，不用腿功，就是自取其辱。"

说到这里，大家都看出来和经过一场恶斗，人显得挺疲倦的，而且还有点喘气。于是慧娴说："来和，我看你是很累了，坐下来休息一会吧。"

杜辉明说："是呀，来和先休息一下吧。我们其他各人要照料好受伤的这些人，大熊的伤也要好好救治。估计警察也该到了。"

接着，杜辉明说："慧娴，我不大明白，你怎么知道宝藏是在第二个地洞呢？真的里面有宝藏吗？"

"是呀，是呀，"来和说，"我当时也很感诧异，而且你还叫我快去拿，那时真把我弄糊涂了，一时还反应不过来。以前从来没听你说过你知道宝藏的所在，为什么这次会这么说呢？"

慧娴微笑一下说："爸爸，我这次真的是走一步险着。你们看。"她指着前方右面第二个地洞，说道："你们看出这个地洞有什么特出的地方吗？"

大家一起望过去看这个地洞，左看右看，上看下看，有的还歪着头看，或以手遮额头看,都直摇头,说并没看出什么特别之处。

慧娴便说:"你们看这个地洞入口处上面的山壁;是不是特别平滑?其他地洞都不是这样的。"

大家照她所说仔细地看,果然有如慧娴所说,地洞口上方的山壁的确很平滑。由于远处其他几个地洞的地方很暗,来和便拿出所带来的手电筒照过去,的确看到这些地洞口的山壁是粗糙和凹凸不平的。

慧娴于是说:"刚才我们躲在石笋后面,那时莫妮卡他们正在这个空地上指手画脚地谈论着,并用手电筒照射各个地洞。他们那时一定是在研究哪个地洞可能是藏宝的地方。我当时便是趁他们照射地洞的时候仔细察看,让我无意间发现,这第二个地洞口的特别之处。"

"有这个特点,你就可以断定它是藏宝的地方吗?"司徒建问道。

"所以我说我走的是一个险着,"慧娴说,"我那时在想,那个史密斯是一个很狡猾的人。他以前在这个山洞里的时候,一定对每个地洞都作过研究。可是因为地洞太多,又很复杂,很危险,在没有肯定哪个地洞是藏宝之前,他不敢每个地洞都进去。但是,他一定认为这第二个地洞是比较有可能的,却不能肯定,还是不敢进去,等以后完全弄清楚了才行动。"

"可是,"慧娴继续说,"史密斯非常狡猾阴险,他怕他不在时会有别人进这个地洞。我们知道,他也是一个炸药专家,为了防止他人进地洞,他便在地洞口内不远处埋下了自制的炸弹。"

大家都很专注地听慧娴的分析,有时慧娴略停在思考,洞内便显十分沉静,只听到一些水滴从洞顶滴下的声音,还有便是不时有蝙蝠飞行的声音。最留意蝙蝠的人便是万加,他一直抬头看上空的蝙蝠,一直手痒痒,很想用飞石打下它们。特别是看到一些体型硕大的蝙蝠时,更是难压心中的激动,不自觉地拿起地上的石块握于手中,几次都想飞石打去,但是他想起先前打下蝙蝠曾闯下大祸,便强忍下来,没有出手,只是手握石块不放。对万加来说,这么多大蝙蝠在头顶上飞来飞云,真是莫大的诱惑,强忍不出手,确是最辛苦不过的事。

"还有我想,"慧娴沉思片刻后接着说,"史密斯虽然贪婪又狡猾,可是他又胆小怕死,他不敢贸然走进各个地洞去逐一探查,因为里面又暗又危险，可能什么巨蛇或怪物都有，他根本不敢冒险进去，一定要找到另半张图确认了才肯行动。"

司徒建说："对的，对的，干女儿的分析很正确，史密斯的确是这样的人。他外表凶恶高傲，其实真的胆小怕死。他平常带枪在身，只靠那把枪壮胆。"

"照这么分析，"杜辉明说，"史密斯在地洞口内埋下炸弹是完全合理的。刚才我们看爆炸的地方时，地上的坑便是被炸弹炸出来的。"

"哦，我想到了！"来和一拍手说，"慧娴，我猜到你为什么叫我快去地洞拿宝藏的原因了。"

慧娴说："是吗？说来听听。"

来和说："你是用这个方法激莫妮卡进地洞的，对吗？"

"对了，你猜得对，"慧娴说，"这大概是心理战术吧。我当时利用情况的紧张混乱，故意大声叫你进地洞去拿宝藏，便是让莫妮卡没时间停下来细想。同时我把宝藏两个字喊得特别大声，又故意叫你快去，使得她更紧张。想都没时间想。""还有一样，"慧娴喝口水后接着说，"莫妮卡也是非常贪婪的，这是最重要的原因。她那时骂我的时候便强调，那些都是又大又亮丽的宝石，同时又说哪里有女人不喜欢美丽的珠宝的。这就完全暴露出她的贪心。她其实也说得对，哪里有女人不喜欢美丽的珠宝的？不过，她是最喜最贪心的，很怕这大笔珠宝被别人抢走，所以便不顾一切冲进地洞去。我当时就是这样推测的。"

"非常好，非常好！"杜辉明连连拍手，"慧娴这么敏锐和周密的思维，确是难能可贵。"

"一点都没错，"司徒建说，"干女儿真是聪慧过人，在这么危急的时候能作出这么严密的思考，太好了。就是靠慧娴这个急智，才能救了我们大家的命。"

"干爹，你别夸奖我，"慧娴说，"其实我们能转危为安，全靠万加叔叔一手飞石打人的高超本事，把他们两个保镖打倒，才救了我们的命。我们应该感谢万加叔叔。"

"这是真的，这是真的，"司徒建说，他拍拍万加的肩膀，"万加兄弟这手飞石技巧真是独门绝技。"他转向来和说:"来和,你想看,我们懂武功,却没有别的什么本事。我们和万加兄弟比起来,差他太远了。你说是吗?"

"当然,当然,"来和说,"我真的很佩服万加大哥这绝门独技,要好好向他学习。"

万加一直不时仰望飞行的蝙蝠,现在听他们称赞自己,十分高兴。他说:"没什么,没什么。我古前常打野猪,就这样,无什么强的。"说了这话,便起身走开。

大家也不知道他要去哪里。过了一会儿,只见他提着两只大蝙蝠回来,两手抖动着蝙蝠给大家看。见此情景,众人都大笑起来。

原来万加不只注意上空飞行的蝙蝠,他一直惦记着先前被他打下的两只。后来在大家谈到他的飞石功夫时,知道大家很欣赏他这手功夫,便立即过去把被他打下的两只蝙蝠找回来。

大家笑了一会儿,来和突然问慧娴:"慧娴,你再分析一下,是不是每个地洞都被史密斯埋了炸弹?"

慧娴说:"照我推测,其他的地洞没有。"

"我也这么想。"杜辉明说。

"什么理由呢?"司徒建说。

"原因是这样,"杜辉明说,"如果史密斯在每个地洞都埋下炸弹,他就没必要在第二个地洞做记号。慧娴,你说是这样吗?"

"就是这样,"慧娴说。

来和听后,站起来说:"让我去看一下。"他拿了手电筒便走向前方的地洞。

慧娴大声说:"来和,你要小心呀!"

杜辉明也大声说:"来和,千万别进地洞去!全部地洞都不可以进去!"

来和回答道:"我知道,你们放心。"

司徒建站起来说:"还是我陪他去吧。"说着,急步要追上来和。

来和走得比较快,一下子便走到了前面比较远而又更黝暗的地洞附近。司徒建由于没有手电筒,看不清楚,而地面又不平坦,更有一些大小不一的石笋阻挡,他追不上来和,落后挺远。

司徒建便大声喊："来和！来和！你走慢一点，等等我。来和！来和！"

司徒建的声音十分洪亮，他这么大声喊，山洞内连续传出"来和，来和"的回声。

只一会儿，回声消失了。可是紧接着又传来"来和！来和！"的喊叫声。来和和司徒建都非常诧异，为什么这个山洞这么奇怪，回声消失后，还会有回声发出来，真是叫人匪夷所思。

两人由于太惊异了，都停住脚步在想其中到底是什么原因。然而过了一会儿，又再传出"来和！来和"的喊叫声，而且这次更大声，还引起连串的回声，在山洞内回荡着，无比的怪异。

来和问道："司徒叔叔，是你在叫我吗？"

司徒建说："不是呀，刚才是我叫你，这次不是我叫你呀！"

"真奇怪！"

就在此时，又再传出"来和！来和"的声音，而且还加上别的话："来和，是我呀！老李！我是老李！"

司徒建和来和同声大叫："啊？什么？你是谁？"

"老李！我是老李呀！"回声大叫道。

来和猛然醒悟："啊？你是老……师……你是师父？"

"对啦！对啦！我就是啦！"

"师……师父！你……在哪里？"

"我在……一个很……很黑暗的地方呀！"

"那么你快出来啦！"

"我……我……出不来呀！"

"为什么……为什么出不来？"

"我……被……绑住啦！"

"哦，师父，我来救你，你……到底在哪里？"

"我……不知道，这里……很黑。"

司徒建说："原来是你师父，我们快点找他。"

来和大声说："师父，请你再说话，我们看你的声音从哪里传来。不要太大声，回音干扰很难听出方向。"

老李声音低下，而且说得很慢，语音拉长："我——在——这里——"

司徒建和来和细心地听，逐渐辨明声音传来的方向，再循着前走，声音更清晰了。终于，在一大堆石笋的后面，他们找到了老李。只见他被绑在一根石笋上。

来和激动地说："师父，你……受苦了。"立刻从小腿上抽出尖刀，割断绳子。老李一松了绑，整个人软倒在地上，搓揉麻痹的手脚。来和也帮他搓。

来和问："师父，你怎么会在这里？"

老李说："我被安德鲁的一个叫汤姆的保镖用枪押到这里，迫问半张图的事。我坚持不说，他便用枪柄打我的头，把我打昏后，再把我绑在这里。"

这时司徒建说："来和，现在别说太多，先把你师父扶出去再说吧。"

来和说"是的"，便和司徒建合力把老李扶出去。

另一方面，在来和与司徒建去寻找老李的同一时间，杜辉明，慧娴和万加留在原处，照料伤员，而被来和打倒的大熊也早已醒转过来。

来和与司徒建扶着老李来到空处，便简单地替老李和其他各人作了介绍。

来和问老李为什么会在这里，老李便将经过作了简短说明。

老李正说着，只听外面一片警笛声，很快一群警察蜂拥而至，为首的正是上次的警官和杜辉明镇子上的警官。杜辉明简洁明了地陈述了所发生的一切，并将救治伤员的情况向随行法医做了介绍和移交，然后招呼众人撤出洞来。两队警察很快做完了全部的勘查和测量工作，收集了相关物证，做好笔录，带着一众伤员和尸体撤走了。

临行前，杜辉明家乡的带队警官告诉杜辉明，采石场当地警方早已和他们取得联系，通报了案情和物证，两地警方都很重视。毕峰的尸体已经被发现。所有痕迹和物证、笔录都证明，命案与他们无关。但是，宝藏一案与他们紧密相关。他们能够主动陈述案情，并及时上交藏宝图以及他们主动护宝的行动，证明他们毫无私心夺宝的意图和行动。因此他们用自己的行动洗脱了所有的嫌疑。现在对他们的行动限制也已经全部取消。

"你们已经完全自由了！剩下的事情由警方负责，伤员会得到及时良好的治疗，相信他们不会有生命危险。不需要你们再参与。涉外问题由相关职能部门负责。"警官出发前再次叮嘱。

各人已把物品收拾好,照杜辉明的话离开山洞,急忙上车往回家的路开去。万加早已把蝙蝠放进了车内。

在车里,来和再细问老李被绑的事。老李便把被莫妮卡他们逼他交出半张图的事说出。

司徒建问道:"怎么你也有半张图吗?"

老李说:"我是骗他们的。因为他们要杀我,我便故意骗他们说真的图在我手上。我想,我说有图,他们便不会杀我,因为一杀了我,他们就无法得到真图了。所以无论他们怎么逼我,我都说不交给他们。他们没办法便叫汤姆逼我,我照旧说不给他,他没办法,便用枪柄打昏我,再把我绑起来。"

"那么,后来你为什么会大声叫我呢?你那时看到我吗?"来和问老李。

"哦,没有,我没看到你,"老李说,"我后来醒了,忽然听到有人大声叫你的声音,我想你一定在山洞里,所以便大声叫你,希望你能救我。"

"哦,那时是我大声叫你,被你师父听到了。"司徒建对来和说。

接着来和又问老李:"师父,我还有个问题想问你。"

"什么问题?你说吧。"老李说。

"师父,我被莫妮卡捉去绑在大熊的房间,后来你救了我。你……怎么会在他们那边的呢?"

老李便把莫妮卡和她父亲请他工作的事告诉大家。他说:"他们叫我去偷你们的什么半张图和信,我当时就猜想他们是要做什么不可告人之事。我表面上听他们吩咐,却在暗中留意他们。那晚便是因为这样在你家和司徒大哥打起来,后来又碰到你被你拉掉我蒙面的布。"

大家听了老李这番叙说,都很赞赏他见义勇为。

杜辉明说:"真感谢李师父救了来和,要不然他很可能会遭到这帮恶人的毒手。"

来和也说:"是的,师父,我很感谢您。"

接着,他们的话题还是谈到安德鲁两父女一意要寻宝的事情上。老李说:"他们请我工作,照我在他们那里工作时的观察,他们应该是相当有钱的,不知道他们为什么还那么贪心非要找宝藏不可。我也不明白,他们已经很有钱了，为什么还要贪图更多的钱。"

杜辉明说："来和早就告诉莫尼卡，藏宝图已经上交警方和史密斯他们已经殒命的事，可是他们就是不信。这主要是贪婪之心在作怪。贪心太强的人是永远不会满足的。"

老李说："他们竟这么贪心，两方面都想独吞宝藏，勾心斗角。什么宝藏都还没有找到，卡斯特和一个保镖便丢了命，而安德鲁两父女最终也被炸个半死。这些都是贪心和害人的下场。"

"师父说得很对，"来和说，"莫妮卡和她父亲都是被史密斯所埋下的炸弹炸伤的。师父你刚才说，史密斯死了还能把活人炸伤，死人杀活人，这个人是非常阴险狠毒的。但是他万万没想到，差点被他炸死的却是他自己的亲戚。这岂不是害人又害己吗？真活该！"慧娴说："他连自己的亲生女儿都不怜惜，还有什么话好说！"

杜辉明和来和轮流开车，回到家，安顿好一切，杜辉明便请大家到餐馆吃饭压惊，顺便款待一下来和的师父老李。万加也带来两只蝙蝠，叫厨师烹调，大家都说味香可口。老李说从来也没吃过这么美味的蝙蝠肉。

谈话间，杜辉明知道老李单身一人，并无任何家人，同时知道他一向只在工地做些零工，便对他说："李师父，如果你不介意的话，我想请你就在我们家住下，大家更亲近，成为一家人吧，反正我们家有的是地方。"

"哦，杜前辈，"老李说，"不敢当，不敢打扰你们，你的好意我很感激。"

来和说："师父，请您别客气，我们家里人都很随便的，而且我们感谢您。您以前教我武功，还教我学武功的道理，这次又救了我，我们真希望您和我们住在一起。父亲说得对，我们家地方是有的，请您留下吧。"

老李却说："来和，我是一个粗人，会给你们带来不便的。"

"唉，李师父，"司徒建说，"你可别这么说，我才是个粗人，但是东家待我非常好，我们住在一起都很快乐。"

"哎呀呀，你们说什么，"万加说得较大声："哪个人够我粗？我无有文化，不认识礼貌，最粗是我，杜前辈也是待我大好。我最喜欢和你在一起。"

"万加兄弟说得对，有你和我们在一起，我们更快乐。"司徒建说。

这时杜辉明拍拍老李肩膀说:"大家都说得很对,我们都很喜欢和你在一起。"他突然转头看看自己的妻子,稍停一下,然后有点神秘地拉老李,司徒建和万加靠近他,很低声说了一句话,三人一听都拍手大笑。

杜辉明妻子觉得他们一定有什么古怪,装出生气的样子斜眼望着丈夫说道:"你们到底有什么古怪?神秘兮兮的,不让我们知道。"

来和也说:"是呀,爸爸一向严肃,现在也要闹玩了。"

慧娴微笑说道:"我知道爸爸向他们说了什么。"

"啊?干女儿这么厉害?"司徒建说。

慧娴依然微笑。

杜辉明说:"慧娴,你倒说说看,我刚才到底对他们说了什么。"

慧娴说:"爸爸,我猜您是对他们说我们又多了一个酒友,是这样吗?"

慧娴此言一出,杜辉明、司徒建、万加和老李四人马上拍手大笑,同声说道:"你猜对了!"他们都大赞慧娴聪明。这一来,也引得来和和他母亲大笑起来。

来和母亲说:"我就说一定有古怪,果然真的又是酒徒在一起。"她又故意装出生气的样子:"我告诉你们,可不能喝了酒闹事呀!"

杜辉明等四人一起说:"遵命!"

又是引来一次哄堂大笑。

笑过后,杜辉明对老李说:"李师父,你看是吗?有你在一起,给我们带来这么多快乐。你别犹豫了,决定留下来吧。"

其他各人也同样力劝他留下。这时来和母亲说:"李师父,我们真的很欢迎你,请你留下,以后还要你多教导来和。"

老李确实感到这家人既豪爽,又好客,而且态度都很诚恳,他非常高兴。说道:"难得各位待我这么好,你们的盛情让我难以推却,非常感谢各位。"

大家立刻拍手叫好。而老李却说:"以后我有什么不对和失礼之处,请随时告诉我,免得给各位带来不便。"

杜辉明说:"哪里,哪里,绝对不会的。"

于是,大家举杯,尽享佳肴。而四个"酒中知己"则开怀畅饮,"干杯"

声不断，度过一个欢乐的夜晚。

从此，老李便在杜辉明的家住下。

平日里，四个懂武的人便经常谈论和切磋武术，很是默契。而四个"酒中知己"也时不时来他几杯。酒逢知己，人生难得，最是欢畅，好不快活。

只是这样的好日子并不久长，很快他们听说日本人在华北要搞自治，又听说日本人在福建活动，很快又从街方听到原来办案的两个警官自杀，又说是某人得到一注财宝而又无福享受……